WELTENBAUM VERLAG

WELTENBAUM VERLAG
Vollständige Taschenbuchausgabe
06/2025 1. Auflage

Erea – Der Sohn des Drachen

Egerten Straße 42
79400 Kandern

Umschlaggestaltung: © 2025 by Magicalcover
Druck: CreativWorkDesign
Lektorat: Julia Schoch-Daub / Feder und Flamme Lektorat
Korrektorat: Michael Kothe
Buchsatz: Giusy Amé
Autorenfoto: Privat

ISBN 978-3-69067-009-8

www.weltenbaumverlag.com

Bibliografische Informationen der Deutschen Nationalbibliothek: Die Deutsche Nationalbibliothek verzeichnet diese Publikation in der Deutschen Nationalbibliografie; detaillierte bibliografische Daten sind im Internet über http://dnb.de abrufbar.

ARIN WOLF

EREA

DER SOHN DES DRACHEN

High Fantasy Romance

Band 2

Für alle, die sich trauen
hinter die Maske zu blicken
…und auch dann nicht weg sehen.

VORWORT

Liebe*r Leser*innen,
ich freue mich dich in das nächste Kapitel dieser Reise entführen zu dürfen. Diesmal geht es nach Lykosura und damit direkt ins Herz des Imperiums. Ein Ort, der lange Schatten wirft, die altverborgene Geheimnisse hüten und unsere Helden vor schwierige Entscheidungen stellen. Dunkelheit wohnt nicht nur an Orten, sondern auch in Herzen, die nie erfahren haben, was Vergebung und Liebe bedeutet. Masken helfen die Schatten zu verbergen, die darunter lauern, dennoch folgen sie uns bei Tag und auch bei Nacht. Denk daran, bevor du das Land der *Schwarzen Flut* betrittst und stell dir selbst die Frage:
Wie tief willst du blicken?

- *Content Notes findest du am Ende des Buches.*

NORD
IGBO
SCHATTENMEER
NÖRDLICHES STURM
OBLYVA
AVIUM
OBLYVAR
RAQUIA
DRACHENGEBIRGE
DRACHENWALD
MACHON
AHRONWALD
MAKHAI
AHRON
DESHERET
KALIKON
KROMOI
DRACH
VENUGAL
KYRENMEER
NEVA
KYRENGEBIRGE
GAL
AZUGAL
IMERUGAL
SÜI

MEER
DARON
WILDWALD
MMEER
HEXENBERG
HEXENWALD &
HEXENSEE
ILLUVAR
LICHTMEER
DRACHENMEER
& INSELN
BLUTSCHANZE
LIOTH
ENARM
SÜDLICHES STURMMEER
WOLFSINSELN
LYKOSURA
VERSIO
ROYUM
LYKOSURA
WÜSTE
MADARU
DREAN
WÜSTE
ADARU
MARU
CHARISEA
MEER

1

Makhai, Fürstentum Kaukon
Festung Himmelswacht

SAMAS

In der großen Halle herrschte helle Aufregung. Würdenträger, Soldaten und Bedienstete huschten umher, aufgescheucht wie ein tobender Bienenstamm. Beinahe wäre Samas in einen der Heiler hineingerannt. Der schien es ziemlich eilig zu haben, von hier weg zu kommen.

Die Hafenstadt Kaukon befand sich direkt an der Kriegsfront zu Lykosura. Folglich kam es immer wieder zu Angriffen und Scharmützeln auf beiden Seiten, was dann für viel Aufregung in der Festung sorgte. Also alles wie immer, aber auch nur eigentlich.

Stirnrunzelnd lenkte Samas seinen Blick zum Himmel, der deutlich über das große runde Dachfenster der Haupthalle zu erkennen war. Dunkle Wolken zogen sich zusammen. Sich erhebende Winde und ein plötzlich einsetzender Platzregen? Kam ihm bekannt vor. Oft genug hatte er miterlebt, was geschah, wenn Mira die Kontrolle über ihr Element verlor. Neben ihr gab es nur noch eine weitere Sturmgeborene in ganz Makhai: Die Fürstin Kaukons persönlich und Miras ältere Schwester. Cailin.

Raschen Schrittes durchquerte Samas die Halle und nahm gleich zwei Stufen auf einmal. Der Saal, in dem man Kriegsrat hielt, befand sich im Zentrum des Hauptgebäudes. Dank der Magie, die durch seine Adern floss, konnte er Cailin genau ausmachen. Magie erkannte Magie. Noch bevor er die Flügeltüren des Saals erreichte, erschütterte lauter Donner die Feste und Blitze zerrissen den Himmel.

Cailin war nicht nur stinksauer, sie war vollkommen außer sich. Das löste auch in ihm ein beklommenes Gefühl der Sorge aus. Schließlich gab es nur eine Nachricht, die der Sturmfürstin derart zusetzen konnte, dass sie jedwede Beherrschung verlor: die Kunde über Miras Schicksal.

Seit Monaten warteten sie auf Neuigkeiten der Spione. Bisher hatten diese nur in Erfahrung bringen können, dass Mira – zusammen mit der Ersten Waffe Lykaons – von dunkelelfischen Sklavenhändlern entführt wurde. Direkt nach Oblyvar verschleppt, ohne die geringsten Forderungen zu stellen. Deshalb gingen sie davon aus, dass Mira ihre Identität für sich behalten hatte.

»Dieser verdammte Bastard hat sie!« Cailin schritt am Kopfende des Kriegstisches auf und ab.

»Und wer ist dieser Bastard?«, fragte Samas. In solchen Momenten wirkte Cailin wie der fleischgewordene Schrecken aus der Anderswelt. Dabei galt sie allgemeinhin als Schönheit unter den Fürsten Makhais, besaß sie doch das typische blonde Haar und die blaugrünen Augen der Cornoviers. Ein einziges Mal nur hatte er sie in einem Kleid gesehen. Ansonsten traf man sie ausschließlich in der Kluft einer Kampfmagierin an, die sie auch vor ihrem Erbantritt gewesen war. Wenig anmutig, aber funktionell. Viel Leder und robuste Stoffe. Hosen natürlich und hohe trittfeste Stiefel. Alles in den Farben weiß und blau gehalten – bis auf das Leder. Manchmal kam es ihm sogar so vor, als würde sie sich an ihrer Schönheit stören, weshalb sie oft bemüht wirkte, dem entgegenzuwirken. Nicht nur durch ihre Kleidung oder im Auftreten, sondern vor allem durch das kurz gehaltene Haar, welches ihr im Augenblick wirr zu allen Seiten hin abstand. Silberne Blitze tanzten in ihren Augen. Er hatte schon miterlebt, wie sie mit ihren Händen einige dieser todbringenden Ladungen abgefeuert hatte. Blieb nur zu hoffen, dass ihre Blicke davon ausgeschlossen waren.

»Lykaon hat sie!«

Lykaon? Der Imperator persönlich? Hatte er sich verhört? Oblyvar lag am nördlichsten Punkt des südlichen Kontinents und Lykosura weit im Süden. Makhai befand sich dazwischen. Wie also konnte es sein, dass Mira binnen dieser paar Monate vom nördlichsten Punkt zum südlichsten gelangte, ohne dass die Spione Makhais es mitbekamen?

Samas' Gedanken rasten und ihm wurde schlecht. Lykaon persönlich? Seit Jahrhunderten beherrschte Erea die Furcht vor der Schwarzen Streitmacht und nun sollte Mira die Gefangene des größten Feindes aller freien Völker sein?

Kopfschüttelnd streifte er die Starre ab und trat an den Tisch heran. »Bist du sicher?«

Sie warf ihm die Schriftrolle entgegen, in der sie eben noch gelesen hatte. Das zerbrochene Siegel war ihm unbekannt. Stirnrunzelnd rollte er das Pergament auf und flog rasch über die Zeilen. Dabei sank er langsam auf den nächstbesten

Stuhl. Der Verfasser dieses Berichts schien davon überzeugt zu sein, dass man Mira nach Lyksoura brachte. Langsam ließ Samas die Schriftrolle sinken und hob den Blick zu Cailin. »Wer ist Garm?«

»Ein Anführer der Jägergilde«, antwortete Lucan, der soeben den Saal betrat.

»Wo warst du? Ich habe dich gesucht!«

Wenn der Sturm über ihren Köpfen und Cailins gesamte Erscheinung nicht ausreichten, um Lucan wenigstens den Hauch einer Gefühlsregung zu entlocken, dann wusste Samas wirklich nicht, was es überhaupt konnte.

Vollkommen beherrscht, als käme er von einem netten Spaziergang im Garten, schritt er um den Tisch herum, direkt auf Cailin zu. Dieser Mann trug ausschließlich dunkle Farben. Auch seine Haare, Augen und sogar die Aura schienen von Dunkelheit umwabert zu sein.

Hieß es nicht, er sei ein Sumrung? Den Formwandlern haftete eigentlich immer eine animalische Aura an. Seltsam, dass Samas erst jetzt all diese Ungereimtheiten auffielen. Dabei diente Lucan schon so viele Jahre in der Königsgarde seines Vaters. Man fragte sich, welche Art Sumrung unter seiner menschlichen Erscheinung lauerte und ob beide womöglich mehr waren als Mentor und Schülerin. Und wie konnte es eigentlich sein, dass ein Sumrung und eine Magierin diese Rollen einnahmen? Formwandler mochten magiebeseelte Wesen sein, aber Magie aktiv wirken, zählte nicht zu ihren Talenten. Eine Frage, die Samas schon länger beschäftigte. Vor allem in Momenten wie diesen, wenn er beide miteinander agieren sah. Sie gingen sehr vertraut miteinander um.

»Du musst dich beruhigen, Cailin«, wiederholte der Dunkle Gardist mahnend, ohne auf ihre Farge einzugehen. Sie ignorierte seine Mahnung. »Wie lange soll ich noch passiv bleiben? Wie viele Verluste müssen wir noch erdulden, bis die Krone einsieht, dass wir angreifen müssen?!«

Lucan fasste nach ihren Händen und legte sie sich auf die Brust. »Beruhige dich. Dein Sturm verursacht Schäden in der Stadt. Tote wirst du nicht verantworten wollen.«

Das schien Wirkung zu zeigen, denn Cailin schloss die Augen und übte sich in Mäßigung.

Samas fehlte leider die Geduld, darauf zu warten, bis Cailin sich wieder gefangen hatte. Also fragte er: »Wer oder was ist die Gilde der Jäger?«

»Genau das, wonach es klingt«, antwortete Lucan und sprach dann – wie immer – nicht weiter. Diesen Mann musste man regelrecht zum Sprechen zwingen. Wenigstens wirkte, was auch immer er mit Cailin tat. Nach und nach erhellte sich der Saal und Tageslicht drang durch die Fenster.

»Sag es ihm«, murmelte die Fürstin.

Was hatte man ihm vorenthalten? Dass Mira nach Lykosura gebracht wurde, musste Cailin auch erst jetzt erfahren haben. Andernfalls wäre der Sturm über Kaukon schon vor Wochen ausgebrochen.

Sieben Monate.

So lange verweilte er nun schon in der Hafenstadt. Ursprünglich mit Mira hier her versetzt worden, um Cailins Kampf gegen des Kaisers Schwarze Flut zu unterstützen, war er auch nach ihrer Entführung geblieben. Ebenfalls auf Befehl des Königs, der Samas als Botschafter in Kaukon einsetzte. Die royale Version eines Hausarrestes, denn seinem Vater musste klar gewesen sein, dass er sich auch allein auf den Weg nach Oblyvar gemacht hätte, um Mira zu suchen. Nicht einmal der Einsatz an der Front war ihm erlaubt, denn ein verdammter Botschafter hatte dort nichts zu suchen. So verbrachte er seit Monaten seine Tage damit, Briefe zu schreiben, in denen er Machon über die neuesten Entwicklungen an der Front auf dem Laufenden hielt. Abgestellt, während um ihn herum alles aus den Fugen geriet. Daraufhin hatte Cailin ihm die Aufgabe übertragen, die Wachfestung zu den Schwarzlanden wiederaufzubauen und mit mehr Männern zu bestücken. Mit dieser Beschäftigung und den gelegentlichen Begegnungen mit der schönen Bardin aus Imrit hatte er die letzten Monate irgendwie den Kopf über Wasser gehalten.

»Die Gilde besteht vor allem aus Zwergen«, erklärte der Gardist, womit er Samas wachsende Ungeduld fürs Erste zum Schweigen brachte.

»Spione des Reichs unter Tage. Sie haben ihr Hauptlager in Raquia und kontrollieren diese Stadt seit Jahrzehnten aus dem Schatten heraus. Garm ist zufälligerweise ein ...«, er schien nach dem richtigen Wort zu suchen, »... alter Freund von mir.« Der Gardist hielt inne, als Cailin ihre Augen wieder öffnete und dabei langsam die Hände zurückzog. Nun übernahm sie die Erklärung: »Durch ihn haben wir erfahren, dass Mira und die Erste Waffe Lykaons Zuflucht in Garms Gaststätte gefunden haben. Sie sind wohl ... mehr als Verbündete.«

Samas stutzte. Diese Information drang nur verzögert zu ihm durch und als sie das tat, entfachte es ein Inferno in seinem Inneren. Sämtliche Gesichtszüge entglitten ihm. »Du machst Witze!«

»Sehe ich aus wie jemand, der darüber Witze machen würde?«

»Mira und eine Waffe Lykaons?« Nein! *Die* Erste Waffe Lykaons auch noch. »Das ist absurd!«

Mira war eine treue Kampfmagiern der Vereinten Fürstentümer Makhais. Ihre Loyalität hatte sie dazu verleitet, frühzeitig den Ritus zum Sturmfürsten zu begehen und dann sollte ausgerechnet sie sich auf eine Tändelei mit dem Feind eingelassen haben? Vielleicht sogar die Seite gewechselt haben? Was für ein schlechter Witz!

Samas schüttelte mehrfach den Kopf. »Ein Zweckbündnis? In Ordnung, aber das? Dieser Garm hat das bestimmt falsch verstanden. Wie sicher können wir uns sein, dass das nicht Teil einer ausgeklügelten Manipulation ist?«

Viele nachfolgende Herzschläge lang herrschte eine sehr ungemütliche Stille im Raum. Jedem musste klar sein, was das als Konsequenz nach sich zog, sollte dieser Bericht der Wahrheit entsprechen. Begriffe wie *Hochverrat* und *Schafott* kamen ihm in den Sinn. Schlimmer noch. Wenn das stimmte, dann bekam Miras Anwesenheit in Lykosura einen völlig neuen Beigeschmack. Einen, bei dem es Samas eiskalt den Rücken hinab lief.

»Wer weiß noch davon?«

Cailin sank auf den nächstbesten Stuhl. »Es ist nur eine Frage der Zeit, bis ganz Makhai davon spricht.«

Der Gardist winkte ab. »Gerüchte lassen sich nicht verhindern. Absolut gewiss ist auch nur, dass Mira nach Lykosura gebracht wird. Ob freiwillig oder nicht, ist im Augenblick nur von zweitrangiger Bedeutung.« Er suchte eindringlich Cailins Blick. »Du solltest dich auf Forderungen gefasst machen.«

2

Sturmmeer

MIRA

Nur das leise Knarzen des Holzes, welches sich unter der Last des Wellengangs bog, durchbrach die anhaltende Stille. Lange konzentrierte sich Mira allein auf diesen Klang, um wenigstens für eine Zeitlang ihren Gedanken zu entfliehen. Erwacht war sie schon vor einiger Zeit, doch stellte sie sich noch immer schlafend, weil sie nicht bereit war, sich dem Unvermeidlichen zu stellen. Langsam näherte sie sich aber dem Punkt, an dem weiteres Ausharren lächerlich wurde. Schließlich wusste sie, dass er anwesend war. Genauso wie er wissen musste, dass sie längst nicht mehr schlief.

Und doch füllte Schweigen den Raum zwischen ihnen. Was sollte es auch zu sagen geben? Sie wusste, wo sie sich befand. Auf einer Fregatte der Schwarzen Flotte und damit auf dem Weg in die nächste Gefangenschaft.

Pheros, Erste Waffe Lykaons und oberster General der Schwarzen Streitmacht, hatte sie gefangengenommen.

Bedingungslos, mit Leib und Seele, hatte sie sich auf ihn eingelassen, obwohl sie es hätte besser wissen müssen. Zu gut erinnerte sie sich an die vielen kostbaren Momente mit ihm. An sein Lachen, das er so selten mit anderen teilte. An all die Gespräche über Erea und die Götter. An seine Nähe, die sich so tief in ihr Herz gebrannt hatte, dass allein die Erinnerung daran Schmerz auslöste. Mira wusste noch zu gut, wie es sich anfühlte, mit dem Klang seines Herzschlags an ihrem Ohr einzuschlafen. Wie mühelos er das Gefühl der Sicherheit in ihr zu wecken vermochte. Wie leicht es gewesen war, Pflicht und Vernunft in seinen Armen zu vergessen.

Allen Vorurteilen zum Trotz war Zuneigung zwischen ihnen erwachsen. Deshalb suchte ihr Herz so verzweifelt nach einer Erklärung, warum er sie dennoch nach Lykosura brachte. Sie fand aber nur jede Menge Zweifel und eine namenlose Angst, die bereits tiefe Wurzeln schlug. Geschürt von dem immer wiederkehrenden Alptraum, in dem grausame Drachenaugen sie verfolgten.

Ewig konnte sie hier aber nicht liegen und in ihrem Kummer baden. Am Ende ertrank sie noch darin. Dabei lag es nicht in ihrer Natur, sich der Ohnmacht einer ausweglosen Situation zu ergeben. Sich darauf besinnend, öffnete Mira ihre Lider und richtetet sich langsam auf. Erst als sie saß, lenkte sie den Blick in seine Richtung.

Schwarze Stiefel, von denen sie wusste, dass sich immer ein Dolch darin verbarg. Übergehend in eine ebenso schwarze Hose, Waffengurt und Weste. Die maßgefertigte, leichte Panzerung einer Waffe Lykaons. Vornübergebeugt, die goldrot glühenden Drachenaugen auf sie gerichtet.

Verderben.

Das Wort hallte endlos wider in ihren Gedanken. Mira fiel das Atmen schwer. So weh tat es, ihn auch nur anzusehen. Schmerz und Wut rangen um die Oberhand, doch beides brachte sie nur dem Rand der Verzweiflung nahe. Also wandte sie sich ab, verschloss ihr Herz und ihre Seele vor der Dunkelheit, die sie ohne jeden Zweifel erwartete.

Wie weit sie inzwischen vom Festland entfernt sein mochten?

Wie lange ruhte sie schon hier in dieser Kajüte, betäubt von dem Pfeil, der sie in die Knie gezwungen hatte? Wer hatte ihn abgefeuert? Einer seiner Geschwister?

Bei den Fenstern angekommen, hob sie die Hand, um eines davon zu öffnen. Auf halbem Weg hielt sie jedoch inne, da ihr das neue Armband auffiel. Obsidian-Fesseln.

Nicht schon wieder ...

»Wie lange war ich bewusstlos?«, fragte sie in gefasstem Tonfall und ohne ihn dabei anzusehen. Dann öffnete sie das Fenster. Salzige Meeresluft schlug ihr entgegen und offenbarte einen grauen Morgenhimmel. Einen Moment lang spielte sie mit dem Gedanken zu springen. Ohne ihre Magie kam sie nur nicht sehr weit und so eine gute Schwimmerin war sie nicht, um es darauf ankommen zu lassen. Welche Route nahmen sie eigentlich? Das Sturmmeer konnte es nicht sein, oder wagten sie es doch? Während der Wintermonate galt diese Passage als reinste Todesfalle.

»Ein paar Stunden«, antwortete er, was ihr Herz stolpern ließ. Gerade so unterdrückte sie den Impuls, sich nach ihm umzudrehen.

»Mira –«, setzte er an, doch sie fiel ihm direkt ins Wort.

»Nein!«

Wut und Schmerz schwangen in jeder Silbe mit, noch bevor sie es hätte aufhalten können. Schon waren ihre Pläne über den Haufen geworfen. Nur, weil er ihren Namen sagte. Es versetzte ihr einen Stich und sie ließ es ihn sehen, weil sie nicht stark genug war, ihm mit Kälte zu begegnen.

»Sag mir nicht, du hättest keine Wahl gehabt. Erspar mir diese Lüge und lass uns doch lieber bei den Tatsachen bleiben.« Zur Verdeutlichung hob sie ihr Handgelenk mit dem Obsidian. »*Naive Idealistin.* So hast du mich genannt. Jetzt sehe ich, was du immer in mir sahst. Jetzt verstehe ich, wie recht du damit hattest. Danke für diese wertvolle Lektion, *General*!«

So viel mehr wollte sie ihm sagen, doch nun drohte ihre Stimme zu versagen. Also wandte sie sich wieder ab und starrte hinaus auf das Wasser. Raue Fingerkuppen umfassten ihr Kinn, sachte und dennoch bestimmend, um ihr Gesicht zu sich zu drehen. Jetzt blickten ihr keine Drachenaugen entgegen, nur das schmerzlich vertraute Dunkelblau. Mira bekämpfte mit aller Willenskraft, was seine bloße Nähe, diese Berührung und seine Stimme in ihr auslösten.

»Du hast jedes Recht, mich zu hassen, aber glaube nicht auch nur einen Augenblick lang, dass irgendetwas davon gespielt war. Es war *echt,* Mira. Und ... das ist es noch immer.« Er atmete einmal tief durch und fügte leiser hinzu: »Für mich ist es das noch immer.«

Sie entzog sich ihm und trat kopfschüttelnd zurück. »Für mich nicht. Nicht mehr.«

Er sah sie an, als hätte sie ihm ins Gesicht geschlagen. Sie ließ nicht zu, was das mit ihr machte. Nie wieder dürfte sie ihrem Herzen nachgeben, das sich trotz allem so unbedingt in seine Arme stürzen wollte.

Nie wieder!

Lange sahen sie einander einfach nur an. Für Mira fühlte es sich an, als stünde sie auf scharfkantigen Glasscherben. Jede einzelne davon schnitt schmerzlich tief in ihre Haut. Was auch immer sie gewesen sein mochten, blieb zurück in Raquia. Jetzt standen sie wieder am Anfang, als Feinde.

3

PHEROS

Lykaja reichte Pheros einen Schlauch mit Wein, bevor sie sich zu seiner Rechten niederließ. Sie befanden sich im Bug des Schiffs. Genetor lehnte ihm gegenüber an der Reling, die geliebte Axt in seinen Armen haltend. Inzwischen hielt die Nacht Einzug über dem Sturmmeer und die Zwillinge schienen hell am Himmel. Wenigstens versprach es eine ruhige Nacht zu werden mit nur leichtem Wellengang.

»Sprich mit uns«, bat Lykaja leise, wobei sie dafür bewusst das Arkad wählte.

»Was wollt ihr von mir hören, dass ihr nicht längst wisst?«, erwiderte er. Sie waren doch dabei gewesen und hatten gesehen, wie sehr es ihm zugesetzt hatte, Mira auf das Schiff zu bringen. Jeder Schritt hatte sich angefühlt wie der Gang zum Schafott. Nun saß er hier, stundenlang schweigend, nachdem er bei Mira gewesen war.

»Liebst du sie?«, fragte Genetor. Ein Schlag ins Gesicht wäre gnädiger gewesen als diese Worte.

Lykaja stieß Genetor mit der Stiefelspitze an. »Gen!«

Der räusperte sich unbeholfen. »Ja, ich meine ja bloß ... Du bist doch ... Also ... Ich habe dich nie so ...« Die Worte stolperten nur so aus ihm heraus. Lykajas tadelnder Blick brachte den Zorn Lykaons schließlich zum Schweigen.

Von klein auf kannten sie ihn als unerschrockenen Anführer. Als großen Bruder, der nie schwankte. Der Pragmatist, der immer einen Plan hatte. Jetzt saß er hier, tief in sich versunken und etwas bedauernd, das keiner von ihnen jemals für möglich gehalten hätte. Am allerwenigsten er selbst.

Für mich nicht. Nicht mehr ...

Ihre Worte hallten in ihm nach und hinterließen ein Brennen in seinem Herzen. Er hatte sie wirklich verloren. Wie sollte sie ihm das jemals verzeihen? Wie ihm jemals wieder vertrauen?

»Es spielt keine Rolle mehr«, sprach er mit dem typischen Pragmatismus eines Feldherren, der wusste, wann eine Schlacht verloren war. Er legte den Kopf in den Nacken, um ziellos zu den Sternen hinaufzublicken. »Es war von Anfang an zum Scheitern verurteilt.«

Das sagte er sich selbst immer wieder, doch im Grunde glaubte er nicht daran. Dafür empfand er zu viel für sie. Er *wollte* sie nicht aufgeben. Der Krieger in ihm akzeptierte diese Niederlage nicht und so drehten sich seine Gedanken ewig im Kreis, auf der Suche nach einem Weg, doch noch zu siegen.

Lykajas Hand fand unvermittelt seine Wange. Eine sanfte Berührung, die ihm die Bitte vermittelte, Einlass in seine Gedanken zu gewähren. Pheros nickte knapp. Diesmal waren es keine Worte, die sie flüsternd von Geist zu Geist transportierte, sondern Bilder. Seine Schwester zeigte ihm ihre Reise durch Oblyvar. Durch ihre Augen sah er erneut die Arena und den Palast. Diesen verhassten Ort der Grausamkeit. Auch ohne ihr Zutun konnte er den kratzigen Sand auf seiner Haut spüren und das viele Blut, das an seinen Händen klebte ...

Lykaja erlaubte ihm nicht, allzu lange in diesen Erinnerungen zu verweilen, denn sie führte ihn bereits weiter. Fragmente von Gefühlen und Worte, die jetzt seine Gedanken füllten, waren seine eigenen. Bruchstücke *seiner* Reise, die sie durch die Berührung ihrer Hände aufgelesen hatte. Pheros erkannte den Divan im Palast der Herrscherin. Hier hatte sich ihr offenbart, dass die Beziehung zu Mira sich zu verändern begann.

Es war in jener Nacht passiert, als Mira seine Narben entdeckt und verstanden hatte, dass die Waffen Lykaons einen hohen Preis für ihre Kampfkunst bezahlten. Da hatte sie ihre ersten Vorurteile ihm gegenüber abgelegt und begonnen, den Mann zu sehen und nicht nur die Legende, zu der die Bardenlieder ihn gemacht hatten. Wenn er sich an dieser Stelle nur anders verhalten hätte, wären sie heute nicht in dieser Situation. Würde er alles anders machen, wenn er das Rad der Zeit zurückdrehen könnte?

Nein. Würde er nicht, denn dann hätte er nie erfahren, wie es war, mit Mira zusammen zu sein. Er hätte nie gewusst, wie gut es sich anfühlte, wenn ihre Finger liebevoll durch sein Haar strichen. Wie süß ihr Kuss schmeckte. Wie viel Wärme in einem einzigen Lächeln von ihr lag und wie sehr er es vermisste, sobald es schwand. Er hätte auf all die humorvollen, unerschrockenen, unerwarteten, ihn herausfordernden und so überaus kostbaren Augenblicke verzichten müssen.

Zeigte ihm Lykaja deshalb all diese Momente? Damit er Klarheit darüber erlangte, ob ein Kampf sich lohnte? Bevor er tiefer in diese Überlegungen eintauchen konnte, zog Lykaja ihn weiter. Zurück zum Tal am Fuße eines Gebirges. Weiter noch bis zu jenem Moment, als Genetor und Lykaja hinzugekommen waren, während die eigenen Soldaten Mira umkreist hatten. Die Bogenschützin ließ ihn wissen, dass sie den Betäubungspfeil, den sie auf die Magierin abgefeuert hatte, nicht bedauerte. Nicht die Tat, denn sie hatte damit Schlimmeres verhindert. Was sie bedauerte, war sein Kummer.

Sacht schüttelte Pheros den Kopf, um ihr die Sorge zu nehmen, er könne es ihr übelnehmen. Er war es, der zugelassen hatte, dass Mira derart tief in sein Herz vorgedrungen war. Er war es, der sich leichtsinnig verhalten hatte und nun den Preis dafür bezahlte. Etwas an diesem Gedanken, den er ungefiltert mit seiner Schwester teilte, schien ihr jedoch zu missfallen.

Er kam nicht mehr dazu, diese Regung zu hinterfragen, da schlagartig ein unnatürlich starker Wind an ihnen zerrte. Irritiert löste Lykaja die Verbindung, indem sie die Hand von seiner Wange nahm. Alle drei Waffen Lykaons erhoben sich gleichzeitig.

»Vielleicht hätten wir doch eine andere Route nehmen sollen«, murmelte Lykaja, den Kopf in den Nacken legend. Pheros folgte ihrem Blick. Direkt über ihnen zogen sich dunkle Wolken zu einem Knoten aus Regen und Wind zusammen. Er erkannte es am schwindenden Licht der Zwillinge. Es war, als stürzten sie in eine tiefe Finsternis. Haltlos und bodenlos. Ein ohrenbetäubender Donner eilte den Blitzen voraus, die ungezähmt über den Himmel zuckten.

»Holt die Segel ein!«, rief Keenan irgendwo im Hintergrund. Im Augenwinkel sah Pheros ihn über das Deck auf sie zu schreiten. Der Drake in ihm erwachte und manifestierte sich sichtbar in seinen Augen. Etwas stimmte nicht. Das alles ging viel zu schnell. Eben noch friedlich dahingleitend, befanden sie sich jetzt mitten im Chaos. Da war Magie im Spiel, aber die einzige Magierin an Bord ... war Mira.

Das Obsidian verhinderte die Anwendung ihrer angeborenen Kräfte. Das galt jedoch nicht für den Sturm.

Eine hohe Welle brachte das Schiff zum Schwanken. Pheros taumelte gegen die Reling und sah sich schon ins Wasser stürzen, als sich das Schiff doch wieder in die Gerade erhob. Dicht gefolgt von einer weiteren Welle, die über das Deck spülte.

»Wir werden angegriffen!«, rief Genetor, der sich ein Seil schnappte, um sich daran festzuhalten. Rufe wurden laut, während die Mannschaft versuchte, Herr der Lage zu werden. Genetor hatte recht. Sie wurden von irgendetwas oder irgendjemandem attackiert, aber das konnte nicht Miras Werk sein. Mehr als sein Herz verriet ihm das seine Nase. Nach all der Zeit mit der Sturmfürstin als Verbündete und Geliebte war ihm ihr Geruch in Mark und Bein übergegangen. Auch der ihrer Magie.

Es lag immer eine bestimmte Duftnote in der Luft, wenn Magie gewirkt wurde. In Miras Magie steckte etwas sehr Reines und Ursprüngliches. Es erinnerte ihn an ein Sommergewitter.

Die Magie, die jetzt in der Luft hing, stank hingegen faulig nach Moder und Verderben. Auch dieser Geruch war ihm nicht fremd. Nicht mehr, denn während ihrer langen Flucht aus Oblyvar hatten sie es ein paar Mal mit den Magiern der Namenlosen zu tun gehabt. Einem längst ausgelöscht geglaubten Orden von Fanatikern, die glaubten, dass der Weltenbrand allein die Welt retten konnte.

»Bei allen Höllen!«, fluchte Pheros. Das hier trug deren Handschrift. Da war er sich absolut sicher.

»Wer greift uns an?!«, rief Lykaja über den Lärm der tosenden Wellen hinweg.

»Es stinkt!«, brüllte Genetor.

Lykaja schickte sich an, zu ihm zu gelangen, wodurch sie ihren Halt an der Reling aufgab. Genau in diesem Moment bemerkte Pheros im Augenwinkel die nächste hohe Welle.

»Lya nicht!«

Doch das Wasser hatte sie längst erreicht. Pheros musste hilflos mitansehen, wie seine Schwester erst gegen ein paar festgebundene Fässer taumelte und dann mit der Wucht über Bord gespült wurde. Etwas hielt sie jedoch zurück. Als zöge eine unsichtbare Macht an ihr, flog sie direkt in Genetors Reichweite, der sie sofort an sich zog. Gemeinsam klammerten sie sich an den Hauptmast.

Ein Sommergewitter inmitten eines Seesturms mischte sich in den modrigen Geruch des Todes und Pheros' Herz setzte einen Schlag aus.

Mira!

Sein Blick flog zum Oberdeck und tatsächlich stand sie dort. In ihren Augen tanzte der Sturm. Verbissen kämpfte sie gegen das an, was auch immer das Schiff angriff. Pheros wollte gar nicht erst so tun, als verstünde er, was hier geschah und auf welche Weise sie dagegen anging. Er wusste nur, *dass* sie es tat. In den Augen seiner Soldaten musste es jedoch ganz anders wirken. Verunsichert starrten sie ihn an.

»Sollen wir *irgendwas* umbringen?«, donnerte Genetors Stimme über das Krachen der Wellen hinweg.

Pheros schüttelte entschieden den Kopf. »Festhalten und Mira nicht in die Quere kommen!«

Vereinzelt fing er ein Nicken ein. Er musste sich darauf verlassen, dass sein Befehl die Runde machte. Mehr als irgendwo Halt zu finden, erschien ohnehin nicht möglich. Nicht bei diesem Wellengang. Er selbst machte sich auf den

Weg zu ihr. Nur sehr langsam kam er voran, doch als er sie endlich erreichte, konnte er erkennen, was sie tat. Ihre Hände bewegten sich unaufhörlich, in einstudierten Bewegungsabläufen, die abwechselnd einen Schild oder Windstoß erzeugten. Für den Schild hob sie drei Finger hoch. Mit der anderen formte sie eine flache Hand, die sie zurückzog, parallel zur anderen, als würde sie einen Bogen spannen. Die Technik der Kampfmagier, defensiven und aktiven Energien eine Form zu verleihen. Pheros erinnerte sich. In der Abgeschiedenheit des Drachengebirges, als sie damit begonnen hatten, einander zu trainieren, dürfte er zum ersten Mal ein paar dieser Techniken sehen.

Direkt neben ihr stehend fragte er: »Was soll ich tun?«

Sie sah ihn nicht an und schüttelte nur den Kopf. Beiläufig musste sie den Haftzauber erweitert haben, der sie an Deck hielt. Pheros erkannte die magischen Silberfäden, die sich um ihre Fußknöchel rankten, sich jetzt auch um seine Beine schlängelten.

Wasser und Wind peitschten ihnen erbarmungslos entgegen. Er schmeckte Salz auf den Lippen und verfluchte die Untätigkeit, zu der er verdammt war.

Eine Mischung aus Stolz und Sorge flammte in seiner Brust auf. Vollkommen beherrscht und konzentriert wirkte sie mehr denn je wie eine Sturmfürstin aus den Legenden. Nur unterlag die Macht einer solchen Naturgewalt einem empfindlichen Gleichgewicht und Mira war noch zu jung, um diese Magie gefahrlos zu lenken. Mit wachsender Angst beobachtete er, wie ihre Haut an den Händen und Armen feine Risse bekam. Wie immer, wenn sie zu viel aus dieser uralten Quelle schöpfte.

»Mira!«

Sie ignorierte ihn.

»Du musst aufhören!«

Sie beachtete ihn auch weiterhin nicht, weshalb er nach ihren Schultern fasste, um sie notfalls dazu zu zwingen, damit aufzuhören.

Einen Herzschlag später durchbrachen sie eine Art unsichtbare Barriere. Pheros spürte den Ruck, der das gesamte Schiff erfasste, bevor es schlagartig auf ruhiger See weitertrieb. Als wäre nie etwas gewesen, ragten jetzt Sterne und Monde wieder über ihnen auf. Ihr Licht spiegelte sich auf der ruhigen Wasseroberfläche. Fast schon sanft strich der Wind über sein Gesicht. Prüfend warf er einen Blick über die Schulter, wo der Sturm noch immer tobte und ein sehr bizarres Schauspiel darbot. Als hätten sie eine große, wütende Glaskugel verlassen, in der noch immer dieser Wirbel aus Wasser und Wind wütete, der sie beinahe zerrissen hätte.

Was bei allen neun Höllen?!

Plötzlich fiel der Haftzauber von ihm ab. Miras Schultern entglitten ihm und sie sank kraftlos auf die Knie. Pheros folgte ihr, erneut nach ihr greifend, aber sie entzog sich ihm. Klemmte sich beide Hände unter die Achseln und schloss die Augen, während sie sich in den Schneidersitz begab. Auch diese Übung beobachtete er nicht zum ersten Mal an ihr. Daher wusste er, dass sie gerade all ihre Konzentration darauf aufwendete, den Sturm zurückzurufen, bevor es sie zerfetze. Stellenweise glühte ihre Haut noch und sie zitterte am ganzen Leib.

»Sie wissen, dass wir Raquia verlassen haben«, sprach sie unvermittelt, die Augen noch immer geschlossen.

»Wer?«, fragte Genetor, der zusammen mit Keenan und Lykaja das Oberdeck betrat.

»Die Kinder des Namenlosen«, antwortete Pheros, wobei er Mira nicht aus den Augen ließ. *Höllen!* Er wollte sie so unbedingt in seine Arme ziehen und halten. Erst, als das Glühen unter ihrer Haut verschwand und sie endlich ihre Augen aufschlug, wich die Anspannung auch aus seinem Körper.

»Glaubst du immer noch, dass es ihnen nur darum geht, die Führung unserer Reiche zu destabilisieren? Weißt du, was es braucht, um einen solchen Zauber zu wirken?« Sie schnaufte und atmete dann wieder ruhiger weiter. »Diese Angriffe sind persönlich orientiert, Pheros. Ich habe den Hass in diesem Zauber gespürt.«

Keenan rieb sich mit dem Daumen über die Stirn. »Aber wer könnte es persönlich auf euch abgesehen haben?«

Genetor grunzte und kreuzte die Arme vor der Brust. »Wer nicht?«

»So meinte ich das nicht«, korrigierte sich der Hauptmann rasch. »Wenn der politische Aspekt ausgeschlossen ist, was bleibt dann noch? Wer von den Namenlosen könnte es auf euch *persönlich* abgesehen haben? Und warum?«

Pheros konnte den Blick nicht von Mira abwenden. »Mira hat eine Basis der Namenlosen zerstört. Ich könnte mir vorstellen, dass sie das sehr persönlich genommen haben.« Ob das Grund genug war, einen solchen Angriff auszuführen, konnte er nicht sagen.

»Sie ist verletzt«, merkte Lykaja an.

Mira schnaufte nur und deutete auf den Obsidian an ihrem Handgelenk. »*Sie* hätte das auch ohne die Macht des Sturms hinbekommen, aber das Imperium versteht sich bestens auf unliebsame Willkommensgeschenke.«

Genetor räusperte sich rasch, um sein Auflachen zu kaschieren. Lykaja verzog hingegen keine Miene und Pheros schluckte die Schuldgefühle herunter, die ihn zu ersticken drohten.

Suchend wanderte sie mit den Augen über das Deck, bevor sie ihn gezielt ansah. Sie warnte ihn. Es war noch nicht vorbei.

Zwei Herzschläge später erklang ein gespenstisches Flüstern. Der Singsang von tausend Stimmen, die sich zu einem Chor verdichteten. Pheros versuchte, genauer hinzuhören, aber die Laute ergaben keinen Sinn.

»Was für eine Scheiße!«, rief Genetor. Fest umschloss er den Griff seiner Streitaxt. »Versteht das einer? Was kommt jetzt?«

Auch Lykaja wirkte alarmiert. »Die Stimmen klingen ... verzweifelt.«

»Als würde man in einem Grab stehen«, sprach Keenan leise, mehr an sich selbst gewandt. Genetor sah sich gehetzt um. »Geister?« Die Tonlage eine ganze Oktave höher.

Pheros legte die Stirn in Falten, bevor er Miras Blick wieder einfing. Er musste die Frage nicht erst formulieren, die ihm auf der Zunge lag. Leicht neigte sie den Kopf zur Seite, um den Stimmen besser lauschen zu können. Ein erneutes Aufblitzen des Sturms in ihren Augen verriet ihm, dass ihr nicht gefiel, was sie da hörte. Ein tiefer Atemzug folgte, bevor sie übersetzte: »Du wirst im Blut deiner Sünden ertrinken ... Tod ... Tod der Ersten Waffe Lykaons.«

4

Zwei Wochen später
Lykosura, Hauptstadt

MIRA

Die Tage nach dem Angriff verstrichen ereignislos. Da man ihr ein gewisses Maß an Wohlwollen entgegenbrachte, nachdem sie allen das Leben gerettet hatte, dürfte sie an Deck spazieren gehen. Nur hielt sich Pheros meistens dort auf, weshalb sie der Kajüte den Vorzug gab. Das Atmen fiel ihr schwer in seiner Nähe. Egal, was sie sich einzureden versuchte und wie hart sie sich um mehr Gleichgültigkeit bemühte, der Schmerz blieb ihr ständiger Begleiter. Ebenso wie diese leise, verräterische Sehnsucht, die immer dann erwachte, wenn sie an ihn dachte. Jetzt kam auch noch die Sorge um sein Leben hinzu. Die Namenlosen hatten es ganz persönlich auf ihn abgesehen. Gleichzeitig schalt sie sich selbst eine Närrin. Sich Sorgen um den Feind zu machen, hatte sie überhaupt erst in diese Lage gebracht.

Nachts schmerzte die Sehnsucht am schlimmsten, da sie so sehr an seinen Herzschlag an ihrem Ohr gewöhnt war. Bei Tag gab es wenigstens Ablenkungen und nach dem dritten vergeblichen Versuch gab Pheros es auf, das Gespräch zu suchen. Nach diesem letzten Vorstoß kam nur noch Keenan zu ihr, der Hauptmann mit den freundlichen braunen Augen. Oder Daria, die sich als seine Stellvertreterin vorgestellt hatte. Dunkelbraune Haut, schwarzes Haar und eisblaue Augen verliehen der Soldatin ein höchst seltenes Aussehen, exotisch sogar. Jedenfalls für jemanden, der aus Makhai stammte.

Mira sah keinen Grund, unfreundlich zu werden, da beide ihr respektvoll begegneten. Daria lieh ihr sogar ein Buch, damit sie die Zeit unter Deck totschlagen konnte. Offenbar waren beide Soldaten gerngesehene Besucher der Palastbibliothek Lykosuras. Den Zugang dazu hatten sie Pheros zu verdanken. Generell sprachen beide Soldaten immer sehr respektvoll von ihm.

Nachdem Mira das Buch ganze zweimal gelesen hatte – es handelte sich um einen Märchenband – ging sie dazu über, in den Truhen zu stöbern, die im Raum herumstanden. Eine davon beinhaltete alle Habseligkeiten aus dem Haus in den Bergen. Von den gestohlenen Kochtöpfen bis zu den Fellen und sogar dem Kartenspiel, für das sie Pheros hatte begeistern können. Lange konnte sie nur nicht darin kramen. Es erinnerte sie zu sehr an die gemeinsame Zeit.

Nun stand sie am Fenster und blickte der Stadt entgegen, die immer größer wurde. Das Zentrum jenes Reichs, dass so viele Königreiche Ereas unterworfen hatte.

Was den Zustand der Hauptstadt anging, kursierten sehr viele Gerüchte und die wenigsten waren schmeichelhaft gemeint. Das galt aber auch für die berühmtberüchtigten Sieben Waffen Lykaons.

Bald schon würde sie Wahrheit von Lüge trennen können. Damit kam sie auch zurecht. Womit sie weniger gut zurechtkam, war der Imperator selbst. Insgeheim fürchtete sie ihn. Unmöglich einzuschätzen, was er mit ihr vorhatte, oder ob sie diese Begegnung überhaupt überleben konnte ...

Miras Gedanken verstummten, als die Erste Waffe Lykaons sich der Kajüte näherte. Seine Schritte erklangen vor der Tür. Sie wusste immer, wenn er sich näherte. Nach all der Zeit hatte sie so etwas wie ein Instinkt für ihn entwickelt.

»Cailin wird nicht einlenken. Lykaon wird mit mir nur seine Zeit verschwenden«, sprach sie aus, was ihr als Erstes in den Sinn kam, nachdem er eingetreten war. Dabei behielt sie die Augen auf das Wasser gerichtet.

»Das erste Wort, das du nach Tagen an mich richtest und dann gilt es dem Imperator?«

Mira zuckte mit den Schultern. »Erscheint mir angemessen, wenn man bedenkt, für wen du mich zur Schlachtbank führst.«

Er erwiderte nichts darauf. Dafür berührten raue Fingerspitzen ihre Hand. In vertrauter Weise fuhr sein Daumen über die dünne rote Linie auf ihrem Handrücken. Die Risse waren inzwischen zum Großteil verheilt, aber dieser eine würde bleiben und zu einem Schatten auf ihrer Haut verschmelzen. So wie seine, die sich so zahlreich auf seinem Körper befanden. Mira erinnerte sich an jede einzelnen davon.

»Sei nicht impulsiv. Provozier ihn nicht«, raunte er leise, fast schon sanft.

Seine Hand fuhr in ihren Nacken. Mira schloss die Augen und hielt den Kopf gesenkt, um wenigstens die Illusion von Ablehnung aufrecht zu erhalten.

»Sieh mich an«, sagte er leise, mit dieser unter die Haut gehenden Stimme, die sie wahnsinnig machte. Er erhöhte sanft den Druck seiner Hand, so dass sie nachgeben musste. Bedauern und Sehnsucht lauerten im Dunkel seiner Augen, aber auch Entschlossenheit. Mira musste sich daran erinnern zu atmen, als sie die Hände hob und um seine Handgelenke schloss.

»Cailin wird auf nichts eingehen, was der Imperator fordert. Selbst, wenn er droht, meine Überreste in einer Kiste zu ihr zu schicken.«

Er schüttelte den Kopf. »Niemand wird dich verletzen, Mira.«

Sie schwieg und hielt seinem Blick stand, während sie seine Hände langsam, aber bestimmend von ihrem Nacken löste. Es fühlte sich falsch an, mit ihm auf diese Weise umzugehen und doch war es unumgänglich.

Die Hafenglocke erklang und kündigte ihr Einlaufen an. Pheros Hand fand ihren Oberarm, um sie hinauszuführen. Seine beiden Geschwister flankierten sie während des Weges zu den Pferden. Kaum aufgesessen, zog Pheros sie vor sich in den Sattel. Offenbar eine unübliche Handlung, denn die Soldaten tauschten verwunderte Blicke aus. Auch Mira war überrascht. Da sie nicht wusste, wie man hier sonst mit Gefangenen verfuhr, beschloss sie, lieber den Mund zu halten. Schlimmer ging schließlich immer.

Die drei Waffen trieben ihre Pferde an, woraufhin der restliche Trupp aufsaß und ihnen mit Abstand folgte.

In Makhai behauptete man gerne, die Hauptstadt des Feindes sei verwahrlost. Ein Ort, an dem das Chaos wohnte und ein Alptraum den nächsten jagte. Wo Lykaons Waffen wie Monster durch die Straßen streiften und sich am Blut Unschuldiger labten. Schmutzig und von allen guten Göttern verlassen.

Wahrscheinlicher war, dass keiner dieser Geschichtenerfinder jemals hier gewesen sein konnte, denn die Hauptstadt des Reichs erstrahlte als blühendes Juwel der Ordnung. Fast schon zu akkurat angeordnete Gebäude und Gassen. Als habe jemand eine Skizze der Stadt angefertigt und diese dann genau so, Stein für Stein, in die Welt gesetzt. Alles ordnete sich in regelmäßigen rechteckigen Rastern auf.

Der Imperator verachtete Makel jeder Art. Die Ordnung und Sauberkeit, die hier vorherrschten, passten also in das Profil des Mannes, der selbst bei seinen Waffen die offensichtlichsten Narben verschwinden ließ.

Auffallend oft wiederholten sich die blauen Dächer mancher Gebäude. Rund und kuppelartig wie bei den Elfen, nur gab es hier deutlich mehr Ecken und Kanten zu entdecken. Zahlreiche Gärten und Bauten aus massivem, hellem Stein dominierten das Stadtbild. Zur Landseite hin wurde die Stadt komplett von einer hohen Mauer umschlossen. Entlang dieser Mauer gliederten sich in regelmäßigen Abständen Wachtürme ein, die gewaltige Trommeln beherbergten, um einen raschen Informationsfluss zu gewährleisten. Trommeltürme gab es überall in Erea, aber die Größe dieser hier beeindruckte selbst sie. Wie auf Befehl erklangen die Trommeln in einem sich wiederholenden Rhythmus.

»Ha!«, stieß Genetor hervor, der zu ihrer Linken ritt. Er grinste zufrieden vor sich hin.

»Willkommen zu Hause«, übersetzte die Bogenschützin.

»Hat ja auch lang genug gedauert«, ergänzte Genetor.

Mira musste zugeben, doch ein wenig fasziniert zu sein. In diesem Teil der Welt achtete man die Waffen Lykaons. Man machte ihnen Platz, wenn sie kamen und neigte sogar das Haupt zum Gruß. Keine Furcht in den Augen der einfachen Leute. Nur Respekt und Anerkennung.

Miras Gedanken verstummten, als der Blaue Palast vor ihnen aufragte. Das wohl eindrucksvollste Gebäude der gesamten Stadt. Von hohen Säulen getragen und einer weiteren Mauer umgeben. Jeweils ein Turm an jeder Kante des rechteckigen Grundrisses. Mira erinnerte sich an Pheros' Beschreibung. Demzufolge teilte sich das Innere des Palastest in vier Bereiche auf, das von einer Quer- und Längsstraße getrennt wurde. Im Zentrum erhob sich die große blaue Kuppel, in dem sich der Hauptwohntrakt befinden musste.

Kein einziges schwarzes Banner, weder in der Stadt, noch am Palast. Nicht mal über dem gewaltigen Torbogen, der zum Innenhof führte.

»Haben die Farben der Adelshäuser hier ebenso eine Bedeutung wie im restlichen Erea?«

»Es gibt hier keine Adelshäuser wie in Makhai. Also auch keine Farben«, antwortete ihr Pheros.

Das ergab Sinn. Sie wollte ihn etwas anderes fragen, aber dann überkam sie ein eigenartiges Gefühl der Vertrautheit und sie hielt unwillkürlich inne, um tief in sich hineinzuhören. Einen Moment später erkannte sie es. Noch ein Sturmfürst! Aber wie konnte das sein? Wie konnte es in Lykosura Sturmfürsten geben? Das war unmöglich! Und doch ... spürte sie ... *ihn*. Irgendwo in der Nähe.

Mira ...

Er flüsterte in ihre Gedanken und etwas in dieser Stimme löste eine Gänsehaut bei ihr aus. Sie erschauderte, was Pheros dazu animierte, den Kopf zu neigen, als würde er auf eine weitere Frage warten.

... Willkommen, Himmelstochter.

Unwillkürlich versteifte sie sich. Himmelstochter?

Das leise Knarzen von Leder lenkte ihre Aufmerksamkeit auf Pheros' behandschuhte Hand. Seine Finger schlossen sich um ihre, Sicherheit und Beistand vermittelnd. Einst hatte es ihr alles bedeutet, seinen Schutz zu genießen. Nur befanden sie nicht mehr in Oblyvar und er war nicht länger ihr Anker in einer Welt voller verrückter, intriganter Dunkelelfen, die sie entweder töten oder versklaven wollten.

Den Hof des Palastes erreicht, sprang Pheros vom Pferd, bevor er auch sie aus dem Sattel hob. Jemand kam und nahm ihnen die Pferde ab.

»Komm.« Pheros nickte in Richtung Palast. Mira folgte, während ihr Blick schweifend die Umgebung einsog. Genetor und Lykaja schritten voran. Pheros ging dicht neben ihr, immer eine Hand auf ihrem Rücken. Zunächst steuerten sie eine kunstvoll mit Ornamenten verzierte Flügeltür an. Palastwachen in weißen Roben und silbernen Masken nickten ihnen zu. Über eine lange Straße ging es weiter bis zum Hauptgebäude im Zentrum dieses Kunstwerks von einem Palast. So viel Grün! Und Blumen. Gärten und Brunnen! So viele Gerüche. Erst süß, dann fruchtig und dann wieder herber. Kräuter? Gab es hier etwa auch Kräutergärten? In einem Palast! Das leise Plätschern von Springbrunnen drang an ihr Gehör. Gedämpfte Stimmen und leises Lachen.

Pheros' Finger schlossen sich um ihren Oberarm, während er sie mit sachter Bestimmtheit lenkte. Hier und da traten Leute in einfacher Kleidung an ihnen vorbei. Mira bemerkte keine Sklavenhalsbänder.

Innerhalb des Hauptgebäudes betraten sie einen langen Flur. Feuerschalen thronten auf niedrigen Säulen. Mehrere Flügeltüren verbargen sich dazwischen. Keine Wachen. Vor keiner der Tür.

Anders als erwartet brachte Pheros sie nicht in den Thronsaal. Stattdessen betraten sie einen weitläufigen Raum, der Schriftrollen und allerhand von der Decke hängende

Modelle barg. Bücher stapelten sich an manchen Stellen menschenhoch. Der zarte Duft von Lavendel und Orangen hing in der Luft. Irgendwo musste eine Tür offenstehen, denn ein leichter Durchzug zupfte an ihren Haaren.

»Er erwartet euch im Garten«, erklang eine Frauenstimme, was Miras Blick von den Objekten weg und zu einer jungen Frau hinlenkte, die eine verblüffende Ähnlichkeit mit der Soldatin Daria aufwies. Dieselbe Hautfarbe, Augen und Haare. Ähnliche Gesichtszüge. Genetor blieb bei ihr stehen, während Pheros sie an ihnen vorbeiführte. Mira gab sich alle Mühe, auch weiterhin eine Miene des Gleichmuts aufrecht zu erhalten. Sie war nicht gerade in ärmlichen Verhältnissen aufgewachsen, doch wenn man so lange von der Dunkelheit Lykosuras hörte, begann die Fantasie ganz eigene Wege zu gehen und nichts von der Schönheit, die sie bisher erblickte, passte zu dem, was sie sich ausgemalt hatte.

Plötzlich beschleunigte Lykaja ihre Schritte. Ein Mann mit schwarzem Haar und blauen Augen schloss sie fest in die Arme.

»Du hast dir ganz schön Zeit gelassen, ihn zu finden«, beschwerte er sich.

Dank Pheros verfügte sie über eine wahrheitsgetreue Beschreibung seiner Geschwister. Dieser Mann musste Tegeates sein. Dann dürfte der andere Schatten nicht weit sein. Asea. Die kleinste von ihnen, mit schwarzen, glatten Haaren, die ihr bis zum Kinn reichten, trat nun ebenfalls dazu. Sie schälte sich einfach aus dem Schatten einer Hecke.

»Nur noch einen Tag länger und wir hätten uns aufgemacht, euch alle zu suchen«, erklärte Asea. »Du hast uns so gefehlt!«, fügte sie an Pheros gewandt hinzu. Dieser löste seine Hand von Miras Arm, um seine Schwester zu begrüßen.

Mira ...

Wieder diese Stimme. Sie lenkte ihren Blick fort von den vieren.

... komm zu mir.

Ohne jede Eile, betrat sie einen gepflasterten Pfad und folgte diesem. Blaue Blumen säumten ihren Weg. Abrupt blieb sie stehen, als sich nur wenige Schritte vor ihr ein kunstvoll verzierter Pavillon auftat. Ein Mann mittleren Alters saß darin. Braunes, kurz geschnittenes Haar hatte er und freundliche blaue Augen. Vornehme Gesichtszüge. So groß wie Pheros, aber deutlich schmaler. Offensichtlich kein Krieger.

»Das sind blaue Lilien«, beantwortete er ihre Frage, ohne dass sie eine gestellt hätte.

Der Mann erhob sich und kam direkt auf sie zu. Verunsichert warf Mira einen Blick hinter sich, aber da war niemand. Wenige Schritte vor ihr pflückte er eine von diesen blauen Lilien und hielt sie ihr hin.

Sie sind nicht giftig, sprach er in ihre Gedanken. Da fiel es ihr wie Schuppen von den Augen und sie wich augenblicklich einen Schritt zurück.

Er war der andere Sturmfürst. Plötzlich schmeckte sie Salzwasser und Gischt auf ihrer Zunge. Ein wassergeborener Sturmfürst auch noch! Aber ... seit Jahrhunderten hatte es keinen solchen gegeben.

Mira tat noch einen Schritt rückwärts und prallte dabei gegen Pheros Brust. Kurz hob sie den Blick in seinen, aber der Mann vor ihr reizte jeden ihrer magischen Sinne, sodass ihre Augen sofort wieder zu ihm zurückkehrten. Dieser lächelte jetzt entspannt und schob sich in lässiger Manier eine Hand in die Hosentasche, während er in der anderen noch immer die Blume hielt. Die blauen Augen richteten sich auf Pheros.

»Sohn.«

Mira wollte am liebsten noch einen Schritt zurückweichen. Die Erste Waffe verhinderte dies, indem er sich nicht vom Fleck bewegte. Sie spürte, wie er den Kopf zum Gruß neigte. »Lykaon.«

Ihr Herz sank. Hatte er gerade Lykaon gesagt?! Der Lykaon, wie in Imperator Lykaon?

Ihre Augen weiteten sich, während ihr Verstand ungewohnt schleppend die volle Tragweite dieser Offenbarung erfasste.

Das war also der Imperator und der Imperator war ein ... Sturmfürst.

Weder erschienen die Waffen als die Monstren, die man sie zu hassen gelernt hatte, noch stand hier ein von Narben entstellter Eroberer vor ihr, der aus den Schädeln seiner Feinde trank.

Wie gebannt musterte sie ihn. Dieser Mann strahlte eine einfangende Freundlichkeit aus. Er plauderte mit Pheros, als wären sie alte Freunde, die sich lange nicht mehr gesehen hatten. Dabei erinnerte Mira sich noch zu gut an die Narben auf Pheros' Rücken. Narben, die dieser Mann ihm zugefügt hatte. Ob nun durch die eigene Hand oder auf dessen Befehl hin, spielte keine Rolle. Dieser Mann brachte seit beinahe sieben Jahrhunderten Krieg über Erea. Mira dürfte sich nicht von seinem freundlichen Äußeren täuschen lassen. Ein Monster stand vor ihr, kein freundlicher Geist!

Lykaon tat einen Schritt auf sie zu. Vorsichtig, als wäre sie ein wildes Tier, das scheuen könnte, hob er beide Hände und deutete dann mit einem Finger auf ihre Fesseln. »Ich nehme dir den Obsidian ab.«

Misstrauisch beäugte sie ihn.

»Ich weiß, wie schmerzhaft Obsidian wirken kann, wenn er zu lange getragen wird.«

Mira versteifte sich merklich, was Pheros dazu animierte, die Hände auf ihre Oberarme zu legen. Auf jeden anderen musste diese Geste wirken, als wolle er sie festhalten. Dabei versuchte er erneut Beistand zu vermitteln. Leider half das nur kein bisschen, denn sie war hier.

In Lykosura.

Direkt vor dem Imperator.

Genau der kam jetzt näher. Mit jedem weiteren Schritt baute sich in ihr ein Druck auf, der sich ihrer Kontrolle entzog. Sämtlicher Schmerz und Frust der letzten Wochen türmten sich in ihrem Inneren zu einem Berg auf. Das Atmen fiel ihr schwer.

Und dann war es plötzlich, als würde die Zeit sich verlangsamen. Genau in jenem Moment, als der Obsidian von ihr abfiel, brach es ungefiltert aus ihr heraus.

All die Kämpfe der vergangenen Monate. Der Schmutz und das Blut der Arena. Die Verletzungen durch die Nachtkreaturen Oblyvars. Die Befreiung ihrer Freunde. Die Namenlosen. Die Sehnsucht nach der Heimat und ihrer Familie, die sie permanent unterdrückt hatte, um nicht daran zu zerbrechen. Der Schmerz, verursacht durch Pheros' Verrat. Seinen *Verlust.*

Ihr eigener Herzschlag dröhnte ihr laut pochend in den Ohren, während die Welt um sie herum in einem Wirbel aus Energie und Wind versank. Dunkelheit kratzte an den Ecken ihres Sturms, doch er war zu stark, zu übermächtig.

Ihr *Sein* verselbstständigten sich, dem Flüstern der Elemente folgend. Die Luft über ihr erfasste sie zuerst. Die Wirbel, die sich über ihr bogen und mehrfach die Richtung änderten. Sie teilte den Wind, bewegte sich mit ihnen und auch wieder nicht. Mehr als jedes andere Element standen ihr der

Wind und der Himmel am nächsten. Aber auch mit der Erde unter ihren Füßen war sie verbunden, die sich sacht bewegte und grünes Leben hervorbrechen ließ. Dieses Flüstern war sanft und leise. Das Wasser des Meeres buhlte brausend um ihre Gunst. Wellen, die gegen die Klippen brandeten, zupfte an ihren Sinnen. Fließend und rein, aber voll roher Gewalt. Das Feuer brannte heiß in ihr. Versengend, zerstörerisch und wütend, aber auch reinigend und neuen Nährboden schaffend. Leben und Tod. Alles war miteinander verbunden.

Miras Sinne wanderten weiter. Begierig, mehr zu erforschen und zu verstehen. Angezogen von etwas, das sie nicht benennen konnte, tastete sie sich voran. Der Geist, das fünfte Element, welches in allem steckte und die vier Elemente miteinander verwob, durchströmte sie jetzt. Da erfasste sie auch die vielen, wild schlagenden Herzen um sich herum. In heller Aufregung und Panik. Nur eines nicht. Dieses eine Herz schlug ruhig und ausgeglichen.

Lykaons Herz.

Am Rande ihrer Wahrnehmung konnte sie seine Aura spüren. Nur leicht, wie die hauchzarte Berührung von Fingerspitzen auf der Haut. Sie entzog sich ihm, lenkte ihren Geist fort und in eine weite Ferne, denn da war ein Licht, dass sie kannte. Liebte.

Cailin.

So unendlich weit entfernt von ihr, aber Mira spürte sie. Beinahe war es, als könnte sie nach ihr tasten, sie vielleicht sogar berühren. Wenn sie ihre Sinne nur weit genug aussandte, konnte sie womöglich ... *Nein!*

Etwas hielt sie zurück.

Mira.

Jemand rief ihren Namen, aber es war unmöglich, sich vom fünften Element zu lösen. Der Geist fesselte sie an diese andere Sphäre.

Mira.

So vertraut. Der Klang seiner Stimme. Ein Raunen erhob sich am Rande ihres Bewusstseins.

Mira ...

Immer lauter.

Mira ...

Lykaon?

Mira...

Nein. Nicht der Imperator.

Mira!

»Pheros!«

Erschrocken schnappte sie nach Luft und sah sich um. Sie brauchte einen Moment länger, um die Realität zu begreifen. Wilde, ungezügelte Winde, die alles verwüsteten und den Himmel über ihr verdunkelte. Ein Sturm?! Pheros? Sie wollte sich nach ihm umsehen, doch jemand zog an ihrem Arm.

Lykaon!

Er stand noch immer vor ihr und hielt ihre Hände jetzt fest in seinen. »Besser, du hältst mich fest, Sturmgeborene.«

Da verstand sie es. Sein Sturm war mit ihrem verbunden und gemeinsam standen sie in einer geschützten Sphäre, während außerhalb davon das Chaos tobte.

Pheros! Wo. War. Pheros!?

Sie fand ihn mitten im Sturm stehen und sich zusammen mit Lykaja an einer Säule festhaltend, damit sie nicht davongerissen wurden. Mit erschreckender Klarheit erkannte sie, dass es seine Stimme gewesen war, die sie in die Realität zurückgebracht hatte.

Panik erfasste ihr Herz. Sie wusste nicht, wie sie den Sturm zum Schweigen bringen sollte. Also wandte sie sich an den einzigen, der die Macht besaß sie aufzuhalten. »Hilf ihnen!«

»Das tue ich bereits.« Der Imperator deutete mit Kopf nach oben. Mira sah hinauf. Da war ein Schild, der wie eine Kuppel die tatsächliche Gewalt ihres Sturms fernhielt. Sie sah mächtige Blitze dagegen schlagen, während darunter nur der Wind wütete.

»Es ist dein Sturm. Nur du kannst ihn beherrschen.«

Sie schüttelte atemlos den Kopf, wobei sie nicht verhindern konnte, immer wie nach Pheros zu sehen. »Ich weiß nicht, wie.«

»Doch.« Sein Blick bohrte sich eindringlich in ihren. »Konzentration und Fokus auf die Elemente. Eines nach dem anderen und dann zwing ihnen deinen Willen auf. Bring sie zum Schweigen!«

Ihr blieb keine andere Wahl, wenn sie nicht wollte, dass Pheros im Sturm zerrissen wurde. Zu ihm flohen ein letztes Mal ihre Augen, bevor sie diese fest schloss, um sich ausschließlich auf ihr Innerstes zu konzentrieren.

»Verbanne alle Gedanken und Gefühle, Mira. Man lehrte dich die Technik. Wende sie an!«

Sie folgte seiner Anweisung und begann mit der Luft. Ihre Sinne drangen vor zu den Wolken, wo sie die Bewegung der Wirbel erfasste und nach ihnen griff. Doch sie entglitten ihr. Immer wieder. Die Anstrengung, die es sie kostete, allein dieses eine Element zu beugen, ließ sie kaum noch Atem holen, aber sie blieb stur.

Mira bezwang den Wind und tastete sich dann weiter zum Wasser, um die Wolken zu teilen. Ebene für Ebene arbeitete sie sich vor, bis es endlich vorbei war. Nur das Feuer gehorcht nicht, aber da spürte sie, wie der Einfluss des anderen Sturmfürsten auf sie einwirkte. Was auch immer Lykaon tat, er verhinderte, dass die Flammen sie verbrannten.

Als sie die Augen wieder öffnete und Luft holte, erhellte strahlender Sonnenschein den Tag von neuem. Kraftlos sank sie in die Knie, wobei Lykaon ihre Hände wieder freigab. Im Augenwinkel sah sie Pheros aufrecht stehen, was sie vor Erleichterung fast weinen ließ. Erstaunt darüber, dass ihre Hände keinerlei Risse aufwiesen, betrachtete sie diese. Hatte der Imperator gerade wirklich verhindert, dass sie vom Sturm vernichtet wurde?

Als sie den Kopf hob, ging er vor ihr in die Hocke. Geduld und Belehrung sprachen aus seiner Miene. Wie ein Vater, der seinem zornigen Kind eine Lektion darüber erteilte, welche Konsequenzen sein Handeln nach sich zog.

»Du könntest Lykosura in Stücke reißen, wenn du willst. Aber dann solltest du dir vorher im Klaren darüber sein, ob du die Klagelaute tausender sterbender Seelen ertragen kannst.«

Es schien, als spreche er aus Erfahrung. Hatte er den Krieg denn nicht auf diese Weise ausgelöst? Sie erinnerte sich nur schwach an die Geschichtsstunde. Heute fragte sich keiner mehr, wie der Krieg begonnen hatte, sondern nur noch, wer ihn beenden würde und wann. Jetzt verstand sie es. Nur mit der Macht eines Sturmfürsten war ihm diese unglaubliche Auslöschung gelungen. Nur ... lebte er noch. Der Sturm hatte ihn nicht zersetzt. Anders als ihren Vater.

Schallendes Gelächter durchbrach den Moment der Anspannung und Miras Blick huschte zur Seite. Genetor saß zusammen mit Tegeates am Brunnen und lachte diesen herzhaft aus. Von Kopf bis Fuß durchnässt, zupfte sich die Schattenklinge Blätter aus Haar und Kleidung.

Hinter ihr begab sich Pheros in die Hocke und legte beide Hände auf ihre Arme. Er zog sie wieder auf die Beine, parallel zum sich erhebenden Imperator. Miras Beine fühlten sich an wie durchgeweicht, weshalb sie sich mit dem Rücken gegen Pheros lehnen musste, um nicht wieder einzuknicken.

»Du bist zu Gast in meinem Reich, Mira aus dem Hause Cornovier«, sprach der Imperator sein offizielles Machtwort aus. »Es wird kein Obsidian nötig sein. Entschließt du dich, deine Magie einzusetzen, um anderen zu schaden, wird man dich dafür zur Rechenschaft ziehen. Entschließt du dich, uns zu verlassen, bist du auf dich allein gestellt und genießt nicht länger den Schutz des Kaisers und ...« Sein Blick galt Pheros. »... seiner Waffen.«

Sie wollte spöttisch auflachen, verkniff es sich aber gerade so. Würde sie gehen, müsste sie erstmal das gesamte Feindesland durchschlagen. Jeder, der scharf auf das Wohlwollen des Imperators war, würde sie jagen. Verletzte sie jemanden mit ihrer Magie – und sei es nur zur Verteidigung – dürfte sie sich vermutlich zum Auspeitschen irgendwo hintenanstellen.

»Hast du das verstanden?«, fragte Lykaon.

Pheros drückte sacht ihre Oberarme und sie verstand die Botschaft.

Also nickte sie. »Ich habe verstanden.«

Schweigend lief Mira neben Pheros her, während er sie in ihre Räume führte.

Sie würde eher *Käfig* dazu sagen. Ein hübscher, goldener Pferch, mit mehr oder weniger Komfort. Vermutlich etwas mehr Komfort, als sie in den letzten Monaten hatte erfahren dürfen, aber Käfig blieb Käfig. Natürlich plante sie, aus diesem Käfig auszubrechen, aber dazu musste sie klug vorgehen. Ausgeruht und fokussiert.

»Hier.« Pheros blieb vor einer Flügeltür stehen. Helles Holz, fast so weiß wie der Marmor zu ihren Füßen. Er schob die Tür auf und bedeutete ihr, voranzugehen. Sie trat ein und fand sich in einem lichtdurchfluteten Raum wieder mit großen Fenstern und hohen Säulen, deren Zwischenräume vereinzelt mit seidenen Vorhängen bestückt waren. Viel Blau, Silber und Weiß. Einen Kamin gab es auch und ein großes Bett mit einem durchscheinenden, bestickten Baldachin. Ein Tisch mit Spiegel und einen Waschzuber erspähte sie in der Ecke, halb verdeckt durch einen Paravent. Truhen an der einen Wand und zwei große Schränke an der anderen.

Komfortabel war dieser neue Käfig, das musste sie zugeben, mit einem Balkon, der sich zur Südseite neigte und auf das offene Meer blicken ließ. An der Schwelle zum Balkon blieb sie stehen und berührte einen der seidenen Vorhänge. Sie wusste, dass Pheros noch immer dastand. Mira begegnete dem Blick eines mit sich kämpfenden Drachen, dessen dunkelblaue Augen den Schimmer von Gold reflektierten. Er war also wütend.

»Was war das, Mira?«

Ihr Sturm, entfacht in seinem Vorgarten. Das also stachelte seinen Zorn an, was wiederum ihren schürte. Was glaubte er denn, was das gewesen war? Beinahe hätte sie die Kontrolle verloren und wäre ausgebrannt! Was erlaubte er sich, wütend zu sein? Er, der sie überhaupt erst hierher gebracht hatte!

Natürlich könnte sie ihm jetzt erklären, wie wenig erpicht sie darauf gewesen war, sich derart schwach und unfähig vor dem Kaiser zu präsentieren, aber das gestand sie ihm nicht zu. Erst recht nicht, nachdem er ihr den Eindruck vermittelte, sie habe es absichtlich getan.

Daher zuckte sie nur mit den Schultern und starrte ihn nicht weniger zornig an. »Ich fand den Garten hässlich.«

Er schnaubte und kam auf sie zu. »Das ist nicht witzig.«

»Siehst du mich lachen?« Sie kreuzte die Arme vor der Brust. »Was erwartest du eigentlich? Offiziell betitelt Lykaon mich als Gast, aber wir beide wissen, dass ich das nicht bin. Willst du, dass ich die Gehorsame spiele? Soll ich mich als Sklavin anbieten? Das ist doch besser, als in seiner eigenen Scheiße sitzend den letzten Atemzug zu tun, oder wie war das?«

So nah, wie er jetzt vor ihr stand, stolperte ihr Herz wiederholt. Er öffnete die Lippen, um etwas zu erwidern, aber dann klopfte es unvermittelt an der Tür.

Eine unfassbar schöne Frau mit langem, goldenem Haar und warmen braunen Augen stand jetzt im Zimmer. Dicht auf dem Fuße folgte ihr einer Schar Diener, die jede Menge Truhen und anderen Kram hereinbrachten.

»Ich finde auch, dass der Garten einen neuen Anstrich braucht«, kommentierte diese. Bei näherer Betrachtung kam ihr diese Frau auch irgendwie bekannt vor.

»Tia, nicht jetzt«, knurrte die Erste Waffe, wobei er die Augen nicht von Mira nahm. Moment! Er hatte sie *Tia* genannt. Dann musste das hier Titana sein. *Der Schöne Tod.* Nun, zumindest bei ihr logen die Bardenlieder nicht. Alles an ihr verkörperte Symmetrie, als wäre sie ein fleischgewordenes Kunstwerk.

Dieses Kunstwerk legte eine Hand auf Pheros Unterarm. »Tut mir leid, aber Vater besteht darauf. Er will mit dir sprechen, aber vorher brauchst du dringend ein Bad.« Mit einer Kraft, die man ihrem zierlichen Körper so gar nicht zutraute, schob sie ihn raus. »Du riechst nämlich nach abgestandenem Flusswasser. Los jetzt!«

Auch die Dienerschaft scheuchte sie hinaus, nachdem die alles abgestellt hatte. Mira blieb an Ort und Stelle stehen und sah dabei zu, wie diese kleine Person alle herumkommandierte.

»Und du brauchst auch ein Bad!«

Die Magierin nahm es nicht persönlich, denn es stimmte ja auch. Titana schritt zielstrebig auf die Truhen zu, wobei ihre goldenen Locken zum Takt ihrer Schritte wippten. Da wusste sie es plötzlich. »DU bist die Bardin aus Imrit!«

Titana schmunzelte, während sie eine der Truhen aufschlug. »Ich bin vieles.«

»Du hast das Feuer in der Wachfestung gelegt.«

Titana hob zwei Kleider hoch. »Ein bedauernswerter Unfall. Die Fässer mit dem Schwarzpulver haben auch mich eiskalt erwischt. Kommst du bitte etwas näher?«

Mira tat, was sie verlangte, während Puzzlestück für Puzzlestück in ihren Gedanken ein Bild ergaben. Demnach musste sie die Spionin gewesen sein, die Pheros auf ihre Spur gelenkt hatte. »Warst du während des Schwarzlandscharmützels auch dabei? Samas...« Mira stockte, sich nicht sicher ob sie ihr überhaupt antworten würde.

»Der Prinz lebt, wenn es das ist was du wissen möchtest.«

Langsam sank sie auf die Bettkante nieder. Samas war am Leben! Endlich hatte sie Gewissheit.

»Deine Entführung nach Oblyvar hat für ziemlichen Wirbel gesorgt.«

»Wie meinst du das?«

Titana legte mehrere Kleider in den Schrank, wobei sie immer wieder eines hoch hob und zwischen Mira und dem Stück Stoff hin und her sah.

»Kaukon rüstet auf.«

Miras Gedanken überschlugen sich. Cailin zog in den Krieg?

»Eigens dafür soll wohl auch der Thronfolger nach Kaukon kommen. Man hat offenbar beschlossen, Kromoi zurückzuerobern.«

Shim auch? Bei Aru! Wenn König Samon ausgerechnet seinen liebsten Sohn an die Front aussandte, musste etwas vorgefallen sein. Etwas Gravierendes. »Warum erzählst du mir das?«

»Du bist von Bedeutung für meinen Bruder. Außerdem hättest du diese Information auch in den Fluren bekommen.« Titana zuckte mit den Schultern und öffnete die nächste Truhe. Stirnrunzelnd suchte Mira den Blick der Blonden. »Was wird von mir erwartet?«

»Fürs Erste?« Titana deutete auf den Waschzuber vor dem Kamin, der mit Wasser gefüllt war. »Baden und etwas Sauberes anziehen.«

»Auf dem Schiff war eine Truhe«, setzte Mira an, doch Titana würgte sie direkt ab. »Nein! Das ziehst du nicht an! Hier hast du jede Menge Auswahl. Wenn sie dir nicht zusagen, lasse ich meinen Schneider kommen.«

»Habt ihr dafür keine Sklaven?« Mira bewegte sich langsam in Richtung Waschzuber, wobei sie sich fragte, wann man diesen aufgefüllt hatte. »Ich meine, du bist eine der Sieben. Seid ihr nicht alle so etwas wie Generäle?«

Titana lächelte ehrlich amüsiert. »Nicht jeder von uns ist gut in allem.« Sie schloss zwei weitere Truhen.

»Die Feldherren unter uns sind Pheros und Ion. Aber das hat dir mein Bruder sicherlich schon erzählt.« Sie zwinkerte ihr zu. »Und jetzt lasse ich dich allein. Später wird man dich abholen.«

5

PHEROS

Mit einem lauten *Klatsch* fiel das Handtuch in die Badewanne. Ein Schwall Wasser schwappte ihm mitten ins Gesicht. Mit finsterer Miene zupfte er den Stoff zurecht, so dass das Wichtigste von ihm bedeckt blieb. Nicht aus Gründen der Scham, sondern um etwas mit seinen Händen anzustellen, während er dem bohrenden Blick Titanas auswich. Die Arme vor der Brust verschränkt, baute sie sich vor ihm auf. »Und jetzt will ich alles wissen«, forderte der blonde Drache, der geradewegs aus allen Höllen gestiegen war, um ihn zu peinigen.

»Ich sitze doch schon in der Wanne, was willst du noch?«, fragte er, wobei er sich nicht die Mühe machte, die Gereiztheit aus seiner Stimme zu verbannen.

»Ich will wissen, wie es sein kann, dass mein Bruder, der große General Pheros, Erste Waffe Lykaons, Bezwinger der ...«

Er verdrehte die Augen. »Komm zum Punkt, Tia.«

Sie tat ihm den Gefallen. »Du hast dich verliebt? Du!«

»Ha!«, stieß Genetor heiter aus, der gerade um die Ecke kam und sich direkt an Pheros Wein zu schaffen machte. »So habe ich auch reagiert!«

Pheros rieb sich mit zwei Fingen den Nasenrücken. »Wenn die Barden doch nur wüssten, was für eine fürchterliche Glucke dieser *Schöne Tod* doch ist ...«

»Dann würden die Lieder echt beschissen klingen«, vervollständigte Tegeates seinen Satz. Auch der betrat jetzt Pheros private Räume und gesellte sich an Genetors Seite.

»Die *sind* beschissen!«, bekundete Genetor.

»Hey!«, rief Titana empört aus.

Tegeates grinste. »Wobei *Die Glucke von Lykosura* doch nach einem brauchbaren Arbeitstitel klingt.«

Titana warf halbherzig einen Becher nach ihm. Tegeates fing das glänzende Metall mit einer Hand auf und hielt diesen dann – in stummer Aufforderung – Genetor vor die Nase. Der Zorn Lykaons verstand die Geste wortlos und griff nach einer Weinkaraffe.

Titana ignorierte beide demonstrativ und blieb stattdessen auf Pheros fixiert. »Und dann auch noch in eine Sturmfürstin? Ist dir eigentlich klar, welche Titel sie trägt? Oder wie einflussreich ihr Haus ist? Sie entstammt der direkten Ahnenlinie der götterverdammten Istara!«

»Ist der Wein alle oder warum sucht ihr mich alle heim?« Pheros neigte sich leicht zur Seite, um hinter die Ecke zu spähen. »Ist irgendwo eine Tür offen?«

»Pheros!«

»Was?«, knurrte er genervt.

Es war Titana anzusehen, wie wenig ihr nach Lachen zumute war. Ganz im Gegensatz zu seinen beiden Brüdern, die eine diebische Schadenfreude an den Tag legten.

»Erkläre es mir«, sprach sie jetzt deutlich sanfter.

»Lykaja weiß alles, was es dazu zu sagen gibt. Sie kann dir das mit einer Geste vermitteln.«

»Nein! Ich will es von dir hören.«

Genetor und Tegeates nickten synchron. Sogar in gleicher Pose lehnten sie gegen den Tisch. Die Knöchel übereinandergelegt, eine Hand unter den anderen Arm geklemmt, der wiederum den Weinbecher hielt.

»Ja. Wir alle wollen es von dir hören«, sagte Tegeates.

Pheros seufzte. Diese Plagen würden nicht nachgeben, also umriss er alles Wichtige in wenigen Sätzen. Die Kämpfe in der Arena und wie Mira ihn vor dem Schafott bewahrt hatte. Die gemeinsame Flucht. Die Begegnung mit den Schauspielern. Der Kampf gegen die Namenlosen und wie sie letzten Endes in Raquia gelandet waren. Sie hörten ihm gespannt zu, wobei Titanas Miene immer versöhnlicher wirkte und Tegeates' immer angespannter.

»Wie geht's der Bruderschaft und den Rebellen?«, erkundigte sich dieser scheinbar beiläufig. Die unterschwellig verpackte Botschaft darin entging Pheros nicht. Jedes der Geschwister wusste, dass Tegeates vor Jahren nach Oblyvar entsandt worden war, um den Kopf der Bruderschaft auszuschalten.

»Mira hat ihnen einen Gefallen getan, indem sie Thera umbrachte und damit sämtliche Sklaven befreite, die einen Wendelring trugen«, berichtete Pheros wahrheitsgemäß, aber nicht vollständig.

Erkennen flackerte in Tegeates Augen auf. Mehr Worte würde es dazu nicht geben. Nicht vor den anderen. Alles andere würde die Schattenklinge nur in Gefahr bringen.

Genetor kratzt sich das bärtige Kinn. »Wie hieß die kleine Bardin nochmal, die euch geholfen hat? Ich habe den Namen doch schon mal gehört irgendwo.«

»Imicia.«

Plötzlich prustete Tegeates seinen Wein aus und schlug sich hustend gegen die Brust.

»Ich muss weg!« Und schon verschwand er.

»Ich schau mal, was mit ihm los ist«, schlug Genetor vor, woraufhin Pheros nickte.

Jetzt wieder allein mit Titana, stemmte sie die Hände in die Hüften, den strengen Blick auf ihn geheftet.

»Was willst du hören, Tia? Mira ist mir wichtig. Ist das bisher nicht deutlich geworden?«

Titana lehnte sich an die Kante der Wanne. »Lya hat angedeutet, dass du dich Vaters Befehl widersezten wolltest.«

Daraufhin nickte Pheros. Sichtlich nachdenklich betrachtete sie ihn. »Du weißt, dass ihr Vetter der Großinquisitor Alaric Callean vom Blut der Istara ist?«

Pheros nickte erneut.

»Sie stammt von einer sehr mächtigen Blutlinie ab. Mehr Makhai und Feind Lykosuras könnte sich überhaupt nicht in ihr vereinen.«

Wieder nickte er. Etwas in seinem Blick musste sie jedoch versöhnlich stimmen, denn sie legte nun eine Hand auf seine Schulter. Sanft. Tröstend.

»Willst du, dass sie bleibt?«

Miras Worte kamen ihm wieder in den Sinn.

Für mich nicht. Nicht mehr ...

Es versetzte seinem Herzen einen erneuten Stich, nur daran zu denken, wie sie all das zwischen ihnen für sich ausschloss. Wie sie *ihn* ausschloss.

»Ja.« Mit jeder Faser seines verdammten Herzens wollte er, dass sie bei ihm blieb und zurück in seine Arme fand.

»Und dir ist klar, wie unwahrscheinlich das ist?«

Er atmete einmal tief ein. »Ja.«

»Sie ist eine Sturmfürstin Makhais! Eine Fürstentochter Kaukons. Eine ...« Titana machte eine weit ausholende Bewegung mit den Armen. »... einfach alles, was man nur sein kann, um Lykosuras Feind zu sein. Hatte ich das schon erwähnt?«

Pheros hob drei Finger hoch. »Drei mal.«

Titana ließ die Arme sinken. »Und du willst es dennoch versuchen?«

Seine Miene blieb unbewegt, denn er hatte sich längst entschieden um sie zu kämpfen. »Ja.«

»Dann wirst du meine Hilfe brauchen.«

»Nein.« Er fasste nach ihrer Hand. Ihm war wichtig, dass sie es verstand. Dass sie es *wirklich* verstand. »Mira und ich, wir sind keines der Dinge, die du wieder richten kannst. Du wirst dich nicht einmischen.«

»Aber ...«

»Tia.« Unterbrach er sie mit deutlicher Vehemenz in der Stimme. »Du darfst dich nicht einmischen. Gib mir dein Wort!«

Der Schöne Tod presste die Lippen aufeinander. Pheros wusste, dass es nicht in ihrer Natur lag, die Hände in den Schoß zu legen und den Dingen ihren Lauf zu lassen. Sie war eine meisterhafte Puppenspielerin und wusste sehr genau, welche Hebel sie in Gang setzen musste, um ihre Ziele zu erreichen.

Zu seiner Erleichterung sah er den Widerstand in ihren Augen weichen. Schlussendlich nickte sie. »Wie du willst, Bruder. Ich werde mich nicht einmischen.«

6

MIRA

Das bodenlange Kleid, dass Titana für sie ausgesucht hatte, bestand aus zwei übereinander liegenden Stoffschichten. Das untere weich und leicht, in Dunkelblau. Die transparente Lage darüber schlängelte sich von der linken Schulter über ihre Taille bis zur rechten Seite ihrer Hüfte, um in einem Wasserfall zu Boden zu stürzen. Arme und Rücken dadurch kaum bedeckt, aber bei diesem milden Klima – so weit im Süden – nicht weiter der Rede wert. Das dunkelblonde Haar flocht sie sich vom Oberkopf an beginnend bis in die Spitzen, welches ihr inzwischen bis zum Bauchnabel reichte.

Die Tür öffnete sich und eine Waffe Lykaons betrat den Raum. Mira erkannte ihn sofort. Himmelblaue Augen, langes blondes Haar, dass er mit einem Lederband im Nacken zusammenhielt. Die große, muskulöse Statur zeichnete ihn als Krieger aus. Ein kantiges Kinn, eine gerade Nase und freundlich wirkende Gesichtszüge, die teilweise von einem gepflegten Bart verdeckt wurden. Dieser hier musste zweifellos Ion sein.

»Das ist also die Sturmfürstin, die den Garten umgegraben hat«, sagte er anstelle einer Begrüßung und mit einem einnehmenden Lächeln auf den Lippen. Ungewollt zupfte es auch an Miras Mundwinkeln.

»Das Schwert Lykosuras. Hast du den kürzeren Strohhalm gezogen oder gehen euch in Lykosura die Sklaven aus?« Die Worte stolperten einfach aus ihrem Mund, noch bevor sie es hätte überdenken oder aufhalten können. Dabei könnte er ihr für diese Frechheit die Kehle aufschlitzen. Pheros mochte ihn als freundlich und umgänglich beschrieben haben, aber das hatte nicht viel zu sagen. Immerhin waren sie Feinde.

»Ich habe den kürzeren Sklaven gezogen«, erwiderte er, sichtlich amüsiert und vollkommen entspannt. Mit einer Kopfbewegung bedeutete er ihr, ihm zu folgen.

»Aru bewahre! Eine Waffe mit Humor. Dabei dachte ich, ihr hättet alle einen Stock verschluckt.«

»Den spucken wir zum Abendessen immer aus.«

Mira musste schmunzeln. »Ihr esst etwas? Ich dachte immer, die Waffen ernähren sich nur von der Furcht ihrer Opfer.«

Er warf ihr einen Seitenblick zu, während sie den Flur entlang schritten. »Erzählen euch die Barden das in Makhai über uns?«

»Natürlich. Anders kommt man ja nicht an derlei Informationen heran.«

»Was genau erzählen sie euch noch?«

Mira zuckte mit den Schultern. »Naja, sehen wir mal von der Sache mit den Seelen verschlingenden Monster ab, den glühenden Augen und dem ganzen Blutbaden, kommen hin und wieder auch mal paar nette Worte vor.«

Vor einer der vielen Türen blieb er stehen und sah sie direkt an, dabei hob er eine Augenbraue. Offenbar wartete er auf eine nähere Ausführung dazu.

»Da ist zum Beispiel die Rede von der Waffe mit den *blauen* Augen.« Sie betonte das Blau bewusst. »So tödlich und leise.

Lockt alle Willigen ins Bett und saugt ihnen dann das Leben aus. So oder so ähnlich, aber das kannst du nicht sein. Habt ihr noch mehr Waffen mit blauen Augen?«

Er schmunzelte wieder und sie setzte noch eines drauf. »Mit euren Halbmasken und dem vielen Schwarz seht ihr alle gleich aus. Ist schwer, euch zu unterscheiden.«

Noch immer sichtlich amüsiert legte er eine Hand an den Türknauf. Bevor er diesen drehte, sagte er leise und nur für ihre Ohren bestimmt: »Ich wette, Pheros würdest du überall wiedererkennen.«

Ihr Herz vollführte einen Satz und schon war sie aus dem Konzept gebracht.

Den Raum, in den Ion sie jetzt führte, erkannte sie sofort wieder. Hier waren sie am Vormittag schon vorbeigekommen, um in den Garten zu gelangen. Der Raum, der aussah wie das chaotische Arbeitszimmer eines magiebegabten Genies. Da war doch diese Frau gewesen, die aussah wie Daria.

»Hallo, Sturmfürstin.«

Lächelnd stand sie jetzt vor ihr. »Ich bin Tyra. Priesterin Lykaons.«

Mira wusste nicht so recht, wie sie darauf reagieren sollte. Ausgerechnet der Imperator kam Mira unerwartet zur Hilfe. Der tauchte am anderen Ende des Raumes auf, wenige Stufen erhöht und direkt vor einer Wendeltreppe, die hinauf zu einer Galerie führte. Lykaon nickte ihr mit neutraler Miene zu, bevor er sich zu ihnen gesellte. Der Imperator bewegte sich mit der autoritären Anmut eines Mannes, der sehr genau wusste wie viel Macht er besaß.

Mira erwiderte den Gruß aus Höflichkeit. Tyra lächelte hingegen sanft zu ihm auf, bevor sie sich bei ihm unterhakte. Das Schwert Lykosuras hielt Mira den Arm hin. Ohne darüber nachzudenken, legte sie ihre Hand auf seinen Unterarm.

Das Stimmengewirr war bereits vom Flur aus zu hören Zu viert betraten sie einen Saal voller Leute. Mehrere Türen und Säulen säumten den großen Raum, in dessen Zentrum eine lange Tafel stand. Das Dach besaß eine quadratische Öffnung, um Licht hereinzulassen. Die Ahnung eines Sonnenuntergangs tauchte den Himmel in ein schattiertes orange. Beiläufig führte Ion sie an einen Sitzplatz nahe des Kopfendes der Tafel. Er ließ sich selbst zu ihrer Rechten nieder. Ihnen gegenübersitzend, erkannte sie Asea, Tegeates und Genetor, die in ein Gespräch vertieft waren. Lykaja und Titana standen abseits, sich mit einer dritten Frau unterhaltend, die mit dem Rücken zu Mira stand. Nur Pheros fehlte. Den Rest kannte sie nicht. Vermutlich weitere Waffen Lykaons oder irgendwelche Berater.

Mira zählte an die zwei Dutzend Leute, die miteinander sprachen oder gerade dabei waren, Platz zu nehmen. Die Tafel war schon gedeckt, nur bediente sich keiner daran. Wahrscheinlich, weil Lykaon nicht eröffnet hatte. Dieser stand nicht unweit von der Tafel, sich mit einem Mann unterhaltend, der groß und hager war. Androgyn. Vielleicht ein Elf. Das war unter seiner Haube nicht zu erkennen. Dass er ein Magier sein musste, lag hingegen auf der Hand. Sie spürte den Widerhall der Magie, stark und gleichmäßig pulsierte es in ihm, was für ein hohes Machtpotential sprach.

»Marius«, klärte Ion sie auf, der ihrem Blick gefolgt sein musste. »Das Oberhaupt der Glaubensgemeinschaft Lykosuras. Sein Titel lautet Archon.«

Er schob ihr einen Becher zu, den sie ergriff, aber nicht daraus trank, da ihre Sinne jetzt von etwas anderem angezogen wurden. Zielsicher wanderten ihre Augen zur Tür, als kurz darauf Pheros eintrat. Ihre Blicke fanden ineinander, was Mira beinahe ein Seufzen entlockte.

Sie bemerkte sofort den kürzeren Haarschnitt und die Rasur. Aru ... Wie gut er aussah in seinem einfachen, schwarzen Hemd und der gleichfarbigen, darüber liegenden Tunika. Wie entspannt er wirkte. Keine Spur mehr von dem Zorn, den er am Vormittag ihr gegenüber an den Tag gelegt hatte. Sie entspannte sich, ohne bewusst bemerkt zu haben, wie sehr sie sich versteift hatte. Die Ahnung eines Lächelns erhellte seine Züge, während er ihren Blick festhielt. Für die Dauer weniger Herzschläge versank alles um sie herum in Nichtigkeit. Nur diese wenigen Momente lang wollte sie ihn ansehen und vergessen, was zwischen ihnen zerbrochen war.

Und dann war alles vorbei. Eine Frau schob sich direkt dazwischen. Mira erkannte sie als diejenige, die eben noch mit Lykaja und Titana gesprochen hatte. In sehr vertrauter Weise fand ihre Hand an Pheros Seite, während sie sich reckte, um ihm einen Kuss auf die Wange zu geben. Anschließend flüsterte sie ihm etwas ins Ohr, woraufhin er sie anlächelte.

Sofort verschwand diese zarte Regung der Zuneigung wieder, die eben noch von Mira Besitz ergriffen hatte. Dafür machte sich ein deutlich weniger wärmendes Gefühl in ihr breit.

Ion lehnte sich zu ihr. »Evaria. Paladin des Ritterordens. Sie führt die Schar der Hauptstadt an.«

Pheros hatte ihr von dem Ritterorden des Nin erzählt, die in Lykosura als Instrument der Kontrolle dienten. *Templer*, wie der Volksmund sie gerne nannte. Von ihr sollte Mira sich wohl besser fernhalten. Ehrlicherweise interessierte sie auch viel mehr, warum Pheros und sie derart vertraut miteinander umgingen. Von jedem seiner Geschwister hatte er ihr erzählt.

Sogar von seinem liebsten Hufschmied in der Stadt, aber kein Sterbenswörtchen über diese Frau.

Um sich auf andere Gedanken zu bringen, wandte die Sturmfürstin sich Ion zu, der schien jedoch verstummt zu sein. Verwundert folgte Mira nun seinem Blick. Der galt der Bogenschützin, die sich gerade an die Tafel setzte. Kaum saß sie, wandte Ion die Augen schon wieder ab. Dafür sah Lykaja ihn an, wenn auch nur flüchtig.

Seltsam.

Mira bekam das Gefühl, die beiden bei etwas Intimen erwischt zu haben. Sie beschloss, es zu ignorieren, wodurch ihre Augen wieder bei Pheros landeten. Vertieft in einem Gespräch mit dieser Evaria. Wenigstens konnten sie keine sehr lange Unterhaltung führen, denn Lykaon nahm endlich Platz. Das motivierte den Rest, der noch nicht saß, sich ebenfalls an die Tafel zu begeben.

Dabei streifte Mira Evarias Blick, der nicht kühler hätte sein können. Leider musste sie zugeben, dass diese Templerin attraktiv war. Rotbraunes Haar, das sie in einer kunstvollen, geflochtenen Frisur verarbeitet hatte. Blaue Augen, wie die Ions, nur, dass aus ihnen keine Wärme sprach, sondern autoritäre Kälte. Arroganz in Reinform.

»Nicht alle spucken ihren Stock vor dem Abendessen wieder aus«, flüsterte Ion, was Mira fast zum Lachen brachte. Rasch verbarg sie ihr Schmunzeln hinter ihrem Becher. Ion zwinkerte ihr fast schon verschwörerisch über den Rand seines eigenen Bechers zu. Die Götter mochten ihr beistehen, aber sie mochte ihn. Es war leicht, sich mit ihm zu unterhalten, weil er überhaupt kein Blatt vor den Mund nahm.

Nur wenige Momente später setzte sich Pheros neben sie. Links die Bogenschützin. Rechts die Erste Waffe und beide flankierten sie den Kaiser. Die Sieben saßen am Kopfende, nahe bei Lykaon. Außerdem befanden sich mindestens noch vier weitere Waffen am Tisch, was Mira auf den Gedanken brachte, dass sie gerade zusammen mit den letzten Drachen dinierte. Mehr noch. Sie saß zusammen mit den wohl gefährlichsten und tödlichsten Leuten ganz Ereas an einer Tafel und keiner von ihnen nahm Anstoß an ihrer Anwesenheit. Wussten sie überhaupt, wer sie war? Bis auf Evaria starrte sie jedenfalls niemand an, als wäre sie ein Fremdkörper, der hier nichts zu suchen hatte.

Lykaon eröffnete mit überraschend wenigen Worten das Essen. Gelegentlich gab Mira knappe Antworten, wenn man sie etwas fragte, und sie aß, wenn auch nur spärlich. Ihr Hauptaugenmerk lastete dabei auf Lykaon. Immer wieder versuchte sie zu begreifen, wie das Bild dieses Mannes in das des wahnsinnigen Imperators passte. Sein gesamtes Auftreten hinterließ Eindruck. Wenn er sprach, hörten ihm alle zu und sie taten dies nicht aus Furcht. Keiner der Anwesenden wirkte gezwungen. Sie unterhielten sich ausgelassen, machten Scherze und erzählten sich von ihren Erlebnissen. Immer wieder suchte Mira nach Anzeichen von Falschheit, um diese Scharade zu enttarnen, aber sie fand keine.

Nein. Diese Leute mochten einander. Sie waren Freunde, Kameraden und vielleicht auch mehr. Dieser flüchtige Moment zwischen Ion und Lykaja gab Mira zwar zu denken, aber noch viel mehr beschäftigten sie Pheros und Evaria.

Gelegentlich strich Pheros mit den Fingerspitzen über ihren Handrücken oder Unterarm. Mira wünschte, sie könnte das als lästig empfinden. Leider fühlte sie das absolute Gegenteil, also ließ sie ihn gewähren.

Irgendwann erhob sich der Imperator.

Alle anderen standen ebenfalls auf. Nur kurz erhaschte Mira einen Blickwechsel zwischen Pheros und Lykaon, woraufhin der Drache sich zu ihr beugte und verkündete: »Er will sich mit uns unterhalten.«

Mira nickte knapp und folgte ihm zurück in den Raum, der voller Bücher und magischer Wunder steckte. Er führte sie hinauf zur Galerie, wo sie hinter einigen Regalreihen eine bequem wirkende Sitzrunde erreichten. Das Knistern des Kamins empfing sie und wohliger Wärme kroch über ihre Haut. Ein langer Divan und zwei Sessel gruppierten sich im Halbkreis um den Kamin. Hohe Fenster und eine einladend gepolsterte Fensterbank, luden förmlich dazu ein, sich hier niederzulassen und ein Buch zu lesen.

Tyra und Lykaon warteten bereits auf sie.

Der Imperator saß in einem der Sessel, während die Priesterin auf dem Divan die Füße in Richtung Kamin ausstreckte. Lykaon bedeutete beiden, sich zu setzen. Da man ihr keinen speziellen Platz zuordnete, begab sie sich an die Fensterbank und warf dabei einen Blick hinaus, direkt auf einen Teil des Innenhofs.

Pheros hielt ihr einen Becher Wein hin, den sie kommentarlos annahm, bevor er sich neben sie setzte.

»Ich kannte einst deinen Großvater«, begann der Imperator, ohne große Vorreden. »Ein kluger Mann, der mit einem noch klügeren Sohn gesegnet wurde. Wie alt bist du, *Himmelstochter*?«

Schon wieder dieses Himmelstochter. »Ich erlebte 26 Sommer. Warum nennt Ihr mich so?«

»Damit bist du im selben Jahr zur Welt gekommen wie meine Schicksalskinder. Abgesehen von Pheros. Er ist fünf Winter älter.«

Wie alt Pheros war, wusste sie, aber warum wich Lykaon der Frage nach der Himmelstochter aus? Er schien ihr den Gedanken von den Augen abzulesen, denn nun trat ein wissendes Lächeln auf seine Lippen. »Zu meiner Jugend nannte man jedes Kind des Hauses Cornovier Himmelssohn oder Himmelstochter. In deiner Blutlinie ruht das Erbe des Himmels. Allesamt Sturmgeboren.«

In der Tat erinnerte sich Mira, während der Ahnenlehre etwas in der Richtung gelesen zu haben. Zwar gab es noch ihren Vetter Alaric, doch sein Familienzweig spaltete sich schon vor Jahrhunderten vom Haus Cornovier ab, um einer anderen Bestimmung zu folgen. So gab es tatsächlich nur noch Cailin und Mira, die als Angehörige des Himmelshauses Cornovier galten. Der Krieg hatte jeden anderen verschlungen. Ein Krieg, den dieser Mann, der vor ihr saß und einen netten Plausch halten wollte, angezettelt hatte.

Ich bin nicht dein Feind, Mira, flüsterte er in ihre Gedanken. Als habe er diese erraten.

Ihr seid jedermanns Feind, der nicht Teil eures Reiches werden will, gab sie kühn zurück, womit sie ihm auch offenbarte, des fünften Elements fähig zu sein.

Dieses ermöglichte sogar das vereinzelte Gedankenlesen, wie auch das mentale Kommunizieren mit anderen Lebewesen, doch es gab eine bedeutende Ausnahme. In die Köpfe der Drakestai gelangte nicht einmal ein Sturmfürst.

Der Imperator lächelte breit in seinen Becher. »Sie hat eine spitze Zunge.« Diese Worte galten Pheros, was Lykaons Blick in seine Richtung verdeutlichte.

»Was wollt ihr von mir?«, fragte sie. »Als Druckmittel nütze ich euch nichts, also warum bin ich noch hier und was habt ihr vor mit mir?«

Tyra deutete auf Pheros. »Einer der Gründe dafür sitzt neben dir. Er sprach seinen Schutz für dich aus.« Sie reichte ihr eine Schriftrolle weiter. »Und hier ist der andere Grund.«

Die Schriftrolle trug das Siegel des Königs Makhais. Samons Siegel. Haus Vydar. Mira rollte das Papier gar nicht erst auf. Sie wusste auch so was drin stand. Die Korrespondenz zwischen Krone und Kaiser musste begonnen haben, als sie sich noch auf dem Weg hierher befunden hatten.

»Darin wird erklärt, dass sich das Könighaus Makhai keinen Forderungen Lykosuras beugen wird. Auch nicht für eine Adelstochter Makhais, habe ich recht?«

Tyra nickte. »Darüber hinaus erklären sie auch, Kromoi und Royum zurückerobern zu wollen, wenn wir dich nicht herausgeben.«

Makhai schlug also wirklich zurück. Nur war Mira nicht naiv genug anzunehmen, dass es hierbei um sie ging. Irgendetwas gravierendes musste in Machon vorgefallen sein. Ihr fiel nur ein triftiger Grund dafür ein.

Namenlose.

»Die Namenlosen greifen um sich«, bestätigte der Imperator, fast schon erschreckend nah am Gedankenlesen. Dabei sah er Pheros an. »Der Feldzug gegen Makhai ist vorerst aufgeschoben. Natürlich können wir nicht erlauben, dass sie unser Territorium zurückerobern, aber weitere Vorstöße wird es vorerst nicht geben, bis das Problem mit den Namenlosen beseitigt ist.« Jetzt galt sein Blick ihr. »Da ich keinerlei politischen Nutzen aus deiner Anwesenheit ziehen kann, Himmelstochter, steht es dir frei, zu tun was du willst. Du kannst gehen und du kannst bleiben. Es liegt bei dir. Mein Sohn hat dich unter seinen Schutz gestellt und ich respektiere den Wunsch der Ersten Waffe.«

»So einfach?«, fragte Mira skeptisch, woraufhin er doch tatsächlich sanft lächelte.

»Sagen wir einfach, ich begleiche hiermit zusätzlich eine alte Schuld, die ich bei deinem Großvater noch offen hatte.«

Was er da andeutete jagte ihr einen eiskalten Schauder über den Rücken. Konnte das wirklich stimmen? Gab es eine Verbindung zwischen diesem Mann und ihrer Heimat? Ihrer Familie? Wie? Woher? Lykaon erweckte den Anschein, sehr gut über die Dinge in Makhai Bescheid zu wissen, doch stimmte das alles auch wirklich? Oder lag dem eine sehr viel größere List zugrunde? Wie sollte sie sich je sicher sein, ob er die Wahrheit sprach oder doch nur versuchte, sie zu manipulieren? Was auch immer seine wahren Absichten sein mochten, er würde sie gewiss nicht offen aussprechen. Also sparte sie sich jedes weitere Wort dazu. Verärgern wollte sie ihn auch nicht. Immerhin plante sie noch immer, lebend nach Hause zurückzukehren.

Erneut begleitete Pheros sie zu ihrem goldenen Käfig. Wieder öffnete er die Tür für sie. Noch immer standen keine Wachen vor ihrem Zimmer postiert.

»Mira.« Pheros Stimme ließ sie innehalten.

»Bitte, sieh mich an.«

Sie hörte, wie er die Tür hinter sich zu zog. Langsam drehte sie sich zu ihm um. Er stand nur wenige Meter von ihr entfernt, mitten im Raum, den Blick fest auf sie geheftet. »Hast du es ernst gemeint, als du sagtest, dass es für dich nicht mehr *echt* ist?«

Mit dieser Frage hatte sie nicht gerechnet, weshalb sie unruhig von einem Bein auf das andere trat und die Arme vor der Brust kreuzte.

Nein, schrie ihr Herz.

Ja, forderte ihr Verstand.

Nicht gewillt, es ihm leicht zu machen, schwieg sie. Ein Muskel in seiner Wange zuckte und er machte einen Schritt auf sie zu. »Wenn es sich für dich verändert hat ... warum trägst du dann noch immer den Stern?«

Unwillkürlich wanderte ihre Hand zum kleinen sternförmigen Anhänger, der sich unterhalb ihres Kleides verbarg, während sie versuchte, die aufkeimenden Bilder jener Nacht zurückzudrängen, die mit diesem Schmuckstück in Verbindung stand.

Weil es tanzende Sterne in der Welt gibt und du sie mir gezeigt hast ...

Mira räusperte sich, aber Pheros setzte direkt nach: »Warum haben dann die Sterne für uns gesungen, wenn es nicht *echt* war?«

Sie starrte ihn aus großen Augen an. »Du hast sie auch gehört?«

Er nickte und sein Blick wurde weicher. Zärtlich. »Beide Male.«

Die Erinnerungen fluteten ihren Geist. Es war, als wären sie erst gestern dort gewesen, in diesem kleinen Wäldchen mit dem verzauberten Wasserfall und seinen tanzenden Lichtern. Tanzende Sterne, die zwei Liebenden die Wahrheit über ihre Gefühle offenbarten, indem sie für sie sangen. Raue Hände, die jede Linie ihres Körpers erkundeten. Lippen, die diesem Weg folgten und eine Hitze schürten, der sich Mira nicht einmal jetzt entziehen konnte. Die Erinnerung allein reichte aus, um die Weichheit dieses Mundes zu spüren und seinen Geschmack auf der Zunge zu schmecken.

»Gib mir sechs Monate.«

Was? Wollte er sie gerade dazu überreden, hier zu bleiben?

»Bleib.« Er tat einen weiteren Schritt auf sie zu. »Mach dir selbst ein Bild von Lykosura.«

Sie starrte ihn fassungslos an. »Bei Aru, du meinst das ernst! Ich wähle nicht die Bequemlichkeit des Harems, Pheros, sondern den blutigen Sand der Arena, schon vergessen?«

Entschlossenheit trat in seine Augen, als er die verbliebene Distanz zwischen ihnen überwand. Er legte seine Hände auf ihre Oberarme. »Fünf Monate. Wenn du dann noch immer gehen willst, werde ich dich persönlich zur Grenze bringen. Du hast mein Wort.«

Sie schüttelte den Kopf und verschränkte die Arme vor der Brust, aber in ihr regte sich nicht mehr ganz so viel Widerwillen, wie zu Beginn des Tages. Als Gelehrte lag es einfach in ihrer Natur, alles verstehen und erforschen zu wollen. Nur war sie auch bereit, ihre Seele dafür zu opfern?

»Mira ...« Er stockte und suchte nach Worten.

Das tat ihr fast mehr weh, als die Aussicht, ihn nie wiederzusehen. Trotz seines Verrates blieben ihre Gefühle für ihn unverändert. Sie mochte sich etwas anderes einreden, doch in Augenblicken wie diesen fühlte sie es deutlich in sich toben. Diese tiefe Zuneigung für ihn, die sich in ihre Seele gebrannt hatte.

»Du schaffst es nicht ohne Geleitschutz bis zur Grenze.«

Damit hatte er wahrscheinlich recht.

»Die Wüste wirst du nicht ohne Vorkehrungen durchqueren können und an keinem Hafen Lykosuras wirst du ein Schiff finden, das dich mitnimmt. Nicht während der Wintermonate.«

Auch das stimmte.

Da sie nicht widersprach, stieß er einen langen Seufzer aus. »Dann willst du dich in den sicheren Tod begeben? Das ist nicht der blutige Sand der Arena, Mira. Das ist das kalte Grab, in dem die Ghule schlafen. Sag mir ... *Bitte* ... Was es braucht, damit du bleibst! Was muss ich tun?«

»Wir beide wussten doch immer, dass es irgendwann ein Ende haben würde.«

Darauf gab es keinen Widerspruch von ihm, nur einen langen Blick aus dunklen Augen. Mira kannte diesen Ausdruck. Er kämpfte noch immer. Je länger sie ihn ansah, umso deutlicher fühlte sie etwas in sich nachgeben. Es stimmte alles, was er sagte. Ihre Chancen standen denkbar schlecht, ohne ihn heil in Kaukon anzukommen.

»Warum?«, stellte sie also die Frage, die sie einfach stellen musste, bevor sie sich endgültig entschied.

»Warum ich will, dass du bleibst?«

»Warum hast du mich hierher gebracht?«

Langsam glitten seine Hände von ihren Armen. »Ich hätte jeden meiner Männer töten müssen. Sie sind mir treu ergebene Soldaten, aber sie hätten den Befehl des Imperators an oberste Stelle gesetzt. Lya, Gen und Keenan hätten mich gedeckt, aber damit wären auch sie zu Verrätern geworden. Das konnte ich nicht von ihnen verlangen. Mein Plan sah vor, mit dir nach Igbo zu segeln und ... mich dort von dir zu verabschieden.« Er holte einmal tief Luft und Mira fragte sich kurz, ob ihm der Gedanke auch einen Stich versetzte wie ihr.

»Wir haben nie darüber gesprochen, weil wir beide dachten, dass uns ein ganzer Winter lang Zeit dafür bliebe.«

Mira glaubte ihm. Pheros mochte vieles sein. Ein Krieger, General, ein verborgener Künstler im Holzhandwerk, aber ein Lügner war er nicht. Im Augenblick der Entscheidung, eingekesselt von seinen Soldaten, hatte sie entschieden zu kämpfen. Nicht er. Mira wusste das. Sie erinnerte sich noch genau daran. Einiges war schiefgelaufen, woran sie eine Mitschuld trug. Angefangen mit dem ersten Kuss, bis zur ersten gemeinsamen Nacht unter einem magischen Sternenhimmel. Sie hatte das alles gewollt. Niemand hatte sie dazu gedrängt, sich ihm zu nähern, wie sie es getan hatte. Das befreite ihn nicht von der Schuld, sie gegen ihren Willen hier her gebracht zu haben, aber es linderte den bitteren Geschmack des Verrates.

»Ist das alles?«, fragte sie.

»Nein. Ich hätte mir etwas einfallen lassen können, um dich zurückzulassen.« Er hielt einen Moment inne und rang sichtlich mit sich selbst. »Ich *wollte* dich nicht zurücklassen.«

Sie hob die Brauen. Was sollte das heißen? Er hatte sie mitgenommen, weil er sie nicht hatte verlieren wollen? Meinte er das damit? Ihm musste doch klar gewesen sein, wie sie darauf reagieren würde. Mira wusste nicht, ob sie das berühren oder verschrecken sollte. Im Augenblick fühlte sie beides. Vor allem aber wuchs der Wunsch nach Abstand zu ihm. Wortlos wandte sie sich ab und ging ein paar Schritte tiefer in den Raum hinein. Dabei schlang sie erneut die Arme um sich selbst.

Nach allem, was sie über ihn wusste und welche Schrecken er hinter sich gelassen hatte, um der Krieger zu sein, der er heute war, sollte sie das nicht weiter verwundern. Auf seine Weise galt das als großer Zuneigungsbeweis, doch Mira konnte das einfach nicht als solches annehmen. Nicht so. Nicht, wenn er sich damit über ihre Wünsche hinwegsetzte. Sie des freien Willens beraubte, indem er für sie Entscheidungen traf.

Im Augenwinkel erfasste sie seine Bewegung. Er schickte sich an, die Distanz erneut zu überwinden, aber Mira hob die Hand, um ihm Einhalt zu gebieten. »Weißt du, was wirklich tragisch ist. Hättest du offen mit mir gesprochen, hätte ich dich vielleicht freiwillig begleitet. Ich hätte der Krone eine Nachricht zukommen lassen und vielleicht wäre ich jetzt hier, um einen Waffenstillstand zu verhandeln. Dein Imperator erkennt die größere Bedrohung, die die Namenlosen für ganz Erea darstellen. Makhai geht es sicherlich nicht anders. Ein Waffenstillstand ist für beide Seiten zuträglich.«

»Du wärst mitgekommen?« Eine Mischung aus Unglauben und Schuld bewegte seine Miene. Langsam näherte sie sich ihm. »Vielleicht. Vielleicht hätte ich euch alle auch vom Berg gefegt und dir einen Blitz in den Hintern gejagt. Leider werden wir nie erfahren, was gewesen wäre, denn die Möglichkeit, *frei* zu wählen, hast du mir genommen.«

Das saß und es nagte sichtlich an ihm. In Lykosura gab es stets diese eine Obrigkeit, die für alle anderen entschied. Auch Pheros war es gewöhnt zu entscheiden, zu befehlen und den Weg zu bestimmen. Nur gehörte sie nicht zu seinem Reich und sie war auch keiner seiner Soldaten.

»Ich verstehe«, sagte er und Mira glaubte ihm. Viele Herzschläge verstrichen, in denen er darüber nachzudenken schien. Nur sehr langsam kehrten seine Augen zurück in ihre.

»Mira, wie entscheidest du *jetzt?«*

Goldene Schimmer flackerten in seinen Augen. Weil er ihre Entscheidung fürchtete, aber seine Worte zeigten ihr, dass er wirklich verstanden hatte.

Sie fühlte sich erleichtert und bedrückt zu gleich. »Bis zum Mondfest, Erste Waffe.«

»Bis zum Mondfest?«

Sie nickte. »So lange bleibe ich.« Die Götter mochten ihr beistehen. Am besten alle acht zusammen!

»Das sind drei ...« Er kam jetzt wieder auf sie zu, vorsichtig, fast schon zaghaft, als fürchtete er, sie mit einer falschen Bewegung oder Geste doch noch zu verscheuchen. »... fast vier Monate bis dahin.«

Sie nickte. »Danach bringst du mich nach Hause.«

Nun stand er wieder so nah bei ihr, dass sie den Kopf in den Nacken legen musste, um ihm in die Augen sehen zu können.

»Du hast mein Wort.«

7

Fürstentum Kaukon
Makhai

SAMAS

Nicht alles hier ist schlecht ...

Miras Worte kamen Samas wieder in den Sinn, während er den Wehrgang der Himmelswacht entlangschritt. Das tat er beinahe jeden Morgen seit seiner Ankunft. Von dieser Position aus erhielt er einen perfekten Blick auf die gesamte Stadt. Das half ihm meistens, den Kopf frei zu bekommen. Vor allem der Gedanke an Miras mögliche, sehr verfängliche Verbindung mit der Ersten Waffe Lykaons beschäftigte ihn. Plötzlich ergaben sich ganz andere Überlegungen, die ihm anhaltende Kopfschmerzen bescherten.

Der Blick des Dunklen Gardisten, der ihn an diesem Morgen während des Spaziergangs begleitete, lastete schwer auf ihm.

»Du bist unruhiger als sonst, Prinz. Was genau beschäftigt dich?«

»Mira und die Erste Waffe.«

»Ich möchte sie nicht retten, nach Hause bringen und dann an ein Gericht verlieren, das sie des Hochverrates für schuldig befindet.«

»Meiner Erfahrung nach sind die Dinge selten so, wie sie im ersten Moment erscheinen. Abgesehen davon müsste die Fürstentochter erstmal zurückkehren.«

Dem konnte er nicht widersprechen. Kurz wanderte Samas' Blick zum Himmel. Cailin verhielt sich erstaunlich gelassen dafür, dass sein Vater die Bedingungen Lykosuras für Miras Freilassung rundum abgelehnt hatte. Allerdings war das auch zu erwarten gewesen. Makhai konnte sich für niemanden erpressen lassen, auch nicht für einen seiner Sturmfürsten.

Dafür hatten sie im Rat wenigstens die Mehrheit darüber erlangt, die defensive Haltung in diesem Krieg aufzugeben und wieder aktiv gegen Lykosura vorzugehen.

Mira wurde von vielen Amtsträgern Makhais geschätzt. Darunter befand sich *die Eisfürstin* Nevas, Arica, die Mira nach ihrer Erschaffung zur Sturmfürstin protegiert hatte. Seine Mutter Königin Sol und Munro, der Druide, den man auch *Herre der Sterne* nannte. Ebenso Set va Ankh, Fürst Desherets und *Herr des Feuers*. Die Besetzung von Maru – seiner Heimat – lieferte einen zusätzlichen, sehr persönlichen Grund. Abgesehen davon galt Mira einst als seine Lieblingsschülerin während ihrer Zeit in Helix.

Auch Samas konnte sich dem Drang nicht länger entziehen, zum Gegenschlag auszuholen. Mit jedem zurückeroberten Stückchen Land kamen sie Mira ein wenig näher. Dabei sollten Dinge wie das Wohl des gesamten Volkes an erster Stelle stehen. Samas liebte sein Volk auch, aber Mira liebte er einfach mehr. Für Edelmut und Verantwortung war Shim zuständig und Samas dankte den Göttern dafür. Seinem älteren Bruder fiel die Bürde zu, die Last des gesamten Königreichs auf den Schultern zu tragen. Irgendwann, wenn die Asche des Vaters zu den Sternen empor stieg.

Abgesehen davon wütete dieser Krieg schon so lange. Seit Jahrzehnten tat man an Kaukons Grenze nichts anderes, als die Flut auf Abstand zu halten. Die Zeit war längst reif für neue Wege.

»Bald wird es hier ziemlich voll werden«, sprach Samas laut seinen nächsten Gedanken aus. Lucan nickte zustimmend. Shim und Set hatten sich für heute angekündigt. Munro und Arica würden sich dieser Runde jedoch nicht anschließen.

Samas blieb stehen, um einen langen Blick über die Stadt schweifen zu lassen. »Seit sieben Jahrhunderten tobt dieser Krieg. Bedauerlich, dass wir erst jetzt zusammenkommen. Dabei haben wir fünf Sturmfürsten auf unserer Seite. Mit ihrer Macht hätten wir längst den Sieg davongetragen, aber ich schätze, danach würde es nicht mehr viel geben, worüber man herrschen könnte.«

»Die Macht der Fürsten ist gleichsam Glas und Eisen«, kommentierte Lucan.

Samas Stirn legte sich in Falten, während er darüber nachdachte. »Glas, weil die Macht eines Sturmfürsten ebenso zerbrechlich ist, wie Eisen stark ist?«

Lucan nickte. »Die oberste Aufgabe eines Sturmfürsten besteht darin, die Ordnung in seinem Fürstentum aufrecht zu erhalten und damit im gesamten Reich für Stabilisierung zu sorgen. Krieg sorgt nicht für Ordnung. Auch nicht für Wohlstand oder Stabilität.« Er deutete mit dem Kinn in Richtung Hafenstadt. »Kein Fürstentum ist wie Kaukon. Zeitgleich so reich und arm.«

»Weil der Krieg hier zum Alltag gehört.«

»So ist es. Es ist leichter, einen Grenzwächter zum Schild des Reichs zu erwählen, als Krieg über jedes Fürstentum zu verhängen.«

Das verstand Samas. Nur hatte diese dauerhaft passive Haltung dafür gesorgt, dass sich Lykosura inzwischen Herr des gesamten südlichen Kontinents nannte.

Rufe erklangen in der Feste, die Ankunft seines Bruders verkündend. Gemeinsam steuerten sie den Innenhof an, wo sich gerade der Reitertrupp des Thronerben einfand. Eine Flut von Rot- und Brauntönen ergoss sich dort. Vereinzelt blitzte Metall auf, das die Morgensonne reflektierte. Samas musste auch nicht lange suchen, um seinen Bruder zu erspähen. Dort, im Zentrum der Schar, brachte er gerade seinen Hengst zum Stehen. Wie immer stach er aus der Menge heraus. Nicht, weil seine Rüstung so schön glänzte. Tatsächlich unterschied sich diese von den anderen der Königsgarde nur in einem Detail: dem Drachenhelm, und genau der zog sämtliche Blicke auf sich.

Geformt wie ein Drachenkopf, der weit sein feuerspuckendes Maul aufriss. Das Erkennungsmerkmal des Thronerben Makhais. Von Generation zu Generation weitervererbt. Ansonsten trugen alle denselben, doppelt gehärteten Harnisch aus braunem Leder. Die Säume mit goldenen Fäden versehen, die sich um rote Umhänge und Gürtelschnallen wanden.

Lächelnd zog Shim sich den Helm vom Kopf, das dunkelbraune, mittellange Haar völlig zerzaust.

»Sam!«

Ohne Eile, kam Samas die Treppe hinunter, die vom Wehrgang zum Innenhof führte. Großgewachsen stand er da, sein Bruder. Einen halben Kopf größer als er selbst.

»Grüß dich!«

Shim zog ihn in eine feste Umarmung. Sie lachten und hielten sich auf Armeslänge voneinander weg. Nach einer kurzen, aber eingehenden Musterung gaben sie sich wieder frei.

»Du siehst müde aus«, kommentierte Shim. Samas zuckte mit den Schultern. So angespannt die Beziehung zwischen ihm und seinem Vater auch sein mochte, mit Shim verhielt es sich anders. Ihre Unterschiede taten der brüderlichen Zuneigung keinen Abbruch.

Shim war der fleischgewordene Stolz des Königs. Ein Krieger, pflichtbewusster Thronerbe und Drake, der das Drachenerbe würdevoll fortsetzen würde. Samas schlug hingegen nach ihrer Mutter. Das blonde Haar und die Vorliebe für Bücher eingeschlossen. Nur die himmelblauen Augen, die hatten sie beide von ihr. Das Kämpfen erlernte Samas aus Gründen der Notwenigkeit. Shim war mit dem Schwert in der Hand zur Welt gekommen. Es lag ihm einfach im Blut. Ganz der Sohn des Drachen.

Shim nickte dem Mann zu, der jetzt zu ihnen trat. »Lucan.«

Der Dunkle Gardist erwiderte die Geste ebenso respektvoll. »Prinz. Willkommen in der Himmelswacht.«

Shim ließ daraufhin den Blick schweifen. »Ich habe vergessen, wie eindrucksvoll die Wacht ist.«

»Wo ist Veil?«, erkundigte sich Samas, während sie gemeinsam den Weg zur großen Halle antraten, Dicht gefolgt von Lucan und einigen anderen Gardisten.

Samas nickte Yaris und Alea zu, die den Gruß mit einem respektvollen Neigen des Kopfes erwiderten. Sie grüßten auch Lucan. Zu Samas Überraschung scherzten und neckten die drei einander. Dass ihn irgendwer gut genug kannte, um Witze zu reißen, wirkte befremdlich auf ihn.

»Ich habe Veil und Feye nach Raquia geschickt«, erklärte Shim, was Samas recht ungewöhnlich fand. Veil bedeutete für Shim das, was Mira für Samas war. Weggefährten, Freunde, die einander den Rücken freihielten und sich sogar als Familie bezeichneten. Dass er ausgerechnet jetzt nicht an Shims Seite ritt, konnte nur bedeuten, dass er ihn mit einem wirklich heiklen Auftrag betraut hatte. Ihn und seine Schwester Feye.

»Ermittlungen, wegen der Namenlosen und anderen ... Dingen«, sprach Shim weiter.

Vor einigen Wochen hatte es einen Anschlag auf den König gegeben. Samas Beziehung zu ihm mochte schwierig sein, aber er war erleichtert gewesen, zu hören, dass es ihm gut ging.

»Wie geht es Vater?«

Shim zuckte mit den Schultern. »Er ist wütend. Seine ganze Aufmerksamkeit gilt den Namenlosen.«

»Zu Recht«, erklang es plötzlich von überall und nirgendwo.

Das brachte die gesamte Halle schlagartig zum Schweigen. Nur wenige Schritte von ihnen entfernt, türmte sich ein wilder Strudel Sand zu einer Säule auf. Es knisterte und knackte in der Luft. Das Gefühl von heißem Sand, der über kühle Haut strich, ließ Samas kurz erschaudern.

Beeindruckend. Zweifellos war hier ein Sturmfürst am Werk, der gerade sehr eindrucksvoll windreiste. Eine seltene Fähigkeit, die den Magier dazu befähigte, binnen eines Augenblicks von einem Ort zum anderen zu gelangen. Anders als das Portalreisen, welches theoretisch von jedem Magier erlernt werden konnte, musste man für das Windreisen ein angeborenes Talent besitzen. Beides erforderte jedoch ein hohes Maß an Können und Macht.

Aus dieser mannshohen Sandsäule manifestierte sich schließlich der Fürst Desherets, eingehüllt in die Farben seines Hauses: Rot und Schwarz. Ihm haftete das typische Aussehen der Sonnenkinder Marus an. Sonnengebräunte Haut und bernsteinfarbene Augen. Das pechschwarze Haar war kurz geschnitten. Mit dem kantigen Kinn, der sehr geraden Nase und den mandelförmig anmutenden Augen, erinnerte Set va Ankh an einen Schakal. Kühle Eleganz und kriegerische Härte haftete an ihm wie eine zweite Haut.

Shim sprach den Sturmfürsten als erster an. »Set va Ankh.«

»Prinz.«

Sie begrüßten sich nach Art der Krieger, in dem sie den Unterarm des anderen packten. Samas und Set nickten einander lediglich zu.

»Als ich noch ein Kind war, warnten uns die Älteren stets vor den Kindern des Namenlosen«, sprach der Herr des Feuers. »Wenn wir unsere Teller nicht aufaßen, kämen sie uns holen. Vernachlässigten wir unsere Lektionen, würde sie uns im Schlaf heimsuchen.« In gelassener Geste faltete er die Hände hinterm Rücken zusammen. »Ich hätte niemals für möglich gehalten, dass wir uns eines Tages mit Schreckgespenstern dieser Art befassen müssen.«

Zusammen mit den drei Gardisten schritten sie die Treppen hinauf, um den Saal samt Kriegstisch zu erreichen. Cailin befand sich bereits dort. Abseitsstehend sprach sie mit einem ihrer Hauptmänner. Wie immer besaß die Fürstin Kaukons keine Geduld für Etikette. Darum hielt sich auch niemand mit irgendwelchen Protokollen auf. Erst als Cailin sich ihnen zuwandte und selbst herantrat, verstummten die Gespräche im Saal. Ihr heller Blick wanderte dabei wachsam über die Reihen Anwesenden.

»So lasst uns beginnen.«

8

Lykosura
Hauptstadt

MIRA

Als die ersten Sonnenstrahlen über den Horizont krochen, stand Mira angezogen im Raum. Nicht, dass sie sonderlich viel Schlaf gefunden hätte. Dieser Alptraum mit dem Drachen, der sie verfolgte und in die Dunkelheit zerrte, suchte sie inzwischen jede Nacht heim. Anfangs hatte sie diesen empathischen Traum als Warnung vor Pheros interpretiert. Inzwischen war sie sich da nicht mehr so sicher. Um sich Gewissheit zu verschaffen, müsste sie einen Magier aufsuchen, der des Traumwandelns fähig war. Jemand, dem sie vertraute, also gegenwärtig nicht möglich.

Wenigstens fühlten sich ihre Gedanken wieder geordneter an, jetzt, da sie ein neues Ziel vor Augen hatte, auf das sie sich konzentrieren konnte.

Auf der Suche nach Kleidung, die nicht nach Ballsaal schrie, stieß sie auf die Truhe mit allen Habseligkeiten aus Raquia. So trug sie wieder ihre schwarze Hose mit den hohen Stiefeln und der Schnallenschnürung. Darüber eine weiße Langtunika mit Bändchen an den Handgelenken zum Schließen und die umgenähte Miederweste aus dunklem Leder, die Imicia für sie mit versteckten Innentaschen versehen hatte.

Der Gedanke an ihre warmherzige, liebevolle Freundin löste Wehmut in Mira aus. Tief in ihrem Herzen wusste sie, dass sie einander wiedersehen würden. Ganz sicher sogar.

Den Schwertgurt trug sie um die Hüfte, nur ohne Waffen, denn als *Gast* erlaubte man ihr sicher keine dabei zu haben.

Es klopfte an der Tür. Kurz darauf betrat die Erste Waffe Lykaons auch schon den Raum. Mira flocht ihr Haar gerade noch fertig und schritt dabei auf ihn zu. Auch er sah wieder aus wie eine Waffe Lykaons. Nur ohne diese ungezügelte Macht aus goldrot glühenden Drachenaugen. Er trug seine Halbmaske nicht, auch die Kapuze war nicht aufgesetzt. Ganz in Schwarz und eindrucksvoll wie immer.

Auf der linken Seite schützten zwei Hartlederschuppen, die dicht aufeinanderlagen, seine Schulter. Eine weitere zog sich über seiner linken Brusthälfte und war mit mehreren Riemen am Oberkörper fixiert. Viele weitere, sehr viel kleinere Plättchen fanden sich auf seinem gesamten Oberkörper wieder, die bei näherer Betrachtung einen minimalen Rotstich reflektierten, sobald Licht darauf fiel.

»Drachenschuppen?«, fragte sie stirnrunzelnd, wobei ihr Blick weiterhin auf den Plättchen ruhte. Sie hob die Hand, um eines der filigranen Einzelstücke zu berühren, hielt aber gerade noch so inne. Natürlich entging ihm das nicht. Ohne zu zögern, griff er nach ihrer Hand und legte sie sich auf die Brust. Die Plättchen fühlten sich kühl an unter ihren Fingerspitzen und sie folgten der Bewegung ihrer Finger, passen sich an und richteten sich neu aus.

»Das *sind* Drachenschuppen!«, flüsterte sie mit erwachter Faszination. Die feinen Schuppen richteten sich neu aus, jedes Mal, wenn sie in Berührung damit kam. Worauf reagierte das Material? Auf jede Art Berührung? Oder nur auf bestimmte? Auf welche Weise waren sie mit seinem Träger verbunden? Intuitiv oder adaptiv? Welcher Zauber fand hier Anwendung?

»Intuitiv«, murmelte sie, mehr an sich selbst gerichtet. Um ihre Theorie zu testen, ließ sie einen Hauch Energie auf den Fingerspitzen entstehen. Die Plättchen schnappten sofort zu und verhärteten sich zu einer festen Platte. Mira grinste unwillkürlich. »Nein, adaptiv. Der Umwelt angepasst.« Selten und eine grandiose Kunstform unter ihresgleichen. »Ihr hab einen Former im Palast! Ein Magier, der magische Schmiedekunst betrieb.«

Pheros nickte und die Art, wie er sie ansah, sprach von einer vertrauten Zärtlichkeit, die ihr Herz augenblicklich höher schlagen ließ ... *Nein!* Räuspernd zog sie ihre Hand zurück.

»Und?«, fragte sie, um abzulenken. »Was hast du für heute geplant? Was darf ich denn überhaupt sehen?«

Die Wärme schwand aus seinem Blick und machte seiner typisch stoisch-ruhigen Miene Platz. Unwillkommenes Bedauern bemächtigte sich ihrer, doch sie verdrängte das gekonnt.

»Die Schmiede«, antwortete er. Mit einem Nicken bedeutete er ihr, ihm zu folgen. Miras Augen weiteten sich einen Moment lang. Die Schmiede? Direkt ins Herz der Kriegsmaschinerie?

Kurze Zeit später standen sie tatsächlich in einem großen Gebäude, das direkt mit dem Blauen Palast verbunden war und als »Hort« bezeichnet wurde.

»Wir unterscheiden zwischen *Waffen* Lykaons und *Kinder* Lykaons«, erklärte er, während er sie durch die Flure führte. Dabei kamen sie an Räumen vorbei, die Mira stark an Klassenzimmer erinnerte. Sie erspähte beim Vorbeigehen einige

Kinder, die im Halbkreis vor einer älteren Person saßen und zuhörten.

»Wo ist der Unterschied?«, fragte sie, während sie nicht aufhören konnte, sich umzusehen. Derselbe massive, gräulichschwarze Marmorboden mit zarten goldenen Linien versehen. Helle Wände und Magielichter, die in geschlossenen Laternen von den Decken hingen. Alles sauber und akkurat, in nahezu perfekter Symmetrie angeordnet. Keine Gemälde. Keine Mosaikkunst und auch keine Malereien von Kinderhänden. Dürften die Kinder hier überhaupt malen? Unwillkürlich zog sie den Vergleich zu ihrer eigenen Kindheit. Mit drei Jahren kamen magiebegabte Kinder nach Helix, wenn ihre Eltern sich das leisten konnten. Jene, die weniger gut betucht waren, erhielten auf Kosten der Krone eine Grundausbildung, um ihre Fähigkeiten ausreichend zu schulen, damit niemand anderes ungewollt zu Schaden kam. Mira erinnerte sich an die vielen Malstunden im Garten oder die Basteltage beim Former. Nicht, dass sie eine Begabung für Kunst entwickelt hätte, aber es hatte ihr dennoch viel Freude bereitet. Der Hort in Helix sah aus wie ein buntes Haus des Chaos. Über und über gezeichnet von Kinderhänden, die sämtliche Wände erobert hatten. Kein Vergleich zu diesem kalten, viel zu perfekten Ort.

Gab es wenigstens eine Stelle in der Hauptstadt, der nicht von dieser Makellosigkeit dominiert wurde? Das und so vieles mehr lag ihr auf der Zunge, aber sie schwieg.

»Die Kinder Lykaons befinden sich noch in der Ausbildung. Die Konditionierung ist unvollendet«, erklärte Pheros beiläufig. Er schien einen bestimmten Punkt innerhalb dieses Horts anzustreben. Dabei entging Mira nicht, wie genau er sie beobachtete. Früher hätte sie ihn gefragt, was ihm durch den Kopf ging. Jetzt sagte ihr etwas, dass sie besser nicht fragen sollte.

Pheros führte sie zu einem großen Übungsplatz, auf dem mehrere Drakestai ihre täglichen Bewegungsabläufe übten. Mira schätzet das älteste Kind auf sieben Jahre.

»Waffen trainieren Kinder?«, erkundigte sie sich, als sie am Rand des Platzes stehen blieben. Sie deutete in Richtung des Mannes, der in ähnlich geschnittener Rüstung die Bewegungsabläufe vorgab.

»Das ist Charon«, stellte Pheros ihn ihr vor. Die Blicke beider Männer trafen sich. Sie nickten einander zu, die Übung wurde jedoch nicht unterbrochen.

»Er gehört zur sechsten Generation«, fuhr Pheros fort und bewegte sich dabei langsam weiter über den Platz. Mira folgte ihm.

»Wenn wir Waffen in der Hauptstadt verweilen, versuchen wir uns abzuwechseln. Ansonsten kümmern sich die Kampfmeister um ihre Ausbildung.«

»Also sind du und deine sechs Geschwister die Älteste Generation«, fasste sie zusammen. Die berühmtesten und einzigen Waffen, die von Barden namentlich besungen wurden. Sie waren die unbestrittene Elite unter allen Waffen Lykaons und deren Anführer.

»Lykaon nannte euch seine Schicksalskinder«, sagte Mira, während Pheros sie hinausführte, direkt in Richtung Hof, wo zwei Stallburschen mit gesattelten Pferden auf sie warteten. Beides Rappen, die offensichtlich für die Schlacht abgerichtet waren. Dabei entging ihr nicht, wie liebevoll Pheros sein Schlachtross behandelte. Er begrüßte es wie einen alten Freund und strich sanft über dessen Nüstern, bevor er aufsaß. *Castor* hatte er es genannt. Mira unterdrückte ein

Lächeln. Castor hieß der Drakestai aus den alten Legenden, der jetzt als Teil des nächtlichen Sternenhimmels auf sie hinabblickte. Fehlte nur noch dessen Zwillingsbruder *Pollux*.

»Lykaon hatte Träume von uns. *Visionen*. Die meisten Kinder Lykaons werden von den Priestern aufgespürt und von seinen Schattenspionen nach Lykosura gebracht. Wir Sieben bilden die Ausnahme. Uns suchte er persönlich.« Pheros lenkte Castor näher an sie heran. »Hast du auch solche Träume?«

»Manchmal. Es ist aber alles andere als einfach, diese empathischen Träume richtig zu deuten.«

»Kannst du mir ein Beispiel geben?«

Sie sah ihn an, abwägend, ob sie es ihm sagen sollte oder doch lieber für sich behalten. Letztlich sah sie keinen Nachteil darin, ehrlich zu bleiben. »Ich glaube, ich habe von dir geträumt, bevor wir uns begegnet sind.«

Überraschung flackerte in dunkelblauen Augen auf. »Was genau hast du gesehen?«

»Drachenaugen. Eine unendliche Leere. Ich bin dort, von Wasser umgeben. Ein Drache jagt mich und gemeinsam versinken wir in Finsternis.«

»Was bedeutet das?«

Sie zuckte mit den Schultern. »Ich weiß es nicht. Manchmal verändern sich Details, aber im Grunde ist es immer dasselbe.«

Der Gedanke schien ihm nicht zu behagen, das machte seine Mimik deutlich. »Ich ziehe dich in die Finsternis?«

»Ich weiß nicht mit Sicherheit, ob du es bist, der mich hineinzieht. Ich weiß nur, dass wir gemeinsam darin versinken. Manchmal glaube ich, du bist es und dann habe ich das Gefühl, dass es doch jemand anderes ist.«

Das schien ihm zu denken zu geben, denn plötzlich wurde er sehr still.

»Manchmal sind Träume aber auch einfach nur Träume, Pheros.«

»Und manchmal nicht.«

Sie lächelte in einem Anflug von Heiterkeit. »Ich richte mein Leben nicht danach, was ich in meinen Träumen sehe, Waffe.«

Das schien ihn zu erreichen und seine Gesichtszüge wirkten wieder entspannter. »So viel Pragmatismus, Makhai?«

»Irgendwas musste ja von dir abfärben. Vielleicht rettest du schon morgen fahrende Schauspieler vor hungrigen Nachtgeistern.«

Das brachte ihn zum Lachen und auch Mira konnte sich nicht dagegen wehren. Schmunzelnd ließen sie diesen unerwartet heiteren Moment vergehen. Es fühlte sich gut an, sich unbefangen mit ihm zu unterhalten. Wie früher. Selbst wenn es nur für den Moment war.

Über die Hauptstraße gelangten sie direkt zum Markplatz, wo Pheros Obst und Brot erstand. Lykosuras Umschlagplatz für Waren unterschied sich nicht maßgeblich von anderen. Fleisch, Gemüse, Käse, Eier, Brot und Gewürze bot man hier an. Sie entdeckte auch Eisenwaren, Körbe, Schuhe, Stoffe und Tücher in allen Formen und Farben. Der weitläufige Platz wurde von Läden umsäumt. Eine Bäckerei, ein Schneider, ein Barbier und zwei Schmieden. Eine Kornkammer und jede Menge Wohnhäuser füllte die Lücken dazwischen.

Lange blieben sie jedoch nicht, denn die Erste Waffe schien eine große Runde mit ihr drehen zu wollen. So saßen sie bald schon wieder auf und ritten erneut durch die Stadt.

Die Menschen in Lykosuras Hauptstadt gingen ihren Tätigkeiten nach. Wenn unter ihnen Sklaven waren, dann erkannte Mira sie nicht als solche. Laut Pheros trugen die Sklaven in Lykosura auch keine Halsbänder oder Wendelringe. Die meisten seien freiwillig in den Sklavenstand eingetreten.

»Die oberste Aufgabe einer Waffe ist es, den Willen Lykaons zu vollstrecken«, erklärte Pheros, während sie eine breite Straße entlang ritten, die von blauen Lilien eingerahmt wurde. »Wir dienen als oberste Befehlshaber und sind dazu befugt, Richter und Henker in einem zu sein.«

Mira runzelte die Stirn. »Das bedeutet, wenn einer von euch der Auffassung ist, dass euer Handeln dem Willen Lykaons entspricht, dürft ihr machen, was ihr wollt?«

»Solange es dem Reich dienlich ist, ja. Wir sind die obersten Beschützer Lykosuras. Alle Bereiche, die darunterfallen, zählen zu unseren Pflichten.«

Darüber dachte sie noch eine ganze Weile nach, während sie den Hafen passierten. »Wie viele Drakestai leben in Lykosura?«

»102. Davon sind 27 Waffen Lykaons und 75 Kinder Lykaons.«

So viele Drachen gab es noch? Ihr Staunen ließ sich nicht verbergen. »Ich hatte angenommen, dass es vielleicht noch zwei Dutzend gibt auf der Welt.«

Kein Wunder, dass sich Lykosura als Erbe des alten Drachenreichs betrachtete. So gut wie alle noch lebenden Drakestai kamen hier zusammen. Von einem Unterdrücker beherrscht, dem sie sogar aus eigenem Antrieb folgten. Mira gab sich Mühe, ihre Abscheu zu verbergen, denn sie konnte sich denken, zu welch Methoden Lykaon gegriffen hatte, um alle Drachen unter seinem Stiefel zu versammeln. Scheinbar funktionierte ihre Maskerade doch nicht so gut wie erhofft, denn Pheros hielt seinen Hengst an, so dass auch Mira anhalten musste.

»Der Weg bis zur Vollendung ist grausam, das bestreite ich nicht. Aber du siehst nur die Schattenseite. Dank der Schmiede fürchte ich weder Schmerz noch Kampf.«

»Wieso muss es überhaupt das Ziel geben, stark und unbezwingbar zu sein? Viele Wege können zum Ziel führen. Es muss nicht immer der des Blutes und der Schwerter sein.«

Er trieb seinen Hengst wieder an. »Würden wir in einer Utopie leben, könnte ich dir zustimmen. Die Realität sieht allerdings anders aus und ich bin dankbar für die Stärke, die ich durch die Schmiede erlangt habe.«

Wie schnell er doch das einfache, wunderbare Leben in Raquia vergessen hatte. Der Mann, der jetzt neben ihr ritt und sprach, erblühte von Neuem in all seiner kriegerischen Härte. Mira vermisste den zugänglichen Mann, der sie auch seine Verletzlichkeit hatte sehen lassen. Seine Sorgen und verborgenen Gedanken, die sie einander in eng umschlungener Zweisamkeit zugeflüstert hatten.

Du bist mehr als eine Waffe, hatte sie einst zu ihm gesagt. War all das schon vergessen?

Der Gedanke schmerzte so sehr, dass ihr das nachfolgende Schweigen willkommen war, während sie ihren Weg fortsetzten. Gelegentlich kam ihnen eine andere Waffe Lykaons entgegen. Obwohl alle in Schwarz gekleidet waren, erkannte sie jedes Mal andere Rüstungsmodelle. Pheros erklärte ihr, dass jede Waffe andere Stärken besaß und die Rüstung stets auf seinen Träger abgestimmt wurde. Individuell. Nur das Schwarz blieb für alle gleich. Sei es nun Leder, Metall oder Drachenschuppen.

»Besitzt jeder eine Drachenschuppenrüstung?«, fragte Mira, und Pheros schüttelte den Kopf.

»Dafür sind die benötigten Materialien zu rar in der Welt. Nur die Waffen Lykaons tragen eine. Deshalb sind wir es, die an der Spitze kämpfen und in die Bresche springen, wenn nötig.«

Nachdem sie ihre Runde in der Stadt beendet hatten, führte der Drache sie vor die Tore, wo sie die Küste entlang ritten. Am Fuße eines höher gelegenen Plateaus ließen sie die Pferde stehen und erklommen die Anhöhe zu Fuß. Oben angekommen, bot sich Mira ein atemberaubender Blick auf das Meer und die Stadt. Dominant heller Stein in der gesamten Stadt und dazwischen viel Grün. So viel Grün! Wie viele Gärten besaß die Hauptstadt eigentlich? In der Ferne meinte sie sogar die Wolfsinseln zu erblicken. Das sagenumwobene, untergegangene Reich der Sumrung-Wölfe.

Nun legten sie eine Rast ein und aßen zusammen zu Mittag, wobei sie belanglose Gespräche führten. Beinahe konnte er sie vergessen lassen, wo sie war, aber eben nur beinahe. Seit sie den Hort verlassen hatten, brannte Mira etwas auf der Zunge. Zunächst hatte sie es verworfen, diese eine heikle Frage zu stellen, doch nun, da sie gegessen hatten und im Begriff waren weiterzuziehen, wagte sie es doch.

So ging sie einmal um ihren Rappen herum und legte eine Hand auf Pheros Unterarm, bevor er aufsitzen konnte. »Wie ist Avina gestorben?«

Seine Miene verfinsterte sich augenblicklich. Ihre Hand glitt zu seiner, wo sie ihre Finger um seinen Handrücken schloss. Eindringlich sah sie ihn an. »Ich habe dir versprochen zu bleiben, um mir ein eigenes Bild von Lykosura zu machen und das schließt dich mit ein. In Oblyvar habe ich dich kennengelernt, den Mann, aber ich möchte auch die Erste Waffe besser verstehen.«

Jenen Teil seiner selbst, der grausam und dunkel war. Er zögerte. Lange sahen sie einander an. Zu lang. Mira beschloss, es gut sein zu lassen. Wenn er nicht wollte, konnte sie das akzeptieren. Ihre Hand glitt von seiner, doch dann sagte er: »Sie hatte Angst vor Wasser.«

Etwas erstarrte in Mira. Einst hatte er ihr erzählt auf welche Weise die Waffen abgehärtet wurden. Wie man ihnen alle Ängste austrieb.

Aru. Sie hatten das arme Mädchen ertrinken lassen. Demnach musste sie Angst vor Wasser gehabt haben. Fragend neigte sie das Haupt, während sie den Kontakt zu seinen Augen nicht aufgab.

»Hast du es mitangesehen?«

Pheros nickte und sie bewunderte ihn dafür, wie wenig er sich anmerken ließ, wie tief ihm das zusetzen musste. Unwillkürlich fragte sie sich, was wohl das schlimmere Schicksal war. Auf diese Art zu sterben, seiner schlimmsten Angst ausgeliefert, oder jener eine zu sein, der überlebte und untätig dabei zusehen musste. Niemand trug seine Maske zum Schutz so gut wie die Erste Waffe Lykaons und Mira begann zu verstehen, warum. Nicht nur seinen Körper hatte man in der Schmiede gestählt. Nicht nur seine Ängste hatte man ihm ausgetrieben. Sie hatten ihn auch gelehrt, nichts zu fühlen und nichts zu *sein* außer der Waffe selbst, wenn es erforderlich war. Kampfkonditionierung. Abhärtung. Es grenzte an ein Wunder, dass er während dieses Prozesses nicht völlig erkaltet war. *Aru*, gerade sie wusste wie intensiv sein Feuer brannte ...

Bevor Erinnerungen ihr Herz heimsuchen konnten, suchte sie ihr Heil in der Analyse durch Beobachtung. Pheros war der Einzige der Waffen, der Lykaon nicht *Vater* nannte. Zum ersten Mal war ihr das beim Abendessen aufgefallen und wenn sie jetzt genauer darüber nachdachte, dann sprach er immer vom Imperator oder nannte ihn beim Namen.

Warum?

Hatte es etwas mit seiner Generation zu tun? Sie riefen ihn nicht nur wegen seiner Stellung *Erste* Waffe, oder? Er entstammte der ersten Generation, die die Schmiede hervorgebracht hatte. Gab es noch andere Waffen aus der ersten Generation? Oder war er der einzige seines Jahrgangs, der die Schmiede überlebt hatte?

Am liebsten wollte sie ihre Fragen auch laut aussprechen, entschied sich dann aber dagegen, da sie empathisch genug war zu erkennen, wann es besser war, nicht weiter nachzubohren. Einem Impuls folgend fand ihre Hand an seine Brust, direkt über seinem Herzen. Fest sah sie ihm dabei in die Augen. Ihr kamen allerhand tröstende Worte in den Sinn. Je länger sie darüber nachdachte, welche sie aussprechen wollte, umso klarer wurde ihr, dass sie schweigen musste. So schwieg sie, während sie einfach nur da standen und einander ansahen. Einen Herzschlag lang, zwei, drei ... bevor er nach ihr greifen konnte, wandte sie sich ab und stieg auf ihr Pferd.

Die darauffolgenden Tage verbrachte sie mit Pheros, den sie bei seinen täglichen Routinen begleitete. Gelegentlich gesellte sich einer der Sieben dazu. An anderen Tagen waren es Keenan oder Daria. Pheros sorgte dafür, dass auch Mira Zugang zur Palastbibliothek erhielt, was natürlich damit enden musste, dass sie viele Stunden darin verbrachte. Oft in Gesellschaft Keenans, der sich als großer Freund des geschriebenen Wortes entpuppte. Manchmal wurde Pheros zu irgendwelchen Unterredungen gerufen, aber dann tauchte seltsamerweise immer einer der anderen Sieben auf. Die Sturmfürstin nahm keinen Anstoß daran, denn so erhielt sie die Gelegenheit, auch seine Geschwister besser kennenzulernen.

Genetor brachte immer Obst oder Törtchen mit, wenn sie sich in der Bibliothek vergrub. Falls Mira ihren Anteil verschmähte, schob der große Drache sie heimlich in die Hände eines jüngeren Draken. Letztere liefen einem gerne mal über den Weg, da sie sich im Palast und Hort frei bewegen dürften. Mit Genetor konnte sie lachen, seltsam unbefangen, weil er randvoll war mit Anekdoten aus vergangenen Abenteuern. Er scheute auch nicht davor zurück, die ungeschminkte Wahrheit auszusprechen, selbst wenn sie ihm nicht schmeichelte. Diese schlichte Ehrlichkeit nahm sie für ihn ein, Stück für Stück.

In ganz Erea verschrien als Monster, stellten sie sich doch als eng zusammenstehende, sich liebende Truppe von Kampfgefährten heraus. Das zeichnete ein gänzlich anderes Bild der gefürchteten Sieben.

Sich Titana zu entziehen, glich dem Versuch, die Zwillinge am Scheinen zu hindern. So schön und gefährlich diese Frau auch sein mochte, für ihre Geschwister war sie vor allem eines: eine echte Glucke. Diesen sehr familiären Wesenszug hatte Mira nicht erwartet. Nicht an ihr, die als Meisterspionin eine Vielzahl an Masken zu tragen verstand.

Aseas Beiname hätte nicht besser gewählt sein können. Ganz ohne jeden Zweifel eine Schattengeborene Drakestai, die sich bestens darauf verstand, lautlos in der Welt umherzuwandern. Meistens stand sie plötzlich neben Mira, ohne dass sie sie bemerkt hätte. Diese schlechte Angewohnheit teilte sie sich mit Pheros.

Das Eis zwischen ihnen brach, als Mira ihr arkanes Wissen offenbarte, das zu lehren in Lykosura verboten war, weshalb sie Stunden damit verbrachten, genau darüber zu sprechen. Natürlich nur leise tuschelnd in einer Nische der Bibliothek.

Tegeates und Lykaja waren die einzigen, die Distanz zu Mira hielten. Immer irgendwo mal dabei, aber nie allein mit ihr. Sie suchten auch nicht das Gespräch oder versuchten, sie besser kennenzulernen. Mira störte sich auch nicht daran, schließlich erwartete sie nichts.

Ion schloss sie hingegen bedingungslos ins Herz. Es war leicht, in seiner Gesellschaft die Zeit zu vergessen und sie fanden stets ein Thema, über das sie lachen oder debattieren konnten. Ein wenig erinnerte Ion sie an Samas. Beide verstanden sich mit allen gut und alles, was sie taten, wirkte leicht. Weil Ion immer einen flotten Spruch auf den Lippen hatte, bemerkten die wenigsten den Schatten in seinen Augen, der immer dann zum Vorschein kam, wenn Lykaja in der Nähe war.

Eben dieser Gedanke beschäftigte Mira auch am heutigen Abend. Zusammen mit Pheros saßen sie am Kamin ihres Zimmers. Den Blick auf ihn geheftet und dabei beobachtend, wie er mal wieder ein Stück Holz bearbeitete. Das taten sie nun schon den dritten Abend in Folge. Es erinnerte sie an die Zeit in Raquia. Dort hatte er immer wieder kleine Tiere geschnitzt und sie den Straßenkindern geschenkt. Tat er dasselbe womöglich für die vielen kleinen Drachen im Hort? Sie wollte ihn fragen, aber am Ende kam etwas vollkommen anders über die Lippen: »Was ist mit Lykaja und Ion? Dürfen sie nicht zusammen sein?«

Mit ihrer Frage musste sie so etwas wie ein Sakrileg begangen haben, denn Pheros' Blick entgleiste und das Schnitzmesser fiel ihm aus der Hand. »Bei Nin! Mira! Du darf-«

»Keine Sorge«, unterbrach sie ihn mit einer wegwischenden Handbewegung. »Alles längst schalldicht gemacht. Schon am Tag meines Einzugs. Niemand hört unsere Unterhaltung.«

Er entspannte sich wieder und legte das Holz bei Seite. »Du darfst auf keinen Fall jemals darüber sprechen. Auch nicht mit Ion selbst.«

»Warum?«

»Lykaon duldet es nicht.«

Stirnrunzelnd schüttelte sie den Kopf. »Aber Genetor und Tyra haben auch eine Beziehung und sie halten das nicht geheim. Charon und sein Geliebter aus der Palastwache zeigen ihre Zuneigung ebenfalls ganz offen.«

»Die sind nicht Lya«, wandte Pheros ein, als würde das alles erklären. »Sie ist Lykaons liebstes Kind. Er erlaubt nicht, dass die beiden zusammen sind. Er erlaubt nicht, dass *irgendwer* mit ihr zusammen ist.«

»Also waren sie es mal.«

»Ja. Es endete schlimm.«

»Will ich wissen, wie schlimm?«

Er schüttelte entschlossen den Kopf. »Diese Geschichte zu erzählen, steht mir nicht zu. Also bitte mich nicht darum.«

Das konnte sie respektieren. Sie mochte Ion und Lykaja war Pheros liebste Schwester. Beiden wünschte sie kein Leid. »Ich werde es nie wieder erwähnen.«

Er nickte, wollte sich aber nicht wirklich entspannen. »Wie hast du das herausgefunden?«

Sie zuckte mit den Schultern. »Wenn man euch als Gruppe kennenlernt, sieht man den Unterschied. Alle scherzt ihr miteinander, berührt und verabredet euch. Alle. Nur die beiden nicht. Es lag also viel mehr in dem, was sie *nicht* tun, als in dem, was sie tun.«

Nun wirkte er sichtlich beeindruckt und er lächelte sogar. »Du erstaunst mich immer wieder. Was ist dir noch aufgefallen?«

»Du nennst den Imperator *Lykaon*. Nicht *Vater*. Warum?«

Und da verschwand sein Lächeln auch schon, aber so leicht ließ sie sich diesmal nicht abwimmeln.

»Du bist aus der ersten Generation«, setzte sie direkt nach.

Er nickte. Also war er gesprächsbereit. Andernfalls hätte er ein anderes Thema begonnen. Mira klappte ihr Buch zu und neigte leicht das Haupt, während sie ihn eingehend betrachtete. Dabei sortierte sie ihre Eindrücke und Überlegungen. »Du bist der *Einzige* aus der ersten Generation.«

Wieder nickte er.

Sie legte eine Hand auf seinen Arm. »Die ältesten nach dir sind die anderen *der Sieben* und sie sind fünf Winter jünger als du.«

Erneut ein Nicken, doch diesmal wich er ihrem Blick aus. Alle Generationen dazwischen mussten folglich umgekommen sein. Vier Generationen Drakestai. Mira wurde schlecht. Wie viele mochten es gewesen sein? So viele Leben dahin gerafft. Wofür? Alles nur für die Eroberung des Kontinents? Es wollte ihr nicht in den Kopf gehen, wie man so viel Blut vergießen konnte, nur um die Landkarte des Kaiserreichs zu erweitern. Ein verdammtes Verbrechen war das!

Lange betrachtete sie sein Profil, während er den Flammen des Kamins beim Tanzen zusah. Obwohl er direkt neben ihr saß, hätte er nicht ferner sein können. Mira gab ihm die Zeit und erlaubte sich dafür, in seinem Anblick zu ertrinken. Sehnsucht zupfte schmerzlich an ihrem Herzen, doch sie verdrängte diese Regung rasch wieder.

»Die Sterberate war zu hoch«, sprach er schließlich, wobei sein Blick weiterhin den Flammen galt. »Es war wichtig, den Meistern begreiflich zu machen, dass es so nicht weitergehen konnte.«

Was hatte man ihm nur zugemutet? Wie jung war er gewesen? Es brannte in ihrer Brust, denn sie begann zu verstehen, wie viel Schmerz er durchlitten hatte. Nicht nur, um zu überleben, sondern auch als Beobachter. Als Bruder. Als Freund, der einen nach dem anderen an die Schmiede verloren hatte. Avina war ihm wichtig gewesen. Vielleicht so wichtig wie Samas für Mira wichtig war und allein der Gedanke, ihn sterben zu sehen, fühlte sich unerträglich an.

Dass sie näher an Pheros herangerückt war, realisierte sie erst, als er sie ansah. Seine Augen versenkten sich tief in ihre, bevor er leise sagte: »Avina war kein Drache.«

Mira hob fragend die Brauen, doch er verstand es auch ohne eine verbale Formulierung.

»Avina war eine Magierin und es gab auch andere. Sumrung, Elfen und Menschen.« Er sprach es aus, wie einen Bericht über das Wetter. Gefühllos. Dabei verrieten ihn die Schatten in seinen Augen.

»Die Schmiede überleben nur Draken«, fügte er hinzu.

Sie nickte langsam. Verstehend. Mitfühlend. Ihre Hand fand an seine Wange.

»Das ist nicht nötig, Mira. Diese Wunde schmerzt nicht mehr. Sie ist alt und vernarbt.«

Sie glaubte ihm nicht. »Du musst mir nichts vormachen, Pheros.«

Er fasste bestimmend, aber nicht grob nach ihrer Hand, um sie von seinem Gesicht zu lösen. »Ich brauche wirklich kein Mitleid.«

Eben noch hatte sie ihren Pheros hinter der Maske erblickt. Jetzt war er wieder dahinter verschwunden. Sie nahm es ihm nicht übel, denn inzwischen verstand sie besser als zuvor, warum er es tat. Sein Leben lang hatte er genau das tun müssen, um zu überleben. Keine Schwäche zulassen und die Maske aufsetzen.

Sie erhob sich und gewann einige Schritte Distanz zu ihm. »*Mitleid* hat man mit einem Tier, das qualvoll in einer Falle verendet. *Mitgefühl* ist eine vollkommen andere Sache. Ich bedauere, dass du den Unterschied nicht erkennst.«

Er erhob sich ebenfalls und verringerte die Distanz zu ihr. »Gut. Dann will ich kein *Mitgefühl* von dir.«

Sie hob die Brauen und verschränkte die Arme vor der Brust. »Wie soll ich mich deiner Ansicht nach verhalten, wenn du mir so etwas erzählst? Was willst du dann von mir?«

»Dich«, antwortete er geradeheraus.

Schlagartig entfielen ihr all die Dinge, die sie ihm noch mitteilen wollte.

»Ich will *dich* zurück.« Er griff nach ihr, um sie an sich zu ziehen. Raue Hände an ihren Hüften und sein Geruch, dieser verdammte, wunderbare Geruch nach Glut und Sandelholz, versetzten sie in einen Rausch, dem sie sich nicht entziehen konnte.

Und dann lag sein Mund auf ihrem. Vollkommen überrumpelt von dieser – für ihn untypischen – Impulsivität, riss sein Kuss sie fort. Weit weg an jenen Ort, den sie sich einst erschaffen hatten und an dem es nur ihn und sie gab.

9

PHEROS

Pheros war nicht länger gewillt, sich zurückzuhalten. Nicht, nachdem er erkannt hatte, dass er ihr noch immer etwas bedeutete. Solange es nur einen Funken Hoffnung gab, würde er diesen schüren, bis sie wieder ihm gehörte. Ihr Kuss schmeckte süß und vertraut. Genauso vertraut wie die sanft geschwungenen Konturen ihres Körpers, die sich eng an seine schmiegten. Sie war *seine* Mira. Sie allein bestimmte den Takt seines Herzschlags und er sollte verdammt sein, wenn er nicht ... Seine Sinne erfassten die Bedrohung, zeitgleich mit Miras erstarren. Ihre Blicke fanden sich.

»Feuer und Rauch«, flüsterte sie atemlos.

»Im Palast«, raunte er zurück und lenkte den rotglühenden Drachenblick zur Tür. Es summte in seinen Adern, in seinem Blutkreislauf, weil er es kannte. Diese dunkle Macht, die nach allem Lebenden trachtete.

Ohne sich abzusprechen, liefen sie hinaus auf den Flur. Dabei wurden sie beinahe von Asea und Tegeates umgerannt. Auch in ihren Augen offenbarte sich der Drache.

»Was ist los? Spürt ihr das auch?«, fragte Asea.

»Ifrits«, antwortete Mira beiläufig, während sie einfach weiter ging. Angezogen von etwas, das nur Magier in seiner Ganzheit erfassen konnten, soviel wusste Pheros. Alle Magier besaßen eine angeborene Affinität für Geisterwesen.

Er bedeutete seinen Geschwistern, ihr zu folgen. Miras Schritte bewegten sich zielsicher in Richtung Innenhof.

»Ifrits sind Feuerdämonen. Sie müssen beschworen werden. Einfach aus dem Nichts tauchen die nicht auf«, rezitierte Asea aus einem ihrer vielen Bücher.

Kaum den Hof erreicht, bestätigte sich Miras Verdacht. Überall krochen Rauchschwaden über den Boden, aus denen sich schemenhafte Gestalten wanden, deren glühend gelbe Augen deutlich hervorblitzten. Verzehrende Feuersäulen stiegen aus diesen Rauchschwaden empor und leckten mit gleisenden Flammenzungen nach den Lebenden. Einige Templer kämpften bereits gegen sie an, indem sie mit ihren schwarzen Obsidian-Schwertern durch den Rauch schnitten.

Im Zentrum des Hofes stand Lykaon, flankiert von einer Handvoll Priester und Soldaten. Natürlich war Tyra bei ihm und so auch Genetor mit seiner Axt. Auf der Palastmauer stand Lykaja und Ion hatte sein geliebtes Schwert gegen eines aus Obsidian getauscht, um die Templer bei ihrer Arbeit zu unterstützen.

»Was macht die Stadt?«, rief Pheros Lykaja zu.

»Alles ruhig«, lautete ihre Antwort.

Evaria kam ihm direkt entgegen, die Hand auf dem Schwertknauf ruhend und dem typisch festen Gang einer Kriegerin. »Ich habe mich schon gefragt, wo du steckst! Schadmagie ist hier am Werk.«

Was sie nicht sagte. Pheros suchte den Blick des Imperators. Der bestätigte jedoch nur, was Mira längst ausgesprochen hatte. »Ifrits.«

»Da hilft nur der Vers«, sagte Mira, mit hochkonzentrierter Miene. Die Blicke beider Sturmfürsten kreuzten sich. Es wirkte ganz so, als unterhielten sie sich mental miteinander.

Bevor Pheros entscheiden konnte, wie er das fand, schob sich Evaria in sein Blickfeld. »Lass uns den Schadmagier suchen und zur Strecke bringen.«

Mira schüttelte den Kopf. »Er oder sie ist längst fort. Es wäre reine Zeitverschwendung.«

Evaria wirbelte ungehalten zu ihr herum. »Und woher willst *du* das wissen?«

Stolz regte sich in Pheros Brust, als Mira Evarias strengem Blick mit Gelassenheit begegnete. Sie konnte sehr impulsiv sein, doch in Momenten wie diesen fokussierte sie sich stets auf das Wesentliche.

»Das ist das Werk der Namenlosen«, erwiderte Mira ruhigen Tons.

Pheros stimmte ihr mit einem Nicken zu. »Wir hatten schon das Vergnügen.«

»Ein erneuter Anschlag auf den Imperator?«, fragte Tyra, doch Lykaon schüttelte entschieden den Kopf. »Nicht diesmal.«

»Wir werden dieses Übel ausmerzen, so wie es unsere Pflicht ist, mein Kaiser«, sprach Evaria, doch Lykaon hielt weiterhin Blickkontakt zu Mira, was in Pheros eine gewisse Unruhe auslöste. Und eine unübersehbare Empörung bei Evaria.

Schließlich wandte sich Lykaon ab und fokussierte Pheros. »Erfüllt eure Pflicht und sichert den Blauen Palast.« Dann gab er Tyra mit einem Nicken zu verstehen, dass sie beginnen konnte. Pheros wusste, dass sie jetzt mit den anderen Priestern einen Schutzwall um den Palast errichten würden, damit die Ifrits nicht auch noch die Stadt terrorisierten.

Dafür übernahm die Erste Waffe das Kommando. »Singt den Vers! Ihr wisst, wie sie zu bekämpfen sind. Verteilt euch im Palast! Unterstützt die Ritter!«

Tyra trat an seine Seite. »Mira ist sicher bei uns.«

Pheros Blick wanderte zu ihr. Sie nickte zustimmend.

So nahm er das Schwert entgegen, welches einer der Soldaten ihm reichte. Auch der Bogenschützin warf er einen Blick zu, den sie mit einem Nicken quittierte. Eine wortlose Versicherung, dass sie ein Auge auf Mira haben würde.

Dann machte er auf dem Absatz kehrt und lief in Richtung Gärten, wo sich der dichteste Rauch sammelte. Mit Evaria an seiner Seite kamen sie rasch und effektiv voran. Zusammen mit ihren Rittern drängten sie die Ifrits zurück. Stets im Wechsel wichen sie Flammen aus, stachen zwischen glühende Augen und sangen sie hinfort. Lästig, aber keine ernsthafte Herausforderung. Pheros gewann zunehmend den Eindruck, dass etwas nicht stimmte. Was übersah er?

Kurz vor Sonnenaufgang erschütterte eine Explosion den gesamten Palast. Pheros brauchte keine zwei Herzschläge, um zu lokalisieren, wo die nächsten Flammen zu toben begannen.

»Der Hort!«, rief jemand, aber Pheros rannte bereits. Dicht gefolgt von Evaria erreichte er den brennenden Ort. Ärger und Wut brachte sein Blut zum Kochen. Kinder! Ihr Anschlag galt Kindern! Verfluche Fanatiker! Die Ifrits hatten lediglich zur Ablenkung gedient!

Das Gebäude qualmte und drohte, zu Asche zu zerfallen. Pheros' Herz schlug schneller. Der Schlafplatz der Kinder befand sich zentral in diesem Gebäude, doch überall herrschte der Flammentod. Hier und da versuchten Soldaten und andere Palastangehörige, das Feuer zu bändigen. Auch die Priester lenkten Wasser und Flammen, jedenfalls versuchten sie es, aber der Brand war zu mächtig.

Wenn irgendwo ein Ifrit nochmal Feuer spuckte, wurde dieser gleich von zehn Klingen durchbohrt und von doppelt so vielen Stimmen fortgesungen. Ion trat auf ihn zu, die Stirn in tiefe Falten gelegt.

»Pheros!«, rief Tyra und winkte ihn heran. Am Rande des Chaos hielten sich Lykaon und einige seiner Geschwister auf. Asea kam mit ihnen im selben Moment an. Ihr Haar und die Kleidung wiesen offensichtliche Rußspuren auf. »Sie sind dort drin!«

»Wer?«, fragte Genetor.

»Lya und Mira! Wir haben versucht, alle Kinder zu evakuieren, aber dann ist das Dach eingestürzt. Wir kommen nicht durch ...«

Weder Pheros noch Ion hörten weiter zu, sondern stürmten direkt in die Flammen hinein. Als Feuergeborene Drakestai mussten sie hier nichts fürchten. Sie überwanden Trümmer und schoben sich nötigenfalls mit bloßen Händen einen Weg frei.

»Ein Sommergewitter?«, fragte Ion verwundert, als genau dieser Duft in ihre Nasen drang. »Zieht jetzt auch noch ein Sturm auf?«

»Das ist Miras Magie«, erklärte Pheros knapp, während er einen brennenden Querbalken anhob und zur Seite warf. So hatten sie eine Spur, der sie folgen konnten. Die große Halle passiert, deren Dach längst zerfallen war, erreichten sie das Tor zu den Unterkünften.

Dass sie richtig waren, erkannte Pheros an den vielen wild klopfenden Herzen dahinter. Sie drangen laut trommelnd an sein Gehör.

»Lya!«, rief Ion und schickte sich dazu an, die Tür von brennendem Schutt zu befreien. Doch da brüllte sie: »Weg von der Tür!«

Gerade rechtzeitig sprangen sie zur Seite, um den Splittern zu entkommen, da ein starker Windstoß die Tür wegsprengte.

Im Inneren saßen Drakestai-Kinder verschiedenster Altersstufen zusammengekauert am Boden. Sie klammerten sich teilweise an Mira, Lykaja oder aneinander. Die Sturmfürstin hielt die Arme über dem Kopf und kreuzte dabei die Unterarme. Blitze tanzten in ihren Augen, als sie Pheros' Blick streifte. Nur einen kurzen Moment lang, bevor sie die Augen wieder schloss, um scheinbar all ihre Konzentration darauf zu lenken, das Dach oben zu halten. Er sah den Geisterschild über ihnen. Durchzogen mit zarten silbernen Fäden, die sich zu einem durchscheinenden Geflecht verbanden.

»Ich reiche euch die Kinder heraus!«, erklärte Lykaja. Keiner verlor Zeit mit unnötigen Diskussionen. Die Bergung dauerte dennoch länger, als ihnen lieb war. Schuld waren die Flammen und der Trümmerhaufen, weshalb sie immer nur vereinzelt die Kinder in Sicherheit bringen konnten. Charon und einige der anderen Feuergeborenen Drakestai schlossen sich der Rettungsaktion an. Schließlich reichte Lykaja einen kleinen Jungen an Ion weiter und hob selbst den letzten kleinen Drachen auf die Arme. Zusammen mit dem Schwert Lykosuras, der die Flammen von ihnen fernhielt, eilten sie in Sicherheit.

»Mira, es ist getan«, rief Pheros Mira zu. Sie reagierte nicht. Er wiederholte seine Worte mehrfach, drang aber nicht zu ihr durch. Auch konnte er sie nicht berühren, denn ihr Schild verhinderte jedes Eindringen von außen. Es bröselte immer wieder Gestein herab und Holzsplitter von berstenden Balken.

»Bei allen Höllen!«, fluchte er und schlug nun gegen ihren Schild, doch sie schüttelte nur vage den Kopf. Als wäre er eine lästige Fliege, die sie abschütteln musste, um nicht die Konzentration zu verlieren.

Einer plötzlichen Eingebung folgend, beschloss er, etwas anderes zu versuchen. Niemand vermochte in den Kopf eines Draken zu gelangen, aber was, wenn er es versuchte? So, wie sie es ihm erklärt hatte, damals in den Bergen. Alles andere blendete er aus, bis nur sie seine Welt ausfüllte. Keine Worte eilten dem Gefühl der Warnung voraus, dass er an sie aussandte. Eine Bitte, beinahe schon ein Flehen, ihn zu erhören. Dabei tastete er tief in sich hinein, suchend nach dem einzigen Gefühl, das ihr allein gehörte. Sein Geist klammerte sich daran in der Hoffnung, so auch ihren zu erreichen.

»Mira ...«, sagte er leise und legte jetzt die Hand auf ihren Schild. »... *min Bree*, sieh mich an.«

Nichts geschah.

Einen Herzschlag verstrich. Zwei. Drei ...

Er gab nicht auf, hielt sie fest und wiederholte es nochmal.

Vier ...

Erst beim fünften Herzschlag, öffnete sie kurz darauf die Augen. Fast schon erschrocken begegnete sie seinem Blick. »Pheros?«

Bei Nin! Es funktionierte!

»Lass los«, wiederholte er, die Hand nach ihr ausstreckend.

Prüfend warf sie einen Blick nach oben, bevor sie sich langsam auf ihn zu bewegte.

Kaum als sich ihre Fingerspitzen berührten, riss er sie in seine Arme.

Einen Wimpernschlag später sprang er mit ihr außer Reichweite des Dachs, welches jetzt laut polternd einbrach. Hitze und Staub wirbelte auf und fegte ihnen um die Ohren, doch Pheros drehte sich weg, so dass sein Körper ihren schützte.

Als sich das Chaos legte, suchte er ihren Blick. Sacht strich er ihr das Haar aus der Stirn. »Bist du verletzt?«

Sie hielt nur mit Mühe die Augen offen, schüttelte aber den Kopf. »Scheißmüde.«

Ihre Worte brachten ihn zum Schmunzeln. Er hob sie auf die Arme und ihren Körper fest an seinen. »Gut festhalten.«

Der Weg aus dem Flammeninferno gestaltete sich unproblematisch. Kaum die Stufen zum Hauptgebäude erreicht, kamen ihnen auch schon Tyra und Genetor entgegen. Pheros trug Mira dabei noch immer auf den Armen. Da sie nicht protestierte, was sie sonst längst täte, konnte das nur eines bedeuten.

»Sie ist verletzt«, sprach er es aus, direkt an Tyra gewandt, noch bevor diese das Wort an ihn richten konnte. Mira hing kraftlos in seinen Armen und hielt sich auch nur halbherzig an ihm fest. Die Heilerin nickte nur knapp und bedeutete ihm hineinzugehen.

In den Fluren huschten überall Ritter, Soldaten und Sklaven umher, die damit beschäftigt waren, Notunterkünfte für die jüngeren Drakestai aufzubauen oder Verletzte zu versorgen. Irgendwo im Hintergrund hörte er Evaria Befehle brüllen und auch Ions Stimme drang gelegentlich zu ihm vor. Für den Moment interessierte Pheros jedoch nur, Mira in heilende Hände zu geben.

Tyra war die beste Heilerin des Landes und so setzte er Mira kurze Zeit später auf einen der Tische im Arbeitstraum Lykaons ab, da sämtliche Pritschen im Heiltrakt belegt waren und Tyra auch hier alles fand, was sie zum Verarzten benötigte. Genetor schob ein paar Bücher und Kisten beiseite, während Tyra ihre medizinischen Utensilien darauf ausbreitete.

Pheros´ Hand wanderte in Miras Nacken, um ihren Blick in seinen zu lenken. Sie wirkte erschöpft, fast schon matt. Ein Seufzen entkam ihr und sie schloss ihre Finger um sein Handgelenk.

»Halb so wild«, sagte sie und lehnte sich dabei gegen seinen Unterarm. Er wollte sich ihre Verletzung ansehen, doch Tyra drückte ihn weg. »Ich kümmere mich schon um sie!«

»Das hast du schon einmal gesagt und gefunden habe ich sie begraben unter Trümmern.«

»Sie ist sicher, Sohn.« Lykaons Stimme zog sämtliche Blicke auf sich. Er stand an der Schwelle zum Arbeitszimmer. Lykaja an seiner Seite. Ihre silbergrauen Augen richteten sich auf Pheros. »Es sind alle versammelt. Wir erwarten deinen Befehl, Bruder.«

Lykaja sah nicht weniger mitgenommen aus als Mira, doch im Gegensatz zur Magierin stand sie auf eigenen Beinen. An die Konstitution der Draken kam einfach keine andere Gattung Ereas heran. Der Imperator setzte einen väterlichen Kuss auf die Stirn Lykajas, bevor er sich langsam der Gruppe um Mira näherte. Pheros' Hand löste sich dabei aus Miras Nacken. Mit einem letzten Blick, der ihr allein galt, formten seine Lippen ein tonloses *Ich komme bald zurück!*

Sie nickte träge.

Zusammen mit Genetor und Lykaja verließ er den Arbeitsraum des Imperators, um kurz darauf an den langen Tisch im Speisesaal zu treten. Der musste im Moment als Kriegstisch fungieren, da der eigentlich Raum seit einiger Zeit renoviert wurde. Evaria stand Pheros gegenüber, am anderen Ende des Tisches. Abwartend. Ungeduldig die Arme vor der Brust verschränkt.

»Also. Was haben wir?«, eröffnete er die Runde.

»Einen Angriff der Namenlosen«, sagte Ion.

»Keine Spur vom Schadmagier, der das verursacht hat«, fügte einer von den Templern hinzu.

»Der Angriff war eine Ablenkung«, schloss Titana die Zusammenfassung ab. Alle Blicke richteten sich auf Lykaja, die ohne Umschweife zu erzählen begann. »Ich glaube, uns allen wurde schnell klar, dass es eine Ablenkung ist. Unser *Gast* hatte eine Ahnung und wollte wissen, wo sich die Unterkunft der Kinder befindet. Ich übernahm die Verantwortung und führte sie hin. Dort angekommen stießen wir auf ein Dutzend Ifrits. Bevor wir sie bekämpfen konnten, explodierten sie vor unseren Augen. Buchstäblich. Wie Fässer Schwarzpulver.« Sie sah Pheros an. »Sie hat ihre Magie eingesetzt, um uns vor den Flammen zu schützen.«

Das löste einen regelrechten Sturm an Fragen aus.

»Sie ist eine Magierin?«

»Wie konnte sie den Rittern entgehen?«

»Wer ist sie?«

»Warum erfahren wir jetzt erst davon?«

»Woher stammt sie?«

»Woher wusste sie, dass es die Kinder treffen würde?«

»Können wir sicher ausschließen, dass sie nicht mit ihnen unter einer Decke steckt?«, warf Evaria laut ein, was augenblicklich alle anderen zum Verstummen brachte.

»Können wir«, erklärte Pheros mit der gelassenen Autorität des Generals. »Sie hat Erfahrung mit den Namenlosen. Ihr Name lautet Mira aus dem Haus Cornovier.«

»Sie ist eine Makhai?«, raunte Charon erstaunt. Das schien auch die anderen Waffen zu verwundern. Empörung wallte hingegen bei den Templern auf. Mit dieser Reaktion hatte Pheros gerechnet. So berichtete er ihnen von den

Geschehnissen in Oblyvar. Wie sie zusammen in der Arena gekämpft hatten und sich gegen die Namenlosen zur Wehr setzen mussten.

»Mira Cornovier ist offiziell Gast in Lykosura. Es entspricht dem Wunsch des Imperators und meinem eigenen, dass sie unsere Kultur und unser Leben kennenlernt«, schloss er seine Erzählung ab. Eine anhaltende Stille war die Antwort darauf. Die Erste Waffe gab ihnen etwas Zeit, um das verdauen, ehe er fortfuhr. »Asea und Tegeates, ich möchte, dass ihr nach Versio reitet. Seltsame Vorkommnisse deuten auf den Einfluss von Schadmagie hin. Überprüft das.«

Beide Schatten nickten.

»Ich gebe euch zwei meiner Ritter mit«, erklärte Evaria. Mit tadelnd erhobener Augenbraue blickte sie in Pheros' Richtung. Schadmagier fielen für gewöhnlich unter ihre Zuständigkeit, doch hier ging es um weitaus mehr als ein paar wütende Tempeldiener, die sich den dunklen Praktiken zugewandt hatten. Die Angriffe der Namenlosen galten dem gesamten Reich und fielen somit unter die Hoheit der Waffen Lykaons. Doch darüber konnte er später mit ihr streiten.

»Kinder überführen?«, warf Ion ein.

Pheros nickte. »Du kennst den Plan für solche Situationen. Kümmere dich darum. Was haben wir noch?«

Die Unterredung dauerte etwas länger als eine Stunde. Am Ende hatte jeder eine Aufgabe und der Raum leerte sich zusehends.

»Pheros!«

Evarias Stimme lenkte ihn zurück in den Raum. Da erst realisierte er, dass sie inzwischen allein waren. Mit wiegenden Hüften kam sie auf ihn zu. In eindeutiger Weise legte sie ihm die Hand auf die Brust.

»Du warst lange fort«, sagte sie leise, fast schon gurrend, wobei ihr Blick eine deutliche Botschaft an ihn sandte. Einst war er nur zu gern in den Genuss ihrer Reize gekommen, aber jetzt spürte er keine Wirkung und Pheros wusste genau warum: *Mira.*

Er wollte *sie*, ganz gleich wie verhängnisvoll das auch sein mochte. Wenn es eine Sache in diesem trostlosen Chaos von einer Welt gab, die er nur für sich haben wollte, dann war sie das. Darum wollte er so schnell wie möglich zurück zu ihr. Er musste sich mit eigenen Augen vergewissern, dass es ihr wieder gut ging. Ihre Stimme wollte er hören und seine Hand in ihren Nacken legen, damit sie ihn so ansah, wie nur sie es tat. Mit Augen voller blaugrüner Tiefen, von einem Kreis aus Silber umschlossen.

Evaria setzte indes ihr schönstes Lächeln auf. »Wir sind schon viele Trommelschläge lang allein. Wie kann es sein, dass wir noch immer unsere Kleidung anhaben?«

Pheros fasste nach ihrer Hand, um sie daran zu hindern, tiefer zu wandern. Er überlegte schon, wie er ihr schonend, aber deutlich vermitteln konnte, dass er an einer Fortsetzung ihrer Affäre kein Interesse mehr hatte, als Tyras Stimme den Raum füllte.

»Paladin Evaria!«

Und sie war nicht allein.

Innerlich fluchend begegnete Pheros erst Genetors und dann auch Miras Blick. Eingehüllt in eine Decke, erkennbar mitgenommen von den Ereignissen der letzten Nacht und blass um die Nasenspitze herum, wirkte sie so verwundbar auf ihn. Der Wunsch, sie in seine Arme zu schließen, wuchs mit jedem Herzschlag. Dicht gefolgt von dem Bedürfnis, sich ihr zu erklären.

Tyra nickte in Richtung Arbeitszimmer Lykaons. »Der Imperator wünscht dich zu sprechen. Sofort.«

Pheros Blick hing an Mira, doch zum ersten Mal nach langer Zeit vermochte er nicht zu sagen, was sie bewegte. Sie, die ihr Herz und ihre Gedanken stets so offen auf der Zunge trug, wirkte jetzt ferner denn je auf ihn. Nur am Rande realisierte er, wie Evaria den Raum verließ. Dann erst kamen auch die Priesterin und Mira in Bewegung, wobei ihr Weg an ihm wobei führte. Pheros streckte die Hand nach Miras Handgelenk aus, doch sie ging einfach an ihm vorbei.

10

Kriegsfront
Zwischen Kaukon und Kromoi

SAMAS

Ein schriller Pfeifton riss ihn aus der Umarmung der gnädigen Bewusstlosigkeit. Scharf zog er die Luft in seine Lungen und bereute es sofort, denn der dichte Rauch spendete nicht den benötigten Sauerstoff. Irgendwo gab es eine Erschütterung. Eben noch hatte er einen Schild erzeugt, um eine seiner Gruppen zu flankieren, die den nächsten Vorstoß wagte, doch jetzt wurde ihm schwarz vor Augen. Dreck und Stein rieselte auf ihn herab wie scharfkantiger Regen, der ihm in die Haut schnitt. Es roch nach Blut und verbrannter Erde. Unwillkürlich musste er würgen, als sich auch der Geruch von Gedärmen und Kot hinzumischte.

Immer wieder schüttelte er den Kopf im verzweifelten Versuch, Klarheit über seine Sinne zu erlangen. Jemand packte ihn, während er sich Dreck und Blut aus den Augen wischte. Samas wollte schon die Flammen rufen, um sich zu verteidigen, da erkannte er das vor Anspannung verzerrte Gesicht seines Bruders. Shim sprach mit ihm, er sah, wie sich dessen Mund bewegte, aber kein Ton drang zu ihm durch. Da war nur dieses verdammte *Geräusch* in seinem Ohr. Schlimmer als Nägel an der Tafel. Mit einer eindeutigen Geste vermittelte er Shim, dass er ihn nicht hören konnte.

Das verstand er sofort, nickte knapp und zog Samas mühelos auf die Füße. Samas Beine fühlten sich an wie Pudding. Er bemühte sich, die Knie durchzudrücken, aber Shim musste ihn stützen. Kurzerhand legte er sich Samas Arm über die Schulter.

Wieder eine Explosion. Die Schockwelle, die dem nachfolgte, riss beide Brüder zu Boden. Diesmal reagierte Samas schneller und erzeugte einen Schild, um die Wucht der Druckwelle abzufedern.

Zeit zum Ausruhen blieb keine. Aus dem dichten Rauch vor ihnen strömten Soldaten. Die Schwarze Flut drängte ihnen entgegen und Samas erfuhr nun am eigenen Leib, warum man sie so nannte. Die Krieger des feindlichen Heers waren harte Gegner, kamen in Wellen und waren nicht zurückzudrängen.

Shim agierte mit der Versiertheit eines gestandenen Kriegers, als er den ersten Angreifer niederstreckte, während Samas gar nicht erst versuchte, aufzustehen. Nur am Rande realisierte er, dass sein Bein blutete.

Der jüngere Prinz rief das Feuer, sein Element, und warf es der Flut entgegen. Da Shim ein Feuergeborener Drakestai war, konnten Samas' Flammen ihm nichts anhaben. Auch die Rüstung des Thronerben war bestückt mit Drachenschuppen, die der königliche Former eigens für ihn angefertigt hatte.

Aru! Samas kam es vor, als kämpften sie seit einer Ewigkeit auf verlorenen Posten. Die Flammen zu rufen, fiel ihm zunehmend schwerer. Mit einem letzten Aufbäumen seiner Kraft und Konzentration schleuderte er einen Ring aus Feuer in die Umgebung. Das verschaffte ihnen eine Atempause.

Am liebsten hätte er sich einfach nach hinten fallen lassen und die Augen geschlossen, doch Shim zog ihn unerbittlich auf die Beine.

»Wir müssen hier weg!«, raunte er energisch.

Das hatte Samas verstanden. Sein Gehör kam langsam zurück. Mit der unmenschlichen Kraft, die den Drakestai zu eigen war, zog Shim ihn einfach mit sich.

»Shim, ich habe keine Kraft mehr, um ...«

»Ich weiß! Halte dich einfach fest!«

Samas hatte nicht vor, hier elend zu verrecken. Dankbar war er für die Stärke des Drachen, die durch Shims Adern floss. Der Moment der Ruhe verstrich jedoch viel zu schnell und wurde durch einen Pfeil beendet, der haarscharf an Samas' Gesicht vorbeischoss. Einen zweiten wehrte sein Bruder blitzschnell mit der flachen Seite seines Schwertes ab. Mit Bestimmtheit drückte der ältere ihn gegen die nächste, halb zerfallene Ruinenwand. Dann sah Samas nur noch Metall auf Metall treffen und jede Menge verschwommene Bewegungsabläufe. Brachial, schnell und mit dem Ziel, zu töten. Verzweifelt über die eigene Unfähigkeit, erneut Flammen regnen zu lassen, kroch Samas die Mauer entlang und griff sich das Schwert eines gefallenen Soldaten. Noch bevor Samas sich auf wackeligen Beinen erheben konnte, schoss ein riesiger schwarzer Wolf aus der halb zerfallenen Mauer hinter ihm. Dann flogen Gliedmaßen und Samas wollte sich am liebsten erneut übergeben.

»Mein Prinz«, erklang die vertraute Stimme Aleas. Erst sah er nur Stiefel, aber dann ging sie in die Hocke und Samas blickte in das dreckverschmierte Gesicht der Gardistin. Das lange schwarze Haar, welches sie stets mit mehreren Zöpfen zu bändigen wusste, klebte stellenweise vermischt mit Blut und Schweiß an Stirn und Hals. Mandelförmige, schwarze Augen flogen prüfend über seine Gestalt. Sie bemerkte seine Verwundung und zog ein Stück Stoff aus einem Beutel an ihrer Hüfte. Mehrere Pfeile zischten hinter ihr vorbei und erwischten mit tödlicher Genauigkeit die nächste Welle von Angreifern.

Yaris' Werk. Der gesellte sich jetzt ebenfalls zu ihnen.

Shim stieß ein angestrengtes Lachen aus. »Wo habt ihr gesteckt?«

»Lucan ist nicht mehr der Jüngste, mein Prinz«, scherzte Yaris, der bereits den nächsten Pfeil aus dem Köcher zog. Beide Männer schritten aufeinander zu, um sich Rücken an Rücken zu positionieren. Dem großen Wolf missfielen Yaris' Worte. Als Reaktion darauf erntete er ein Knurren von ihm.

Moment.

Lucan?

Samas starrte das Tier an, während er nur am Rande realisierte, wie Alea an seinem Bein herumzupfte.

»Lucan?« Bei allem, was ihm heilig war! Konnte das tatsächlich der Dunkle sein? War das seine tierische Gestalt? Die Augen des Wolfes verrieten ihn. Der Sumrung war ein Wolfwandler! Dabei galt seine Gattung als ausgestorben. Seit Jahrhunderten war kein Wolf-Sumrung mehr gesehen worden.

»Später, Sam!« Shims Worte rissen ihn aus seiner Starre. Alea gab sein Bein wieder frei und zog ihn mit sich in den Stand. Sie legte sich seinen Arm um die Schultern und ging los.

Die Gruppe bewegte sich von Ruinenwand zu Baum und weiter. Samas stolperte mehr oder weniger unbeholfen durch den Kampf. Man hatte ihn für alle möglichen Szenarien trainiert, doch wie sich der wahre Krieg anfühlte, darauf hatte ihn nichts vorbereiten können.

»Die Ostflanke ist gefallen«, berichtete Yaris, als die Gruppe hinter einer zerfallenen Hauswand Schutz suchte. Shim rieb sich den Schmutz aus den Augenwinkeln. »Diesen Weg können wir also nicht nehmen.«

»Was tun wir dann?«, fragte Samas in die Runde.

»Durchhalten und abwarten«, erwiderte Yaris.

Das verstand Samas nicht. »Worauf?«

Alea hob den Blick zum Himmel, wo sich dunkle Wolken unnatürlich schnell zusammenzogen.

»Auf den Sturm.«

11

Lykosura
Hauptstadt

MIRA

»Mira?«

»Hm?«, fragte sie und versuchte gar nicht erst, so tun, als habe sie zugehört.

Keenan hob fragend die Brauen. »Du bist ziemlich abwesend heute. Sollen wir wann anders darüber sprechen?«

Sie seufzte und klappte das Buch zu, in welchem sie versucht hatte zu lesen. Immer wieder kehrten ihre Gedanken zu Evaria und Pheros zurück. Sie wünschte, sie könnte sich einreden, dass es ihr egal war, mit wem Pheros sich *auszog*. Nur leider ertappte sie sich immer wieder bei der Vorstellung, wie sie diese Frau mit einem Blitzschlag grillte. Bei keiner Begegnung zuvor, mit keinem Mann hatte Mira jemals ein solches Mordbedürfnis verspürt. Nicht mal bei Dorian und mit ihm war sie sogar verlobt gewesen. Das erstaunte und frustrierte sie gleichermaßen. Wütend war sie auch. Auf sich selbst, aber vor allem auf Pheros. Hatte er sie denn nicht Stunden zuvor noch an sich gezogen und beteuert, sie zurückhaben zu wollen?

Danach war Mira derart aufgewühlt gewesen, dass sie niemals in den Schlaf gefunden hätte, hätte Tyra ihr nicht diesen Heiltrank eingeflößt. So war sie erst am heutigen Morgen erwacht, ausgeruht und erstaunlich kräftig, wenn man bedachte, wie sehr sie sich zuvor verausgabt hatte. Selbst die tiefe Brandwunde an ihrer Hüfte präsentierte sich nur noch als Schatten auf ihrer Haut. Tyra wurde ihrem Ruf als Heilerin allemal gerecht. Von ihr hatte sie auch erfahren, dass einige Waffen und Ritter des Nin ausgeschwärmt waren, um irgendwelche Ermittlungen anzustellen. Auch Pheros, was Segen und Fluch zugleich war, denn Evaria ritt mit ihm.

»Wie genau arbeiten die Ritter des Nin eigentlich?«, fragte sie Keenan in der Hoffnung, ihre Gedanken mit etwas Sachlichkeit zu füllen.

Der hob den Zeigefinger. »Moment«, sagte er und verschwand dann irgendwo zwischen einigen Bücherregalen. Mit einem dicken Wälzer kehrte er kurz darauf zurück. Auf dem Einband stand in Goldbuchstaben geschrieben:

RITTERORDEN DES NIN.

Mira seufzte. »Bitte erzähle es mir einfach. Ich habe heute nicht die Geduld dicke Wälzer zu lesen.«

Das brachte Keenan zum Lachen. »Ich würde ja fragen, was los ist, aber da du dich nach den Rittern erkundigst, bin ich mir fast sicher, dass Lykosuras Paladin dich beschäftigt.«

Mira hob die Augenbrauen, kommentierte das aber nicht weiter.

Keenan schlug das Buch auf. »Die Bevölkerung Lykosuras sind allen Magiern und der Magie im Allgemeinen gegenüber äußerst kritisch eingestellt, wie du ja schon weißt. Die Priester und Novizen sind alle Magier. Darum müssen sie geleitet und kontrolliert werden. Dafür gibt es den Ritterorden. Umgangssprachlich auch einfach *Templer* genannt.«

So viel hatte Mira sich herleiten können, doch wollte sie den Soldaten nicht in seiner Ausführung unterbrechen, denn sie fand, dass er das wirklich gut machte.

»Der Ritterorden rekrutiert sich aus allen Schichten der Bevölkerung. Bedingung ist jedoch ein Eintritt auf Lebenszeit. Das bedeutet im Klartext: keine Ehe, keine Familie, keine Titel. Du lebst für die Aufgabe. Du stirbst für den Orden.«

An dieser Stelle hob Mira erneut die Augenbraue. »Wie ein Zölibats-Orden wirken sie aber nicht auf mich.«

Keenan schüttelte den Kopf. »Sind sie auch nicht. Sie dürfen nur nicht heiraten. Das ist alles. Ganz ähnlich wie den Waffen ist alles erlaubt, solange ihre Pflicht nicht vernachlässigt wird.« Er schlug eine Seite für sie auf, auf der Templer in den verschiedensten Rüstungsmodellen abgebildet waren. Viel Weiß und Rot. Mira erkannte darin ein Muster. In Makhai mochte es üblich sein, dem Adel bestimmte Farben zuzuordnen, aber hier in Lykosura schien das für Gruppierungen zu gelten. Das Militär trug Schwarz. Die Palastwache Weiß und Silber. Die Stadtwache Weiß und Schwarz. Und die Templer Weiß und Rot.

»In sich ist der Orden in drei Schichten unterteilt. Die Paladine sind ihre Anführer. Es sind immer drei, die den Rat bilden.«

Also war diese Evaria auch noch eine Anführerin.

»Wo sind die anderen beiden Paladine?«, fragte Mira.

»Einer residiert im kürzlich eroberten Maru und der andere sitzt in Royum.«

Maru lag am südlichsten Punkt des Imperiums und war reich an Rohstoffen aller Art. Royum wurde auch als Kornkammer des Kaiserreichs bezeichnet. Bekannt für seine weiten Ackerfelder und fruchtbaren Böden. Das gesamte Reich profitierte von den Ernteerträgen dieses Vasallen.

»Gibt es nur diese drei?«

»Nein. Es gibt viele Paladine, aber nur diese drei bilden den Rat.«

»Und wer bestimmt, wer in den Rat kommt?«

»Der Archon.« *Marius also.*

»Und wer hat ihn zum Oberhaupt bestimmt?«

»Der Kaiser.«

Natürlich. Die Frage hätte sie sich sparen können. Allerdings überraschte sie durchaus, dass Lykaon dem Archon so viel Macht zugestand. Mit dem Orden stand diesem nämlich eine eigene, militärische Schlagkraft zur Seite, die ihm im Zweifel gefährlich werden könnte. Jetzt war auch klar, warum keiner der Magier rebellierte und sich scheinbar kampflos dem Novizentum ergab. Ob sie wollten oder nicht. Sie mussten Teil der Templer werden, wenn Magie durch ihre Adern floss. Man ließ ihnen von Geburt an überhaupt keine andere Wahl. Dieser Gedanke brachte Mira auch schon zur nächsten Frage: »Womit arbeiten die Templer? Ich meine, ihre Obsidian-Waffen habe ich gesehen, aber da war mehr am Werk, als die Ifrits angegriffen haben.«

Mit Obsidian brachte man nicht nur Magie zum Schweigen, er konnte wie Gift auf den Organismus aller magisch beseelten Gattungen wirken. In manchen Fällen reichte eine tiefere Verletzung aus, zugefügt durch Obsidian-Waffen, um eine Vergiftung herbeizuführen.

»Sie haben eine besondere Waffe, die die Fähigkeit besitzt, Magie abzusaugen«, erklärte Keenan, was Mira ins Staunen versetzte. »Ein Talan?«

Er überlegte kurz. »Ein was?«

»Magie als solches kann man nicht *absaugen.* Ein Talan ist ein Artefakt, das magische Energien in sich speichern kann.

Damit kann man Portale und andere Zauber jahrtausendelang am Laufen halten.«

Also musste man hier herausgefunden haben, wie man sie herstellte. Dabei galt das Wissen um seine Herstellung eigentlich als verloren. Seit dem letzten Weltenbrand war es keinem Former mehr gelungen, ein solches Artefakt zu erschaffen.

»Das weiß ich nicht, um ehrlich zu sein. Dieses Wissen wird unter Verschluss gehalten. Ich weiß nur, dass diese spezielle Waffe sehr effektiv ist und von den Priestern gefürchtet wird. Also leg dich besser nicht mit einem der Templer an.«

»Ich gebe mein Bestes«, versprach sie.

Keenan warf einen kurzen Blick zum Fenster. »Ich sag dir was. Begleite mich zum Markt und sei heute Abend Gast in meinem Haus.«

»Bist du sicher, dass du dafür keinen Ärger bekommst?«

Er grinste. »Pheros' Anweisung lautete, über dich zu wachen, und das tue ich. Außerdem befindet sich mein Haus direkt am Marktplatz.«

Also noch innerhalb der Stadtmauern. Alles, was sie vom Gedanken an Evaria und Pheros abbrachte, konnte ihr nur recht sein.

12

Lykosura
Umland

PHEROS

»Du bist nicht bei der Sache, Bruder.«

Neben ihm kniend tauchte Lykaja ihre Hände in das Wasser. Die halbe Nacht und den gesamten Vormittag über waren sie nun schon unterwegs, die Umgebung nach einem möglichen Versteck der Namenlosen abgrasend. Bisher ohne Erfolg. Jetzt saßen sie zu zweit mit einigem Abstand zu den anderen am Fluss und füllten ihre Wasserschläuche auf. Da seine Schwester bewusst das Arkad wählte, um sich zu unterhalten, verfolgte sie die Absicht, möglichen Zuhörern einen Riegel vorzuschieben.

»Du hast Keenan bei Mira zurückgelassen. Sie ist in guten Händen, also was beschäftigt dich? Du bist doch sonst nicht so leicht aus dem Konzept zu bringen.«

Pheros schraubte den Deckel auf seinen Trinkbeutel. »Du machst dir ja kein Bild davon, wie gut sie darin ist, sich selbst in Gefahr zu bringen.«

Lykaja lachte auf. »Nicht? Schon vergessen, dass Gen, Keenan und ich euch quer durch Oblyvar gefolgt sind? Ich habe die rauchenden Städte gesehen, die sie hinterlassen hat. Demnach solltest du dir mehr Sorgen um unsere Stadt machen als um deine Magierin.«

Er musste unwillkürlich grinsen. »Stimmt.«

»Bereust du, dass wir dich fanden und heimbrachten?«

»Lya ...«, setzte er an, kam dann aber doch ins Stocken. Seine Gedanken wurden unentwegt von Mira beherrscht und das erwies sich als alles andere als förderlich für die Jagd. Dabei kannte er eine derartige Disziplinlosigkeit nicht von sich.

Wissen blitzte in Lykajas Augen auf. »Ich weiß, dass du froh bist, wieder hier zu sein. So habe ich die Frage nicht gemeint. Ich weiß aber auch, dass du gern mehr Zeit gehabt hättest. Mit ihr.«

»Wäre das Reich nicht Zielscheibe von Fanatikern, würde mir das Ergründen dieser ... *Sache* zwischen Mira und mir wesentlich leichter fallen.« Unwillkürlich wanderte sein Blick hinüber zu Evaria, die zwischen ihren Rittern im Gras saß. Wieder regte sich in Pheros der Wunsch, sich Mira gegenüber zu erklären. So viel Ungesagtes hing zwischen ihnen.

»Hast du es aufgeklärt?«

Stirnrunzelnd sah er seine Schwester an. »Hast du heimlich in mir gelesen?«

»Gen hat's mir erzählt. Und du solltest es Mira erklären.«

»Und was soll ich ihr sagen?«

»Du weißt es nicht? Lass mir dir ein Beispiel geben.« Sie räusperte sich theatralisch und sprach dann mit verstellt dunklerer Stimme weiter: »Evaria! Die Zeit mit dir war toll, aber die Zeit mit Mira ist noch toller ... Ufff!« Dafür kassierte sie eine Handvoll Wasser, mitten ins Gesicht.

»Ich meinte nicht Evaria«, stellte er klar.

Breit grinsend wischte sich Lykaja das Wasser ab. »Ich weiß.«

Dafür erntete sie noch mehr Wasser. Sie verkniff sich nur mühevoll ein Lachen und hob dann beschwichtigend die Hände. »Friede!«

Zufrieden lehnte er sich zurück mit dem Rücken gegen den nächsten Baumstamm. Viele Herzschläge lang betrachtete er seine Schwester schweigend, während sie ihre Wasserration auffüllte. Unwillkürlich musste er an Miras Beobachtung denken. Wenn es ihr auffiel, war es nur eine Frage der Zeit, bis es auch andere bemerkten. Damit wurde die reale Gefahr für Ions Leben wieder sehr präsent. Als großer Bruder gefiel ihm das nicht. Gleichsam blickte er nicht mehr allein als solcher auf die Situation zwischen den beiden. Erst jetzt, da er am eigenen Leib erfuhr, wie es sich anfühlte, von dieser einen bestimmten Person so bedingungslos angezogen zu werden, verstand er, welch Opfer Lykaja und Ion erbrachten. Tag für Tag verleugneten sie, was sie in Wahrheit empfanden und wollten.

»Es tut mir leid, Lya.«

Verwundert hob sie den Blick in seinen. »Was tut dir leid?«

»Ich begreife vermutlich erst jetzt, was das für euch beide bedeutet ...«

Lykaja hob die Hand, um ihn zum Schweigen zu bringen. »Nein, Bruder.«

Sie wirkte weder erzürnt noch traurig darüber, dass Pheros dieses sensible Thema so offen ansprach, wo sie alle doch seit Jahren tunlichst vermieden, darüber zu reden.

»Bürde dir nicht ständig all den Mist auf, den wir mit uns herumschleppen. Du hast genug eigene Lasten zu tragen.« Sanft drückte sie seine Hand. »Weißt du ...«, sie suchte nach den richtigen Worten und hielt dabei einige Momente lang inne. »Ich sagte mir jahrelang, dass es Vater ist, der uns die Chance verwehrt, zusammen zu sein, aber in Wahrheit ... haben wir diese Wahl getroffen. Wir hätten fliehen können. Wir hätten kämpfen können und wir haben uns dagegen entschieden.«

Die Traurigkeit, die sich jetzt offen auf ihrem Gesicht zeigte, bereitete auch ihm Kummer. Selten ließ sie es zu, dass jemand anderes diesen alten Schmerz sah.

Pheros musste einfach fragen. »Aber du tust es noch immer, habe ich recht?« *Ihn lieben.*

Nachdenklich hielt sie einen Moment lang inne. »Lykaon mag mein Kaiser sein, aber er gebietet nicht über mein Herz.«

Pheros nickte langsam. Hätte er damals gewusst, was er heute wusste, vielleicht wäre alles anders verlaufen.

»Und du Bruder? Liebst du Mira?«

Ihre Frage kam unvermittelt, weshalb Pheros einen Moment länger brauchte, um darüber nachzudenken.

»Eine andere Art Liebe, als die zu euch Geschwistern, habe ich nie erfahren. Woher weiß ich das? Woran erkenne ich das?« Pheros wusste sehr genau, was er fühlte, was er wollte und sich wünschte, aber nicht für alles davon hatte er einen Namen.

Lykaja lächelte sanft, während sie ihn aufmerksam beim Nachdenken beobachtete.

»Mit einer simplen Frage, die du dir selbst stellen musst.«

Abwartend sah er sie an.

»Kannst du dir vorstellen, ein Leben jemals wieder ohne sie zu führen?«

Das Erschreckende daran war nicht die Frage selbst. Sondern die Antwort darauf, über die er nicht erst nachdenken musste.

13

Lykosura
Hauptstadt

MIRA

Keenan führte sie über Abkürzungen und Gassen, die auf dem Pferderücken nicht zu passieren waren. So konnte sie näher an der Bevölkerung sein. Man sprach offener mit ihnen, klagte auch mal über schmerzende Rücken und schlechtes Wetter. Für Mira war diese Erfahrung faszinierend und erschreckend zu gleich. Faszinierend, weil sie so viele Ähnlichkeiten entdeckte und erschreckend, weil es ihr überdeutlich vor Augen führte, wie beladen sie mit allerhand Vorurteilen hier angekommen war. Dabei gab es hier dieselben Menschen, die denselben Tätigkeiten nachgingen, um ihr Leben zu bestreiten.

Das Künstlerviertel, in dem von morgens bis abends Musik gespielt wurde und Miras Herz zum Tanzen brachte, hatte es ihr besonders angetan. Bunt und laut und voller Leben. In Makhai gab es kaum ein Künstlerviertel, in dem Samas und sie nicht schon getanzt hatten.

»Wie kam es eigentlich, dass du Hauptmann von Pheros' Elitetruppe wurdest?«, erkundigte sich Mira, während sie zwischen den Ständen des Marktplatzes umhergingen.

Keenan zuckte mit den Schultern. »Ich trat der Armee bei, wurde ausgebildet und legte mich erst mal mit einem der

Ausbilder an. Keine Ahnung, warum Pheros ausgerechnet mich erwählte.«

Von Neugier gepackt, musterte sie ihn von der Seite. »Was ist zwischen dir und deinem Ausbilder vorgefallen?«

»Das Ekel wollte Daria an die Wäsche. Sie sagte nein. Er wollte nicht hören. Ich kam dazu und eins führte zum anderen. Er wurde mit mehreren Stichen genäht und ich entging nur knapp einer Verurteilung wegen angeblicher Gehorsamsverweigerung.«

»Mutig«, erklärte Mira anerkennend. Je mehr Zeit sie mit dem Soldaten verbrachte, umso größer wurde ihre Sympathie für ihn.

»Oder sehr dumm«, konterte Keenan und grinste dabei. »Pheros stellte eigene Ermittlungen an. Da die Waffen Beschützer und Richter in Persona sind, regelte er die Angelegenheit auf eigene Faust. Er schickte den Ausbilder ins Straflager und zog mich für seinen Trupp ein. Vor knapp zwei Jahren übernahm ich den Posten des Hauptmanns. Ich holte Daria in den Trupp und da sind wir heute.«

Das überraschte Mira nicht im Geringsten. Pheros nahm seine Pflichten ernst und die Verantwortung, die damit einherging. Wenn er konnte, dann stand er für das Richtige ein, selbst wenn ihm das den Unmut anderer einbrachte. Güte wohnte in seinem Herzen und ein starker Sinn für Gerechtigkeit, den er stets zu verbergen versuchte, um auch weiterhin das furchterregende Schreckensbild der Sieben aufrecht zu erhalten. Sich daran zu erinnern, wie viel besser sie ihn kannte, rüttelte an ihrem Herzen und an ihren aufgestellten Grenzen, weshalb sie rasch auf etwas anderes zu sprechen kam. »Daria ist dir sehr wichtig, hm? Seid ihr ...«

Sein Lachen ließ sie den Satz nicht vollenden.

»Nein. Ich bin verheiratet, Mira. Daria und ich sind aber zusammen aufgewachsen. Wir sind schon sehr lange sehr gute Freunde.«

Mira lächelte und zuckte dann ihrerseits mit den Schultern. »Hätte ja sein können ... und *wie* du bist verheiratet?« Sie hakte sich bei ihm unter. »Erzähl mir mehr!«

Das tat er dann auch. Mira hörte ihm gern zu. Dabei sprachen sie nicht nur über seine Frau, sondern auch über die Soldaten unter Keenans Kommando und vor allem, wie er zu Pheros stand. Für ihn war die Erste Waffe ein Freund und Fürsprecher. Jemand, der ihn förderte und zum Lohn einen anständigen und loyalen Hauptmann erhielt.

Das Abendessen nahmen sie wie geplant bei Keenan zuhause ein. Dabei lernte Mira seine Frau Vala kennen und ihren sieben Jahre alten Sohn Arran. Ein schlichtes Haus, angefüllt mit Habseligkeiten, die von vielen Erinnerungen zeugten. Obwohl beide so früh Eltern wurden, kaum siebzehn Winter alt, klagten sie niemals über schwierige Umstände, mit denen sie zweifellos zu kämpfen hatten. Auch Vala sprach sehr achtungsvoll von Pheros und wirkte dabei nicht aufgesetzt. Diese Familie empfand der Ersten Waffe gegenüber aufrichtige Dankbarkeit und Freundschaft. Sogar der kleine Arran erzählte voller Begeisterung von dem Drachen, dem sein Vater diente. Die stattliche Sammlung kleiner Soldaten und Reittiere aus Holz erkannte Mira sofort wieder. Ihr Herz schmerzte, während Arran ihr jedes einzelne Spielzeug namentlich vorstellte. Es fachte die Sehnsucht von neuem an, die dem Mann galt, der in Raquia genau dasselbe für die Straßenkinder getan hatte. Es tat weh an ihn zu denken, weil sie ihn so sehr vermisste. Dabei war er hier, greifbar und doch ferner denn je.

Als die Nacht sich über die Stadt senkte, brachte Vala ihren Sohn zu Bett und Mira wollte sich verabschieden, doch dann spürte sie *ihn*, ganz in der Nähe. Nur wenige Herzschläge später klopfte es an der Tür. Keenan öffnete und tatsächlich stand Pheros im Türrahmen. In voller Kampfmontur.

»Hunger?«, erkundigte sich Keenan bei ihm. Der schüttelte jedoch den Kopf. Freundschaftlich legte er die Hand auf Keenans Schulter. »Ich bin nur hier, um Mira abzuholen.«

Die Magierin erhob sich vom Tisch und Keenan reichte ihr ihren Umhang weiter. Leise verabschiedeten sie sich voneinander, dann traten sie hinaus, wo Castor bereits auf sie wartete. Scheinbar kam er direkt von der Jagd, denn neben seinem schwarzen Schlachtross gab es kein zweites Pferd. Pheros saß auf und zog Mira hinter sich in den Sattel. Er schien es nicht eilig zu haben, zum Palast zurückzukehren, denn er ließ seinen Hengst gemächlichen Schrittes durch die Straßen traben.

Die Nächte in der Hauptstadt waren weniger belebt, als Mira erwartet hatte. Marktplatz und Hauptstraße so gut wie menschenleer. Nur vereinzelte Passanten kamen ihnen entgegen, um in einer der vielen Gassen zu verschwinden, die sich zwischen den Gebäuden wanden. Irgendwo im Hintergrund bemerkte Mira Musik und Stimmen. Vermutlich das Künstlerviertel. Unwillkürlich wanderte ihr Blick in diese Richtung. Ebenso wie seiner. Ein Lächeln trat auf ihre Züge, da sie sich an Raquia erinnert fühlte.

Erst kurz vor dem Palast regte sich Pheros, aber Mira kam ihm zuvor. »Wie laufen die Ermittlungen?«

»Wir fanden ein Lager nahe Versios. Allerdings sind wir uns nicht sicher, ob es sich dabei um ein Versteck der Namenlosen handelt, oder ob vielleicht nur ein paar Taine dort ihr

Lager aufgeschlagen haben. Evaria ...« Er geriet ins Stolpern. »Die Ritter durchsuchen das Versteck und die Umgebung.«

Kam es ihr nur so vor oder schwang doch tatsächlich eine Form des Schuldbewusstseins in seiner Stimme mit?

»Was macht deine Verletzung?«

Seine Gegenfrage riss sie aus ihrer Gedankenspirale, doch das bitterbeißende Gefühl in ihrer Brust blieb zurück. Eifersucht war ein hässliches Biest.

»Es war nur eine leichte Verbrennung. Tyra hat sie nahezu verschwinden lassen.«

»Ich habe mich noch nicht dafür bedankt, dass du die Kinder gerettet hast. Lya meinte, du hättest die Gefahr rechtzeitig erkannt. Kein Kind starb in jener Nacht.« Er legte eine Hand über ihre, die auf seinem Bauch ruhte, um sich festzuhalten. Mira erlaubte sich, die Wange an seinen Rücken zu schmiegen.

»Ich habe es für die Kinder getan«, betonte sie. Dabei waren diese kleinen Wesen dafür vorgesehen, irgendwann gegen Makhai zu kämpfen. Doch in solchen Bahnen konnte sie nicht denken. Es waren noch immer und vor allem Kinder.

»Ich weiß«, antwortete er und klang dabei so vertraut, so sanft, dass es ihr schon wieder einen Stich versetzte. Wieder kehrte Stille zwischen ihnen ein, während sie in den Palasthof ritten.

Kaum den Eingang zum Palast durchquert, kam auch schon eine Gruppe bekannter Gesichter auf sie zu. Genetor, Ion und natürlich Evaria, mit einigen Rittern im Schlepptau. Mira begrüßte nickend die Waffen und schritt dann an der Gruppe vorbei, da Genetor ihr bedeutete, mit ihm zu kommen. Sie wechselten nur wenige, aber freundliche Worte miteinander, bevor er sie der Stille ihres Zimmers überließ.

Als erstes warf sie alles von sich. Schuhe, Gürtel und Miederweste. Sie schürte das Feuer im Kamin, lockerte die Schnürung ihres Hemdes und fragte sich, ob Tyra ihr nochmal so einen Becher mit diesem Trank geben würde. So rastlos fühlte sie sich, dass sie nicht wusste, ob sie ohne Hilfe in den Schlaf fand.

Aru! Wie lange lief sie jetzt schon auf und ab? Sie beschloss es darauf ankommen zu lassen und Tyra aufzusuchen. Ohne Begleitung verließ sie ihr Zimmer und steuerte den Flügel an, in dem sich Tyras Räume befanden.

Direkt vor der Tür stehend unterließ sie es dann doch, anzuklopfen. Genetors Stimme drang deutlich daraus hervor. Da wollte sie besser nicht stören. Also machte sie auf dem Absatz kehrt, nur um wie angewurzelt stehen zu bleiben.

Pheros stand nur wenige Schritte entfernt von ihr.

Mit unergründlicher Miene taxierte er sie. Dabei fiel ihr auf, dass er seine Rüstung nicht mehr trug. Nur ein schlichtes, schwarzes Hemd, das er unter den Rüstungsteilen und den Drachenschuppen zu tragen pflegte.

»Ich wollte ...«, setzte Mira an, aber dann kam er auf sie zu und sie vergaß, was sie sagen wollte.

»Ich habe dich gesucht, aber du warst nicht in deinem Zimmer«, erklärte er, während er die verbliebene Distanz zwischen ihnen überwand. »Kannst du nicht schlafen?«

Sie schüttelte den Kopf. »Nicht wirklich. Du auch nicht?«

Seine Augen flogen über ihr Gesicht. Die Nähe und die Art, wie er sie musterte, regte knisternd die Energie in ihren Adern an. Mira wünschte nur, ihr Herz würde nicht immer so wild in ihrer Brust toben, wenn er ihr so nahekam. Sie wünschte, sie hätte die Reaktionen ihres verräterischen Körpers besser unter Kontrolle.

»Können wir reden?«, fragte er leise. Wieder dieser sanfte Tonfall. »Bitte«, fügte er hinzu und wirkte dabei derart unsicher, dass sie augenblicklich erweichte. Diese seltene Offenheit, in der er selbst seine Unsicherheiten nicht vor ihr verbarg, waren es, die sie stets entwaffneten. Also nickte sie. »In Ordnung.«

Pheros führte sie in einen großen Raum, der deutlich weniger Luxus aufbot, als man es vom restlichen Palast gewohnt war. Von Neugier gepackt trat sie tiefer ein, während der Drache die Tür hinter ihnen schloss. War das sein Zimmer? Ja. Keine Zweifel. Ganz offensichtlich war auch hier der Pragmatist am Werk und der machte sich nichts aus schmuckem Beiwerk.

Alles in den typischen Palastfarben gehalten. Einige Regale mit Büchern befanden sich Nahe des Kamins, in welchem ein Feuer loderte. Die knackenden Holzscheite lockten einen Moment lang ihren Blick an. Vor dem Kamin und etwas seitlich versetzt stand ein langer Tisch, auf dem sich allerhand Schriftrollen und Karten türmten.

Mira schritt diesen entlang, wobei ihre Fingerspitzen über das massive Holz strichen. Mehrere Stühle standen darum herum, was darauf schließen ließ, dass er nicht selten mit anderen hier zusammensaß. Ein weiterer, schmalerer Tisch an der Wand beherberge einige Karaffen Wein mit silbernen Deckeln. Seidene Vorhänge verbargen den Blick auf den Balkon. Sie wehten in der nächtlichen Brise sanft zwischen hohen Säulen.

Auf einem langen Divan, vor einem Paravent, stapelten sich Teile seiner schwarzen Rüstung und ein paar Waffen. Alles in allem passte dieser Raum zu dem Mann, den sie kannte. Eben diesem wollte sie sich wieder zuwenden, doch dann fiel ihr Blick auf eine kleine Holzfigur, die mitten auf dem langen Tisch stand.

Ein Pferd. Sein Werk? Bestimmt.

Mira suchte seinen Blick, um wortlos um Erlaubnis zu bitten. Pheros stand inzwischen recht zentral im Raum und verstand ihre unausgesprochene Frage. Er nickte. Sie nahm das kleine Kunstwerk an sich und drehte es zwischen ihren Fingern. Ein Ohr war abgebrochen und es sah schon ziemlich mitgenommen aus, doch die Kunstfertigkeit, die ein Auge für Details offenbarte, war nicht zu übersehen.

Unwillkürlich musste sie daran denken, dass auch Samas und Shim ein Händchen für Schnitzereien besaßen. Die Erinnerung an den ein oder anderen Nachmittag zu Gast bei der Königsfamilie drängte sich ihr auf. Wie Vater und Söhne die Köpfe zusammengesteckt hatten, während Mira und Königin Sol im Garten Kirschen sammelten. Wer hatte Pheros das Schnitzen beigebracht? Auch sein Vater?

»Wer ist Evaria?«, fragte sie, völlig unvermittelt, sodass er überrascht den Kopf hob. Das Holzpferd fand an seinen Platz zurück. Gemächlichen Schrittes umrundete sie den langen Tisch, um direkt vor ihm stehen zu bleiben.

»Sie ist ein Paladin des Nin-Ordens.«

Wich er ihr absichtlich aus? Mira konkretisierte ihre Frage: »Wer ist sie für dich?«

Es schien ihm nicht sonderlich zu behagen, Auskunft darüber geben zu müssen, aber wenigstens wich er ihrem Blick nicht aus. »Wir sind Freunde und gelegentlich ... waren wir eine Ablenkung.«

»Eine Ablenkung?«, wiederholte Mira mit gehobenen Brauen. Dass er es so bezeichnete, gefiel ihr nicht. Ganz und gar nicht. »Sind das alle Frauen für dich, mit denen du schläfst? Eine ... *Ablenkung*. War ich auch nur eine *Ablenkung*?«

Das hingegen gefiel ihm nicht, was seine sich verdunkelnde Miene deutlich machte. »Du weißt, dass es nicht so ist.«

»Weiß ich das? Inzwischen bin ich mir nicht mehr so sicher. Inzwischen bin ich sogar sehr nah dran, alles in Frage zu stellen, was ich jemals zu wissen geglaubt habe.« Sie atmete einmal tief durch und rang mit ihrem Temperament. Was geschah, wenn sie diesen Impulsen nachgab, wussten sie beide nur zu gut.

»Ich vermisse *dich*, Mira.«

Alles in ihr kam zum Stillstand, während ihre Augen zurück in seine fanden. Der Muskel in seiner Wange zuckte und einen Moment lang fürchtete sie, ihn wieder hinter seiner Maske verschwinden zu sehen, doch dann machte er einen Schritt auf sie zu.

»Ich vermisse es, dich zu berühren, ohne fürchten zu müssen abgewiesen zu werden. Jedes Mal, wenn ich dich ansehe, suche ich nach dem geringsten Anzeichen von Zuneigung ... wie ein verdammter Narr, der es besser wissen müsste. Ich weiß, ich darf nichts erwarten und doch ... hoffe ich noch immer. Als ich meine Maske trug, hast du mich mühelos durchschaut und jetzt, da ich sie für dich ablege, siehst du weg.« Er atmete ein, als würde er mit sich ringen weiterzusprechen oder abzuwarten, ob sie ihm Einhalt gebot. Sie tat es nicht und so überwand er die verbliebene Distanz zwischen ihnen, fasste nach ihren Händen und legte sie sich auf die Brust. »Ich vermisse *dich*, Mira. Nur dich. Du warst niemals eine Ablenkung für mich.«

Ihr Körper sank gegen seinen.

»Du *bist* der Sturm, den ich nicht kommen sah.«

Seine Wärme drang deutlich durch den Stoff und fachte eine Hitze an, die kribbelnde Erregung in jeden Winkel ihres Seins sandte.

»Ich will es wieder gutmachen, es ... besser machen ... aber ich weiß nicht wie.«

Mira glaubte ihm. Anders, als er es wahrnahm, sah sie noch immer hin. Sie hatte sich lediglich untersagt zuzulassen, was das für sie bedeutete, und nun erreichten seine Worte ihr verwundetes Herz. Eine wilde Mischung aus Bedauern und Sehnsucht wallte in ihr auf. Durchzogen von ganz anderen Regungen, angefacht von seiner bloßen körperlichen Nähe. Es gab keinen Grund, die Hände auf seiner Brust liegen zu lassen. Mira fand nur nicht den Willen, wieder auf Abstand zu gehen. Sie sollte es, aber sie tat es nicht. Die Erinnerung war noch viel zu nah an das, was es mit ihr machte, wenn sie zuließ, dass sie gemeinsam brannten. Zu kostbar diese Momente, in denen er sich willentlich verwundbar machte. Für sie. Weil er noch immer um sie kämpfte.

Jetzt spürte sie wieder diese verhängnisvolle Schwäche in sich Wellen schlagen. Bisher hatte sie es sich nicht erlaubt zu fühlen oder auch nur zu denken, doch nun, da sie wieder in seinen Armen versank, gestand sie sich ein, wie sehr auch sie ihn vermisste. Nicht nur den Mann, der er in Raquia gewesen war. Alles von ihm. Seine Stimme, seinen Geruch, das Gefühl seines starken Körpers hüllenlos an ihren gepresst und nicht zuletzt die Art, wie er sie dabei ansah. Als wäre sie das Kostbarste auf der Welt. Als wäre sie alles, was er brauchte, um atmen zu können.

Sanft schlossen sich seine Arme um sie. »Sag etwas.«

Mit den Fingerspitzen wanderte sie sein Kinn hinauf, um dort der Linie seines Kiefers zu folgen, bis zu seinem Ohr, wo sie das Fehlen dunkler Haarsträhnen bemerkte. Die Ahnung von Locken, die er mit dem kürzeren Haarschnitt zu verbergen versuchte. Er neigte sich ihrer Berührung entgegen und zog sie dabei so dicht an sich heran, dass sie dieselbe Luft atmeten.

Sie gab ihm keine Worte, dafür einen auskostend langsamen Kuss. Sanft und tief. Endlos vertraut und warm, da sie in diesem Moment die Entscheidung traf, sich nicht länger selbst zu geißeln. Nicht, was ihn betraf, auch wenn es sonst nichts änderte.

»Bleib«, raunte er zwischen zwei Atemzügen. »Bleib bei mir heute Nacht.«

Als könnte sie ihn jetzt verlassen. Mira ertrug es ja kaum, dass seine Lippen sich von ihren entfernten. Sie wollte erneut seinen Kuss schmecken, seine Berührung an den sündigsten aller Stellen genießen und mit ihm verschmelzen, bis nichts mehr von Bedeutung war außer seinem Herzschlag ganz nah an ihrem.

14

PHEROS

Es war kein Sieg, das wusste er und doch fühlte es sich wie einer an, denn sie ließ ihn ein. Auf seine Worte hin mochte sie nichts erwidert haben, aber er spürte ihre Antwort in ihrem Kuss, in der Art, wie sie ihre Hände in seinem Haar vergrub und daran, wie ihr wunderbarer Körper sich an seinen drängte.

So vertraut.

Verlangen lag in jedem hitzigen Atemzug und jeder Berührung, die sie einander schenkten.

Wie sehr er sie vermisst hatte.

Nicht nur ihren Körper. Diese perfekten Momente des reinen Fühlens, mit ihr, des vollkommenen *Seins.* An diesem Ort, den sie sich erschaffen hatten, gab es nichts und niemanden außer ihnen. Hier herrschten blindes Vertrauen und Nähe. Viel zu lange hatte er darauf verzichten müssen, so dass er jetzt um Beherrschung rang, sich nicht an Ort und Stelle mit ihr zu vereinen. Genau hier. Direkt an der Wand.

Vor allem, wenn sie Dinge tat, von denen sie wusste, wie wahnsinnig es ihn machte. Dinge, wie etwa diese Stelle unterhalb seines Ohres mit Küssen und sachten Bissen zu reizen, während sich ihre Finger in sein Haar vergruben.

Pheros umfasste ihren Po mit beiden Händen, damit sie ihre Beine um seine Hüften schlang. Er hielt sie fest, um sie dort zu halten, wo er sie spüren wollte ... oder, um sie zu zügeln. Das wusste er selbst nicht so genau. Die anfängliche Sanftheit, mit der sie einander umtanzt hatten, verlor sich in der Hitze des nächsten Kusses. Ungeduldig zerrte sie an seinem Hemd, während er sie in Richtung Bett trug. Kaum die durchscheinenden Vorhänge passiert, fielen auch die letzten Hüllen. Zarte, warme Haut schmiegte sich an seine, als er sich mit ihr in die Laken legte. Weil er einfach nicht anders konnte, löste er sich für einen Moment von ihr, um sie zu betrachten.

Ihr Anblick war beinahe sein Untergang.

Mit beiden Händen umfing sie seine Hüfte und zog ihn zwischen ihre Beine.

Höllen, er wollte sie so sehr! Nur blieb der Wunsch stärker, diese kostbaren Augenblicke nicht im Rausch verstreichen zu lassen. Sie hatten es schon getan, so oft, wenn die Lust sie übermannte und nackte Gier ihr Handeln lenkte. In rein körperlicher Hinsicht gab es keine Schranken, keine Distanz zwischen ihnen. Hatte es nie gegeben. Weder in der ersten Nacht hinter dem Wasserfall noch heute, am anderen Ende der Welt. Es war, als wären sie wie füreinander geschaffen worden. In perfekter Symmetrie aufeinander abgestimmt und auch jetzt spürte er den vertrauten Sog, der drohte ihn einfach mit sich zu reißen. Nur ein Gedanke hielt ihn davon ab. Der Morgen, der alsbald kam und damit auch die Ungewissheit einer Zukunft mit sich brachte, in der sie kein Teil seines Lebens mehr war.

Aber nicht hier. Nicht jetzt. Er wollte mehr. Mit ihr war es immer *mehr*.

Ihr Rücken bog sich durch, als er die zarte Spitze ihrer Brust mit der Zunge umspielte. Sie keuchte und ihre Hände vergruben sich abermals in seinem Haar.

Ergeben sank er in das Laken zurück, als sie sich auf ihn schob und fordernd eine Spur brennender Küsse auf seiner Haut hinterließ.

Durch sie hatte er erfahren, wie sich echtes Begehren anfühlte. Wenn das Fehlen seiner Berührung ihr einen flehenden Ausdruck in die Augen trieb und das berauschende Gefühl ihrer Nähe ihn sogar seinen eigenen Namen vergessen ließ.

In einer fließenden Bewegung drehte er sich mit ihr, so dass sie wieder unter ihm lag. Die Lippen brachte er nah an ihre, während er sie langsam, stück für stück, für sich einnahm. »Mira«, raunte er leise.

Sie öffnete die Augen und begegnete seinem Blick. Mit einer Hand wanderte er das Tal ihrer Brüste hinauf, zu ihrem Hals und in den Nacken hinein, während sein Mund mit ihrem verschmolz und ihre Körper sich dem vertrauten Rhythmus ergaben. Sie schlang die Beine um seine Hüften, als sein Kuss härter wurde, fordernder. Er ergriff ihre Hände und drapierte sie über ihrem Kopf. Die Finger miteinander verflochten und dann gab es nichts mehr. Keine Beherrschung, kein Necken mehr.

Nur noch die Verbindung zwischen ihnen.

Nur noch sie, immer nur *sie* ...

Können wir reden, hatte er gesagt.

Schmunzelnd legte er die Lippen an ihre Schläfe. Raue Fingerkuppen wanderten immer wieder über ihren Handrücken und in die Zwischenräume ihrer Finger, während sich ihrer beider Herzschlag einem ruhigeren Takt ergab. Ihr Kopf ruhte an seiner Schulter, ihr zierlicher Rücken schmiegte sich fest an seine Brust. Glück und Zufriedenheit durchströmten ihn wie guter Wein. Dabei wagte er kaum, in solchen Begriffen zu denken, aus Furcht, man könne sie ihm wieder entreißen.

Glück. Vertrautheit. Frieden. All das bewirkte sie. All das *bedeutete* sie ihm.

Mira drehte sich in seinen Armen, so dass sie einander ansehen konnten. Mit den Fingern strich sie dabei in vertraut-liebevoller Art über seinen Arm, bis zur Brust, wo sie schließlich oberhalb seiner Narbe verharrte. Das tat sie nicht zum ersten Mal, und nicht zum ersten Mal bekam sie dabei diesen nachdenklichen Gesichtsausdruck. Pheros vermutete dahinter einen Berg Fragen, den sie sich nicht traute auszusprechen.

»Die Schmiede ist einem bestimmten Muster unterworfen«, erzählte er, blind der Vermutung folgend, wonach sie fragen wollte. »Neigt sich das siebzehnte Lebensjahr dem Ende zu, muss sich jede Generation den Prüfungen stellen. Nur diejenigen, die sie überleben, werden am Ende zu Waffen Lykaons.«

»Welche Art Prüfungen?«, fragte sie leise.

»Die Prüfung der Angst zum Beispiel. Es ist, wonach es klingt. Als Waffe musst du Herr deiner Ängste sein ...« An dieser Stelle zögerte er, da ihm nicht zustand, über die Schwächen seiner Geschwister zu sprechen.

»Ion hat Höhenangst«, kam sie ihm zuvor. Er sah sie verblüfft an. Mira zuckte mit einer Schulter. »Kampfmagier, schon vergessen? Ich beobachte sehr genau.«

Ein Lächeln stahl sich auf seine Lippen. »Was hast du noch beobachtet?«

»Asea wird nervös, wenn sie sich zu lange in geschlossenen Räumen aufhält. Dann zupft sie an ihrem Armband oder den Haarspitzen. Oft gelingt es ihr, das zu unterdrücken, aber manchmal verlässt sie dann ohne ersichtlichen Grund den Raum. Ich glaube, darum mag sie die Bibliothek so gerne. Offen, groß und wenige Leute darin.« Ihre Hand wanderte sanft über seinen Arm, während sie mit leicht abwendendem Blick in ihrer Erinnerung kramte. »Da, wo Titana ist, muss immer ein Licht brennen. Ich denke, sie fürchtet die Dunkelheit. Genetor hat Angst vor Geistern, aber das hat er mir selbst verraten.« Sie schmunzelte, als Pheros die Augen verdrehte. Irgendwann würde Genetors gutmütige Offenheit ihm noch zum Verhängnis werden.

»Und Lykaja?«

Mira schüttelte den Kopf. »Keine Chance. Sie ist am schwersten zu durchschauen. Auch Tegeates lässt sich nicht so leicht in die Karten blicken. Eigentlich keiner von ihnen.«

»Was ist mit mir?«

Ein warmer Glanz legte sich über das vertraute Farbschema ihrer Augen. Sanft tippte sie ihm mit dem Zeigefinger gegen die Unterlippe. »Versagen. Wenn du glaubst, deine Pflicht nicht erfüllt zu haben. Wenn du ... denkst, schwach zu sein, weil du jemanden nicht beschützen konntest, den du unbedingt schützen willst.«

Sanft strich er ihr das Haar hinter die Schulter, wodurch die Narbe jener Verletzung sichtbar wurde, die sich durch den Nachtgeist zugezogen hatte. Zärtlich strich sein Daumen über die Erhebung.

»Ich ging mit Ion klettern ...«

Ihre Fingerspitzen wanderten über die Kontur seines Kiefers, bis ihre Hand flach auf der Halsbeuge zum Liegen kam.

Es war eine so einfache Geste und doch so vertraut, dass sie ihm genug Antrieb gab weiterzusprechen.

»... und überließ Titana der Dunkelheit einer Kammer. Ich ging mit Asea zum Marktplatz, wenn dieser besonders stark besucht wurde ... Ich übte mit jedem von ihnen. Bereitete sie so gut ich konnte, für die Prüfungen vor. Außer mit Lya. Bei ihr zeichnete sich keine bekannte Furcht ab, ähnlich wie bei mir, also ging ich mit ihr in den Wald. Dort gibt es Dunkelheit, Wasser, Enge, Höhe und alles, was ein Alptraum aufzubieten hat, wenn man weiß, wonach man suchen muss. Worauf wir stießen, war ein Waldgeist, den wir aus Versehen weckten.«

Mira zog scharf die Luft ein, senkte den Blick auf die Narbe, die über seinem linken Rippenbogen lag. Ihre Hand legte sich flach darüber. »Und ich habe dich an dieser Stelle mit meinem Blitz malträtiert.«

Er schob seine Hand über ihre. Eine stumme Zusicherung, ihr das nicht nachzutragen. Pheros erinnerte sich noch sehr gut an die Nacht, als sie sich vor Kälte bibbernd in eine Nische zwischen zwei Felsen gequetscht hatten, um etwas Schlaf zu finden. Die fahrende Karawane des *Tanzenden Sterns* war an ihnen vorbeigezogen, nur um dann von fliegenden Nachtgeistern angegriffen zu werden. Übergroße Fledermäuse. So sahen diese Biester für ihn aus. Mira hatte ihnen helfen wollen. Pheros nicht. Überzeugt davon, Mira vor sich selbst zu bewahren, hatte er sie festgehalten und dafür den Biss ihrer Blitze zu schmecken bekommen. Damals war ihm das Schicksal dieser Leute egal gewesen. Mira nicht.

Diese Rettung hatte jedoch seinen Preis gefordert. Einer der Nachtgeister hatte seine Krallen in Mira geschlagen. Unwillkürlich fiel sein Blick erneut auf die gezackte Linie oberhalb ihres rechten Schlüsselbeins.

»Wir besiegten den Waldgeist, aber die Narbe erinnert mich stets an dieses ungewollte Abenteuer.« Mira wirkte fast schon erleichtert, dass keine schlimmere Geschichte dahintersteckte.

Einige Herzschläge lang kehrte Stille zwischen ihnen ein. Eine Stille, in der jeder seinen eigenen Gedanken nachhing, während sie einander berührten, ohne die Hitze erneut zu schüren. Vor ihr hatte es diese Form der Intimität nicht gegeben. Nicht für ihn, da ihn der Wunsch dazu nie angetrieben hatte. Mit ihr schon. Mit ihr hatte sich einfach alles verändert.

»Was ist mit mir? Wovor habe ich Angst?«, fragte sie.

War das ihr ernst? Er hob voller Ironie die Brauen. »So oft, wie du mir schon wegen irgendwelcher Spinnen aufs Dach gestiegen bist, ist das wirklich nicht schwer zu erraten.«

Sie lachte und boxte ihn gegen die Schulter, doch er setzte noch eins drauf, indem er mit den Fingern über ihre Haut wanderte und dabei die Bewegung von Spinnenbeinen imitierte.

»Pheros!« Sie bog ihren Rücken durch, wodurch sie wieder enger an ihn heranrückte. Sofort umschlang er sie fest mit beiden Armen und erstickte jeden weiteren Laut mit einem Kuss. Erst als er spürte, dass sie nachgab und ihm keine grauenhafte Rache drohte, befreite er ihre Lippen von seinen.

Sie seufzte leise. »Pheros ... ich muss es wissen.«

»Sprich es aus«, ermutigte er sie.

Da ihr Brustkorb so dicht an seinem lag, spürte er deutlich, wie sie den Atem anhielt. Im nächsten Moment löste sie sich von ihm, um sich aufzusetzen. Dabei rutschte sie etwas zur Seite, damit sie einander ansehen konnten. Ihr Haar fiel ihr über die Schulter, was seinen Blick einfing. Dunkles Gold, durchsetzt von sehr viel helleren Strähnen. Ihre Miene war jedoch zu ernst, als dass er sich dazu hinreißen ließe, ihre Gedanken erneut zu zerstreuen. Für den Moment jedenfalls nicht.

»Evaria? Ihr beiden –«

»Nein«, unterbrach er sie sofort. »Ich schätze sie als Paladin, aber darüber hinaus teilen wir nichts mehr miteinander. Was das angeht ... ist mein Interesse erloschen.« Er setzte sich ebenfalls auf. Mit einer Hand fuhr er in ihren Nacken, während seine Augen tief in ihren versanken. »Siehst du wirklich nicht, wie viel du mir bedeutest? Was muss ich tun, um dich davon zu überzeugen, dass meine Absichten ehrlich sind?«

Ihre Schultern entspannten sich ein wenig.

Mit den Fingerspitzen berührte sie sein Kinn, jetzt wieder sanfter und zugänglicher im Blick. »Und wohin soll uns *das* führen?«

Noch bevor er Antwort darauf geben konnte, trat plötzliches Erkennen in ihren Blick.

»Warte mal ... Du erwartest aber nicht, dass ich bleibe, oder?«

Sanft strich er ihr mit dem Zeigefinger eine Strähne hinter das Ohr. »Ist es so abwegig, sich genau das zu wünschen?«

Das löste einen Sturm an Gefühlen in ihr aus. Er konnte es in ihren Augen tanzen sehen und die Antwort darauf kam ohne jedes Zögern. »Pheros, das ist *unmöglich*. Selbst für dich nicht. Selbst für ein ... ein *uns* nicht.«

»Ich weiß das ... aber kannst du mir wirklich verübeln, dass ich es dennoch versuche?«

Überraschenderweise blieb der erwartete Wortesturm aus. Stattdessen sanken ihre Schultern ein.

»Nein ... ich schätze nicht.«

»Ich gab dir mein Wort und ich werde es halten«, versicherte er ihr. »Wenn du nach dem Mondfest noch immer gehen willst, werde ich dich nach Kaukon bringen.«

Lange sahen sie einander an, bis Mira schließlich nickte. »Also, bis zum Mondfest.«

15

Kromoi

SAMAS

Flocken in der Größe seines Daumens fielen vom Himmel und bedeckten die Landschaft mit einer undurchdringlichen weißen Decke. Wenn man es nicht besser wusste, könnte man meinen, hier läge Schnee. Die anhaltende Stille an diesem von Ruinen durchzogen Ort tat ihr Übriges, um den Eindruck zu verstärken, dass es sich um eine verlassene Landschaft handelte. Nichts von dem, was sich vor seinen Augen erstreckte, gab einen Hinweis darauf, dass vor wenigen Stunden noch der Tod hier Hof gehalten hatte.

Würde irgendjemand diesen Teil der Geschichte niederschreiben? Sich an die Namen der Gefallenen erinnern? Und nicht nur an die großen Helden, die noch Jahrhunderte später in Liedern besungen wurden?

Samas würde sich erinnern. Nicht an ihre Namen, denn er hatte keinen von ihnen gekannt. Sehr sicher aber an ihre Schreie, als der Feuertod über sie hereinbrach wie eine wütende Faust der Götter, die geradewegs aus dem Himmel niedergefahren war.

An der Seite seines Bruders betrat er Kromois Ruinenfestung. Nachdem er sich in den letzten Stunden so oft übergeben hatte wie in seinem gesamten Leben nicht, empfand er fast schon Dankbarkeit für den Geruch von Asche und *was auch immer* das andere sein mochte. Es neutralisierte wirksam alle anderen Gerüche, die eine Schlacht mit sich brachte.

Dennoch musste er die Frage laut stellen. »Was ist das für ein Geruch?«

»Ich bin mir nicht sicher«, antwortete Shim. Mit der flachen Seite seines Schwertes stieß er gegen ein Häufchen Asche. Es fiel in sich zusammen und wurde vom Wind abgetragen. »Set und Cailin haben jedenfalls ganze Arbeit geleistet.«

Dem stimmte Samas grimmig nickend zu. Es wäre nicht fair, beiden Sturmfürsten im Nachhinein Vorhaltungen zu machen, auch wenn er es am liebsten täte. Der Umfang der Zerstörung war jedoch gründlich.

Wenn Samas sich die Ruine der alten Festung ansah, dann konnte er sich kaum vorstellen, dass hier jemals wieder etwas wachsen würde oder wiederaufgebaut werden konnte. Feuer bedeutete Zerstörung und Wut, doch wusste Samas auch um die Wirkung der organischen Substanzen, die nach so einem Brand freigesetzt wurden. Alles hier war verkohlt und von Asche bedeckt. Selbst der Himmel weinte Asche. Unter anderen Umständen wäre ein Atmen unterhalb dieser dichten Wolkendecke kaum möglich, doch Samas fühlte die Magie, die dies dennoch ermöglichte. Sturmfürstenmagie.

»Schwarzpulver!«, stieß Samas plötzlich aus, als ihm der Gedanke durch den Kopf schoss.

»Bevor Mira entführt wurde, hat Cailin uns in Imrit Ermittlungen anstellen lassen. Wir fanden heraus, dass die Wachen der Wächterfestung mit dunkelelfischen Schwarzmarkthändlern Handel trieben.«

Shim hob die Augenbrauen. »Du meinst die Wächterfestung, die in die Luft geflogen ist?«

»Genau die. Mira und ich waren da, als es passierte.«

Das überraschte den Thronerben sichtlich. »Wie habt ihr die Explosion überlebt?«

Samas schnaubte. »Schutzschilde, Bruder. Du erinnerst dich daran, dass ich Magier bin? Auch wenn ich in der letzten Schlacht keine sonderlich gute Figur gemacht habe, versichere ich dir, dass ich sonst nicht so unfähig bin.«

Shim lächelte besänftigend und legte ihm eine Hand auf die Schulter. »Das weiß ich doch. So eine Schlacht zum ersten Mal zu erleben, ist für niemanden leicht wegzustecken. Ich weiß das.«

»Hast du dich auch übergeben?«

Shims Lächeln wurde breiter. »Direkt auf Vaters Stiefel.«

»Nicht dein Ernst!«

Darauf erhielt Samas keine Reaktion mehr, da sein Bruder wieder dazu überging, die Umgebung abzulaufen. Warum auch immer. Samas bezweifelte stark, dass er hier mehr als Asche finden würde. Selbst Metall und Leder schienen geschmolzen zu sein.

»Ich glaube, hier haben die Imperialen auch ein paar Fässer gelagert«, spekulierte Samas.

»Und das ist wichtig zu wissen, weil ...?«

»Weil nichts. Es hat mich nur irre gemacht, diesen Geruch nicht zuordnen zu können.«

Shim schenkte ihm ein Lächeln. »Du bist der belesenste Mensch, den ich kenne, kleiner Bruder. Erzähl mir, was du über diesen Ort weißt.«

»Vor beinahe zwei Jahrhunderten ist die Schwarze Flut gegen diese Mauern gebrandet.« Für Samas glich das Wiedergeben seines Wissens fast schon einem Reflex. »Die Festung zählte einst zu den prachtvollsten Bauten Makhais. Der Fürst

Kromois wurde einst auch als *Saphirkönig* bezeichnet, da eine Edelsteinmine der Quell seines Reichtums gewesen sein soll. Ob es diese Mine noch gibt, ist nicht überliefert. Auch nicht, wo genau sie lag.« Doch nun, da sie Kromois' wichtigsten Knotenpunkt zurückerobert hatten, würde man dem sicherlich auf den Grund gehen können.

»Es war keine Waffe Lykaons hier«, sprach Shim seinen nächsten Gedanken aus. Damit signalisierte er seinem Bruder auch schon das Ende der Geschichtsstunde. Mehr wollte der Thronerbe dann wohl nicht wissen, also ließ Samas es dabei bewenden.

»Hieß es nicht, die Sieben seien hier?«, fragte Shim weiter.

Cailin trat in diesem Augenblick zu ihnen. »Das waren sie.« Dreck, Blut und Asche haftete an ihr. Dieser Sieg war nicht leicht errungen worden. Erst das Auftreten beider Sturmfürsten hatte das Blatt zu ihren Gunsten wenden können. Cailins Sturm und Sets lodernde Flammen, die zu einem brachialen Feuersturmwahnsinn verschmolzen waren. Es würde noch wochenlang Asche regnen und dadurch neue Schwarzlande hervorbringen.

Warum hatten sie nicht versucht, Gefangene zu nehmen? Warum musste die totale Auslöschung der Weg sein? Was genau unterschied sie jetzt noch von der feindlichen Streitmacht? Hieß es denn nicht, dass die Sturmfürsten ihre Macht niemals für derlei Schreckliches einsetzen dürften? Weil die Natur unweigerlich darunter litt und das nicht nur an dem Ort des Chaos selbst. Und wenn die Natur litt, litten bald auch die Menschen, die von ihr abhängig waren. Dafür hatte er nicht seine Stimme gegeben.

Der Herr des Feuers kam direkt hinter Cailin um die zerfallene Mauerecke. Konzentration sprach aus seinem umherschweifenden Blick, als suche er nach etwas. Nur, was erhoffte er sich in diesem Aschehaufen zu finden? Bevor Samas fragen konnte, ergriff Cailin erneut das Wort.

»Wir vermuten, dass der Imperator die Sieben in die Hauptstadt zurückbeordert hat, nachdem die Namenlosen ihm ans Leder wollten.«

Das ergab Sinn. Mit Drachen kämpfte man besser nicht und erst recht nicht gegen solche, die ein wahnsinniger Herrscher zu lebenden Waffen geformt hatte.

»Niemand ist geflohen«, stellte Set fest.

»Sie sind alle im Feuersturm verbrannt«, stimmte Cailin ihm zu.

»Ob die Angst vor dem Imperator größer ist als die vor dem Feuertod?«, sprach Shim mit finsterer Miene. Shim besaß einen ausgeprägten Sinn für Gerechtigkeit. Soldaten, die aus Furcht vor ihrem Herrscher den Tod wählten, oder gar eine Terrorherrschaft zu führen, widerten den Thronerben an. Sein Bruder würde ein modernes, neues Zeitalter für Makhai einläuten. Dessen war sich Samas sicher. Vorausgesetzt, sie überlebten diesen Krieg und es blieb am Ende genug übrig, über das man herrschen konnte. Wenn er sich so umsah und sie diesen Kurs beibehielten, hegte Samas berechtigte Zweifel.

»Du siehst aus, als würdest du nach etwas suchen«, sprach Shim Set an.

»Das tue ich, junger Prinz«, erwiderte dieser, ohne dabei innezuhalten.

»Und verrätst du uns, wonach genau du Ausschau hältst?«, fragte Cailin.

Set stieg mit der Anmut eines Raubtiers über Aschehaufen und Ruinenstücke hinweg. »Ich suche eine bestimmte Fassung in der Wand. Sie dient einem Talan als Halterung.«

Samas runzelte die Stirn. »Ist das ein Scherz?«
Set schüttelte den Kopf.
Cailin rieb sich die verdreckte Stirn. »Was ist ein Talan?«
»Hier soll noch eine Wand stehen?«, kam es zeitgleich von Shim.
Daraufhin blickten alle vier einander stumm an. Set war es schließlich, der Samas mit einem Nicken zu verstehen gab, es ihnen zu erklären.
Samas tat ihm den Gefallen. »Ein Talan ist ein magisches Gefäß. In der Regel in der Form eines Kristalls, der Magie speichert. Während des letzten Weltenbrandes dienten sie vor allem als Kraftsteine für Portale.«
Cailin starrte ihn ungläubig an. »Was?«
Shims Stirnfalten vertieften sich, doch er sagte nichts.
Die Fürstin kreuzte die Arme vor der Brust. »Talane erschaffen Portale?«
»Nein. Der Zauber erschafft das Portal. Ein Talan liefert die benötigte magische Energie dazu. Beides zusammen bewirkt einen Weg zu einem vorbestimmten Ort. Meist führen sie zu einer der alten Zufluchten.«
Shim steckte sein Schwert wieder in die Scheide zurück. »Ich habe kein Wort verstanden.«
Samas seufzte. »Istara ist deine Ahnin, Cailin! Hast du in Geschichte nicht aufgepasst?«
Die Fürstin räusperte sich. »Nicht ... so sehr.«
Bevor Samas zu einer verbalen Ohrfeige ausholen konnte, knisterte die Luft. Das typische erste Anzeichen für die Entstehung eines Portals. Samas Blick huschte zu Set.
»Hat er doch tatsächlich eine Wand gefunden«, rief Shim.
Samas stolperte starrend in Richtung des sich öffnenden Portals. Erst jetzt bemerkte Samas, dass die Stabilität des

Durchgangs schwächelte. Es flackerte wie die Flamme einer Kerze im Wind. Nach drei weiteren Herzschlägen fiel das Portal in sich zusammen und der Talan zerbarst in seiner Halterung.

Sie schützten ihre Augen vor den Splittern und blickten dann auf die leere Stelle im Stein.

»Die Legenden sind wahr«, murmelte Samas.

Set schob seinen Kragen zurecht. »Scheint so, als müsste ich selbst einen erschaffen.«

Samas Blick zuckte zu ihm. »Du kannst das?«

»Noch nicht.«

»Und wie willst du das anstellen? Dieses Wissen ist mit dem letzten Weltenbrand verloren gegangen.«

Sets Miene offenbarte die Ahnung eines weiterreichenden Wissens. »Du wirst mir dabei helfen.«

»Wobei wird er helfen?«, fragte Shim. »Kann das jemand auch für Nicht-Magier übersetzen?«

Set begegnet seinem Blick. »Während des letzten Weltenbrands erschufen Sturmfürsten sichere Zufluchten vor den Kriegen, die an der Oberfläche tobten. Es heißt, sie errichteten diese unterhalb einer jeden größeren Stadt. Meinen Recherchen nach zählte Kromoi einst zu solch einer Stadt. Wie es scheint, habe ich gerade bewiesen, dass es stimmt.«

Nun trat auch Cailin hinzu. »Was erhoffst du dir, in einer solchen Zuflucht zu finden?«

Set antwortete ihr nicht sofort. Er hob lediglich leicht das Kinn, in perfekt anmutender Arroganz, die er wie eine zweite Haut trug.

»Die Edelsteinmine, die diesen Krieg beenden wird.«

16

Lykosura
Hauptstadt

MIRA

Ein Blitz in der Ferne lockte ihren Blick an. Die Ebene um sie herum erstreckte sich in einer unendlichen Weite aus farbloser Leere. Knöchelhoch stand sie in eiskaltem Wasser. Die Kälte kroch ihr die Beine hinauf, immer höher, bis sie ihr Herz in einer eisigen Umarmung gefangen nahm. Stille umgab diesen unwirtlichen Ort. Jeder Atemzug fühlte sich an, als hätte sie tausende Nadeln verschluckt.

Wieder ein Blitz in der Ferne.

Es kribbelte in ihrem Nacken und sie wusste, dass er wieder hier war.

Er war auf dem Weg zu ihr.

Er jagte sie.

Grausame Augen, die von Unterwerfung sprachen.

Sie musste fliehen! Verzweifelt schnappte sie nach Luft und versuchte, sich zu befreien, Doch das Wasser hielt sie gefangen. Es schloss sich eisern um ihren Körper und drang über die Haut in ihr Innerstes ein. Die Kälte ließ sie starr werden. Unbeweglich. Unfähig, sich zu lösen. Unfähig, zu atmen.

Er war nah ... so nah ...

Das leise Rascheln von Stoff und eine vage Bewegung in der Nähe ließen sie aus dem Schlaf schrecken. Instinktiv tastete sie neben sich, doch das Bett war leer. Auf der anderen Seite senkte sich die Matratze.

Pheros saß dort auf der Bettkante. Warm und vertraut fand seine Hand in ihren Nacken.

»Wieder der Alptraum?«

Sie nickte langsam und schmiegte sich in seine Berührung, die Wärme genießend, die dieser Feuerdrache ausstrahlte.

»Hast du diesmal mehr erkennen können?«

Sie schüttelte den Kopf und registrierte erst jetzt, dass er seine Rüstung trug. Es fehlten nur noch Kapuze und Halbmaske. Über seine Schulter hinweg warf sie einen Blick durch die halbdurchlässigen Vorhänge. Es war noch dunkel, aber die Nacht zog sich bereits zurück.

»Was ist los, Pheros?« Sie schlug die Decke zur Seite, doch seine Hand in ihrem Nacken hinderte sie daran aufzustehen.

»Bleib. Ich habe Bescheid gegeben, dass du jederzeit meine Räume betreten darfst.«

»Was? Moment. Du gehst?«

»Es gab einen Vorfall in Versio. Einer unserer Nachbarstädte. Meine Anwesenheit ist erforderlich.«

Langsam sank sie zurück in die Kissen. »Was ist passiert?«

»Ich werde nur einen oder zwei Tage fort sein.«

»Pheros ...«

»Ich lasse Keenan hier.« Seine Finger schoben sich zwischen ihre und in ihrem Herzen protestierte es laut, doch sie ließ ihn aussprechen. »Ion bleibt auch als mein Stellvertreter.«

»Du wirst mir nicht verraten, was los ist, oder?«

»Ich bin so unwissend wie du«, versicherte er ihr. »Unser Wachposten hat Alarm geschlagen. Die Trommeln erbitten Beistand aus der Hauptstadt. Mehr wissen wir noch nicht.«

Ihr erster Impuls war der, sich als Begleitung anzubieten, doch das hieße auch, sich für den Feind einzusetzen. Unschuldige Kinder vor dem sicheren Tod zu bewahren, war das eine, aber sich aktiv für das Wohl des feindlichen Reiches einzusetzen, eine vollkommen andere Sache. Diese Grenze dürfte sie nicht überschreiten.

Sanft strich sein Daumen über ihre Wange, bevor er sich zu ihr beugte, um sie zu küssen.

»Sei vorsichtig«, sagte sie leise.

»Immer«, versprach er. Dann ging er und nahm alle Wärme mit sich.

Eine ganze Weile lang lag sie noch in dem viel zu großen Bett und starrte zum Feuer, dass sich Stück für Stück der Asche ergab und schließlich ganz erlosch. Als wäre das ihr Stichwort, erhob sich Mira und wickelte sich in das Laken, das noch immer nach ihm roch. Nach ihnen beiden, aber vor allem nach ihm. Mira ertappte sich dabei, wie sie die Nase in den Stoff steckte, und schüttelte dann über sich selbst den Kopf.

Sein Bett stand im hinteren Teil des Raumes. Mehrere durchscheinende Vorhänge fungierten als Raumtrenner. Zwei große Truhen befanden sich an der Wandseite neben dem Bett. Auf einem der Truhen standen eine Karaffe und ein Becher. Es war Wein. Mit gehobener Augenbraue roch sie an dem Becher und zuckte dann mit den Schultern, bevor sie den Inhalt in einem Zug hinunterkippte.

Mit dem Becher in der einen Hand und das Laken mit der anderen festhaltend schob sie sich durch die Vorhänge. Da die Sonne dabei war, über den Horizont zu kriechen, legte Mira kein Feuerholz nach. Es war tiefster Winter in Erea und in Lykosura sah man nie auch nur eine Schneeflocke fallen.

Eine plötzliche Bewegung von links ließ sie zusammenfahren. Reflexartig erschuf sie einen Kugelblitz und schleuderte diesen auf den Eindringling.

Gerade noch rechtzeitig sprang Ion in Sicherheit. Dafür war Pheros jetzt um einen Weintisch ärmer.

»Ion?!«

Beinahe fiel ihm eine der vielen Karaffen Wein zu Boden, die er in seinen Armen hielt, als wären es Babys. »Bei Nin! Mira?!«

»Was machst du hier?!«, folgte es von beiden wie aus einem Munde.

Ion verlagerte sein Gewicht. »Du hast mich fast umgebracht!«

»Warum schleichst du auch hier herum?«

»Ich bin nicht geschlichen! Außerdem! Was machst du ...« Da realisierte er, in welcher Aufmachung sie vor ihm stand und drehte sich rasch um.

Aus Anstand? Götter bewahre! Miras Augenbraue wanderte die Stirn hinauf, während sie auf den breiten Rücken der Waffe starrte. »Ich bin komplett bedeckt, Ion. Entspann dich!«

»Sag das mal meinem Bruder, wenn er hiervon erfährt. Ich möchte mein Augenlicht gern behalten!«

Sie neigte den Kopf leicht zur Seite und runzelte dabei die Stirn. »Klaust du ihm gerade seinen Wein?«

»Borgen! Ich *borge* mir seinen Wein!«

»Aha.« Kopfschüttelnd schlenderte sie zurück hinter die Vorhänge, wo ihre Kleidung das Bett säumte. Nach und nach sammelte sie alles wieder zusammen, um sich anzuziehen. Vom vorderen Teil des Raums aus, wo Ion noch immer stand, entstand ein kleiner Tumult. Ein paar Palastwachen stürmten hinein, angelockt von dem Krach. Ion scheuchte sie jedoch wieder hinaus. Also gab es in diesem Bereich Wachen. Ebenso selten bekam sie auch mal einen Sklaven oder Diener zu Gesicht. Vielleicht lag das aber auch einfach am Palastflügel, der vor allem von hochrangigen Persönlichkeiten bewohnt zu sein schien. Irgendwann würde sie fragen, doch vorher gab es tausend andere Dinge, die ihr brennender auf der Zunge lagen.

»Ich sag's ihm nicht, wenn du auch nichts verrätst!«, hörte sie Ion sagen.

Wieder voll bekleidet trat Mira durch den Vorhang. »Und was soll ich ihm nicht verraten?« Beiläufig flocht sie ihr Haar zu einem Zopf. Ion wagte mit einem zugekniffenen Auge den Blick über die Schulter. Dann erst wandte er sich ihr zu.

»Ganz genau! Du hast mich verstanden.«

Sie lachte und deutete auf den Trümmerhaufen in der Ecke, der mal ein Tisch mit Wein gewesen war. »Und wie erklären wir ihm das?«

Die nächsten beiden Tage verbrachte sie mit Keenan und Ion. Meist saßen sie in der Bibliothek oder gingen auf den Markt. Heute drehte sich das Hauptgesprächsthema um den Archon Marius. Diesen androgynen, großgewachsenen Mann mittleren Alters. Laut Keenan pflegte er seinen Kopf kahlgeschoren zu halten und diesen unter seiner weißen Haube zu bedecken. Mira erinnerte sich gut an diese leeren, ausdruckslosen Augen in der Farbe von dunklem Holz. Kantige, fast schon gespenstisch knochige Gesichtszüge.

»Dem Archon sind die Befugnisse der Waffen ein Dorn im Auge. Das weiß jeder«, fuhr Keenan in seiner Erzählung fort, wobei er ihr eine Orange reichte und mehrere andere in einen Korb legte.

Wie immer zur Mittagszeit gingen sie auf den Markt, wo er gerne die ein oder andere Sache für sein Heim besorgte. Mira begleitet ihn dabei, auch weil sie sich in seiner Gesellschaft wohl fühlte. Ebenso in der Ions. Genau den sah sie jetzt am Rande des Platzes vom Pferd steigen.

»Und?«, fragte das Schwert Lykosuras, wobei er ihr die Orange stahl. »Worum geht es in der heutigen Lektion?«

Mira überließ ihm schmunzelnd das frische Obststück. Hunger hatte sie ohnehin keinen, denn mit jeder weiteren Stunde wuchs auch ihre Sorge um Pheros.

»Die Tempel, Magier und Glaubensgemeinschaft«, klärte Keenan ihn auf.

»Ah, nette Leute.« Ion verzog das Gesicht, als habe er in eine Zwiebel gebissen und ging dann dazu über, die Orange zu schälen. Mit schwieligen Fingern bekam man die Haut der Orange nur nicht so leicht ab. Also nahm Mira ihm die Frucht aus der Hand und schälte sie für ihn.

»Wer überwacht den Archon?«, fragte sie beiläufig.

»Keiner.« Keenan bedeutete ihnen weiterzugehen. Ion und Mira folgten ihm dichtauf.

Dass ihn keiner überwachte, fand sie seltsam. Nebenbei reichte sie die geschälte Frucht an Ion weiter. »Ich dachte, alle Magier müssten kontrolliert werden in Lykosura. Ist der Archon etwa kein Magier?«

»Is e abe m sondafal«, antwortete Ion kauend. Mit vollen Backen grinste er sie an.

»Wenn die Welt doch nur wüsste, was für ein Scherzkeks *das Schwert Lykosuras* ist.«

Als Reaktion darauf erhielt sie ein nur noch breiteres Grinsen. Bevor er den letzten Bissen heruntergeschluckt hatte, um zu einer Erwiderung anzusetzen, erklangen die Trommeln der Stadt. Das zog jedermanns Aufmerksamkeit auf sich. Auch Mira hörte genauer hin und kam rasch zu dem Schluss, dass es sich um einen militärischen Kode handeln musste. In ihr wuchs von neuem die Sorge um Pheros und es wurde nicht besser, als sie den Blickaustausch zwischen Keenan und Ion bemerkte.

Miras Hand fand an den Arm des Soldaten. »Keenan?«

»Versio fordert weitere Truppen an«, übersetzte er für sie und hielt dann wieder inne, als eine weitere Kombination Trommelschläge erfolgte. »Auf Befehl der Ersten Waffe sollen sich Templer anschließen.«

Also war Magie im Spiel. *Verdammt!* Und sie war nicht bei ihm. Waren sie womöglich doch auf das Versteck der Namenlosen gestoßen?

Bei Aru! Sie hasste es so sehr, untätig zu sein. Vor allem nach all den Monaten, in denen sie Seite an Seite gekämpft hatten.

Ion und Keenan machten auf dem Absatz kehrt und bewegten sich in Richtung Pferde. Zwar rannten sie nicht, doch ihr Schrittgang sprach von dringlicher Eile. Mira folgte ihnen auf dem Fuße.

Kaum den Palast erreicht, kam ihnen Tyra entgegen. Sorge stand ihr deutlich ins Gesicht geschrieben. Genetor befand sich mit Pheros in Versio.

»Evaria stellt schon einen Trupp zusammen«, erklärte die Priesterin direkt an Ion gewandt.

Gemeinsam schritten sie zielstrebig in Richtung Ratssaal, von dem Mira bisher nur gehört hatte. So blieb sie mitten im Gang stehen, während Ion und Tyra eintraten. Wissend, dass man sie ohnehin nicht hineinlassen würde, wandte sie sich Keenan zu. Der blieb an ihrer Seite und blickte zerknirscht drein.

Mira schob ihn sacht an. »Geh. Ich weiß, dass du dich beteiligen willst. Ich werde in die Bibliothek gehen.«

Doch der Soldat schüttelte nur den Kopf. »Ich gab Pheros mein Wort, auf dich aufzupassen.«

»Er braucht dich jetzt dringender als ich. Ich verspreche dir, dass ich den Palast nicht verlassen werde. Ich werde dir keine Schwierigkeiten bereiten. Du findest mich in der Bibliothek, wenn du mit der Unterredung fertig bist.« Außerdem würde Pheros alle Kräfte brauchen, die ihm zur Verfügung standen. Je mehr kompetente Leute um ihn herum waren, umso eher bekam er die Situation wieder in den Griff.

»Los jetzt«, wiederholte sie und schob Keenan erneut an. Der ließ sich aber nicht bewegen. Er erstarrte sogar. Für einen langen Moment wirkte es ganz so, als driftete sein Geist ab. Sein Blick ging zur Tür, die in den Arbeitsraum des Imperators führte. Als sie sich Keenan erneut zuwandte, nickte dieser nur knapp. »Ich finde dich später.«

Keenan wandte sich ab. Kurz darauf schloss sich die Tür hinter ihm und Mira stand allein im Flur.

Die darauffolgende Stille wirkte drückend auf Mira. Sie fühlte sich mehr denn je deplatziert und nun auch vollkommen allein, während ihr Herz immer wieder Sprünge machte. Ging es ihm gut? War er womöglich verwundet?

Je länger sie so dastand, umso lauter dröhnte ihr der eigene Herzschlag in den Ohren. Irgendwann wusste sie nicht mehr, was lauter war. Die Stille, oder ihr pochendes Herz. Doch dann erfasste sie ein eiskalter Schauder und eine Stimme drang direkt aus dem Nichts an ihr Ohr.

Mira ...

17

Versio
Die silberne Stadt

PHEROS

Pheros konnte den Luftzug des Hiebs auf seiner Haut spüren. Nur knapp entkam er dem Prankenschlag des Monsters, indem er sich darunter wegrollte. Sofort kam er wieder auf die Füße, um dem Ding seine Klinge zwischen die Augen zu rammen. Zwei weitere dieser Art sandte er auf ähnliche Weise zum Namenlosen zurück. Den vierten durchbohrte ein Pfeil. Eindeutig Lykajas Handschrift. Hier und da sah er überall kleine Dolche in Häuserwänden stecken. Aseas Dolche. Wo der Flinke Schatten sich gerade herumtrieb, konnte er nicht einschätzen, aber er wusste, dass sie Tod und Verderben über diese Biester brachte.

»Pheros!«, vernahm er donnernd die Stimme Genetors.

»Zurückfallen zur nächsten Verteidigungslinie!«, befahl Pheros. Die Atempause wusste er zu nutzen, um sich nach seiner Schwester umzusehen. »Lya!«

»Verstanden!«, kam die Antwort von irgendwo über ihm. Die Erste Waffe strich sich mit dem Handrücken den Schweiß von der Stirn. Kurz darauf landete Lykaja direkt neben ihm am Boden. Sie sah erschöpft aus. Selbst die Halbmaske verbarg nicht die dunklen Augenringe. »Wir verlieren immer mehr an Boden, Bruder.«

Grimmig nickend stimmte er ihr zu.

Vor Tagen hatten sie eine verdammte Geisterstadt betreten. Dann waren die ersten dieser Biester aus ihren Löchern gekrochen. Als *Dämonen* hatte Asea diese Dinger bezeichnet. Jetzt standen sie im Zentrum eines Schlachtfeldes, das früher einmal eine belebte Stadt gewesen war. Von Flammen heimgesucht, um der Plage Herr zu werden. Irgendwo rechts von ihnen stürzte gerade eines der brennenden Gebäude ein. Hitze und Funken ergossen sich in einer einzigen großen Welle in die Gasse, in der er mit Lykaja stand. Pheros hob seinen Arm und machte sich breit, um seine Schwester abzuschirmen.

Ein wichtiger Kriegsposten ging hiermit an die Dämonenschar verloren. Ein herber Schlag für das Imperium, denn durch Versios Mine gewann das Reich Silbererz.

Die Vermutung lag nahe, dass es sich um einen Anschlag der Namenlosen handelte, doch mit Sicherheit konnte er das nicht sagen. Immerhin kam es in der Vergangenheit auch zu Fällen abtrünniger Priester, die Dämonen beschworen hatten, um sich dem Tempeldienst zu entziehen. Im Augenblick fehlte ihnen die Zeit für Ermittlungen. Zunächst waren Verteidigungslinien errichtet worden. Ausgehend vom Stadtzentrum, um einen Ausbruch dieser Plage zu verhindern. Nun patrouillierte die Schwarze Flut immer wieder durch die Stadt auf der Suche nach Überlebenden und der Gelegenheit, mehr dieser Dinger zum Namenlosen zu schicken.

»Wir müssen zur Silbermine, Pheros«, sagte die Bogenschützin. Gemeinsam bewegten sie sich zur nächsten Verteidigungslinie.

»Glaubst du, die kommen alle aus einem Loch?«

»Ich glaube, dass es zu viele sind, als dass ein paar Schadmagier sie beschworen haben könnten. Hast du jemals solche Kreaturen gesehen? Das sind keine Besessenen. Ich weiß nicht, ob Dämon hierfür die richtige Bezeichnung ist.«

Besessene sahen anders aus. Dem Wirtskörper um vieles ähnlicher. Diese Kreaturen besaßen sechs Gliedmaßen, die sie im Kampf agil einsetzen konnten. Sie waren komplett kahl. Einen Hals hatten sie nicht, aber so etwas wie einen Oberkörper, in dem kleine schwarze Augen steckten und ein Maul, das voller spitzer Zähne war. Sie erinnerten ihn an das Maul eines Sandwurms, nur deutlich kleiner. So einer Kreatur war er bisher nie begegnet.

Konnten es vielleicht Resultate irgendeines magischen Experiments sein?

Kaum hatten sie die Verteidigungslinie mit der Barrikade erreicht, kam ihnen auch schon Asea entgegen. »Die Trommeln sagen, dass Hilfe unterwegs ist.«

Gut. »Sind alle wieder zurück?«

Asea schüttelte den Kopf. »Daria ist noch nicht zurück von der Patrouille, aber sie hat Aimon und Charon dabei.«

Pheros nahm das mit einem Nicken zur Kenntnis. Um sie machte er sich keine Sorgen. Daria kannte ihre Grenzen und sie hatte zwei Waffen an ihrer Seite.

»Die lebend einzufangen ist einfach unmöglich, Bruder«, erklärte Tegeates, der gerade eines dieser Dämonendinger heranschleifte. »Wir sollten es in einen Teppich wickeln. Oder in eine Plane. Ist vermutlich keine gute Idee, es offen auf einen Pferderücken zu schnallen.«

Pheros nickte, sein Blick fiel jetzt auf Lykaja. »Ich möchte, dass du zur Hauptstadt reitest.«

Protest stand ihr deutlich ins Gesicht geschrieben. »Du brauchst jede Waffe hier, die du kriegen kannst!«

»Ich brauche Ion hier. Ich brauche Frontkämpfer.«

Die Bogenschützin mochte auch im Nahkampf überaus tödlich und gewandt sein, aber an Ions Geschick kam sie dennoch nicht heran. Daraufhin nickte sie verstehend. Pheros nächster Schritt sah vor, die Mine zu durchsuchen. Dafür brauchte er Waffen wie Genetor und Ion an seiner Seite. Außerdem musste ihnen jemand berichten, was hier vorgefallen war. Vielleicht hatte Lykaon Pläne, oder er wusste einen anderen Weg, der Lage Herr zu werden. Auch wenn der Imperator sich seit Jahren stark zurückzog und damit die Führung seinen besten Leuten überließ, so blieb er dennoch ein – an die sieben Jahrhunderte altes – Füllhorn an Erfahrung, aus dem sie schöpfen konnten.

Außerdem befand sich Mira noch immer im Palast und er fühlte sich wohler, wenn eines seiner Geschwister bei ihr war. Selbstverständlich vertraute er Keenan, doch seinen Befugnissen waren Grenzen auferlegt. Denen einer Waffe Lykaons nicht.

Bei allen Höllen! Dabei hatte er Mira versichert, nur ein oder zwei Tage fern zu blieben ...

18

Lykosura
Hauptstadt

MIRA

Mira ...

Mira folgte dem Ruf. So wie beim letzten Mal, als es Lykaons Stimme gewesen war, die sie tiefer in den Garten gelockt hatte. Eigentlich unterschied sich die mentale Stimme nicht von verbalen, aber bei Lykaon schwang immer ein seltsamer Ton mit. Als würden zwei Stimmen sprechen und versuchen, einander zu überlagern. Der Lockruf des Imperators führte sie geradewegs in sein Arbeitszimmer. Darin befand sich niemand.

... weiter ...

Sie durchquerte den Raum bis ans Ende, vorbei an einigen Regalen. Der Geruch von Lavendel und Orangen mischte sich mit dem unverwechselbaren Duft des Papiers. Das und der dezent warme Lichteinfall im Raum luden Mira dazu ein zu bleiben und sich Regal um Regal den Werken zuzuwenden. Unter anderen Umständen hätte Mira sich sicherlich dazu hinreißen lassen. Doch als *Gast* sollte sie sich besser hüten in den Sachen des Imperators zu kramen.

... fast da.

Sie drückte die Tür auf, die am Ende der Regalreihen sichtbar wurde. Da saß er, Lykaon höchst persönlich. An einem langen Tisch, in bequemer Alltagstunika, lässig die Beine ausgestreckt und die Knöchel übereinandergelegt.

»Eine Schmiede«, murmelte sie leise, während ihr Blick fasziniert umherschweifte. Nicht irgendeine Schmiede, sondern eine magische. Das Zuhause eines Formers.

Überall lagen kostbare magische Objekte verteilt auf Tischen oder in Regalen. Teilweise unvollendet oder beschädigt. Sie bemerkte auch Teile der Drachenschuppenrüstung, die die Waffen trugen. Die einzelnen Fragmente schimmerten leicht bläulich, wenn man genauer hinsah. Ein kleiner Schmelzofen befand sich an der Wandseite gegenüber der Tür und das dazugehörige Wasserbecken stand direkt daneben. Sie erkannte edle Rohstoffe wie Rosenquarz, Mondstein, einige Silberbarren und Opale. Überall funkelte und blitzte es auf. Über ihren Köpfen baumelten Wellensänger und Lichtfänger. Magische Objekte, die der Kunst dienten, Musik einzufangen oder ein schönes Lichtspiel. Da waren noch sehr viel mehr Gegenstände, doch Mira waren sie nicht bekannt.

»Du interessierst dich für die Arbeit eines Formers?«, erkundigte sich der Imperator.

Seine Worte lenkten sie fort von den Wundern an der Decke und hin zu ihm, dem Mann, den sie an solch einem Ort am wenigsten erwartet hätte.

»Ja«, antwortete sie und nahm beiläufig entgegen, was er ihr hinhielt. »Unter anderem. Warum seid Ihr hier? Wollt Ihr denn nicht am Rat teilhaben?«

Er schüttelte nur den Kopf. »Meine Kinder sind alt genug, unser Zuhause auch ohne mein Zutun zu leiten.«

Er äscherte ein Reich ein, erbaute ein neues darauf und lehnte sich dann zurück? Das glaubte sie ihm nicht. Keine

Sekunde lang. Diese dargestellte Bescheidenheit wollte einfach nicht zu dem Mann passen, über den die Barden grausame Lieder sangen.

Mira beschloss jedoch, besser keinen Kommentar dazu abzugeben und sich dafür das Objekt anzusehen, das er ihr gereicht hatte. Sie erkannte es sofort, da es sich um einen einfachen, magischen Fokus handelte. Eine kleine Figur aus Eisen, die die Form eines Wolfes besaß und sich auf ihrer Handfläche tapsend zu bewegen begann. Unwillkürlich musste sie lächeln, während sie es betrachtete.

»Lehrmeister Deren erschafft derlei Spielereien zuhauf. Es reagiert auf Magie und erwacht zum Leben, wenn ein solches Kind es in Händen hält.« Sie gab Lykaon den kleinen Wolf zurück. »Es ist der erste Magie-Fokus eines Lehrlings.«

»Schön zu hören, dass derlei Dinge noch immer Tradition haben in Helix«, kommentierte der Imperator. »Ich stelle diese hier für die Kinder des Horts her. Meine Drachen lieben sie.«

Mira starrte ihn an. »Ihr seid der Former?!«

Ihre Reaktion schien ihn zu amüsieren. »Warum so überrascht? Ich bin ein Magier.«

Langsam sank sie gegen die Kante des nächsten Tisches. »Und der Imperator. Ich hätte eher erwartet, dass ihr auf Tauben schießt, oder Wildschweine jagt und nicht ... so was ... *Nettes* macht.«

Er lachte und es klang tatsächlich ehrlich.

»Ich erkenne, warum mein Sohn einen Narren an dir gefressen hat.«

Meinte er etwa Pheros? Der Gedanke an ihn, irgendwo in Gefahr und in der Ferne, versetzte ihrem Herzen einen schmerzhaften Stich. Sie fühlte sich unwohl und nutzlos. In

Oblyvar hatten sie noch Seite an Seite um das Überleben gekämpft. Hier in Lykosura war sie hingegen teilnahmslos. Mira hasste es und würde doch nichts daran ändern. Sie konnte unmöglich für dieses Reich kämpfen. Egal, wie charmant der Imperator sie gerade anlächelte oder wie sehr sie in Sorge um Pheros verging.

Lykaon musste ihr die Sorge ansehen, denn er reagierte feinfühlig darauf. »Lykaja ist die beste Bogenschützin des Reichs. Ion der beste Schwertkämpfer und niemand stellt sich Genetor freiwillig in den Weg. Asea, Tegeates und auch Titana sind sämtliche Wege des Tötens wohlbekannt, auch die des Giftes und der Schatten. Trotz allem ist Pheros das tödlichste meiner Kinder. In ihm vereinen sich Verstand und Klinge. Er ist ein Drache und er wird selbst den nächsten Weltenbrand überleben. Um ihn musst du dich nicht sorgen.«

Das sagte er so leicht ... »Habt Ihr es erlebt? Den letzten Weltenbrand, meine ich.«

»Ich war noch ein sehr kleiner Junge, als es endete und Großinquisitorin Istara dieses dunkle Kapitel in unserer Geschichte schloss.«

»Ihr habt sie gekannt?«

Er nickte. »Eindrucksvolle Frau. Mutter von sieben Söhnen. Einer davon war dein Großvater.«

Nun kam ihr wieder in den Sinn, was er schon einmal zu ihr gesagt hatte, nämlich, dass er ihren Vater und Großvater gekannt hatte. Da er in guter Stimmung zu sein schien, wagte sie zu fragen: »Ihr kanntet meine Familie?«

Wieder lächelte Lykaon dieses wissende und überaus charmante Lächeln. »Ich war nicht immer der, der ich heute bin, junge Mira.«

Natürlich. Nur wäre sie niemals auf die Idee gekommen, dass seine mit ihrer eigenen Familiengeschichte verwoben sein könnte.

»Irgendwann erzähle ich dir vielleicht davon«, schob der Imperator hinterher. »Erzähl du mir lieber, wo du dein Myr verloren hast. Ein Kampfmagier ohne seine Geisterklinge, ist ...«

»Nur ein halber Kampfmagier«, vollendete sie den Satz für ihn und stieß dann ein hörbares Seufzen aus. »Schon klar. Ich habe auch sehr gut auf meine Klinge aufgepasst, nur bin ich zuvor auch nie von dreisten, dunkelelfischen Sklavenhändlern verschleppt worden, die ein magisches Objekt nicht von einem Besteckstück unterscheiden können.« Sie zuckte mit den Schultern, während sein Lächeln wieder wuchs. »Wahrscheinlich ist es jetzt im Besitz eines reichen Dunkelelfen, der es als hübsche Wanddekoration über dem Kamin aufgehängt hat.«

»Hm«, stieß der Imperator leise aus, wobei er sich abwandte und anfing, in einer Kiste zu kramen, die auf einer der vielen Tische stand. »Und wer wurde deine Mentorin, nachdem du den Ritus überlebtest?«

»Arica von Neva.«

»*Die Eisfürstin.* Wie ungewöhnlich.«

»Warum?«

»Weil eure Geburtselemente divergieren.«

Jetzt musste Mira lächeln. »Arica wurde zu ihrer Zeit von Set va Ankh protegiert. Königin Sol lernte von Sturmfürst Munro, dem Druiden. Jeder von ihnen ist ein Gegensatz.«

»Darum bleiben die Sturmfürsten Makhais bis zu ihrem Lebensende *unvollendet.* Man achtet also auch heute noch sorgsam darauf, dass kein Nachfolger dieselbe Ebene beherrscht, damit niemand alles kann.«

»Damit niemand seine Macht über alle Maßen ausbauen und missbrauchen kann«, korrigiert sie ihn. Das war ein sich selbst kontrollierendes Konzept. Eine Regel, die Mira für sehr wichtig hielt. Das Thema schien den Imperator aber nicht weiter zu interessieren, denn jetzt brachte er Runen an einem Spiegel an. »Was tut Ihr da?«

»Dir helfen, deine Waffe wiederzubeschaffen.«

Kopfschütteln trat sie an ihn heran, um ihm über die Schulter zu blicken. »Das ist unmöglich.«

»*Unmöglich* ist die schwache Ausrede kleiner Geister ohne Visionen, Mira Cornovier.«

Sie musste blinzeln, ehe sie den Blick auf ihn heftete. Hatte er sie gerade *kleingeistig* genannt? Zuckte da etwa sein Mundwinkel? *Aru*, was geschah hier?!

Unschlüssig, wie sie damit umgehen sollte, starrte sie ihn an, doch der Imperator ließ sich davon nicht beirren. Stattdessen griff er nach ihrer Hand. Mira war versucht, sich ihm zu entziehen, aber dann gewann doch die Neugier.

»Wenn ihr mich in eine Kröte verwandeln wollt, könnte euer tödlichster Sohn das sehr persönlich nehmen«, sagte sie und da schmunzelte er ganz offen. Die Konzentration in seinen Augen ließ aber nicht nach. Leise flüsterte er einige Worte in einer fremden Sprache. Kalte, beherrschte Macht füllte schlagartig den gesamten Raum und brachte die Luft zum Summen. Die Runensteine am Spiegel glühten. Sachte drückte er ihre Hand gegen die glatte Oberfläche. Von jetzt auf nachher spürte sie wieder die Verbindung zu ihrem Myr. Jeder Kampfmagier besaß ein intuitives Empfinden für seine Waffe, eine Art mentale Verbindung und nun – nach all den Monaten – spürte sie sie wieder. Ihre maßgefertigte, magisch erschaffene Waffe. Im Hintergrund zerbarst etwas, aber Mira war viel zu gefesselt von der Macht, die Lykaon kanalisierte, und ihrer wiedererwachten Verbindung zur geliebten Geisterklinge. Ihr eigenes Spiegelbild schwand. Dafür blickte sie jetzt in eine Art Abstellkammer. Sie erkannte Besen, Eimer und einen Wischmopp. Ein Regal mit Leinentüchern und vielen anderen Utensilien, die erkennbar zur Reinigung eines Raumes verwendet wurden. Rund. Die Kammer war rund! Ebenso das Möbelstück. Elfische Architektur und dann ein Aufblitzen im Augenwinkel. Etwas aus dem Schrank schwebte zu ihr. Nur einen Herzschlag später hielt sie ihr Myr in der Hand. Die vielen kleinen Glieder, aus dem das Metall bestand, ordneten sich zu einer dünnen Linie an, die sich schlängelnd um ihren Unterarm legten.

»Windreisen!«, hauchte Mira voller Ehrfurcht, während sie zwischen Lykaon und ihrer Waffe hin und her blickte. Nur so konnte sie sich dieses Wunder erklären. Unglaublich! Dieses Talent allein war schon unfassbar selten unter Magierin. Einzig den Wassergeborenen und Windgeborenen Magiern vorbehalten, den sogenannten fließenden Elementen.

»Wie ...«, stammelte sie. Ein einziges Wirrwarr an Fakten, Fragen, Unglauben, Staunen, Freude und ... Dankbarkeit. Und da erschien es wieder. Sein charmantes, liebenswürdiges Lächeln.

»Gern geschehen.«

Lykaon gestattete ihr das Tragen der Geisterklinge. Er nannte es *Vertrauensvorschuss*. Nun befand sich das glänzende Metall in seinem Ruhezustand an ihrem Unterarm. Lykaon und Tyra begleiteten sie heute zum Marktplatz. Ebenso wie Ion und Keenan, die mit wenigen Schritten hinter ihnen Abstand hielten, während Mira mit dem Imperator über magische Wunder und verbotene Schwüre debattierte. Ein paar der Palastwachen hatten sich am Rande des Marktplatzes postiert. Obwohl Mira Lykaon gegenüber noch immer reichlich Misstrauen aufbrachte, empfand sie die Konversionen mit ihm doch sehr anregend. Mit seinen siebenhundert Wintern musste er der älteste noch lebende Sturmfürst Ereas sein. Kein Wunder also, dass er über unglaubliche Fertigkeiten verfügte. Wie viele Ebenen der Magie er wohl inzwischen beherrschte?

Formen, Elementarmagie und das Fünfte Element konnten doch niemals alles sein. Was noch? Beschwören? Illusionen? Heilmagie? Astrologie? Wahrsagung? Es gab so viele Disziplinen! Inzwischen war sie dankbar für jede Ablenkung, um nicht an Pheros zu denken und die damit verbundene Sorge, die sich immer tiefer in ihr Herz grub.

Tag vier seit seinem Aufbruch nach Versio und niemand in der Hauptstadt hatte eine Ahnung davon, was dort vor sich ging.

»War das die erste Ebene, die Ihr bewältigt habt?«, erkundigte sie sich bei Lykaon. »Die Schmiede meine ich. Wart Ihr zuallererst ein Former?«

»Ich war zuallererst ein Kampfmagier wie du. Ein Wassergeborener Kampfmagier, um genauer zu sein.«

Erstaunt über diese Offenheit blieb sie stehen.

»Zu meiner Zeit waren wir ein eigenständiger Orden und nicht Teil eines militärischen Apparates.«

Mira konnte kaum glauben, was er ihr offenbarte. Natürlich wollte sie die Gunst der Stunde nutzen und ihm ein paar Fragen dazu stellen. Sie öffneten auch die Lippen, um eine Flut an Fragen loszuwerden, als ihr plötzlich der widerliche Geruch des Todes in die Nase stieg. Das alarmierte sie und ließ sie alles andere sofort vergessen.

Nur einen Wimpernschlag später riss sie eine Druckwelle von den Füßen. Sie prallte gegen Keenan und gemeinsam krachten sie in den nächsten Obststand. Holz barst unter dem Aufprall ihrer Körper und Obst zerplatzte. Ein scheußliches Knacken kratzte an ihrem Trommelfell, bevor ein Schlag gegen den Kopf ihr das Bewusstsein raubte. Allumfassende Schwärze umfing sie und spuckte sie ebenso rasch wieder aus, wie sie sie verschlungen hatte.

Direkt an einen Ort, wo das Chaos regierte.

Instinktiv zog sie Luft in ihre Lungen und hustete wegen des dichten Rauchs, der ihr in die Kehle kroch. Noch immer dieser Gestank! Namenlose!

»Keenan!«, presste sie kaum hörbar hervor. »Ion!«

Anstelle der beiden Krieger erfassten ihre Augen die Blumenverkäuferin. Eine Metallstange, die man für den Pavillon eines Standes benutzte, ragte aus ihrer Brust. Ihre freundlichen braunen Augen starrten ins Leere. Blut ran ihr aus den Mundwinkeln.

Als Miras Blick weiterwanderte, drehte sich ihr der Magen um. Da lag der Hufschmied in seiner eigenen Blutlache. Neben einer der kichernden Novizinnen, die Pheros schüchtern aus der Ferne beobachtet hatten, während sie gemeinsam durch die Stadt geritten waren. Nicht unweit von ihnen erspähte Mira die Bäckerin mit den süßen Brötchen, die Keenan immer bei ihr kaufte, weil Arran diese so mochte. Sie lag grotesk verdreht über der Auslage ihres Geschäftes. Das schöne bunte Glas, mit dem ihr Geschäft gekennzeichnet war, lag in tausend Splittern zerstreut am Boden.

Vermischt mit dem Blut seiner Besitzerin.

Miras Übelkeit wurde rasch von dem bitteren Gefühl der Traurigkeit verdrängt. Durch ihre vielen Besuche auf dem Markt kannte sie jeden von ihnen beim Namen. Jeder von ihnen hinterließ Familie, zu der sie jetzt nicht mehr zurückkehren konnten.

Der Traurigkeit folgte ein übermächtiger Zorn, der das Blut in ihren Adern zum knistern brachte.

Jetzt wurde ihr Blick von einem Mann in Grau angezogen, der gerade an ihr vorbeischritt, um sich zwei kauernden Gestalten am Boden zu nähern. Tyra und Lykaon. Die Magierin presste eine Hand auf den Bauch des Imperators. Er war verwundet. Schwer. Sein Blut sammelte sich bereits in einer Pfütze unter ihm. Tyras Gesicht vor Anstrengung und Furcht zu einer Grimasse verzogen, als sie den Mann in Grau auf sich zutreten sah.

»Nein!«, rief die Heilerin voller Verzweiflung. Mit der freien Hand versuchte sie, einen Schild zu wirken, doch der Kultist zerschmetterte diesen mit einer Salve schwarzer Energie.

Dunkler Kanal, schoss es Mira durch den Kopf. *Schadmagie in Reinform.*

Mit weit ausholenden Armen erschuf er einen Feuerball. Schwarzes unheiliges Feuer verbreitete den widerlichen Gestank von Schwefel. Bereit, den letzten tödlichen Schlag auszuführen, um Imperator und Priesterin zu Asche zu verdammen, sprach er einen Vers, den Mira nicht kannte, sehr wohl aber verstand.

Silbriges Metall blitzte auf und schloss sich um das Handgelenk des Schadmagiers. Ein kräftiger Ruck folgte. Schwarze Flammen erloschen augenblicklich, als Mira eine tödliche Ladung Energie durch ihr Myr lenkte und direkt in dessen Leib versenkte. Der erstickte Schrei des Mannes verendete in einer qualmenden Wolke, die seinen Mund verließ. Der rauchende Körper ging zu Boden, doch die Kampfmagierin schenke ihm keinen zweiten Blick, sondern erhob sich mit zuckenden Blitzen, die um ihre Finger und in ihren Augen tanzten. Ihr Rücken schmerzte, ihre Muskeln brannten und sie schmeckte Blut im Mund, aber ihre Wut brannte um ein Vielfaches heißer.

Namenlose kamen nie allein. Auch dieser hatte Freunde mitgebracht.

Heute würden sie bezahlen für das, was sie diesen unschuldigen Leuten angetan hatten. Diesmal bezahlten diese elenden, feigen Hunde mit Blut!

Einer der Kuttenträger blieb direkt neben ihr stehen. »Wir haben keinen Streit mit dir, Magierin! Überlass ihn uns und wir lassen dich am Leben.«

Mira spuckte ihm direkt vor die Füße und wartete nicht erst dessen Reaktion ab oder die seiner Freunde, die nur wenige Meter von ihm entfernt standen. Einen Atemzug später befahl sie ihrem Myr, zum Schwert zu werden. Blitze schlängelten sich knisternd und zischend um das Metall der Klinge. Ohne hinzusehen riss sie die Spitze hoch und teilte dem Mistkerl den Brustkorb in zwei. Myr schnitt durch dessen Körper wie ein heißes Messer durch Butter.

Ihr ganzer Zorn entlud sich in einer einzigen, tödlichen Woge gleißend weißen Lichts, gespeist mit der Energie des Himmels. Eben dieser verdunkelte sich unter der Last ihrer Gefühle. Wind erhob sich, riss an ihrer Kleidung. Platzregen setze ein. Das Chaos verschlang die Schreie der Verletzten. Miras Welt schrumpfte zu einer winzigen Blase zusammen, in der nichts existierte außer den Schadmagiern. Die starrten teilweise überrascht, teilweise schockiert zwischen Mira und dem zweigeteilten Kameraden hin und her.

Niemals zögern, hatte Pheros sie gelehrt.

Die Klinge in der einen Hand, wirkte die andere in kurzen Abständen mehrere Schockwellen. Wie das Schlagen auf einer Trommel. Die Kraft, die dabei freigesetzt wurde, presste die Namenlosen zu Boden und hielt sie auch dort, während Mira unbeirrt auf sie zutrat.

Beende es rasch. Lass keinen Spielraum für einen Gegenangriff, den du womöglich nicht kommen siehst.

Auch diese Lektion setzte sie um. Bis nur noch rauchende, leblose Körper am Boden lagen. Dann erst rief sie ihre Geisterklinge zurück. Leise singend wand sich das Metall zurück an ihren Unterarm. Blut tropfte davon über ihre Finger zu Boden, doch der Regen wischte alles hinfort. Einen Moment lang beobachtete sie, wie das Rot zwischen den Rillen im Erdboden verschwand. Als hauste unter den steinigen Platten ein Ungetüm, das Blut und Leben verschlang. Auch in Mira wohnte ein solches Monster. Wut und Dunkelheit lechzten nach mehr, doch da gab es nichts mehr, mit dem sie es füttern könnte ...

»Mira?«

Langsam wandte sie sich um. Keenan und Ion standen nur wenige Schritte hinter ihr. Die Augen weit aufgerissen. Offensichtlich hatten sie nicht mit einer Intervention ihrerseits gerechnet. Vermutlich auch nicht mit der Macht, die sie entfesseln konnte, oder dem Anblick, den sie ihnen bot. Es erinnerte sie daran, sich zu zügeln. Ein paarmal tief durchatmend, rief sie den Sturm zurück, der sich über ihrem Kopf zusammengebraut hatte. Es hörte auf zu regnen und auch die dichten Wolken zogen sich nach und nach zurück. Tyra, deren Hand noch immer auf Lykaons Wunde drückte, zog Miras Aufmerksamkeit auf sich. Keenan und Ion tauschten unsichere Blicke aus, doch Mira gab ihnen mit einer Geste zu verstehen, dass sie sich wieder unter Kontrolle hatte.

Eine Gruppe von Stadtwächtern stürmte jetzt den Platz. Keenan wandte sich ihnen zu, während Mira und Ion sich zum Imperator auf die Knie begaben. Ehrliche Sorge zeichnete die Miene der Waffe, als er die Hand Lykaons ergriff. Diesem fiel das Atmen sichtlich schwerer, was Mira nicht viel Zeit gab, eine Entscheidung zu treffen.

»Mira, nicht!«, wehrte sich die Priesterin, als die Sturmfürstin versuchte, ihre Hand von Lykaons Wunde zu ziehen.

»Willst du, dass er überlebt?«, fragte Mira gereizt. »Dann nimm die Hand da weg!«

Skepsis lag im Blick des Imperators, was ihr ein schnaubendes Lachen entlockte. Abwartend sah sie ihn an. Was auch immer er in ihren Augen zu erkennen suchte, er schien es zu finden, denn er nickte zustimmend.

Zwei Finger fanden an Miras Lippen, um den Vers der Heilung zu sprechen. Dann legte sie den Zauber, um Blutungen zu stillen, wie ein feingliedriges Geflecht aus silbernen Fäden über seine Wunde. Nur leider hatte er schon zu viel Blut verloren, was seine ungesunde weiße Gesichtsfarbe deutlich machte.

Aru mochte ihr beistehen, aber sie musste mehr tun.

19

PHEROS

Vollkommene Stille lag über der Hauptstadt des Reichs. Wären da nicht dutzende von Laternen, die gen Himmel aufstiegen, hätte man fast vermuten können, dass die Vorfälle von Versio sich hier wiederholten.

Nin sei Dank zogen hier keine Dämonen durch die Straßen, sondern Menschen, die Trauerlieder sangen und damit der Verstorbenen gedachten. Die Stadt trauerte.

Zwischen Lykaja und Pheros fiel keine Silbe, während sie zielstrebig in Richtung Palast ritten. Eigentlich sollte nur die Bogenschützin zurückkommen, doch als die Trommeln einen erneuten Anschlag auf den Imperator verkündet hatten, war auch Pheros aufgesessen.

Asea, Genetor und Tegeates hielten weiterhin die Stellung in Versio.

Im Norden führten sie weiterhin Krieg, während im südlichsten Maru die Aufstände tobten und jetzt kamen auch noch vermehrte Angriffe von einem Haufen Fanatiker hinzu.

Wenn man den Berichten der Spione Glauben schenken dürfte, dann erging es Makhai nicht viel besser. Die Namenlosen suchten auch sie heim. Man vermutete, dass dieser Umstand Makhai in ihren Kriegsbemühungen deutlich zurückwerfen würde.

Neue Strategien mussten entwickeln werden. Deshalb kehrte er mit Lykaja zurück in die Hauptstadt. Außerdem konnte er so Mira wiedersehen, selbst wenn es nur für ein paar Stunden oder einen Tag war.

Tyra stand bereits wartend zwischen zwei Säulen, als sie den Palast erreichten. Pheros nahm ihr die Enttäuschung nicht übel, die ihre Mimik verdunkelte, als sie nur Lykaja und ihn ankommen sah.

»Wir haben Versio verloren«, verkündete er. Die Details dazu mussten im morgigen Rat besprochen werden.

»Genetor geht es gut. Er ist stark und zornig, wie immer«, schob Lykaja hinterher.

Bestürzung lag im Blick der Heilerin. »Was? Wie? Und an wen? Die Namenlosen?«

Pheros sah zu Lykaja, die gerade die Leiche des Dämons vom Sattel schnallte.

»Vielleicht« antwortet sie für Pheros. »Wir wissen es noch nicht genau.«

»Keine Zeit für Ermittlungen gehabt?«, erkundigte sich Ion, der nun hinter Tyra aus dem Schatten trat. Er ging Lykaja zur Hand.

»Das ist eines der Biester, die in Versio ihr Unwesen treiben. Wir bringen das Monster ins Labor ...«

»Nein«, kam es zeitgleich von Tyra und Ion.

Die Bogenschützin hievte das in Stoff gehüllte Ding auf Ions Schulter. »Warum nicht?«

»Vater und Mira ruhen sich dort aus«, beantwortete Ion die Frage.

Pheros Blick zuckte zu Ion. »Was ist mit Mira?«

»Es geht ihr gut!«, versicherte Tyra ihm schnell, wobei sie eine Hand in beruhigender Geste auf seinen Unterarm legte.

Ion lächelte schmal. »Deine Magierin sollte man besser nicht verärgern. Sie hat die Namenlosen zu einem Häufchen Asche verarbeitet.«

Eine Mischung aus Stolz und Sorge regte sich in Pheros Brust. Begleitet von einem Haufen Fragen.

Tyra wirkte erschöpft. »Sie hat uns gerettet. Lykaon und mich.«

Bei dieser unerwarteten Offenbarung entgleisten Lykaja und Pheros sämtliche Gesichtszüge. Pheros musste sie sehen.

Jetzt.

Mit ihr sprechen, ihre Stimme hören, sie berühren und erfahren, was zum Namenlosen hier eigentlich los gewesen war! Und vor allem musste er wissen, was sie dazu bewogen hatte, den Imperator zu retten.

Wie von Ion beschrieben, fand er beide oben auf der Galerie. Nahe des Kamins kauerten zwei Gestalten auf einem Sessel und dem langen Divan. Pheros konnte Miras ruhiges, gleichmäßig schlagendes Herz hören, noch bevor er sie selbst erreichte. Ein Takt, der ihm so vertraut war wie sein eigener.

Lykaon lag eingehüllt in einer Decke auf dem Divan, während Mira auf dem Sessel daneben saß. Die Knie angezogen und mit einem Arm auf der breiten Sessellehne den Kopf abgestützt. Lose hingen ihr Strähnen aus dem geflochtenen Haar. Sie trug eine hoch taillierte Hose mit breitem Bund und ein weißes Hemd, das darin verschwand. Spuren des Kampfes hafteten noch an ihr und er roch getrocknetes Blut. War sie ebenfalls verletzt worden?

Bei näherer Betrachtung erkannte die Erste Waffe, dass ihre Hände miteinander verflochten waren. Physisch und durch Magie. Miras Magie. Er roch es und erkannte die hellen Fäden, wie aus Licht gesponnen, die beide miteinander verband. Was auch immer sie da tat, es half dem Imperator. Pheros konnte hören, wie dessen Herzschlag immer kräftiger wurde.

Langsam ging Pheros auf beide zu, bemüht, die knarzenden Holzbalken nicht zu sehr zu belasten, damit er sie nicht aufweckte. Sie hatte die Namenlosen getötet. Dieser Teil der Geschichte versetzte ihn nicht in Erstaunen. Er wusste, wozu sie fähig war. Was ihn beschäftigte, war viel mehr die Frage nach dem warum. Warum hatte sie den Imperator beschützt? Dürfte er hoffen, dass sich ihre Haltung dem Reich gegenüber verändert hatte?

Vermutlich nicht. Leider war sie zu sehr Makhai. Mutig und loyal, aber nicht blind und sie wählte stets das geringere Übel, wenn ihr sonst keine andere Wahl blieb.

Direkt neben ihrem Sessel ging er in die Hocke. Leise knirschte dabei das Leder seiner Rüstung. Das schien bereits auszureichen, denn plötzlich kam Regung in ihre Gesichtszüge. Blaugrüne Augen weiteten sich vor Überraschung, als sie ihn erfasste. Auf ihren Lippen formte sich lautlos sein Name, während ihre freie Hand an seine Wange fand. Er sah Wärme und ehrliche Freude in ihren Augen erwachen. Auch den Wunsch, ihn in die Arme zu schließen, doch sie hielt sich rechtzeitig zurück, war sie doch noch mit dem schlafenden Imperator verbunden. Dennoch lächelte sie ihn an, wie nur sie ihn anlächeln konnte, und sein Herz sang.

Wenigstens in den ersten Augenblicken, bis sie realisierte, wie er aussah. Ein Umstand, den er völlig verdrängt hatte. Vier Tage kämpfen, schlechtes Essen und kaum Schlaf. Wahrscheinlich wäre es besser gewesen, sich vorher zu waschen, aber der Wunsch, sie zu sehen, war größer gewesen. Der Lohn dafür umso vieles kostbarer. Dieses Lächeln, bevor Sorge ihren Blick getrübt hatte, es strahlte vor allem durch ihre Augen. Für die Dauer dieser wenigen Herzschläge hatte es allein ihm gehört.

Mit den Fingern fuhr sie ihm ins Haar, doch er schnappte sich ihre Hand und setzte einen Kuss auf die Handfläche. Dabei hielten sie einander mit Blicken fest.

»Ich löse dich ab, Mira«, flüsterte Tyra von irgendwo hinter ihnen, was den Moment zerstörte, ihn aber dennoch nicht motivierte, sich von Mira zu lösen. Erst als die Sturmfürstin ihn sanft mit dem Daumen anstieß und in Richtung Tyra nickte, erhob sich die Erste Waffe Lykaons dann doch.

Die Priesterin richtete ihre nächsten Worte zunächst an ihn. »Geh dich waschen. Heute Nacht wird es ohnehin keine Sitzung mehr geben. Die Totenwache wird bis zum Morgengrauen andauern und du siehst fast selbst aus wie eine Leiche.«

Mit gehobener Augenbraue sah er an sich herab und als er den Blick wieder hob, fing er Miras Schmunzeln ein. Allerdings kommentierte sie Tyras Worte eben so wenig wie er. Sie gab ihm jedoch mit einer Geste zu verstehen, dass sie folgen würde, sobald sie hier fertig war. Daher beschloss Pheros, Tyra den Gefallen zu tun. Er verabschiedete sich mit einem längeren Blick auf Mira, den sie hielt, bis er außer Sichtweite war.

Tatsächlich war Pheros dankbar für das Bad. Die Wärme des Wassers und die Erschöpfung brachten ihn beinahe dazu, einzuschlafen. Einige Speisen lagen auf einem Tablett in der Nähe, doch Pheros hatte nur etwas Brot und Trockenfleisch angenagt. Er war einfach zu müde. Selbst sein Appetit hielt ihn nicht wach genug. Nur der Gedanke an Mira. Er wollte sie wenigstens noch einmal sehen, bevor er Schlaf nachholte. Nin beschloss, ihm diesen Wunsch zu erfüllen, denn genau in jenem Moment, als er sich abgetrocknet und eine Hose übergestreift hatte, hörte er sie eintreten. Das leise Rascheln von Stoff begleitete ihre Schritte, bevor sie in seine Arme stürzte.

Den Kriegstisch am darauffolgenden Morgen betrat er dank Mira ausgeruht und mit klarem Verstand. Wortlos hatte sie ihn mit sich ins Bett gezogen, wo er beinahe sofort in einen erholsamen, traumlosen Schlaf gesunken war.

Heute fanden sich nicht nur Waffen, sondern auch Templer, Palastwächter und Hauptleute der Schwarzen Streitwacht am Kriegstisch ein. Zunächst tauschte man Informationen aus und brachte sich gegenseitig auf den neuesten Stand. Danach lasteten alle Blicke auf ihm, dem obersten Berater und Beschützer des Reichs.

Beginnen wollte er mit den Aufständen in Maru, was seinen Blick direkt zu Titana lenkte. »Finde heraus, was wirklich los ist. Sind das nur vereinzelte Aufstände, oder braut sich in den Tiefen der Goldenen Stadt mehr zusammen?«

Der Schöne Tod nickte. »Verstanden.«

Als nächstes galt es, Versios Problem zu lösen. Dafür wandte er sich an Evaria. »Wir müssen in diese Mine vordringen und sicherstellen, dass von dort aus keine weiteren Kreaturen an die Oberfläche gelangen.«

»Einen größeren Trupp habe ich längst nach Versio entsandt. Wen wirst du mitschicken?«

»Ich habe Teg und Asea zurück in die Hauptstadt gerufen. Sobald sie eintreffen, werde ich mich zusammen mit Genetor und Ion um Versio kümmern. Asea und Teg bleiben hier. Sie werden nach dem Rattenloch suchen, in dem die Namenlosen sich verkrochen haben.«

Ihre Angriffe kamen zu rasch und mussten keine Mauer überwinden. Natürlich dachte er dabei an eine Zuflucht wie in Avium. Deshalb hatte er einigen Palastgelehrten den Auftrag erteilt, die alten Schriften nach Hinweisen zu durchforsten.

»Leider hat die Magierin niemanden am Leben gelassen«, sagte Charon »Wir hätten einen von ihnen gefangen nehmen können, um ihn auszuquetschen.«

Pheros schüttelte den Kopf. »Bevor das geschieht, bringen sie sich selbst um. Ich habe das schon in Oblyvar erlebt. Sie verfügen über magische Schutzvorrichtungen, um eine Gefangennahme zu vereiteln. Die Zauber lösen eine Sprengung oder Gift aus.«

Ja, dachte Pheros grimmig. Mit solchen Gegnern hatten sie es inzwischen zu tun. Sein Blick kehrte zu Evaria zurück. »Ich gehe fest davon aus, dass du Asea und Tegeates bei ihren Bemühungen zur Seite stehen wirst.«

Sie hob das Kinn. »Natürlich.«

Mehr brauchte er nicht. Dann blieb nur noch Lykaja übrig. »Du bleibst hier und vertrittst mich.«

Die Bogenschützin nickte.

»Wie sieht es an der Grenze zu Kaukon aus?«, erkundigte er sich bei Titana.

»Nachdem wir Kromoi verloren haben, mussten wir uns nach Luszan zurückziehen. Ich habe die Drillinge entsandt. Sie haben Anweisung, nicht anzugreifen, sondern lediglich die Linie zu halten. Bis wir die anderen Brände im Reich gelöscht haben, erschien mir das am sinnvollsten.«

»Gut«, sagte Pheros. Ein letztes Mal ließ er noch den Blick über die Anwesenden schweifen. »Alle haben ihre Aufgaben. Gehen wir es an.«

Damit beendet er die Sitzung und der Raum leerte sich zusehends. Auch Pheros wollte sich zurückziehen, doch Lykaja streifte seinen Arm, wodurch sie ihm über ihre Gabe anbahnenden Ärger vermittelte. Da Evaria als Einzige noch am Platz stand, während der Rest den Raum verlassen hatte, konnte dieser Ärger nur aus ihrer Richtung kommen. Er spürte ihren bohrenden Blick auf sich lasten.

»Sprich aus, was du zu sagen hast«, forderte er sie auf. Nebenbei rollte er die Karten ein.

»Du bandelst mit einer Makhai an? Im gesamten Palast wird darüber getratscht.« Langsam kam sie auf ihn zu, wobei ihre Schritte ihn an die Bewegung einer Schlange erinnerten, die kurz davorstand, zischend ihre giftigen Zähne zu entblößen. »Sie ist der Feind!«

»*Sie* ist *Gast* in diesem Reich und *sie* hat das Leben des Imperators gerettet.«

»Und du glaubst, sie tat es aus Selbstlosigkeit?«

Nein, das glaubte er nicht, doch Miras Beweggründe taten hier nichts zur Sache. Nun stand Evaria kaum eine Handbreit von ihm entfernt und sah zu ihm auf. Zu seiner Überraschung schwand das Gift aus ihrem Blick und machte einer offenen Verletzlichkeit Platz, die er ihr niemals zugetraut hätte.

»Evaria, was willst du von mir?«, stellte er die Frage, die er schon vor Jahren hätte stellen sollen, als diese Affäre begonnen hatte, ihre Freundschaft zu verdrängen. Bisher hatte er nur nie das Bedürfnis verspürt, ihr Arrangement näher definieren zu müssen. Den Sex mal außen vor gelassen, schätzte er Evaria für ihre Klugheit und Fähigkeiten als Anführerin.

Ihre Hand fand an seine Brust. »Das weißt du nicht? Nach all den Jahren ist dir noch immer nicht klar, was du mir bedeutest?«

Sein Blick senkte sich hinab auf ihre Hand. »Ich hatte bisher nicht den Eindruck, dass es dir an Verehrern mangelte.«

Nicht nur mit ihm hatte sie das Lager geteilt, das wusste er mit Sicherheit. Also welchem Zweck diente dieses Schauspiel hier? Es mangelte ihm an Geduld, das jetzt ewig in die Länge zu ziehen.

»Doch nur, um dich eifersüchtig zu machen!«, sprudelte es ungehalten aus ihr heraus.

Er zog ihre Hand von seiner Brust und fand mit wenigen Schritten Abstand zu ihr. »Ich war nie eifersüchtig und wenn du darauf hoffst, wartest du vergebens.«

Sie zuckte zurück, als hätte er ihr eine Ohrfeige verpasst. Selbst wenn es Mira in seinem Leben nicht gäbe und selbst wenn er sie am Ende nach Makhai zurückbrachte, auch dann würden sich seine Gefühle Evaria gegenüber nicht verändern. Die Templerin war empathisch genug, das zu erkennen, wobei ihr stolz erhobenes Kinn nicht darüber hinwegtäuschen konnte, wie verletzt sie in Wirklichkeit sein musste.

»Diese Unterhaltung ist sinnlos, Eva. Es ist uns nicht erlaubt, jemals Familie zu haben. Warum sprechen wir dann über Bindungen, die wir ohnehin nicht eingehen können?«

»Ich suche nicht nach einem Ehemann!«

»Was soll das hier dann?«

»Ich will, was wir hatten.« Als wäre es beschlossene Sache, drängte sie sich erneut gegen ihn, doch Pheros legte eine

Hand bestimmend auf ihre Schulter, um sie auf Abstand zu halten.

»Was ist nur los mit dir?!«, fuhr sie ihn an. Dabei legte sie reichlich Abscheu in ihre Betonung. »Hat dich diese Hexe verzaubert? Ich erkenne dich nicht wieder!«

Warnung sprach aus seinem Blick, denn er verstand ihre unterschwellige Drohung sehr wohl. »Vorsicht, Evaria. Mira steht unter meinem Schutz. Komm nicht auf dumme Ideen.«

»Ich tue das, was meine Pflicht verlangt.«

Darüber konnte er nur den Kopf schütteln. »Das hier ist deiner unwürdig.« Auch diese Worte verfehlten ihr Ziel nicht. Pheros erkannte es an ihrem Blick, der sich schlagartig verschloss. Die Paladin straffte die Schultern und machte kehrt.

Da er selbst nur noch abwarten konnte, bis Tegeates und Asea zurückkamen, beschloss er, nach Mira zu suchen. Zurück in seinen Räumen, wo er sie zuletzt verlassen hatte, stand das Bett jedoch leer. Auch in ihrem Gästezimmer war sie nicht anzutreffen. Selbst in der Bibliothek konnte er sie nicht aufspüren. Unruhe erfasste ihn und der Drache unter seiner Haut wurde wachsam. Pheros ermahnte sich selbst zur Ruhe und traf dabei auf ein völlig anderes Gefühl. Einer Intuition gleich, folgte er dieser Regung bis zum Arbeitszimmer des Imperators. Zusammen mit Tyra, Ion und Lykaja stand sie um die Leiche des Dämons herum, die sie aus Versio mitgebracht hatten, drapiert auf einem der Tische.

Als die Anwesenden ihn bemerkten, hoben sie nur kurz die Gesichter in seine Richtung. Pheros' Blick streifte jeden davon und blieb einen Moment länger bei Miras Augen. Dabei erhaschte er das kleine Lächeln auf ihren Lippen, auf das er gehofft hatte.

Dieser Moment blieb vom Rest unbeachtet, da sie sich mehr für das Ding auf dem Tisch interessierten. So bemerkten auch niemand die kleine Geste der Zuneigung, die er mit Mira teilte, als sich ihre Fingerspitze berührten, während er an ihr vorbeiging.

Lykaons Gesichtsfarbe wirkte deutlich gesünder. Die Haltung noch etwas steif, aber insgesamt doch deutlich vitaler, als Pheros ihm so kurz nach dem Anschlag zugetraut hätte. Lykaja und Ion lehnten am gegenüberliegenden Tisch und beobachteten die Magier bei ihrem Handwerk. Pheros gesellte sich zu ihnen, um den Experten nicht im Weg zu stehen. Lykaon und Mira trugen eine Schürze und irgendwo im Hintergrund hörte Pheros es köcheln.

»Haben wir schon irgendwelche Erkenntnisse gewinnen können?«, erkundigte er sich nach einer kleinen Weile. Alle drei Magier schüttelten den Kopf.

»Und du hast so etwas auch noch nie gesehen?«

Die Frage galt Lykaon, was dieser mit einem erneuten Kopfschütteln beantworte. Dann ging er dazu über, sich die Klauen der Kreatur genauer anzusehen. »Wurde jemand nur verwundet, nicht getötet?«

»Einige«, erwiderte Pheros. Dabei bemerkte er den Blickwechsel zwischen den Magiern. Sie wirkten beunruhigt, aber nicht alarmiert. Noch bevor Pheros fragen konnte, wandte sich Mira direkt an ihn. »Waren die Blutungen zu stoppen gewesen?«

Pheros nickte.

»Keine Infektion?«

»Nicht in den Tagen, in denen ich anwesend war.«

Lykaon bedeutete Tyra, etwas zu bringen, während Mira drum herum schritt und ihm die Krallenhand des Dämons abnahm. Lykaon selbst wandte sich einem Regal mit Kräutern und anderen magischen Utensilien zu.

»Wie kommt es eigentlich, dass *Fünkchen* uns hierbei unterstützt?«, fragte Ion. Dabei schlug er einen neckischen Tonfall an, der eindeutig Mira galt. Sie warf ihm einen warnenden Seitenblick zu.

Pheros verschränkte die Arme vor der Brust und sah seinen Bruder mit gehobener Augenbraue an. »Fünkchen?«

»Seit ich die Namenlosen auf dem Marktplatz erledigt habe, nennt er mich so«, klärte Mira ihn auf. Tyra reichte ihr ein Messer und schob auch eine Schale hinterher.

Ion stieß ein Schnauben aus. »Hättest du das Funkenspektakel gesehen und die Klinge, mit der sie herumgewirbelt ist, wären dir noch ganz andere Begriffe eingefallen.«

Sein Blick wanderte über ihre Gestalt, doch Mira trug keine Waffen bei sich. Ihr entging sein Blick nicht, weshalb sie sagte: »Der Imperator hat mein Myr wiederbeschafft.«

Sie lächelte nur und formte tonlos mit den Lippen ein *später*. Lykaon selbst schenkte dem Gespräch keine Beachtung. Stattdessen kramte er hoch konzentriert in seinem Gewürzregal. Auch Miras Miene verdunkelte sich, während sie mit dem Messer sorgfältig einige Schichten der Krallen abtrug. Die Fasern fing sie mit der Schale darunter auf.

Lykaja kam in Bewegung. »Wonach genau sucht ihr? Können wir helfen?«

Da kehrte Lykaon zu ihnen zurück, in den Armen eine Schüssel haltend. Der Inhalt sah aus wie Gestrüpp und Kräuter. Es roch sehr komplex. Teilweise fruchtig und dann wieder erdig.

»Ihr drei habt doch einen Verdacht«, sprach Pheros seinen nächsten Gedanken aus.

»Wir versuchen herauszufinden, ob diese Kreaturen eine magische Erschaffung sind, oder eine natürliche Mutation,« klärte Tyra auf.

Lykaon schüttelte den Kopf. »Keine der Namenlosen Kreaturen sind natürlichen Ursprungs, Tyra. Weder Orks, noch Schattenwanderer oder Trolle. Sie sind alle das Resultat magischer Einflussnahme auf die Natur.«

Tyra runzelte die Stirn. »Aber selbst Ghule entwickelten sich mit den Jahrhunderten weiter. So entstanden aus den ersten Ghulen Jahrhunderte später Nachtgeister und weitere Unterarten der heutigen Nekrophagen.«

Lykaon bedeutete den beiden Frauen, zurückzutreten, was sie auch sofort taten, bevor er die letzte Zutat in die Schüssel warf. Als die Krallenfasern auf den Inhalt der Schüssel trafen, stieg Qualm auf. Roter Rauch, den die drei nun sehr lange anstarrten.

Pheros war versucht zu fragen, als Mira sich plötzlich abwandte und das Ding auf dem Tisch zu untersuchen begann.

»Helft mir, es umzudrehen«, bat sie die drei Waffen. Sie kamen ihrer Bitte nach und verschoben die Kreatur je nach Anweisung in die gewünschte Position.

»Wonach suchst du?«, fragte Lykaja, doch da schien Mira auch schon drauf gestoßen zu sein. Ein leiser Fluch stahl sich von ihren Lippen. Sie lehnte sich zur Seite, um die Sicht auf eine Narbe freizugeben, die sich auf dem Rücken der Kreatur abzeichnete.

Tyra wurde blass und sie hielt sich die Hand vor den Mund.

Mira gab der Erkenntnis einen Namen. »Transformation.«

Lykaons Blick wurde immer finsterer, je länger er auf die

tote Kreatur starrte. Seine nächsten Worte galten Pheros und Lykaja. »Ihr habt keine Leichen gefunden und nur wenige retten können?«

Sie nickten und nun bekam auch er eine schreckliche Ahnung.

»Diese Narbe ist alt und sie stammt nicht von Krallen oder Bissverletzungen, die sich die Kreaturen gegenseitig hätten zufügen können. Der Qualm offenbart uns menschliches Gewebe«, fuhr Mira fort. »Das hier sind eure verschollenen Einwohner.«

Tyra übergab sich in einen Eimer, der am Tisch stand.

»Das ist Schadmagie in höchster Kunst«, schloss Mira ihre These ab, wobei sie nun Lykaons Blick suchte. »Das ist eindeutig das Werk der Namenlosen. Magische Transformation und Mutation sind ihr ausgewiesenen Fachgebiete. In Oblyvar haben Pheros und ich gesehen, wie sie Trolle und Schattenwanderer kreuzten.«

Wut und Enkel stiegen in Pheros auf. »Dann müssen wir Versio säubern. Radikal.«

Lykaon stimmte ihm bedingungslos zu. »Bis nur noch Asche übrig ist.«

»Bis nur noch Asche übrig ist«, wiederholten Lykaja und Ion, wie aus einem Munde.

Der Imperator löste sich aus der Gruppe. »Lya, begleite Tyra bitte in ihr Zimmer.«

»Es geht schon wieder«, murmelte die Priesterin. Genau in diesem Moment schnitt Mira quer über den Oberkörper des Dämons, woraufhin Eingeweide und Gedärme hinausstürzten.

Tyra übergab sich erneut.

Sanft schob Lykaja ihr das lockige Haar aus der Stirn, bevor sie sie einfach mit sich zog.

Stirnrunzelnd sah Pheros ihnen nach. Als Waffe Lykaons lernte man, nicht mehr so genau hinzusehen und auch den Geruch zu ignorieren. Das Schlachtfeld bot diesbezüglich einiges auf. Selbst Lykaon lebte nun schon lange genug, um sich von ein bisschen Gedärmen nicht aus der Fassung bringen zu lassen. Tyra, als Heilmagierin, sollte das eigentlich auch nicht. Er hatte sie schon schlimme Verwundungen behandeln sehen, unter anderem auch Amputationen, ohne dass sie dabei eine Miene verzogen hätte und jetzt ertrug sie bisschen blutigen Bauchinhalt nicht? War sie vielleicht krank?

»Halt das mal«, sprach Mira ihn an. Sie hielt ihm einen Arm der Kreatur hin.

»Bei Ratten am Spieß übergibst du dich fast, aber beim Aufschneiden eines Dämonen-Oberkörpers zuckst du nicht mal mit der Wimper«, sagte er neckisch, während er den Arm hochhob, damit sie besser an das herankam, wonach auch immer sie suchte.

»Da hast du von Nahrung gesprochen. Das hier ist weit weg davon. Oder planst du, Dämon am Spieß zu rösten?«

Pheros schmunzelte. »Nicht, wenn ich nicht muss, nein.«

Nur kurz huschte ihr Blick zu ihm zurück, die Mundwinkel zu einem Lächeln verzogen, bevor sie sich wieder ihrem Tun widmete.

»Herz, Nieren und Leber liegen auch hier, wo sie beim Menschen sind«, sprach sie kurze Zeit später. »Ohne jeden Zweifel sind das früher mal Menschen gewesen.«

Lykaon sah auf. »Wir müssen herausfinden, was der Katalysator der Transformation ist.«

Fragend wanderte der Blick Ions zwischen beiden Magiern hin und her.

»Ob es ein Biss, Krallengift oder etwas völlig anderes ist, dass sie in diese Dinger verwandelt«, erklärte Mira. »Wenn wir das Herz entnehmen, können wir einen Giftstoff herstellen, der – in Rauchbomben platziert – alles in seiner Umgebung eingehen lässt.«

»Das ist der Plan«, stimmte der Imperator zu, wobei er nun Pheros ins Auge fasste. »Du wirst Priester brauchen, die einen Schutzwall um die Stadt errichten, bis der Rauch sich wieder gelegt hat.«

Pheros verstand sofort, was er vorschlug. »Ihr stellt die Rauchbomben her, die diese Wesen vergiften sollen. Wir platzieren sie in der Stadt und der Mine. Die Magier halten den Schutz hoch, bis alles vorbei ist.«

»Genau.«

Ion setzte sich bereits in Bewegung. »Ich gehe dann mal ein paar Priester einsammeln.«

»Und du hilfst bei der Herstellung der Bomben?«, fragte Pheros an Mira gewandt.

»Die Namenlosen und ihre Kreaturen sind ein weltweites Problem«, erklärte Mira. »Umso eher wir wissen, wie man ihre Kreaturen vernichten kann, umso besser für alle. Nicht nur für Lykosura.« Nun sah sie in die Augen Lykaons. »Wenn Lykosura dieses Wissen mit der Welt teilt, werde ich helfen, *ja*.«

Lykaon schien kurz darüber nachzudenken, nickte dann aber. »So soll es sein.«

20

MIRA

Ratte am Spieß?«, erkundigte sich Lykaon, während er auf seiner Tischseite mehrere magische Instrumente bereitlegte. Mira konzentrierte sich darauf, das Herz nicht zu verletzten. Für das Gift war es wichtig, den Muskel nicht zu beschädigen. Darum reagierte sie nicht sofort auf Lykaons Worte.

Pheros hingegen schon. »Ich erzählte ihr mal, dass wir Schlangen, Ratten und Frösche grillen mussten, als der Nachschub ausfiel.«

»War das nicht während Marus Belagerung?«

»Royum«, korrigierte Pheros. Weiter kam er nicht, da Ion auf der Türschwelle zum Garten erschien. »Der Archon will mit dir sprechen, Pheros. Er gibt mir seine Priester nur auf direkten Befehl der Ersten Waffe heraus.«

Dieser Archon schien kein einfacher Verhandlungspartner zu sein. Mira konnte beobachten, wie die Erste Waffe und der Kaiser Blicke austauschten. Dieser Mann schien ein dauerhaftes Ärgernis darzustellen.

»Bin schon unterwegs«, rief Pheros Ion zu.

Nur kurz streifte sein Blick den ihren. Sie sah ihm nach, bis beide Männer hinter der nächsten Biegung verschwanden. Dann konzentrierte sie sich wieder auf ihre Arbeit. Lykaon half ihr dabei und hielt immer wieder verschiedene

Gliedmaßen hoch. Eine ganze Weile lang herrschte geschäftiges Schweigen zwischen ihnen.

»Werdet ihr mir jemals davon erzählen?«, fragte sie den Imperator. »Von eurer Verbindung zu meiner Familie und zu Makhai, meine ich.«

»Ich würde dir alles erzählen und jedes Wissen mit dir teilen, wenn du nur danach fragtest, junge Mira.« Er sprach es in einer Sanftheit aus, wie es nur ein Vater mit seiner Tochter tun würde. In diesem Moment erkannte Mira, dass er genau das auch war. Ein Vater. Keiner, der Drachen in die Schmiede steckte und sie durch grausame Konditionierung zu lebenden Waffen schleifen ließ, sondern jemand, der wirklich wusste, wie es sich anfühlte, sein Kind in Armen zu halten. Eine solche Aura umgab nur echte Väter.

»Ich fürchte nur, dass du mir nicht glauben würdest, was ich dir zu erzählen hätte.«

»Warum?«

»Es würde deine Welt erschüttern.«

Ein Teil von Mira glaubte ihm und empfand daher eine gewisse Zurückhaltung. Der andere Teil war jedoch unfähig, sich vorzustellen, dass etwas davon ihre Hingabe für Makhai jemals schmälern könnte. »Ich würde es darauf ankommen lassen.«

Das brachte ihn zum Lächeln. »Du hast das Wesen deines Vaters in dir.«

Mira hob die Brauen. »Alle sagen, Cailin wäre mehr wie unser Vater.«

»Also ist es ihr Schatten, indem du dich so lange verborgen hieltest.«

Sie zuckte mit den Schultern. Mira wollte weder den Titel noch die Bürde schultern müssen, die Cailin zu tragen hatte.

»Ich mag es eben windstill.«

Nun lachte der Imperator. »Das glaube ich dir nicht. Du bist *Bree* in jeder Form.«

Bree? Bei diesem Wort horchte sie auf, denn sie erinnerte sich an Pheros, der sie so genannt hatte. *Min Bree*, hatte er sie genannt.

»Was bedeutet *min Bree*?«

»Es bedeutet *mein Sturm.*«

Sein Sturm also. Miras Herz vollführte mal wieder ein paar ungewollte Sprünge.

»Pheros hat dich so genannt, habe ich recht?«

Schlagartig kehrte ihr Blick in den des Imperators zurück, doch noch bevor sie sich dazu entscheiden konnte, ob sie log oder es herunterspielte, fuhr er fort: »Zwischen euch haben sich Gefühle entwickelt.«

Erneut trat dieses Verstehen in seinen Blick. Er sprach wie jemand, der wusste, in welch verzwickter Situation sie sich befanden.

»Sorge dich nicht. Ich habe nichts gegen eure Verbindung.«

»Ich bin eine Makhai.«

»Und du wirst auch dahin zurückkehren wollen, oder?«

Sie nickte.

»Ich weiß, dass Pheros niemals mit dir nach Makhai gehen wird. Darum wüsste ich nicht, warum ich mich daran stören sollte. Ich bedauere lediglich sein Herz, das unweigerlich brechen wird mit deinem Fortgang.«

»Und wenn doch? Was, wenn er mit mir gehen würde?«

»Weil ihm vorherbestimmt ist, mich zu erlösen.« Traurig wirkte sein Lächeln. »Es gibt Dinge, die du nicht über ihn weißt, Mira. Es kann niemals einen Weg nach Makhai geben für die Erste Waffe Lykaons.«

21

Kaukon
Festung Himmelswacht

SAMAS

Zwei Tage nach der Rückeroberung Kromois feierte die gesamte Hafenstadt. Viel zu früh, wie Samas fand. Für seinen Geschmack verhielt sich Lykosura zu passiv. Entweder bereiteten sie einen Gegenschlag vor oder etwas wirklich Schlimmes geschah im Zentrum des feindlichen Kaiserreichs.

Darum schloss er sich den Feiernden nicht an. Gleichsam verstand er, warum dieser Sieg für die Moral der Bevölkerung und der Soldaten wichtig war. Zu lange schon kämpfte man hier gegen die Schwarze Flut an.

In den Straßen sangen Barden Lieder über die Rückeroberung Kromois. In jedem Wirtshaus der Stadt schenkte man fässerweise Met und Wein aus. König Samons Art, den Bürgern seine Anerkennung zukommen zu lassen.

Magier, deren Talent nur für Taschenspielertricks ausreichte, sandten Feuerwerke der knallbunten Art gen Nachthimmel. Straßenmusikanten und Gaukler zogen durch die Gassen und Schauspieler gaben auf den drei großen Marktplätzen ein Bühnenstück nach dem anderen zum Besten.

Nur gedämpft drang das Spektakel zum jüngsten Spross des Königshauses Vydar vor. Zurückgezogen im privaten

Salon der Fürstin Kaukons verbrachte er die letzten Stunden damit, allein mit sich und seinen Gedanken zu sein.

Ausgelegt mit einem dicken, blauen Teppich und einer großen Fensterfront zählte der Blaue Salon zum privaten Bereich der Fürstin. Samas' Blick blieb an den seidenen Vorhängen hängen, die aus weißem Stoff bestanden, durchsetzt mit winzigen Kristallen. Wenn das Feuerwerk am Himmel erstrahlte, fingen die kleinen Steine das Licht ein und die Vorhänge schimmerten in den buntesten Farben. Eine Spielerei, die die verstorbene Fürstin für ihre Töchter angebracht hatte. Darum hielt sich Mira gerne in diesem Salon auf, wenn sie in Kaukon verweilte.

Das Eindrucksvolle, um nicht zu sagen *bedrohlich Anmutende* in diesem Raum stellte jedoch der Kamin dar. Ein großer, aus weißem Marmor gehauener Drache, der vom Boden bis zur Decke reichte, säumte die Brennkammer. Es sollte wohl den Anschein erwecken, als würde sich der Drache aus der Wand schälen. Neben diesem kunstvollen Monstrum wirkten die schlicht gehaltenen Sessel und Divane fast schon deplatziert.

Die Bar, die in der Wand gegenüber der Fensterfront eingelassen war, barg allerhand Hochprozentiges. Samas hatte sich längst daran zu schaffen gemacht. Er wurde müde und überlegte schon, sich zurückzuziehen, als Shim – mit zwei Krügen Gewürzbier – in den Salon geschlendert kam. Er brachte den Geruch von gerösteten Mandeln und Alkohol mit.

»Dass du mal eine Feier auslässt, hätte ich nie für möglich gehalten«, gestand der große Bruder. Er nahm neben Samas Platz auf dem langen Divan und reichte ihm einen der Krüge. Samas zuckte mit den Schultern. »Ich sehe keinen

Anlass zum Feiern. Mira ist nicht hier und Lykosura ist nicht besiegt.«

Shim musterte Samas ungewöhnlich lange. »Mira bedeutet dir sehr viel.«

Es lag eine Andeutung in diesen Worten, die Samas nicht zum ersten Mal vernahm. Schon viel zu lange gab es dieses Gerücht über ihn und Mira.

»Ich habe nie gefragt,« fügte Shim hinzu. »Aber ich sehe, wie es dich quält. Seid ihr beiden ...«

Samas unterbrach ihn direkt. »Wie Geschwister? Ja. Das weißt du doch. Wir haben nie ein romantisches Interesse an einander entwickelt.« Warum sollten sie auch unbedingt nach einer Romanze streben, wenn ihre Beziehung ohne das alles um so vieles inniger war? »Ich vermisse meine Freundin, Shim. Keine Bettgeschichte.«

Shims Stirn legte sich in Falten. »Du sagst das so, als müsste sich das ausschließen.«

Das brachte Samas zum Lachen. »Und das sagst ausgerechnet *du* zu mir?«

»Was soll das denn jetzt heißen?«, forderte Shim zu erfahren, fast schon empört dreinblickend.

»Na ja, du bist nicht gerade ein Weiberheld und wirkst daher nicht so, als hättest du sonderlich viel Erfahrung.«

»Weil ich nicht darüber spreche, bin ich also eine Jungfrau?«

Die Vorstellung brachte beide zum Lachen. Was das anging, erlaubte sich Samas deutlich mehr Ausschweifungen. Es kam ihm immer so vor, als befände sich sein Bruder ständig auf irgendwelchen Pflichtveranstaltungen. Wenn er nicht zu einer Wachfestung geschickt wurde, um Schwarzlande zu bewachen und Wachposten aufzustocken, dann musste er sich das Krönchen aufsetzend zeigen.

»Na ja ...«, setzte Samas eine Erwiderung an, doch dann betraten Set und Cailin den Salon.

Die nachfolgende halbe Stunde verbrachten die vier mit dem Austausch von Nichtigkeiten. Es war sonst nicht Samas' Art, eine derart ernste Laune zu verbreiten, aber er fand einfach keine Ruhe, wenn er nicht aussprach, was ihn beschäftigte.

»Ich habe immer noch nicht verstanden, wie uns der Zugang zu dieser unterirdischen Zuflucht voranbringen soll.«

Kromois letzter Fürst besaß eine Saphirmine. Das allein würde das Blatt aber nicht wenden, also was sah Set, das allen anderen entging?

Der Fürst Desherets musterte den Prinzen einige Herzschläge lang. »Was wissen wir denn genau über diese Zufluchten?«

Samas unterdrückte ein Seufzen. Er fühlte sich in die Zeit zurückversetzt, als Set noch sein Professor gewesen war und er sein Student. Eigentlich stand ihm nicht der Sinn nach einer Unterrichtsstunde in Sachen Geschichte, aber Set mochte es schon immer, Fragen mit Gegenfragen zu beantworten.

»Wie kann ich mir so eine Zuflucht eigentlich vorstellen?«, erkundigte sich Cailin. »Wenn die dazu geschaffen wurde, Leben zu schützen und auch über längere Zeit hinweg zu beherbergen, wie kamen die Leute an Nahrung? Und Luft?«

Shim nickte. »Das habe ich mich auch schon gefragt.«

Set gab keine Antwort darauf und sah stattdessen Samas an. Der Prinz tat ihm den Gefallen.

»Sternengärten. Das Äquivalent zum bekannten Garten, der die Sonne braucht. Zusammen mit Wassergärten, die ebenso angelegt wurden und sich mit den Sternengärten verbanden, entstand eine dauerhafte Luft- und Nahrungszufuhr. Der Rest ist Magie.«

»Es sind Gewölbekammern. Mal größer, mal kleiner ausfallend und alle sind sie miteinander verbunden, über ein größeres Netzwerk von Portalen«, ergänzte Set.

Darum brauchte man einst Talane. Die herzustellen war aus heutiger Sicht unmöglich. Set mochte sich dazu zuversichtlich geäußert haben, doch Samas zweifelte daran. Manches Wissen ging verloren und Duplikate ersetzen niemals das Original.

Cailins Stirn legte sich in Falten. »Also befindet sich nicht nur ein großes Gewölbe unterhalb so mancher Stadt, sondern gleich mehrere?«

»Möglich«, sagte Set.

Jetzt meldete sich auch Shim zu Wort. »Und die sind durch Portale miteinander verbunden. Nur die Gewölbe unterhalb einer Stadt, nicht ereaweit oder?«

»Ja«, sagte Samas.

»Nein«, widersprach Set zeitgleich.

Nun war es Samas Stirn, die sich verwundert in Falten legte. »Wie nein? Was meinst du damit?«

Set schwenkte nachdenklich den Inhalt seines Glases. »Es ist ein großes Netzwerk, meine Freunde, und alle Gewölbe sind miteinander verbunden. Alle. In ganz Erea.«

Sprachlos starrten drei Augenpaar Set an. Der Sturmfürst erhob sich unbeeindruckt und schlenderte gemächlichen Schrittes zum Kamin. Beiläufig stellte er sein Glas ab, um die Hände frei zu haben für das Feuer, welches er aus dem Kamin zog. Er erschuf mit den tanzenden Flammenzungen die Karte Ereas. Die Linien der Kontinente flackerten in Rot- und Goldtönen vor ihnen in der Luft. »Das bedeutet, dass wir durch dieses Netzwerk theoretisch jeden Ort in ganz Erea erreichen könnten.«

Seinen Worten folgten Beispiele, die ihnen die Flammen zeigten. Punkte erschienen unterhalb jeder größeren Stadt Ereas. Sie verbanden sich miteinander und offenbarten das große Netzwerk, von dem Set eben gesprochen hatte.

Das hatte er mit dem Sieg über Lykosura gemeint. Er wollte in das Gewölbe unterhalb Kromois, um Zugang zu den anderen zu erhalten. Um die Saphirmine ging es ihm überhaupt nicht.

Während Set die Flammen zurück in den Kamin lenkte, fand Samas seine Sprache wieder. »Vorher müssten wir einen Talan auftreiben. Ohne können wir die vorgezeichneten Wege nicht nutzen. Ohne eine Karte sämtlicher Netzwerke bräuchten wir Jahre ... nein. Jahrhunderte, um den Weg in Lykosuras Gewölbekammer zu finden.«

Samas sah Shim an, dass dieser den Plan gedanklich schon wieder verwarf. Dass Set aber weiterhin so entspannt blieb, erregte Cailins Argwohn.

Sie betrachtete ihn eindringlich von der Seite. »Du hast einen Plan, habe ich recht? Wenigstens eine Idee, wie das Problem mit dem Talan zu lösen ist.«

Set nahm wieder Platz. »Natürlich.«

»Teilst du diesen Plan auch mit uns?« Die Fürstin schlug die Beine übereinander und neigte leicht das Haupt dabei, während sie Set nicht aus den Augen ließ. Kam es Samas nur so vor, oder trat doch so etwas wie die Ahnung eines Lächelns auf die Lippen des Flammenfürsten?

»Wir erschaffen selbst einen Talan.«

Samas schnaubte. »Wie? Das Wissen ging verloren.«

»Nicht ganz.«

»Sprechen wir hier von Totenbeschwörung? Willst du einen verstorbenen Former befragen? Das sind verbotene Praktiken.«

Set winkte ab und wirkte nun sichtbar amüsiert. »Ich bitte dich. Nein. Nichts dergleichen.«

Unruhig trommelten ihre Finger auf der Sitzlehne. »Dann lass dir doch nicht alles aus der Nase ziehen und komm zur Sache.«

»Ich weiß nicht, ob euch das bewusst ist, aber Lykaon ist ein Sturmfürst.«

Samas wollte schon wieder dem Unglauben erliegen, doch dann dachte er einen Moment länger darüber nach. Der Krieg begann im Jahre 6222. Nun schrieben sie das Jahr 6725. Damit wütete dieser Krieg schon seit fünf Jahrhunderten. Wenn der Imperator also kein Drake war, konnte nur ein Sturmfürst so lange leben. Die Logik diktierte ihnen also die einzig mögliche Wahrheit. Bei den Göttern! Das machte Lykaon nur noch gefährlicher und die Bedrohung für Mira umso größer. Dass Cailin denselben erschreckenden Gedanken hegte, sah er ihr deutlich an.

Unterdessen fuhr Set unbeirrt fort mit der Darlegung seines Plans. »Damit ist er der älteste lebende Sturmfürst Ereas und der Herr über ein halbes Dutzend magischer Disziplinen. Unter anderem als Former. Es gelang ihm, die Formel für Talane zu rekonstruieren und neue zu erschaffen.« Innehaltend hob er um Geduld bittend die Hand.

»Natürlich gibt er uns diesen Plan nicht einfach so heraus, doch ich habe einen Spion in seinen Reihen.«

Ein Spion? So dicht am Imperator? Samas war wirklich beeindruckt. Gewiss gab es immer wieder Spione auf beiden Seiten, doch so nah an der Führung einen solchen zu platzieren war alles andere als einfach.

Cailin war skeptisch. »Bist du dir sicher?«

»Ich bin sehr alt, Cailin. Du darfst mir glauben, wenn ich dir versichere, dass ich uns diese Formel beschaffen kann. Wie, wann und wo soll dich nicht kümmern.«

An diesem Punkt musste Samas Set unterstützen. »Er hat recht, Cailin. Je weniger Personen von diesem Spion wissen, umso sicherer ist dieser geschützt vor Enttarnung. Ich vertraute dir, Set.«

»Danke, Prinz.«

»Eine Sache verstehe ich nicht«, meldete sich auch Shim wieder zu Wort. »Wenn Lykaon Talane erschaffen kann – wofür nutzt er sie dann, wenn nicht für die Zufluchten? Es hätte seinen Feldzug um Jahrhunderte verkürzt.«

Darauf gab es im Grunde nur eine Antwort. »Er hat keine Karte.«

Set stimmte ihm zu. »Und ein Talan ist nicht nur für Portale gut. Ein Talan ist in erster Linie ein Magiespeicher.«

Shim lehnte sich zurück. »Verstehe.«

Cailin atmete einmal tief durch. Samas wusste, wie schwer es ihr fiel, sich blind auf einen anderen zu verlassen. Allerdings musste sie wohl oder übel einsehen, dass sie diesmal keine andere Wahl hatte. So nickte sie schließlich. »Gut. Du beschaffst die Formel. Wo erschaffen wir dann die Talane? Es braucht meisterhafte Former zur Herstellung dieser Artefakte.«

»Imerugal, meine Liebe. Wo sonst sind die besten Former Ereas zu Hause?«

Viele der Sharur galten als versierte Former. Selbst in Helix fand man keinen Magier, der einen Former aus Imerugal übertreffen konnte.

»Aber die Sharur schworen, sich aus allen politischen Angelegenheiten herauszuhalten«, erklärte Shim. Samas nickte zustimmend. »Es ist nicht nur in ihrem Kodex verankert. Sondern auch Teil ihrer Religion.«

Sein Blick wanderte zu Cailin. Immerhin war Alaric ihr Vetter. Die Fürstin wirkte nicht sehr zuversichtlich. »Ich könnte nach Imerugal reisen und es versuchen. Ich fürchte nur, dass es nichts bringend wird. Alaric ist an seinen Kodex gebunden und im Grunde ist das, worum wir ihn bitten wollen, eine direkte Einmischung in den Krieg.«

»Du bist der Grenzwächter Makhais. Du kannst nicht auf die Insel reisen«, warf Samas ein.

»Ich könnte mit ihm sprechen«, schlug Shim vor.

Samas schüttelte den Kopf. »Du wirst hier gebraucht. Lasst mich diese Aufgabe übernehmen. Wir sollten es wenigstens versuchen.«

Alaric und Samas kannten einander gut. Nicht nur, weil er Miras Vetter war. Während des gemeinsamen Heranwachsens hatten Mira und Samas viele Sommer bei den Sharur verbracht. Tatsächlich planten Mira und er, irgendwann Teil der Sharur zu werden.

Cailin schien sich daran zu erinnern. »Das ist eine gute Idee. Wenn wir ihn schon um so etwas bitten müssen, dann sollte das besser von einem Freund kommen.«

Shims Blick lastete auf Samas, was ihn dazu animierte, sich näher zu erklären. »Ich bin euch auf dem Schlachtfeld keine Hilfe. Seien wir doch mal ehrlich, aber das kann ich tun. Ich will Mira zurück und Sets Plan könnte all unsere Bestrebungen beschleunigen.«

»Und wenn er nein sagt?«, fragte Cailin. »Dann brauchen wir einen Plan B.«

Samas stimmte ihr zu. »Helix. Wenn Imerugal nicht helfen kann, gehe ich nach Helix.« Imerugal, die Insel der Götter, und Helix befanden sich im Herzen des Kyren-Meeres. Wenn er in Imerugal scheiterte, segelte er einfach weiter nach Helix und verlor dadurch nicht unnötig Zeit.

»Meister Deren wird einem königlichen Erlass gewiss nichts entgegenzusetzen haben.« Als Prinz Makhais konnte er einen solchen Erlass aussprechen.

Set wirkte zufrieden mit der Richtung, in der das Gespräch sich entwickelt hatte. »Einverstanden. Dann fehlt uns nur noch eine Karte des Netzwerks. Dieses zu beschaffen, dürfte etwas schwieriger werden, aber ich habe eine Idee.«

22

Lykosura
Hauptstadt

MIRA

Es gibt Dinge, die du nicht über ihn weißt, Mira ...

Ihn erlösen ... Was beim Namenlosen sollte das heißen?

Diese Worte beschäftigen sie den ganzen Tag schon, während sie diese giftigen Rauchbomben herstellten, die Pheros für die Säuberung Versios brauchte. Wäre der Imperator nicht der Mann, der er war, und würde er nicht danach trachten, die Welt unter sein Joch zu zwingen, wäre Mira froh, ihn zum Mentor zu haben. Er verstand es zu lehren und zu vermitteln, wie es die wenigsten Meister taten, die sie in Helix unterrichtet hatten. So viel Wissen, so viele Jahrhunderte steckten in diesem klugen Kopf, der vermutlich irgendwo zwischen Wahnsinn und Genie gefangen zu sein schien. Es fiel ihr schwer, ihn zu durchschauen. In manchen Momenten wirkte er gefasst, klug und charmant. Doch schon im nächsten blitzte es gefährlich auf in seinen Augen.

... Ihm das Herz brechen, hatte er gesagt.

Das war das letzte, was sie wollte. Wenn sie an Pheros dachte, fühlte sie nichts anderes in sich brennen als Anziehung und ... Liebe. Sie war nicht nur verliebt in ihn. Sie *liebte* ihn. Aru mochte ihr beistehen, denn damit war sie hoffnungslos verloren an einen Mann, mit dem es keine Zukunft gab.

Als hätte sie ihn mit ihren Gedanken herbeibeschworen, tauchte er auf und hob sie unvermittelt auf die Arme. Mira schmiegte sich an ihn.

»Fertig für heute?«, erkundigte er sich.

Sie nickte. »Wir werden den kommenden Morgen noch benötigen, um die Anzahl Bomben zu erreichen, die du brauchen wirst, aber ja. Für heute sind wir fertig ...« Sie hielt inne, als er die Biegung verpasste, die zum Gästeflügel führte. Stirnrunzelnd betrachtete sie sein Profil. »Was hast du vor? Ich stinke nach Dämoneneingeweiden und Erbrochenem. Ich muss baden. Dringend!«

»Und das sollst du auch«, versprach er ihr.

Nachts hielten sich nicht mehr viele in den Fluren auf, aber die wenigen, die es taten, reichten vermutlich aus, um den Tratsch anzufachen. Das tangierte Pheros scheinbar überhaupt nicht. Er fürchtete wirklich nichts. Vor allem keine üble Nachrede oder gerümpfte Nasen, weil er mit dem Feind ins Bett stieg.

»Mira?«

»Hm?«

»Woran denkst du gerade?«

»Warum fragst du?«

»Dein Schmunzeln wirkt, als stünde mir eine Überraschung bevor.«

Ihr Lächeln wuchs zu einem Grinsen an, doch nun war sie diejenige, die sich nicht in die Karten schauen ließ. Darum schwieg sie.

Er hob skeptisch eine Augenbraue, ließ es aber darauf beruhen.

Kurz darauf erreichten sie seine Räume. Im Kamin und in den Feuerschalen tanzten Flammen, die den Raum in ein einladendes Licht tauchten. Das Knistern der Holzscheite tat sein Übriges, um in Mira den Wunsch zu wecken, die nächsten Stunden anders zu nutzen, als sich zu waschen. Den Gedanken verwarf sie jedoch wieder, als sie die freistehende Badewanne in Schwarz erspähte. Sie war direkt vor dem Kamin aufgebaut und entlockte Mira beinahe ein Wimmern. »Du hast ein Bad für mich vorbereitet?«

Vor der Wanne stellte er sie wieder auf die Füße. Das dampfende Wasser roch angenehm nach einer Blume, die Mira nicht kannte, die sie aber schon mal im Garten bemerkt hatte.

»Ich dachte ...« Weiter kam er nicht, da ihm Miras Hemd ins Gesicht klatschte. Sie warf sich die Kleidung vom Leib und stieg sofort ins warme Wasser. Sein Lachen begleitete ihr Abtauchen mit dem Kopf. Wonne pur! Nur langsam stieg sie wieder auf. Suchend wandte sie sich nach ihm um, aber anders als erwartet gesellte er sich nicht zu ihr in die Wanne.

»Du kommst nicht dazu?«

»Wenn ich das mache, werden wir einiges *miteinander* tun, aber nicht *reden*.«

Wahre Worte. »Und?«, fragte sie mit neckisch lockendem Unterton.

Ihre unverblümten Worte lösten ein sehr tiefes, sehr eindeutiges Lächeln bei ihm aus, das leise Versprechen in sich bergend, später darauf zurückzukommen. Für den Augenblick schien er aber an seinem Vorsatz festhalten zu wollen, deshalb zog er gesittet und anständig einen Stuhl heran. Rittlings drauf sitzend legte er die Unterarme auf der Rückenlehne ab.

»Na gut«, murmelte sie und sank dabei bis zum Kinn in das warme Wasser. Einige Herzschläge lang war das Knacken der Holzscheite alles, was die Stille füllte.

»Du hast Lykaons Leben gerettet?«

Sie nickte.

»Und diese magische Verbindung, die ich sah? Hast du ihm etwas von deiner Lebenskraft gegeben?«

Sie schüttelte den Kopf. »So was geht nicht. Ich gab ihm Kraft, aber keine Lebenskraft. Letzteres kann man nicht einfach ohne Weiteres austauschen. Dazu gehört sehr viel kanalisierte, dunkle Magie und die Praktik dazu wüsste ich nicht mal, selbst wenn es meine Absicht gewesen wäre.«

»Warum hast du ihn gerettet?«

»Ich bin Idealistin. Schon vergessen?«

»Mira.«

Sie spritzte ein wenig Wasser auf ihn. »Die Namenlosen sind das größere Übel. Hätte ich zugelassen, dass der Imperator stirbt, würde das Lykosura schwächen und damit die Position der Namenlosen stärken.« So viel zum politischen Teil. Das hatte er sich aber bestimmt auch ohne ihre Erklärung denken können. Der Teil, der nun folgte, der kam ihr nicht so leicht über die Lippen. »Sie haben so viele Unschuldige getötet, Pheros. Wieder. Die freundliche Bäckerin und der Hufschmied ... Es ist egal, auf welcher Landesseite Unschuldige zu Schaden kommen ...« Sie atmete tief durch. »... Ich bin nicht gut darin, so etwas mit anzusehen und dann *nichts* zu tun.«

Raue Fingerspitzen fanden ihre Wange und das Kinn, um ihren Blick in seinen zu lenken.

»Ich weiß«, sagte er sanft, so voller Zuneigung und Wärme, dass es wieder dieses Brennen in ihrem Herzen auslöste.

»Mira, du hast den Imperator gerettet. Bitte sag mir, dass du das für dich behalten wirst, sobald du zurück ... nun ...«

Sie stieß ein freudloses Lachen aus. »Ich habe doch längst so viel mehr als das getan, Pheros.« Ihre Finger tasteten nach seinen, um in die Zwischenräume zu finden. »Ich schlafe mit der Ersten Waffe des Feindes.« Sie *liebte* ihn. »Mir ist klar, was ich hier tue und welche Folgen das haben kann.«

»Sie werden dich des Hochverrats beschuldigen.«

Mira nickte langsam. »Wahrscheinlich, aber das ist meine Entscheidung, Pheros. Mein Weg.« Sie sah ihm eindringlich in die Augen und erhöhte den Druck ihrer Finger auf seinen. Ihre Entscheidungen blieben ihre Entscheidungen und die musste er respektieren. Egal, wie unklug sie ihm auch erscheinen mochten.

In den dunklen Tiefen dieser mitternachtsblauen Augen stieß sie auf etwas Altvertrautes. Etwas Unerbittliches, das von einem grausamen Versprechen flüsterte und all jenen galt, die ihr Schaden zufügen wollten. Mira kannte diesen Blick. Er war ihr so vertraut wie das eigene Spiegelbild.

Noch bevor sie versuchen konnte, ihm die Sorge zu nehmen, bedeckten seine Lippen die ihren. Ohne sich von ihr zu lösen, stieg er samt Kleidung in die Wanne. Seine Umarmung sprach von dem unbedingten Wunsch, sie beschützen zu wollen, während sein Kuss von nichts anderem als reiner Zuneigung getragen war.

»Ich werde ganz Makhai niederbrennen, wenn sie dich verurteilen. Sei du dir *dessen* bewusst, wenn du deine Entscheidungen triffst.«

Wäre er nicht die Erste Waffe Lykaons, hätte sie diese Worte als Floskel abgetan. Nur wusste sie sehr genau, wozu er fähig war und dass er Versprechen dieser Art niemals leichtfertig gab. So fürsorglich und selbstlos er auch sein konnte, genau so grausam und eiskalt trat er jenen gegenüber, die es in seinen Augen verdient hatten. Es setzte ihr Herz in Brand und gleichsam lief es ihr eiskalt den Rücken hinab.

Sanft tippte sie mit den Fingerspitzen gegen sein Kinn. »Soll ich alles verleugnen? Dich? ... Uns?«

Sie sah den Muskel in seiner Wange zucken und wusste, dass er mit sich selbst rang. Etwas lag ihm auf der Zunge, doch er sprach es nicht aus.

»Sag schon«, forderte sie ihn auf.

Zärtlich, fast schon ergeben fühlte es sich an, wie seine Lippen über ihre strichen. Er küsste sie nicht und doch fühlte sich diese Berührung intimer an, als die Tatsache, gerade nackt in seinen Armen zu liegen. Eine Bitte schwang darin mit. Ein Sehnen und Hoffen, das sich in einem einzigen Wort vereinte: »Bleib.«

Nur ein einziges Wort und Mira spürte, wie es ihr das Herz brach, denn sie verstand, dass er nicht nur diese Nacht damit meinte.

Sie träumte wieder von grausamen Drachenaugen, die sie verfolgten und in die Finsternis zerrten. Dieses Mal wehrte sie sich nicht und ließ zu, dass die Schwärze sie umfing. Diesmal erwachte sie nicht, wie es sonst der Fall war, wenn sie diesen Punkt des Traums erreichte. Diesmal war da eine Stimme in der Finsternis, die ihren Namen kannte.

Mira ...

Die Sturmfürstin öffnete die Augen.

Komm zu mir ...

Sie hob den Blick zu Pheros, in dessen Armen sie lag. Er schlief tief und fest. Sein Brustkorb hob und senkte sich rhythmisch, aber friedlich.

Himmelstochter ...

Träumte sie noch immer?

Komm zu mir ...

Nein. Sie war wach.

Lykaon, flüsterte sie zurück, doch es kam keine Antwort. Der Drang, dem nachzugehen, wuchs mit jedem weiteren Atemzug.

Mira ...

Behutsam schälte sie sich aus Pheros' Umarmung und verließ leise das Bett. Barfuß schritt sie tiefer in den Raum hinein, wobei sie sich eines seiner Hemden überstreifte. Es war lang genug, um ihren Po zu verdecken und reichte daher vollkommen aus. Ein Sturm erhob sich. Sie spürte die Winde und die Energie, die sich hoch oben am Himmel ballte. Aber etwas war seltsam an dieser Energie. Es fühlte sich an wie ...

... folge meiner Stimme.

In genau diesem Moment zuckte ein Blitz am Himmel. Winde ließen die seidenen Vorhänge des Balkons tanzen.

... komm zu mir.

Ein weiterer Blitz erhellte den Nachthimmel. Stand da jemand auf dem Balkon? Sie glaubte, eine Silhouette zu erkennen, die im Schatten der angrenzenden Säule stand. Der Schattenriss einer Frau. Unwillkürlich stellten sich ihr die Nackenhaare auf und die Unruhe ließ ihr Herz schnell schlagen.

War sie es? Die Stimme, die nach ihr rief?

Mira ...

Unwillkürlich trat sie näher an den Schatten heran. *Wer bist du?*

Sie tat noch einen Schritt. *Warum rufst du nach mir?*

Ihre Fingerspitzen berührten den Stoff des Vorhangs. Bereit, den Schatten zu offenbaren, der sich dahinter verbarg.

»Mira!« Zwei starke Arme packten sie unvermittelt und zogen sie weg vom Balkon. Als würde sie aus einem Traum erwachen, blinzelte sie ein paar Mal. »Pheros?«

Sein Blick flog zwischen ihr und der Säule hin und her. »Was ist los?«

»Hast du sie auch gesehen?«, fragte Mira fast zeitgleich mit ihm.

»Sie? Wovon redest du?«

»Wovon redest du?«

Einige Herzschläge lang sahen sie einander nur an, doch dann zerriss das Grollen des Donners die Stille um sie herum und Mira wusste, der Sturm war hier.

Ein Blitz, der nun sehr viel näher war als der letzte, erhellte die Nacht und damit auch die Stelle auf dem Balkon, wo sie den Schattenriss der Frau gesehen hatte. Jetzt war da nichts mehr. Keine Frau und kein Schatten in der Nacht. Auch das Flüstern ihrer Stimme war verstummt.

Fest schlossen sich Pheros' Hände um ihre Oberarme. »Das Donnergrollen hat mich geweckt und du warst fort. Ich habe nach dir gerufen, aber du hast nicht auf mich reagiert. Als wärst du wie in Trance gewesen. Rede mit mir, min Bree. Stimmt etwas nicht?«

Sie schüttete nur den Kopf, um ihm zu verstehen zu geben, dass sie noch dabei war, das zu analysieren. Der Schatten und die Stimme verloren an Wichtigkeit angesichts des Sturms, der gerade über ihren Köpfen tobte. Sie fühlte, dass sein volles Ausmaß noch nicht erreicht war. »Magisch …«, murmelte sie. Der Sturm war *magischen* Ursprungs, aber es fühlte sich nicht so an wie jener eine auf dem Meer, der ausgesandt worden war, um Pheros samt Schiffsbesatzung zu töten. Auch der faulige Geruch des Todes fehlte. Nein, das hier war nicht das Werk der Namenlosen oder eines anderen Schadmagiers.

Als der nächste Blitz den Himmel zerriss, war es, als wäre dieser auch durch sie gefahren, denn sie verstand es jetzt. Ihre Hände umfassten Pheros Unterarme. »Bring mich sofort zu Lykaon!«

Nach all der Zeit in Oblyvar wussten sie, wann es an der Zeit war zu folgen und einander zu vertrauten. Später würden sie darüber sprechen. Jetzt war Handeln gefordert. Rasch streiften sie sich saubere Kleidung über und traten hinaus in den Flur. Tyra kam ihnen bereits auf halbem Weg entgegen. Dicht gefolgt von Ion. Irgendwo im Hintergrund meinte Mira, auch Evarias Stimme zu hören.

»Du musst mitkommen«, verkündete die Heilerin an Mira adressiert, kaum als sie beieinander ankamen. Ion wandte sich dabei direkt an Pheros. »Das Werk der Namenlosen?«

Mira bezweifelte das. Ihren wahren Verdacht behielt sie aber vorerst für sich.

»Ich glaube, diesmal nicht. Wo ist Keenan?«, kam die Gegenfrage von Pheros.

»Der zieht bereits die Soldaten zusammen«, erwiderte Ion.

Pheros nickte knapp. »Ich rüste mich und stoße dann zu euch.«

Mira seufzte. »In Lykosura wird es nie langweilig.«

»So sieht's aus«, stimmte Ion ihr zwinkernd zu, bevor er auch schon loslief, in Richtung Hof. Pheros wandte sich noch einmal an Mira, die ihm sanft eine Hand auf die Wange legte. »Sei vorsichtig.«

Er zog ihre Handfläche an seine Lippen. »Immer.«

Dann sah sie ihm nach, bis Tyra sie ungeduldig am Arm zog. Zielstrebig führte die Heilerin sie auf eine bestimmte Tür zu, von der die Sturmfürstin ausging, dass die in Lykaons privaten Räume führte. Mira spürte die magische Energie dahinter und ordnete deren Signatur dem Imperator zu.

»Haltet euch von offenen Plätzen fern!«, hörte Mira Pheros in der Ferne rufen, bevor die Türen sich hinter ihr schlossen. Tyra führte sie über einen langen Gang bis ins Schlafzimmer des Imperators. Der Anblick, der sich ihr bot, als sie diesen Raum betraten, hatte sie nicht erwartet. Lykaon kniete auf dem Boden, die Bogenschützin in seinem Rücken, die Hand auf seiner Stirn ruhend. Ihre Mimik verriet höchste Konzentration. Die Energie im Raum bewegte sich mit jedem Atemzug des Imperators. Sie lud sich statisch auf und löste sich wieder. Lud sich auf und löste sich wieder.

Je näher Mira kam, umso deutlicher erkannte sie die Risse an seinen Händen und dem Gesicht. Er mochte voll bekleidet sein, doch das verbarg nicht das Glühen, welches durch seine Haut und die Kleidung drang. Der Sturm fraß sich durch sein Innerstes und drohte, ihn von innen heraus zu verbrennen.

Der Imperator lag im Sterben.

Mira war der beißende Geschmack des Feuertodes nicht fremd. Sie wusste, wie es sich anfühlte, wenn das eigene Blut zu kochen begann und man hilflos gegen die ansteigende Hitze ankämpfte. Sein Zustand gab ihr jedoch Rätsel auf. Der Sturm über ihren Köpfen sollte eigentlich nicht toben. Hier und jetzt konnte sie kein aktives Wirken feststellen. Was zum Namenlosen ging hier vor sich? Was hatte den Sturm beschworen?

Lykaja hob den Kopf und sah Mira eindringlich an. »Kannst du ihm helfen?«

Die Bitte der Bogenschützin entsprang ehrlichen Regungen. Geschah das hier womöglich nicht zum ersten Mal? Weder Tyra, noch Lykaja wirkten überrascht. Nur besorgt und ... alarmiert.

Mira ging neben dem Imperator in die Knie. Sie betrachtete ihn, wagte jedoch nicht, ihn zu berühren. Noch nicht. Stattdessen sah sie Lykaja an. »Ich verstehe nicht, was mit ihm geschieht. Ein Sturmfürst seines Alters sollte selbst bei Verwundung und hoher Erschöpfung kein Problem damit haben, den Sturm zu bändigen. Er hat doch nicht etwa ein paar Kontinentalplatten verschoben, oder?«

Mira kam nicht dazu mehr Fragen zu stellen, da Lykaja sie plötzlich fest am Arm packte. Was auch immer die Bogenschützin vor hatte, Tyra verhinderte es, indem sie ihrerseits eine Hand auf Lykajas Arm legte. »Lya, nicht!«

»Wir haben keine andere Wahl!«, konterte diese. »Sie muss es verstehen, um ihm helfen zu können, sonst sind wir alle verdammt!«

Verwirrt sah Mira zwischen beiden Frauen hin und her. »Was verstehen? Wovon redet ihr?«

»Mira ...«, presste der Imperator mühevoll hervor. Seine Hand tastete nach ihrer. Sie erlaubte es ihm und tauchte dabei fest in das helle Blau des Imperators ein. »Wie kann ich helfen?«

»Blicke ... hinter die Maske ...«

Weiter kam er nicht, denn eine Woge Schmerz rollte über ihn hinweg. Die Energie im Raum ballte sich. Glas zersprang und ein schneidender Wind zerrte an ihnen. Nur vage realisierte Mira, dass Tyra Magie wirkte, um schlimmsten Schaden von ihnen fern zu halten. Aru! Die Zeit lief ihnen davon. Was auch immer getan werden musste, es musste jetzt geschehen.

»Lykaja. Tu es!«

Kaum einen Herzschlag später riss die Gabe der Bogenschützin Mira mit sich in die Tiefen eines Geistes, den sie unter normalen Umständen niemals freiwillig betreten hätte ...

Irgendwo zwischen den Ebenen ...

Sie war wieder dort. Gefangen in diesem Alptraum der endlosen Weite aus Stille und Nichts. Knöcheltief in eiskaltem Wasser stehend.

Träumte sie wieder?

»Du bist hellwach.«

Mira wirbelte erschrocken herum und blickte direkt in das Gesicht des Imperators.

»Lykaon?« Halt! Nein. Nicht er. *Es* sah aus wie der Imperator und besaß auch seine Stimme, aber die Augen offenbarten ihr eine andere Wahrheit. Dort zeigte sich nicht das bekannte Blau. Sondern eine endlose, schwarze Leere, die diesen Ort widerspiegelte.

Traumwandeln zählte nicht gerade zu ihrem Fachgebiet, aber sie erinnerte sich noch sehr genau an die Eckpfeiler dieser magischen Disziplin. So bildeten die Augen stets ein eindeutiges Indiz für Wahrhaftigkeit, Kontrolle und Sein innerhalb der mentalen Ebenen.

Wer oder was auch immer sich hier vor ihr manifestierte, es kontrollierte diesen Teil von Lykaons Geist. Nur was hatte diese lähmende Kälte zu bedeuten, die ihr langsam, aber sicher in die Knochen kroch? Begleitet von einer Ahnung, die sie nicht greifen konnte, weil sie keinen Namen dafür hatte. Es war, als würde ein Teil von ihr verstehen, wer oder was hier mit ihr sprach. Nur ihr Verstand versperrte sich vor dieser Wahrheit. Aus Eigenschutz? Oder Unwissenheit?

»Du musst uns nicht fürchten. Wir wünschen dir kein Leid«, versicherte ihr der falsche Imperator.

Mira hatte ihre Zweifel, doch beschloss sie, vorerst mitzuspielen. Nicht grundlos hatte Lykaja sie in den Geist des Imperators gezogen. Irgendetwas hier drin musste sie tun, um Schlimmeres in der Welt da draußen zu verhindern.

»Uns gefällt, wie deine Seele strahlt.«

Miras Augenbraue wanderte unwillkürlich höher, was der falsche Imperator so gleich nachzuahmen versuchte. Nicht zur Belustigung, wie ihr klar wurde. Es kam ihr mehr so vor, als studierte das Wesen sie. Ihre Bewegungen, ihre Mimik und ... ihre Gedanken.

Kurz nur ließ Mira den Blick schweifen, bevor sie in die endlose Schwärze ihres Gegenübers zurückkehrte. »Warum bin ich hier?«

»Du willst alles verstehen«, fuhr es unbeirrt in seiner Analyse fort.

»Ist das nicht normal?«, konterte sie ungerührt. Sie fühlte sich unwohl im Beisein dieser Wesenheit, aber sie empfand keine Furcht. Nur Vorsicht ...

»Ist es das? Wir wissen es nicht mit Sicherheit ...« Jetzt begann er sie zu umkreisen. »... Schon viel zu lange sind wir Teil von ihm. Wir kennen ihn. Wir fühlen ihn. Wenn du es wünscht, werden wir ... dich sehen machen. Du musst es nur aussprechen und wir werden es dir zeigen.«

»Und was wird mich das kosten?«

»Die Wahrheit kostet nichts. Für das, was nach der Wahrheit kommt ...« Sein Blick wanderte abschätzig über ihre Gestalt. Mira zwang sich, der Musterung standzuhalten, auch wenn es sich anfühlte, als würden nasse Tentakel über ihre Haut streichen und Maß nehmen. Als wäre sie ein hübsches Kleid, das man zum nächsten Ball tragen könnte.

»... darüber entscheiden wir, wenn du alles gesehen hast.«

Warum nur fühlte sich das hier an, als würde sie mit dem Namenlosen einen Pakt schließen? Sie sollte hinter die Maske blicken. Das lauteten Lykaons Worte.

Also gut, Lykaon. »In Ordnung. Was soll ich sehen?«

»Die Wahrheit.«

»Worüber?«

»Die Welt. Lieben. Hassen. Krieg. Menschen. Elfen. Götter. Verrat. Unsere Geschichte. Du sollst es sehen! Keine Lieder. Nur die Wahrheit.« Bei jedem Wort, das die Kreatur aussprach, veränderte sich diese endlose Weite aus Nichts. Verschiedene Umgebungen flirrten nur so wie Bildfetzen an ihr vorbei. Mira sah einen Wald. Dann Berge, eine Stadt, Inseln und wieder eine Stadt von eindeutig elfischer Architektur.

»Unsere Aufgabe.«

Das Bild hielt an und offenbarte eine Inselkette mit dicht bewaldetem Gebiet. Wölfe streiften frei darin umher.

»Aufgabe?«

Der falsche Lykaon trat beiseite und gab damit den Blick auf das Wolfsrudel frei.

Mira kam es vor, als stünde sie mitten zwischen ihnen in diesem fremden Wald. Der Geruch von kühler Morgenluft stieg ihr in die Nase, vermischt mit dem Duft von Tannen und Tau. Die Tiere beachteten Mira jedoch nicht. Auch den falschen Imperator nicht. Da verstand sie, dass es sich um eine Erinnerung handelte.

Bevor sie sich in der Betrachtung der Umgebung verlieren konnte, geschah etwas mit den Wölfen. Laut aufjaulend verbogen sie sich auf unnatürliche Weise. Das grässliche Geräusch von brechenden Knochen ließ Mira schaudern. Das hier waren Sumrung und sie wechselten gerade von ihrer tierischen Gestalt in die menschliche. Das Fell zog sich zurück und Haut offenbarte sich. Wenige Herzschläge später standen sich Menschen gegenüber. Unbekleidet, wie die Götter sie erschaffen hatten, und keiner störte sich daran.

Von ihnen sprach man heute nur noch aus Legenden. Viel zu viele Fragen türmten sich in Mira auf, doch sie kam nicht dazu, sie auszusprechen, denn die Sumrung betraten nun eine Stadt mit einzigartiger Architektur. Definitiv nicht elfisch. Auch nicht menschlich und erst recht nicht zwergisch.

»Ist das das Königreich der Wölfe?«

Der falsche Lykaon nickte.

Märchen und Bardenlieder erzählten von dieser sagenumwobenen alten und längst verlorengegangenen Kultur. Mira war mit diesen Geschichten aufgewachsen. So sagte man sich, dass es die Sumrung-Wölfe waren, die über alle anderen Gattungen herrschten. Jedenfalls so lange, bis der Untergang sie heimsuchte.

»Hier wurden wir geboren«, offenbarte der falsche Lykaon. Jetzt zeigte er auf etwas innerhalb der Erinnerung. Mira folgte dem Wink und erfasste einen kleinen Jungen mit freundlichen blauen Augen. Die kleine Hand ruhte in der seiner Mutter. Gemeinsam folgten sie der Gruppe von anderen. Sklaven. Mira erkannte sie an den Wendelringen, die sie um ihre Hälse trugen.

Etwas an diesem Burschen mit den blauen Augen kam ihr sehr vertraut vor. Konnte das vielleicht ...

»Lykaon«, bestätigte der falsche Imperator.

Im ersten Moment fühlte sich das sehr befremdlich an. Wenn man den Mann und seine Taten kannte, fiel es schwer, sich eine unschuldige, jüngere Version dieser Person vorzustellen. Einen kleinen, unschuldigen Jungen, der noch nichts von den Dingen getan hatte, wofür man ihn später fürchten sollte. Zusammen mit den anderen betraten sie einen großen Saal, in dessen Zentrum ein Thron aufgebaut war. Rustikal anmutend, aber kunstvoll verziert war jede Stelle dieses großen Raumes. Alle Wände, jeder Stuhl und Tisch waren mit Schnitzereien versehen. Die wiederum schienen eine Geschichte zu erzählen. Kein Mosaik, wie es sonst in ganz Erea beliebt war. Kein Marmor, sondern dunkler Stein und viel Holz. Prunkvoll, aber anders, als Mira es kannte.

»Sieh ...«, sagte der falsche Imperator und wies dabei auf den Mann, der auf dem Thron saß. »Lyak. König der Sumrung.«

Ein Kriegerkönig, ganz ohne jeden Zweifel. Bärtig und groß. Mit blauen Augen ...

»Ist das Lykaons Vater?«, fragte sie, einer Intuition folgend.

»Ja.«

Die Szene veränderte sich wieder. Plötzlich überkam Mira eine große Furcht. Dann sah sie, wie Lyak den kleinen Lykaon schlug. Da verstand sie, dass diese Erinnerung nicht nur Bilder und Eindrücke transportierte, sondern auch Gefühle.

Der kleine Junge fürchtete sich vor seinem Vater. Das fühlte Mira durch diese geteilte Erinnerung. Er empfand

Scham und Bedauern darüber, dass er kein Wolf war und deshalb von seinem Vater abgelehnt wurde. All seine Geschwister waren Wölfe. Selbstzweifel und Unsicherheit plagten diesen kleinen Menschen.

Mira hingegen empfand deutliche Abscheu für diesen König, der sich Vater schimpfte. Und Wut. Unglaubliche Wut, denn kein Kind auf der Welt verdiente solch eine Ablehnung und erst recht keine Gewalt.

Ihr Herz litt mit dem kleinen Jungen, der Lykaon einst gewesen war. Sie bedauerte seinen Kummer, doch sie sah auch Liebe inmitten von so viel Verachtung und Schmerz. Lykaons Mutter.

»Callista«, kommentierte der falsche Lykaon und musste damit wohl den Namen der Mutter meinen. Mira nickte nur abwesend. Ihn ihrem Herzen brannte es bei dem Anblick, der sich ihr als nächstes bot. Callista zog den weinenden Lykaon in die Arme und küsste seine Tränen fort. Sie versorgte seine Verletzungen und sang für ihn. Mit ihrer Magie erschuf sie kleine tanzende Figuren aus Wasser.

Also war Lykaon das Kind eines Sumrung und einer Magierin. So schwach die Magie in seiner Mutter auch sein mochte, in Lykaon wuchs es dafür umso stärker. Mira fühlte seine Macht durch diese Erinnerung zu ihr flüstern.

In Erea gab es nur sehr selten Hybriden aus zwei magischen Gattungen. Das konnte ein Indiz für sein hohes Machtpotential sein.

Die Erinnerung schritt voran und zeigte jetzt den kleinen Lykaon zusammen mit anderen am Bach spielen. Sie jagten Frösche und suchten hübsche Steine zum bemalen aus. Ein friedliches Bild, reich an Kinderlachen, dicht gefolgt von der grausamen Ermordung Callistas. Am selben Ufer und vor den Augen des kleinen Lykaons, der dabei zusehen musste, wie sein Vater sie auf grausamste Weise umbrachte.

Die Erinnerung schwenkte derart schnell von friedlich zu brutal um, dass Mira erschrak. Sie auch brauchte einen Moment länger, um zu realisieren, was da gerade passiert war.

»Warum?! Warum hat er sie getötet?«

»Vielleicht, weil wir eine Schande für den alten Wolf waren und er der Magierin die Schuld dafür gab. Vielleicht, weil der alte Wolf uns brechen wollte. Wir haben es nie erfahren, Himmelstochter.«

Immer noch dieses *Wir*. Kurz überlegte Mira, ob das hier nicht vielleicht eine Art gespaltene Persönlichkeit von Lykaon sein konnte. Wie eine zerrissene Seele, die nur als distanzierter Beobachter den zugefügten Schmerz ertragen konnte. Konnte das sein? Und Mira sprach mit jenem Teil Lykaons, der das ganze aus kühler Distanz betrachtete?

Die nächste Erinnerung führte sie an einen bekannten Ort. Als junge Magieschülerin war sie schon einmal dort gewesen.

Die Dracheninseln.

Eine Ansammlung vieler Inseln, die einstmals zu einer großen Landmasse gehörten, dem glorreichen Drachenreich der Altvorderen. Jetzt war sie wieder dort und spürte die warme Sonne auf ihrer Haut, den Sand unter ihren nackten Füßen, und als sie ihren Blick von ihren Zehen hob, um das Drachenmeer wiederzusehen, stockte ihr der Atem.

Ein Meer aus Leichen erstreckte sich vor ihren Augen. Menschen, Elfen, Zwerge, Tiere, Orks und andere Kreaturen, die sie nicht zuordnen konnte. Sie säumten den gesamten Strand. All das Blut färbte das Wasser rot und jetzt auch ihre Füße.

Die Blutschanze.

Unwillkürlich trat sie mehrere Schritte rückwärts. Mit den Augen suchte sie den falschen Lykaon. Der stand einige Meter von ihr entfernt, auf einer Anhöhe, den Blick auf eine Szenerie unterhalb von ihm gerichtet.

So trat sie zu ihm und erfasste abermals ein Meer. Bestehend aus Bannern in den verschiedensten Farben. Mira zählte mehr als zwei Dutzend Adelshäusern Ereas. Darunter auch die Farben ihres eigenen Hauses. Einige andere erkannte sie nur dank der Geschichtsstunden. Alle versammelten sie sich auf der größten Insel, der Blutschanze.

»Das Abkommen der Blutschanze«, schlussfolgerte sie. Und da sah sie ihn auch wieder. Zwischen so vielen Zelten und Bannern. Lykaon. Also stimmte es. Er war noch ein Kind gewesen, als er Zeuge des Gipfeltreffens aller Königreiche wurde, die den Weltenbrand überstanden hatten.

Das Abkommen der Blutschanze wurde unter der Aufsicht der Großinquisitorin Istara aufgesetzt, Oberhaupt der Sharur. Sprachlos und auch fasziniert betrachtete Mira diese Frau, die ihre Ahnin war. Sieben Söhne. Das hatte Lykaon gesagt, aber nur zwei der sieben hatten das dunkle Zeitalter auch überlebt. Die Zwillinge Jaron und Jarev. Der eine, der das Erbe seiner Mutter fortsetzte und Großinquisitor wurde, dessen Erben bis heute den Sitz des Großinquisitors inne hatten so wie ihr Vetter Alaric. Der andere, der dem Titel und das Erbe des Hauses Cornovier treu blieb. Miras direkte Blutlinie. Eine Familie. Zwei sich trennende Linien und alles ging von dieser einen Frau aus.

Gemälde und sehr alte Zeichnungen kannte Mira von ihr, doch das hier? Das war so viel besser. Fast schon ein wenig erschreckend, wie ähnlich sich Cailin und Istara sahen.

Dieselben zu einem Männerhaarschnitt kurz geschorenen, strohblonden Haare. Blaue Augen und eine unübersehbare Aura der Autorität umgab sie beide.

Ebenso wie der kleine Lykaon starrte jetzt auch Mira zu dieser starken Frau empor, während sie mit klarer, lauter Stimme die Inhalte des Abkommens vorlas.

Sie sprach von umfassenden Rechten, die den Sharur zugesprochen wurden, damit sie auch weiterhin ihrer obersten Pflicht nachkommen konnten. Dem Erhalt des Lebens und der Bekämpfung sämtlicher Gefahren, die die Anderswelt aufzubieten hatte. Auch die Ausmerzung aller Namenlosen Kreaturen stand auf ihrer Agenda. Dafür dürfte kein Sharur sich jemals in die Belange von Politik und Königen einmischen. Auch würde nie ein Sharur Titel oder Land besitzen. Alles niedergeschrieben im Kodex der Sharur und anerkannt durch das Abkommen. Verschiedene Königreiche lösten sich vom alten Drachenreich und wurden zu eigenständigen, souveränen Staaten erklärt. Mira erkannte die Farben Royums, Luszan, Kromoi und auch Makhai ...

Jemand fasste nach der Hand des kleinen Lykaon, weshalb die Erinnerung an dieser Stelle schlagartig abriss. Ein anderer kleiner Junge mit dunklem Haar reichte ihm ein Holzspielzeug. Gemeinsam verließen sie den Versammlungsplatz. Sie spielten Ritter und Schurke, lachten und sammelten Muscheln am Strand. Zunächst nahm Mira an, dass es sich um einen von Lykaons Halbgeschwistern handeln musste. Sie wurde eines Besseren belehrt, als dieser Junge sich vorstellte.

»Samon!«, murmelte Mira.

»Der Sohn des Drachen und des Wolfes spielen Krieg«, sagte der falsche Lykaon leichthin, als würde er über das Wetter sprechen.

Unbeirrt zog die Erinnerung weiter, so dass Mira überhaupt keine Zeit zum Verarbeiten blieb.

Das Abkommen war unterzeichnet und jeder trat die Heimreise an. Nur Lykaon nicht, der vom alten Wolf zurückgelassen wurde wie ein Gegenstand, den man nicht mehr haben wollte. Allein saß er da mit seinem Holzschwert in der Hand, während er den anderen dabei zusah, wie sie ihre Schiffe bestiegen, um in die Heimat zu segeln. Zelte wurden abgebaut und die Insel leerte sich rasch.

Miras Herz schwamm vor Mitgefühl für diesen kleinen Jungen, der genau dazwischen saß und von niemandem beachtet wurde. Mehr noch, als sie seine Verzweiflung fühlte und all seine Ängste. Niemanden gab es mehr, der ihn liebte und der sich seiner erinnern würde, wenn er zu Asche zerfiel. Völlig allein auf der Welt und die Angst davor so groß, dass er selbst die brutalen Schläge des alten Wolfes hingenommen hätte.

Wieder war es Liebe, die Licht in die Dunkelheit brachte und Mira aufatmen ließ. Samon erspähte seinen Freund. Eine kleine Hand griff nach seiner und gemeinsam liefen sie zum alten Drachenkönig. An diesem Punkt begann die Erinnerung schwammig zu werden. Vielleicht weil der kleine Lykaon so viel Angst hatte den Erwachsenen in die Augen zu blicken. Dennoch wurde deutlich, dass es Samons Wirken zu verdanken war, dass Lykaon mit ihnen ging.

Lykaon – ein Mündel des Königshauses Vydar!

Mira erinnerte sich noch lebhaft an all die hasserfüllten Worte des Königs, wenn der über den Imperator des Schwarzen Landes sprach. Jetzt offenbarte sich das. Samon und Lykaon wuchsen wie Brüder auf! Wäre sie nicht gerade im Kopf des Imperators, hätte sie das einfach nicht glauben können!

Doch die Erinnerung zeigte beide in so vielen Lebenslagen. Zusammen lernten sie das Kämpfen, Reiten, Bogenschießen, Tanzen, höfische Etikette und mehr. So viel Lachen. So viel Leben und Liebe in diesen wenigen Bildern. Ein unzertrennliches Band, geschmiedet in kindlicher Unschuld und ausgehärtet durch ein gemeinsames Heranwachsen.

Der Sohn des Drachen und der Sohn des Wolfes.

Mira war noch immer fassungslos, doch durch die Erinnerung auch immer wieder von den Gefühlen Lykaons abgelenkt. Sie spürte die große Liebe für Samon. Dankbarkeit und Vertrauen ruhten in dieser Verbindung. So viel Wärme und Zuversicht. Auch für Samons Eltern empfand Lykaon Liebe und Respekt. Sie lehrten ihn, was es bedeutete, Teil einer Familie zu sein. Je mehr Mira davon sah und fühlte, umso drängender wurde die Frage nach dem *Warum*.

»Was ist geschehen? Warum wurden sie zu Feinden?«

Der falsche Lykaon drehte sich um. Mit dieser Bewegung wurde eine neue Erinnerung wach. Sie offenbarte nun den Palast in Machon, der Hauptstadt Makhais. Wieder sah sie Lykaon und Samon zusammenstehen. Junge Männer, in der Blüte ihres Lebens. Stark und stolz. Eine Gruppe Personen näherte sich ihnen. Darunter fiel der Blick beider Männer auf eine Frau. Sonnengeküsste Haut, mit einem Hauch Goldschimmer darauf. Dezente Sommersprossen, schwarzes Haar und honigfarbene Augen mit grünen Sprenkeln. Groß und kurvig, wie man es den Frauen von Maru nachsagte. Bildschön und für Makhai-Verhältnisse exotisch.

»Denea va Ankh«, sagte der falsche Imperator. Eine Magierin, wie Mira am Emblem erkannte. Jeder, der Magie in Helix studierte, trug das Emblem, bis das Studium abgeschlossen war und man als voll ausgebildeter Magier die Lehranstalt verließ.

Denea va Ankh? Wie Set va Ankh, Fürst von Desheret und Sohn der goldenen Stadt Maru? Konnte sie womöglich eine Ahnin des Sturmfürsten sein? Und welche Rolle spielte sie für Lykaon?

»Oh Götter!«, stieß sie aus und wedelte mit der Hand, als könnte sie dadurch die Szenerie schneller vorantreiben. »Das muss ich nicht sehen!«

Denea und Lykaon waren also ein Paar. Mehr noch. Sie wurde seine Frau, die ihm drei Kinder gebar. Das ließ Mira wieder aufmerksam hinsehen. Vor allem, da ihr die versteckten Blicke zwischen Samon und Denea nicht entgingen. Auch Lykaon bemerkte sie, wenn auch nur unterschwellig. Ein Verdacht keimte gar nicht erst auf. Dafür vertraute er seiner Frau und seinem besten Freund viel zu sehr.

Mira traute sich nicht zu fragen, aber im Grunde lag es auf der Hand. Samon und Denea hatten eine Affäre. Dabei war Samon auch schon verheiratet. Eine adlige Drakestai namens Salva. Sie schenkte ihm vier Drachensöhne. Samons und Lykaons Kinder spielten miteinander. Sie wuchsen wie Geschwister auf. So wie ihre Väter ...

Stirnrunzelnd betrachtete Mira dieses Bild. Wie beide Ehepaare mit ihren Kindern in den Palastgärten saßen und heile Welt verbreiteten. Dabei schwelte etwas tief im Inneren dieser Familie. Etwas Falsches. Etwas Dunkles.

Die Erinnerung entfernte sich und zeichnete nun ein völlig neues Bild. Den Steinkreis der Elemente. Hier wurde der Ritus des Sturmfürsten abgehalten. Lykaons Prüfung. Da ihre eigene Wiedergeburt zum Sturmfürsten noch viel zu frisch war, wollte sie das nicht nochmal miterleben.

»Bitte überspring das«, wandte sie sich direkt an den falschen Imperator.

Der tat ihr den Gefallen, ohne Fragen zu stellen, aber begleitet von einem Stirnrunzeln.

So stieg Lykaon also zum Sturmfürsten auf. Das Fürstentum Canum wurde ihm zugesprochen. Nach so vielen Jahrhunderten fragte keiner mehr nach der Katastrophe, die dazu geführt hatte, dieses Fürstentum aufzugeben. heute gab es dort nichts weiter außer Wälder und Ruinen, die so zerstreut lagen, dass man sich selbst mit viel Fantasie keinen Reim darauf machen konnte, wie es früher mal ausgesehen haben musste. Jetzt sah sie es und ahnte schlimmes.

Die nachfolgenden Erinnerungen waren dominiert von Streitgesprächen des Rates. Alle neun Sturmfürsten gegen Lykaon. Er kämpfte für die Befreiung der Wolfsinseln, die von der Tyrannei des alten Königs durchzogen war. Nun, da Lykaon über Macht und Einfluss verfügte, wollte er Frieden über die Wolfsinseln bringen. Der Rat Makhais lehnt jedoch mehrfach in Folge sein Anliegen ab, nicht bereit, für die unterdrückten Sumrung einzustehen. Sie sahen nicht ein, ihren verdienten Wohlstand zu riskieren, erst recht nicht für ein Königreich am anderen Ende des Kontinents.

Lykaon akzeptierte das nicht und auch in Mira stieg bittere Galle auf. Immerhin legte Lykaon Zeugnis um Zeugnis davon ab, wie falsch die Dinge dort liefen. Viele der Wölfe riefen nach Unterstützung, flehten um Hilfe, nach Rettung. Dennoch verweigerte der Rat seine Unterstützung. Selbst wenn sie nicht für die Sumrung kämpfen wollten, dann wäre wenigsten die Aufnahme der Flüchtigen ein wichtiger Akt der Güte.

Auch das lehnten sie ab. Wut stieg in ihr auf. War das das Makahi, welches an der Seite der Sharur den Sieg über die Dunkelheit errungen hatte? War sie dafür bereitwillig in den

Beinahe-Tod gegangen, um Makhai einen neuen Grenzwächter zu schenken?

Dabei spielte es keine Rolle, dass diese Erinnerungen Jahrhunderte zurücklagen. Sie verstand den Zorn, der in Lykaons Brust schwelte. Tief verwurzelt war der Wunsch, die Welt zu einem besseren Ort zu machen. Jedenfalls in der jüngeren Version seiner selbst. Mira fühlte es durch die Erinnerung. Aber auch Rache spielte eine Rolle. So hatte der alte Wolfskönig in den Augen Lykaons noch eine Blutschuld bei ihm offen für den Mord an seiner Mutter.

Da er im Rat nicht weiterkam, wandte sich der junge Sturmfürst den dunklen Praktiken zu, um aus dem Schatten heraus den alten Wolfskönig zu töten. Es gelang. Wie genau, zeigte die Erinnerung nicht. Mira sah nur, wie die Nachricht sich in Makhai verbreitete und schließlich auch Lykaon erreichte. Genugtuung dämpfte den brennenden Zorn in ihm. Dafür schlug eine eisige Dunkelheit Wurzeln in ihm. Die Erinnerung zog jedoch weiter, noch bevor Mira einen näheren Blick darauf werfen konnte.

Streit entbrannte zwischen Samon und Lykaon. Samon schien nicht länger mitansehen zu wollen, wie sich sein Freund zurückzog, der Dunkelheit anheimfallend. Also wusste Samon von den Machenschaften Lykaons. Weitere Streitgespräche folgten. Worte voller Kummer und Zorn. Geboren aus ehrlicher Freundschaft und Zuneigung. Samon kämpfte so verzweifelt um das Seelenheil seines Freundes, während Lykaon blind dafür war.

Letztlich verriet Samon Lykaon an den Rat. Zu groß sei die Gefahr, was diese Dunkelheit mit einem Sturmfürsten machte. Ein Prozess folgte, bei dem halb Machon anwesend war. Ein politisches Schauspiel, wie er durchschaute. Ein Blick in die Gesichter so mancher Sturmfürsten reichte aus, um die Ablehnung darin zu erkennen. Sie wollten ihn loswerden.

Es sollte ihnen gelingen.

Das Urteil fiel vernichtender aus, als Samon es erwartet hatte, denn Schock und Schuld zeichneten die Gesichtszüge des damals noch jungen Prinzen. Man würde Lykaon seiner magischen Identität berauben, damit er künftig nur noch als einfacher Mensch sein langlebiges Dasein fristete. Eine letzte Nacht gewährte man ihm im Kreise seiner Familie und Freunde, bevor er der Trennung unterzogen werden sollte.

»Es ist uns ein Rätsel, wie sie ihm die Magie rauben wollten«, sprach der falsche Lykaon mit den schwarzen Augen.

»Das können sie auch nicht. Das Ritual bewirkt nur eine Blockade. Eine wahrhafte Trennung kann nur der Tod vollbringen.«

Jetzt sah er sie an, als hätte sie in einer fremden Sprache mit ihm gesprochen. »Wir wollten nicht, was dann geschah.«

Sie glaubte ihm. Der junge Lykaon war fehlgeleitet, aber nicht böse. Man hätte ihm noch helfen können. Man hätte ihm helfen *müssen* und ihn nicht seiner Magie berauben.

Mit Obsidian gebunden verbrachte Lykaon diesen letzten Abend im Kreise der Familie. Zu viel Wein, zu lange unterdrückte Emotionen und unbedachte Worte führten schließlich zur Eskalation. Die Affäre zwischen Samon und Denea flog auf. Die Wahrheit über die Vaterschaft ihrer Kinder wurde angezweifelt. Lykaon mochte mit Obsidian gebunden sein, aber der Sturm ließ sich nicht einsperren. In einer einzigen Woge tobenden Wahnsinns löschte Lykaon halb Canum aus und damit auch ihre Familien. Allein dem Eingreifen der anderen Sturmfürsten war es zu verdanken, dass es überhaupt endete.

»Nur der Sohn des Wolfes und des Drachen überlebten das.«

»Diese massive Anwendung des Sturms hätte ihn von innen heraus verbrennen müssen und wie konnte Samon das überleben? Er stand im Zentrum. Genauso wie seine eigenen ... wie die ...« Mira brachte den Gedanken nicht zu ende. Viel zu schrecklich wog allein die Tatsache, welch Schuld er damit auf sich geladen hatte. Eiskalt lief es ihr die Wirbelsäule hinab. Seine eigenen Kinder ...

Der falsche Imperator schwieg. Dafür zeigte er ihr, wie die anderen Sturmfürsten Lykaon von seiner Magie trennten. In jenen Augenblicken starb der kleine Junge mit den freundlichen blauen Augen. Mira fühlte es. Dieser verwundbare Teil von ihm, der menschlich und gut war, wurde damit restlos ausgelöscht. Sie ahnte, warum. Magie verband er von je her mit seiner Mutter und dadurch war das Gute, das sie in sein Leben gebracht hatte, stets erhalten geblieben. Selbst dann, als die Dunkelheit seine Seele heimsuchte und er sich für dunkle Praktiken öffnete. Die Trennung dieser letzten Verbindung zu ihr hinterließ nichts außer Leere. Doch bald schon füllte sich diese Leere mit Schuld. Brennender, alles verschlingender Schuld. An diesem Punkt sah Mira ein, warum es nötig gewesen war, ihn von der Magie zu trennen.

Eine Urgewalt wie der Sturm in den Händen eines zerschmetterten Geistes glich einem Würfelspiel mit den Göttern, aber dann setzten sie ihn allen Ernstes in ein Boot und stießen ihn aufs Meer hinaus. Es verschlug ihr die Sprache und jedes Verständnis für diese sinnlose Grausamkeit.

Den Gezeiten ausgeliefert, musste jeder davon ausgehen, dass Lykaon dort draußen der Tod erwartete. Gebrochen, von Kummer zerfressen, dem Wahnsinn nahe und der

Sehnsucht des ewigen Vergessens erlegen, fiel die Entscheidung der Götter jedoch zu seinen Gunsten aus. So kam es, dass ausgerechnet ein Schiff der Oblyvar ihn fand und als Sklaven für die Kampfarena in Ketten legte.

An dieser Stelle verzog Mira das Gesicht. »Ah ... Das kenne ich.«

Am Bodensatz der Gesellschaft angekommen, dem tiefsten Abgrund seiner Seele erlegen, fand Lykaon seinen Lebenswillen wieder. Er beschloss, sich nicht weiter zwischen Gewürm und Getier herumzutreiben, sondern sich über sie zu erheben.

Moment! Hier entstand eine Lücke, die Mira nicht verstand. Wie? Was war der Auslöser für diesen Sinneswandel? Einfach so? Das kam ihr doch sehr trivial vor. Der falsche Lykaon schüttelte den Kopf und deutete auf das nächste Szenario. Auf die Arena von Oblyvar. Zahlreiche Kämpfe gegen Monster und Gladiatoren folgten. Lykaon besiegte sie alle, aber nicht immer durch sein Kampfgeschick, welches durchaus eindrucksvoll war. In Makhai hatte er eine gute Schule genossen.

Listig spielte er die Kämpfer gegeneinander aus, indem er sie mit falschen Informationen fütterte und am Ende immer als Sieger vom Platz schritt. Bald schon erhob ihn die Menge zum Champion. Die Dunklen riefen laut seinen Namen.

Doraq, der Schlächter.

Während er Kampf um Kampf gewann, flocht er im Hintergrund Intrige um Intrige, bis es zu einem Häftlingsaufstand kam. Er floh. Allein schlug er sich bis zum Hafen Aviums durch. Dort erkaufte er sich einen Überfahrtplatz nach Lioth. Das Schiff geriet jedoch in Seenot und sank. Die Wellen spülten den bewusstlosen Lykaon an die Küste des nördlichen Kontinents. Mitten ins Gebiet der freien Elfenstämme hinein. Schwer verwundet und dem Tode nahe fand ihn ein Stamm der Glacilvari. Eiselfen. Sie gewährten ihm Zuflucht und Heilung.

Mit Staunen beobachtete Mira, wie ein erneuter Wandel in Lykaon stattfand. Die Erinnerung füllte Jahrzehnte, in denen er eine zweite Chance auf Glück erhielt. Dank Nerea, die nicht nur seinen Körper, sondern auch seine Seele heilte. Der Stamm wurde seine neue Familie und Nerea seine Frau.

Groß war sie. Mit Lykaon auf Augenhöhe. Zierlich, wie die meisten Elfen, mit spitzen Ohren und heller Haut. Aschblondes Haar. Fast silbrig schon. Genau wie ihre Augen.

»Sie lehrte uns, was Vergebung bedeutet, und machte uns vergessen.«

Mira sah es und verstand es. »Du hast sie geliebt.«

»Das haben wir.«

Weitere Jahrzehnte verstrichen, in denen Lykaon seine Vergangenheit abstreifen konnte, um ein neues, einfaches Leben zu führen. Jedoch nicht auf Dauer.

Piraten griffen den Stamm an. Lykaon wurde beim Versuch, Nerea zu verteidigen, tödlich verwundet. Alle, die nicht starben, verschleppten sie, um als Sklaven verkauft zu werden. Darunter auch sie.

»Liebe tötet. Das erkannten wir in diesen Stunden.«

Sie wollte fragen warum, aber der Anblick des sterbenden Lykaon zerrte an ihrem Herzen. Plötzlich verschwand er und machte der nächsten Erinnerung Platz. Es zeigte eine große Insel, doch Mira hob die Hand. »Halt, warte! Wie hat Lykaon diesen Angriff überlebt?«

Stille antwortete ihr. Vielleicht musste er abwägen, ob sie das sehen dürfte, doch als die Stille anhielt, verunsicherte sie das. Plötzlich wurde ihr wieder eiskalt ums Herz. Noch mehr, als der falsche Lykaon ein kleines, fast schon diabolisch anmutendes Lächeln zeigte. Langsam wandte er ihr das Gesicht zu, während in Mira das Bedürfnis wuchs, auf Distanz zu gehen. Nur, wohin? Sie steckte in seinem Kopf!

Die Umgebung flackerte wie bei der Flamme einer Kerze, die im Wind stand. Unwillkürlich tat Mira einen Schritt rückwärts.

»Wir fanden ihn allein ...«, sprach es, wobei die Umgebung jetzt wieder den Stamm zeigte, der von Piraten massakriert wurde. Lykaon lag dort auf dem eisigen Waldboden und verblutete langsam. Aufgespießt mit drei Speeren und an einen Baumstamm genagelt.

»... in der Dunkelheit ...«

Über ihm schienen die Zwillinge hell am Nachthimmel und er flüsterte leise ein Gebet.

»... dem Tode nahe ...«

Kein Gebet. Eine Beschwörungsformel.

»... reichten wir ihm die Hand, wie wir es schon früher taten ...«

Eine grauenhafte Ahnung beschlich Mira. Manche der Erinnerungen waren nicht die Lykaons gewesen. Er besaß auch keine gespaltene Persönlichkeit.

»Wer bist du?« In den Tiefen ihres Seins kannte sie die Antwort darauf längst.

Er machte einen Schritt auf sie zu. »Du stellst die falschen Fragen, Sturmgeborene.«

Sie tat einen Schritt zurück. »*Was* bist du?«

»Unter Unseresgleichen kennt man uns als Seelensammler ... Jäger, ein Finder und ... *Fänger!*«

23

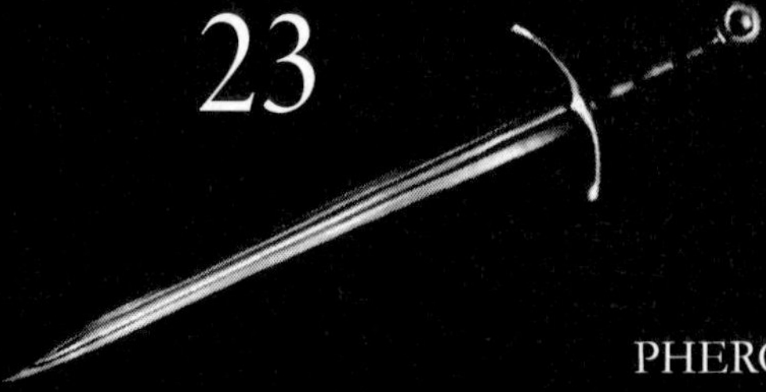

PHEROS

Der Sturm wütete über der gesamten Hauptstadt. Waffen und Soldaten hatten alle Hände voll damit zu tun, die Einwohner in Sicherheit zu bringen oder Türen und Fenster zu verbarrikadieren. Die einfachen Leute mussten von einem natürlich auftretenden Sturm ausgehen, der alle paar Winter über die Küste zog. Tatsächlich war nicht ganz klar, wem sie das hier zu verdanken hatten. Einen magischen Ursprung konnten sie nicht ausschließen.

Deshalb zogen Templer durch die Straßen. Sie untersuchten die Stadt auf Anzeichen von Schadmagie und nahmen jene in den Tempel auf, deren Heim nicht ausreichend Schutz bot.

Pheros, Ion und Titana fanden inzwischen in der Hafentaverne Zuflucht, nachdem sie die Leute tiefer ins Stadtzentrum verlegt hatten. Hohe Wellen schlugen gegen die Landungsbrücken. Wenn das hier vorbei war, musste einiges wieder aufgebaut werden. Zum Glück bestand der Hafen Lykosuras vor allem aus Stein.

»Lange können wir hier nicht bleiben«, erklärte Ion. Er schwang sich hinter die Theke, um im Weinschrank zu kramen.

Titana zog Maske und Kapuze vom Gesicht, um sich das blonde Haar auszuwringen. »Hier drin stinkt es schlimmer als im Kotzenden Einhorn!«

Das brachte Pheros zum Schmunzeln. »Das gibt es noch?«

Ion lachte und warf Titana eine Flasche Wein zu. »Wir waren letzte Woche wieder dort, um Zari zu besuchen.«

Titana fing die Flasche mühelos auf. »Und bevor du fragst, ja – sie lebt noch.«

Der Schöne Tod entkorkte die Flasche und schnupperte daran, nur um dann erneut das Gesicht zu verziehen. »Gewürzwein. Wie ... ordinär.«

»Hey, nichts gegen Gewürzwein!«, brummte Ion, der mit zwei weiteren Flaschen um die Theke kam. Eine davon hielt er Pheros hin. Erst wollte er ablehnen, doch dann fand er, dass es nicht schaden konnte. Der Sturm brachte eine Kälte mit sich, die selbst den robusten Drakestai in die Knochen kroch.

»Ungebrochen!«, sprachen alle drei wie aus einem Munde, mit erhobenen Flaschen zum Prost. Sie nahmen einen tiefen Schluck und verzogen gemeinsam das Gesicht. Vermutlich selbst gekeltert.

»Nichts ist besser als Pheros' Weinsammlung«, sagte Ion, nahm aber direkt nochmal einen Schluck aus der Flasche. Der Wind jaulte durch die Gebäude und so manches mit Holz verbarrikadierte Fenster gab ein protestierendes Knarzen von sich. Ions Worte erinnerten Pheros an etwas. Mit gehobenen Brauen musterte er den Bruder. »Sag mal, was ist eigentlich aus meinem Weintisch geworden?«

Ion verschluckte sich beinahe, während Titana ihr Schmunzeln hinter der Flasche versteckte.

»Wieso? Was meinst du?«

Pheros verschränkte die Arme vor der Brust. »Stell dich nicht dumm. Ich weiß, dass der Weintisch in meinem Zimmer ausgetauscht wurde. Die Pflanze, die neuerdings an der

Wand steht, ist nicht groß genug, um den Brandfleck dort zu kaschieren und ich vermisse die ein oder andere Rebe aus meinem Sortiment.«

Titana prustete lachend aus. »Ich habe es dir doch gesagt! Die Pflanze war eins zu viel!«

Tadelnd starrte Ion seine Schwester an. »Verräter!«

Pheros rollte mit den Augen. »Also?«

Ion schien sichtlich bemüht sich etwas zu überlegen, während Titana einen erneuten Lachanfall bekam. »Bitte!«, stieß sie zwischen zwei Atemzügen hervor. »Frag ihn, was Mira damit zu tun hat! Frag ihn!«

»Tia!«

Pheros Brauen wanderten die Stirn hinauf, während er Ion erneut fixierte. »Mira?« Eine Ahnung überkam ihn und die missfiel ihm. »Ion?«

»Oh, bitte sag's ihm!«

Ion funkelte seine Schwester finster an. »Du willst mich tot sehen, oder?«

Pheros verschränkte die Arme vor der Brust, während er zwischen beiden hin und her blickte. Doch noch bevor er den Mund öffnen konnte, um eine klare Warnung auszusprechen, wurde die Tür aufgeschlagen. Ein Schwall Wind und Wasser schwappte in das Innere der Taverne, als hätte die Meeresgöttin persönlich ihre Faust in die Tür gerammt.

Fluchend zogen sich alle drei Kapuze und Maske wieder über. Damit war die Verschnaufpause beendet. Titana legte einige Münzen auf den Tresen neben die drei leeren Weinflaschen und schloss sich dann ihren Brüdern an. Von außen verbarrikadierten sie die Tür mit Holzbrettern, so gut es ihnen möglich war, während Wasser und Wind ihnen die Sicht erschwerten.

Als es vollbracht war, packte Pheros Ion an der Schulter. »Darüber sprechen wir später!«

Titana lachte wieder. Ion fluchte, nickte aber und gemeinsam machten sie sich auf den Weg zum Tempel des Nin.

Auf halbem Wege kamen ihnen zwei vertraute Schatten entgegen.

»Was ist denn hier los?«, rief Tegeates.

Asea schüttelte amüsiert den Kopf. »Da ist man einmal kurz woanders!«

»Lange Geschichte«, antworte Titana. Die Geschwister begrüßten einander kurz, aber herzlich. Titana fasste für beide kurz zusammen, was der Stand der Dinge war.

Waffen und Ritter trafen auf den oberen Stufen des Tempels aufeinander, angeführt von Evaria. Ihre Mimik verriet absolute Konzentration und etwas anderes, das Pheros so noch nie an ihr gesehen hatte. Unruhe. Da war beinahe so etwas wie Angst in ihrem Blick zu erkennen. Es verhieß nichts Gutes, wenn jemand Versiertes wie Evaria angesichts dieses Sturms in derartige Ruhelosigkeit geriet.

»Das ist nicht das Werk der Namenlosen«, rief sie gegen den Lärm des Sturms an. Mit der Spitze ihres schwarzen Obsidian-Schwertes wies sie in Richtung Palast. »Wir müssen dahin!«

Pheros nickte und unterdrückte die aufkommende Sorge um Mira, die sich gegenwärtig im Palast aufhielt. Er war schon im Begriff, sich abzuwenden, als Evarias Hand seinen Unterarm packte. Scharf wie gewetzte Dolche traf ihn der Blick aus blauen Augen.

»Das ist das Werk eines Sturmfürsten.«

Sturmfürsten befanden sich gegenwärtig nur zwei in der Stadt. Eine unausgesprochene Beschuldigung hing in der

Luft, während sämtliche Blicke dem Blauen Palast galten.

Als hätten es die Götter geplant, schlug ein Blitz durch die Decke des Westflügels und eine Erschütterung zog sich durch die gesamte Stadt. Kurz aber deutlich wahrnehmbar. Als hätten göttliche Hände am Plateau gerüttelt. Mehrere Herzschläge lang warteten sie ab, ob ein weiteres Beben folgte, während sämtliche Blicke auf dem Westflügel des Palastes hafteten.

Titana trat näher an die Kante der oberen Stufe heran. Sie spähte durch den Sturm hindurch und als sie sich ihnen wieder zuwandte, stand ihr der Schock ebenso ins Gesicht geschrieben wie bei allen anderen.

Asea war es, die Worte dafür fand. »Vaters Räume.«

Bevor irgendjemand Beschuldigungen aussprach, kam Pheros ihnen zuvor. »Das ist nicht sie!«

Das verärgerte Evaria sichtlich. »Ist dir der Blitz aufgefallen?«

Ion rollte genervt mit den Augen. »Es stürmt! Blitze schlagen ein, wo sie eben einschlagen, Evaria!«

Giftige Funken tanzten in den Augen der Paladin. »Finden wir es heraus!«

24

Irgendwo zwischen den Ebenen ...

MIRA

Dämon!«, hauchte Mira.

»So nennt uns deinesgleichen.«

Es lächelte auf eine seltsam entrückte Weise. Eine Kreatur der Anderswelt, die definitiv nicht in ihre Welt gehörte. Eine Schöpfung des boshaften neunten Gottes, dem Namenlosen höchst persönlich. Jetzt ergab alles einen Sinn!

»Er rief dich, um Lyak zu töten«, schlussfolgerte Mira.

»Ja.«

Der Dämon zeigte es ihr sogar. Die Symbole auf dem Boden und Lykaons Brust, während er im Schein der Kerzen die Anderswelt rief. Der Dämon folgte dem Ruf und Lykaon ließ sich auf einen Pakt mit ihm ein.

»Was hat er dir im Gegenzug gegeben?«, fragte Mira.

»Seelen.«

Mit wachsender Unruhe folgte die Sturmfürstin den zahlreichen Erinnerungen. So viele Situationen, in denen Lykaon dem Flüstern des Dämons erlag. Darum auch der Sinneswandel in Oblyvar und der Wunsch, sich von Neuem zu erheben. Der Dämon konnte nicht zulassen, seinen besten Seelensammler zu verlieren. Darum konnte Lykaon das Massaker in Canum überleben.

Wieder kam es ihr einen Schritt näher, während Mira zurückwich.

»Du hast noch nicht alles gesehen, Sturmgeborene.«

Mira hob abwehrend die Hand. »Ich muss nicht mehr sehen.«

Es blieb stehen. »Nur die Bogenschützin kann dich von uns trennen.«

Ah.

»Lykaja!«, brüllte Mira, doch sie hatte keine Chance zu entkommen. Es umfasste ihre Arme so fest, als wäre sie in einem Schraubstock gefangen. Ihr ganzer Körper erstarrte zu einem Eisblock.

»Oh nein, nein, nein, wir sind noch nicht fertig … sieh hin ... sieh! Wir suchten die Welt nach Nerea ab«, erklärte der Dämon die nachfolgenden Bilder. Jahrzehntelang. Ohne Erfolg. Jahrzehnte voller Blutvergießen, in denen der Piratenkönig *Doraq* auf den Meeren Ereas für Angst und Schrecken sorgte. Er führte ein Schiff mit Schwarzen Segeln.

Immer wieder sah sie Lykaon im Zwiegespräch mit sich selbst. Eines dieser Gespräche führte dazu, das Doraq samt Mannschaft die Insel der Götter heimsuchte. Plündernd und mordend schlugen sie eine blutige Schneise durch unschuldige Priester und Novizen, bis sie die Pythia erreichten. Die oberste und heiligste Priesterin des Ordens. Ein Orakel, wie die Welt sie nur alle paar Jahrhunderte sah.

Übelkeit und Wut rangen in Mira um die Oberhand.

Azugal, die Insel der Götter war eine Pilgerstädte. Ein neutraler Ort, an dem Priester und götterfürchtige Bauern lebten. Hier versorgten und verwalteten sie sich selbstständig. Beschützt wurden sie von den Sharur, die die südlichste der drei Inseln ihr Zuhause nannten. Auf der nördlichsten Insel befand sich Helix. Als Studierende war sie oft zwischen den Inseln gereist. Viele Sommer hatte sie bei den Sharur und damit bei ihrem Vetter Alaric verbracht. Oft mit Samas zusammen.

Durch die mentale Verbindung spürte Mira Lykaons Zögern und auch seine Abscheu für diese Bluttat. Dieser kleine Funke Licht, den Nerea in ihm hinterlassen hatte, weckte Skrupel.

»Sie machte uns schwach, so sehr, bis unser Flüstern beinahe verstummte.«

»Warum hast du dann zugesagt, ihm zu helfen, sie zu finden?«

»Weil er uns im Austausch zehntausende Seele versprach.«

Mira schluckte. Tausende Seelen im Austausch für eine einzige?

In Gedanken überschlug sie die Anzahl, gemessen an den Jahrhunderten, in denen Lykaons Schwarze Streitmacht Krieg führte und wieder wurde ihr schlecht.

War das der Grund? Führte Lykaon Krieg, weil er diese Schuld begleichen musste?

Und warum waren sie auf die Insel gekommen?

Der Dämon las ihre Gedanken und antwortete: »Weil manche Seelen kostbarer sind als andere. Die Seele der Seherin gleicht hunderten.«

Entsetzen packte Mira. »Wo waren die Sharur?«

»Sie kamen ... nur nicht rechtzeitig.«

In der Stunde ihres Todes sprach die Pythia eine Prophezeiung aus.

Sie weissagte Lykaon eine Zukunft als großer Herrscher voraus. Verbunden mit einem Wandel, der letztlich in ein zweites, goldenes Zeitalter übergehen sollte. Er selbst würde es jedoch niemals sehen. Tausende Jahre lang und weit über seinen Tod hinaus würde man sich seiner erinnern. Dies sei seine Bestimmung. Zuvor jedoch – und hier kam sein Fluch zum Tragen –, würden Liebe und Menschlichkeit in sein erkaltetes Herz zurückfinden. Nur, damit ihn der volle Umfang jenes alten Schmerzes erneut ereilte, den ein unüberwindbarer Verlust mit sich brachte. Daran zerbrechen sollte er. Seine Seele und sein Körper. Die Erste Waffe, die er selbst schmiedete, besiegelte seinen Untergang.

Dann starb die Pythia, denn die Sharur kamen zu spät.

Lykaon opferte seine gesamte Mannschaft, um unentdeckt zu entkommen.

Zufriedenheit legte sich über die Visage des Dämons, die jetzt vage an einen Totenkopf erinnerte. »Endlich beschritten wir den Weg unserer Bestimmung. Wenn nötig, würden wir der Welt mit Zorn und Tod unseren Willen aufzwingen. Auf dass unser glorreiches, goldenes Zeitalter komme!«

Direkt in das Reich der Lichtelfen aufgebrochen, wo er neue Freundschaften schloss, nur um sie wieder zur verraten und weitere Seelen zu opfern. Durch geschickte Ränkespiele erhielt er Zugang zur großen Bibliothek der Illvari. Darin fand er, was er begehrte: Die Formel, um die Trennung rückgängig zu machen. Sie erforderte ein untragbares Blutopfer.

Mit dem letzten Atemzug von hundert Elfen verabschiedete sich auch der letzte Funke Menschlichkeit aus Lykaons Seele. Ihr Opfer bereitete ihm den Weg zum Aufstieg und brachte den Sturm zurück in seine Hände. Befreit vom Bann der Trennung, nun wieder im vollen Besitz seiner magischen Kräfte, scharte er gleichgesinnte um sich. Sklaven befreite er, die ihm aus Dankbarkeit folgten. Söldner, Verbannte und sogar waschechte Taugenichtse vervollständigten die Reihen der ersten, Schwarzen Flut, die bald schon über den südlichen Kontinent hinwegspülte. So ging zuallererst das Königreich der Wölfe unter. Weitere Stadtstaaten entlang der Sonnenküste folgten. Ihnen wurde die Wahl gelassen.

Unterwerfung oder Vernichtung.

Das blieb den letzten beiden Drachenreichen nicht verborgen. Drachensend und Makhai luden zu einem Treffen ein, denn sie wünschten eine Lösung ohne weiteres Blutvergießen. Zu frisch waren noch die Wunden des letzten Weltenbrandes. Da sie nicht wussten, dass Lykaon sich hinter der schwarzen Halbmaske des Imperators verbarg, ahnten sie nichts von der Intrige, die sich längst entfaltete.

Der gesamte Rat der Sturmfürsten und beide Drachenkönige kamen am Fuße des Drean-Gebirges zusammenkam. Nur Lykaon nicht. In sicherer Entfernung wartete er auf den richtigen Zeitpunkt, um die Macht des Sturms zu entfesseln. Unbezwingbare Feuerstürme tobten, verwüsteten das Land und Fluten erhoben sich, so hoch, das ganze Landstriche darin versanken und nie wieder hervor kamen. Ein Massaker kosmischen Ausmaßes. Mit einem einzigen vernichtenden Angriff löschte er die gesamte politische Führung Ereas aus.

Lykaon überlebte auch diesen Missbrauch seiner Macht. Der Dämon sorgte dafür.

Drachensend wurde zu Lykosura und der unaufhaltsame Marsch der Schwarzen Flut nahm seinen unvermeidlichen Lauf. Den Süden stürzte das für Jahrhunderte in einen grauenhaften Krieg. Bis die Schwarze Flut gegen die Mauern der Himmelswacht brandete. Lykaons Generäle scheiterten ein ums andere Mal. Sie kamen nicht gegen das Himmelshaus an. Der Imperator selbst war zu geschwächt von jener Tat, die ihn eigentlich hätte töten müssen.

Da ereilte ihn ein empathischer Traum, den er als Zeichen der Götter deutete. Er sah Drachenkinder. Sieben an der Zahl und sie würden vollenden, was er begonnen hatte.

Schicksalskinder. Seine Schicksalskinder.

Der erste Traum lenkte Lykaons Blick nach Makhai, doch die Vorbereitung dieses Weges bedürfte Zeit und Vorbereitung. Längst leitete er alles Notwenige in die Wege. Währenddessen kehrte er selbst zurück an den Ort seines größten Schmerzes. Inmitten von Eis und Zerfall trat sie, die er für immer verloren geglaubt hatte, aus der Dunkelheit ins Licht.

Nerea.

Ihren Peinigern entkommen, kehrte sie nach Hause zurück. Umgeben von Trümmern und Eis, fanden sie einander wieder. So lange hatte er sie gesucht. So viele Leben für sie geopfert.

Liebe tötet!

Der Dämon warnte Lykaon und erinnerte ihn an die Worte der Pythia. Doch Lykaon nahm sie mit sich. Anfangs wehrte er sich gegen die Gefühle, die Nerea in ihm auslöste. Aus Furcht die Schuld zuzulassen, die er auf sich geladen hatte und doch blieb es nur eine Frage der Zeit, bis er ihr erneut verfiel. Sie, die durch so viel Finsternis gewandert war und dennoch dem Licht treu blieb, strebte erneut nach der Heilung seiner Seele. Nach seiner und ihrer eigener. Die Stimme des Dämons verstummte beinahe gänzlich, als Nerea schwanger wurde und ihm eine Tochter gebar.

Ein kleines Mädchen mit silbernen Augen ...

Lykaja.

Mira stockte der Atem. Sie musste daran denken, was man den Drakestai in der Schmiede antat. Das Lykaon sein leibliches Kind diesem Wahnsinn übergab, verriet ihr alles über seinen Geisteszustand. Je mehr Mira sah, umso größer und tiefer wurde der Abgrund, in den sie blicken musste, wenn sie diesen Mann verstehen wollte. Ihre Aufgabe war noch nicht getan, denn da draußen tobte noch immer ein Sturm, den es zu bändigen galt. So wehrte Mira sich nicht länger gegen den Dämon und die Erinnerungen, die er gnadenlos über sie ergoss.

Nach Lykaja war es Ion, der in die Schmiede kam, doch der Dämon verwehrte ihr das Wissen um seine Herkunft. So auch bei allen anderen seiner Schicksalskinder. Mehr als eine Ahnung gab er ihr nicht, doch auch ohne dieses war Mira vollkommen klar, dass Lykaon sie sich nicht mit freundlicher Zurede zu sich geholt hatte.

»Ich gebe dir mehr ...«, flüsterte der Dämon. »... mehr Wissen. Mehr von Lykaon, du musst es nur sagen.«

Mira atmete freudlos lachend aus. »Und was verlangst du im Gegenzug? Seelen?«

Er bestätigte dies mit einem Nicken. »Das ist der Preis.«

Mira schüttelte ohne groß darüber nachzudenken, den Kopf. »Du bekommst keine Seelen von mir, Seelenfänger. Keine einzige!«

»Liebe ist es, die dich daran hindert zu wachsen, *Sturmgeborene.*« Jetzt zischte es. Trotz des Lächelns auf seinem Gesicht spürte Mira, wie ihm die Geduld entglitt.

»Eine letzte Kostprobe wahren Wissens schenke ich dir. Danach wirst du mir gehören. Auf die eine ... oder andere Weise.«

Lykaons erstem Traum folgend, sah Mira dabei zu, wie er seine Schatten aussandte, um das Drachenkind zu rauben. Sie holten sich den Jungen, der Samons Sohn und Thronerbe war. Gerade mal fünf Winter zählte er zu jener Zeit. Das erstgeborene Kind der Sonnenkönigin und des letzten Drachenherrschers. Sohar, lautete sein Namen. Benannt nach Samons Vater.

Mira hielt den Atem an. Sie kannte nur Gerüchte, die sich um einen Sohn drehten, den es vor Shim gegeben haben sollte. Die einen behaupteten, der Junge sei gestorben. Die anderen taten dies als üble Nachrede ab.

»Nein …«, flüsterte sie, denn ihr Herz erkannte die Wahrheit, lange bevor ihr Verstand es zuließ.

»Sieh hin«, sprach der Dämon.

Lykaon stellte Samon vor die Wahl, im selben Zuge, wie er seine wahre Identität für ihn offenbarte.

Er bekäme sein Kind zurück, wenn Samon dafür das Knie beugte und ihm die Krone übergab.

Krone oder Sohn?

Mira wollte ihren Blick abwenden, doch der Dämon umfasste ihr Kinn und zwang ihren Kopf zurück.

»SIEH HIN!«, zischte es.

Jetzt befanden sie sich wieder in Lykosura, im Hort der Kinder, wo ein kleiner Junge, umgeben von geschnitzten Spielzeugfiguren, fragend zum Imperator aufsah. Noch bevor Lykaon ihm die Entscheidung seines Vaters mitteilen konnte, wusste Mira es bereits.

Samon wählte die Krone und so kam der kleine Junge, der der Sohn eines Drachen war, in die Schmiede. Zusammen mit vielen anderen, doch nur er allein sollte lebend daraus hervortreten und zur *Ersten Waffe Lykaons* werden …

»Nein!«, schrie Mira und der Himmel mit ihr.

Eine tödliche Ladung gleißend hellen Lichts brach durch das Dach und schlug zwischen Imperator und Magierin ein. Die Energie des Aufpralls ließ den Marmor bersten. Die Energie, die dabei freigesetzt wurde, manifestierte sich in einer Schockwelle, die beide voneinander losriss.

»Pheros ...«, flüsterte sie erstickt, während sie über Trümmer und Splitter robbend immer weiter Distanz suchte. Das konnte nicht wahr sein! Das dürfte nicht stimmen!

Wind peitschte ihr Haar und Wasser ins Gesicht. Es war so kalt, dass sich ihre Finger kaum noch krümmen ließen. Ihr Atem bildete Wolken vor dem Mund und sie zitterte. Mira musste einige Male heftig schlucken, bis das Chaos in ihrem Inneren sie nicht mehr zu ersticken drohte. Dann erst hob sie den Arm, um dem Wind zu beruhigen, doch nur mit mäßigem Erfolg. Die Elemente gehorchten ihr nicht, wie sie es sollten und an Konzentration mangelte es ihr ebenfalls. Jetzt tobte nicht nur Lykaons Sturm, sondern auch ihr eigener.

Mira spürte ihr Gesicht kaum noch. Kälte kroch ihr über die Haut, bis tief in die Knochen, da fiel ihr Blick unerwartet auf Lykaja. Die Bogenschützin lag nicht unweit von ihr entfernt und schien bewusstlos zu sein. Jedenfalls regte sie sich nicht. Sie blutete. Einen sehr heftigen Fluch ausstoßend kroch Mira zu ihr. Dabei sah sie sich immer wieder um in der Hoffnung, auch Tyra irgendwo in diesem Durcheinander zu entdecken. Vergebens.

»Lykaja!« Mira rüttelte an der Schulter der Bogenschützin. Sie hatte eine Kopfverletzung, öffnete aber die Augen. Mit starren Fingern wirkte Mira den Heilzauber, der sich wie ein zartes Netz aus Licht über die Wunde legte, während Lykaja sich zu orientieren versuchte. Sie war blass, aber ihre Haut erstaunlich warm, während Mira bald zur Eisskulptur erstarrten dürfte, wenn das so weiter ging. *Eisgeboren*, schoss es ihr durch den Kopf. Lykaja musste ein Eisdrache sein. Niedrige Temperaturen konnten ihr nichts anhaben.

»Der Dämon hat Lykaon übernommen,« klärte Mira sie auf.

»Schlecht«, kommentiere diese trocken. Die Waffe verhielt sich viel zu passiv, wenn man bedachte, in welcher Lage sie sich befanden.

»Tyra?«

Mira schüttelte den Kopf.

»Miiiiiraaaaaaaaa...«

Beide Frauen erstarrten.

Der Dämon musste hier irgendwo herumschleichen. Sie schob einen Arm unter Lykajas Schulter und zog sich zusammen mit ihr hinter einen umgeworfenen Tisch. Ein hässliches, schweres Ding aus Stein oder Marmor, das in der Mitte sauber zerteilt dalag. Beide Bruchstücke ergaben einen hervorragenden Schutz vor umherfliegenden Trümmerteilen und unliebsamen dämonischen Blicken. Schmauchspuren zeugten davon, dass ihr Blitz von zuvor die Spaltung verursacht haben musste. Lykaja wehrte sich nicht und ließ zu, dass Mira sie einfach mit sich zog.

»Mir steht nicht der Sinn nach Spielen!«, erklang es von überall und nirgendwo.

Diese Stimme! Als sie sich noch im Kopf des Imperators befunden hatten, war das nicht so gewesen. Jetzt sprachen tausend Stimmen zu ihr. Junge Stimmen, alte Stimmen, hohe Töne, tiefe und etwas anderes, das Mira nicht ganz zuordnen konnte.

Man nannte ihn den *Seelenfänger*.

Der Sturmfürstin wurde übel und ihr Zittern verschlimmerte sich. Ob nun vor anhaltender Kälte oder wachsender Angst, wusste sie nicht zu trennen.

Wir können ihn nur hinhalten, bis Vater wieder die Kontrolle hat, flüsterte Lykaja in ihren Geist. Im ersten Moment wollte Mira zurückzucken, als sie die fremde Präsenz in ihrem Kopf bemerkte, doch dann rief sie sich ins Gedächtnis, das Lykaja diese Gabe besaß.

Wahrscheinlich war es klüger, nicht laut zu sprechen, um ihre Position nicht zu verraten. Mira wirkte einen Verschleierungszauber und zog sich zusammen mit Lykaja noch etwas tiefer in die Nische zwischen Tisch und Wand zurück.

»Komm zu mir, *Sturmgeborene* ... gemeinsam formen wir die Welt neu!«

Kopfschüttelnd wandte sie sich an Lykaja, mit deren Geist sie jetzt verbunden war. *Und wie lange wird das dauern? Noch ein paar blutige Szenen aus seinem Leben und ich höre nie wieder auf, mich zu übergeben!*

Ein dünnes Lächeln legte sich über Lykajas Züge. *Wenn du eine andere Idee hast, bin ich ganz Ohr, Mira.*

Sie presste die Lippen aufeinander, während sie darüber nachdachte und den umherschreitenden Dämon-Imperator nicht aus den Augen ließ. Sie verbarg sich vor ihm, aber er nicht vor ihr. Eine Aura der Vernichtung umgab dieses Wesen, wie Mira sie noch nie zuvor bei irgendjemandem wahrgenommen hatte. Ehrfurcht und Angst krochen ihr in jede Zelle ihres Körpers.

Du kannst ihn nicht töten. Er würde sich nur einen neuen Körper suchen. Sterben würde nur mein Vater ... und wir alle mit ihm!

Ein Sturmfürst, der sein entfachtes Chaos nicht wieder unter Kontrolle brachte, bevor er dahinschied, hinterließ diese

Schneise der Zerstörung für viele Monate, manchmal sogar Jahre. Abhängig vom Ausmaß des Sturms. Es war nur eine Frage der Zeit, bis andere hierherkamen. Spätestens der Blitzschlag dürfte die Aufmerksamkeit einiger Wachen auf sich ziehen. Sie würden alle in die grausamen Fänge dieser Kreatur laufen. Noch schlimmer, Pheros oder eine der anderen Waffen, die kaum in der Lage sein konnten zu begreifen, was vor sich ging.

Ein Schockzauber, sprach Mira in Lykajas Gedanken. Etwas Besseres fiel ihr nicht ein. *Ich locke ihn weg und sobald ich nah genug dran bin, verpasse ich ihm einen Schock.*

Ich kann dich nicht allein gegen ihn antreten lassen, protestierte Lykaja.

Und ich werde dich nicht als Schild verwenden! Zu mehr bist du im Augenblick aber nicht zu gebrauchen!

Lykajas Miene verfinsterte sich. In diesem Zustand, blutend und kaum in der Lage, sich aufrecht hinzusetzen, konnte sie nicht kämpfen. Selbst einer hartgesottenen Waffe Lykaons waren Grenzen auferlegt.

Die Bogenschützin lenkte schließlich widerwillig ein, indem sie nickte.

Bleib immer in Bewegung. Lass nicht zu, dass er dich zu fassen bekommt und erneut auf die Traumebene zerrt. Sobald du nah genug dran bist, zögere nicht!

25

PHEROS

Eine weitere Erschütterung zog durch den Palast und ließ die Gruppe straucheln. Noch ein donnernder Blitzeinschlag, der Stein und Glas zersplittern ließ. Er sah es nicht, doch die Geräuschkulisse war eindeutig. Der Geruch von Schwefel verbreitete sich und vermischte sich mit dem Duft von Miras Magie. In den Augen der Templer war Mira längst verurteilt, doch Pheros wusste es besser. Monate lang hatte es nur sie und ihn gegeben. Darum verschwendete er keinen zweiten Gedanken, sondern konzentrierte sich auf den Duft, der ihn zielsicher zu ihr führte. Pheros hatte keine Vorstellung, was sie erwarten würde. Er wusste nur, dass er nicht zulassen konnte, dass die Templer Mira etwas antaten.

Überraschenderweise beruhigte sich der Sturm schlagartig wieder. Die Winde pfiffen nun deutlich leiser zwischen den Säulen. Das donnernde Spektakel am Himmel verstummte. Pheros bedeutete Tegeates und Asea, einen anderen Weg in die Gemächer zu nehmen. Nur für den Fall, dass jemand oder etwas versuchte zu fliehen. Beide Schatten entfernten sich still und lautlos von der Gruppe. Die Flügeltüren klemmten, so dass er sich mit Ion dagegen werfen musste, um sie aufzustoßen. Schließlich gab auch die Tür nach. Ein paar Frauen schrien erschrocken auf. Pheros erkannte sie als

Küchenmägde. Sie hatten sich hinter Lykaons langem Marmortisch versteckt. Sorge bereiteten ihm nur der glatte Schnitt, der den Tisch zerteilte.

»Was bei allen ...!«, hörte er Ion fluchen und nicht vollenden.

Ein wildes Chaos erwartete sie. Überall lagen Splitter herum. Steinbrocken, die aus den Wänden gerissen wurden, und Brandlöcher, die auf einen Kampf zwischen Magiern schließen ließ.

»Hier draußen!«, rief Asea. Wenn Lykaons private Gemächer schon ein wildes Durcheinander war, dann fehlten Pheros die Worte für das, was sich ihnen im Garten eröffnete.

Umgegrabene Erde. Viele Meter hoch getürmt und ebenso viele Meter tief gegraben. Mehrere Teile eines Getreidewagens lagen verteilt im gesamten Garten. Irgendwo hörte er Hühner aufgeregt gackern und ein Pferd rannte panisch an ihnen vorbei, direkt in den Palast hinein. Überall lagen Säulenstücke und Gesteinstrümmer, die zu irgendwelchen Gebäuden gehört haben mussten. Entwurzelte Bäume lagen quer über den gepflasterten Wegen.

Blut.

Pheros roch Blut ...

»Findet den Imperator!«, rief Evaria irgendwo im Hintergrund.

Pheros konzentrierte sich auf den Geruch von Miras Magie. Es brannte in seiner Brust, doch er versuchte, der leisen Furcht keine Macht über sich zu verleihen. Vergebens. Wenn es um Mira ging, versagten einmal mehr sämtliche antrainierten Mechanismen. Sorge mischte sich mit einem Dutzend weiterer Emotionen, die alle samt erstarrten, als er sein Ziel erreichte. Es kam ihm vor, als würde sich die Zeit verlangsamen und sein Herz stehen bleiben.

Da lag Mira. Mit dem Rücken auf den Stufen des kleinen Pavillons, der nur noch aus ein paar Stufen und einer halben Säule bestand. Das Gesicht abgewandt, halb von ihren Haaren bedeckt. Reglos. Nicht einmal eine sichtbare Bewegung ihres Brustkorbs war zu erkennen.

Für das Gefühl, das ihn bei ihrem Anblick überkam, gab es keinen Namen. Nur die Gewissheit, dass er ohne sie nie wieder aus dieser Finsternis herausfinden würde, die ihn jetzt zu verschlingen drohte.

Einen stolpernden Herzschlag später kniete er neben ihr. Behutsam fuhr er mit einer Hand in ihren Nacken, um dort nach der Unversehrtheit ihrer Wirbel zu tasten. Es schien alles in Ordnung zu sein, aber sie fühlte sich eiskalt an. Die Lippen blau angelaufen. Seine eigenen Hände zitterten, aber nicht vor Kälte.

Ion begab sich zu ihm in die Hocke. Das Gesicht zu einem ernsten Ausdruck verzogen, während Pheros Mira vorsichtig in die Arme zog und ihr das Haar aus dem Gesicht strich.

»Pheros, ich höre ihren Herzsch…«

Genau in diesem Moment riss Mira die Augen auf. Wüst fluchend spuckte sie einen Schwall Wasser aus. Pheros wurde fast schwindelig vor Erleichterung. Auch Ion zeigte ein erleichtertes, schiefes Lächeln.

Mira brauchte noch ein paar schleppende Atemzüge, um sich zu orientieren, dann realisierte sie seine Anwesenheit und die der anderen. Sichtlich überrascht strich sie sich ein paar Strähnen aus dem Gesicht.

»Pheros?« Sie legte eine Hand an seinen Hals, so als müsste sie sich vergewissern, dass er wirklich neben ihr kniete. Erleichterung erhellte ihren Blick, doch dann wurde sie blass und sah sich gehetzt um. »Wo ist er?«

Titana näherten sich ihnen in Begleitung von Tegeates und Asea. Beide Schatten hielten Fackeln in den Händen. Ion legte sachte eine Hand auf Miras Schulter. »Von wem sprichst du?«

Sie sah ihn direkt an. »Wo ist Lykaja?«

Ion runzelte die Stirn, gab aber keine Antwort darauf.

»Bist du verletzt?«, fragte Pheros.

Sie schüttelte den Kopf und schickte sich an aufzustehen. Er unterstützte sie und behielt den Arm um ihre Mitte gelegt. Nicht zu fest, damit sie sich lösen konnte, falls sie das wollte. Ihre Finger schlossen sich jedoch fest um sein Handgelenk. Immer wieder sah sie sich um. Jetzt nicht mehr gehetzt, sondern suchend und wachsam.

Titana deutete auf die blutigen Flecken an Miras Haut und Kleidung. »Wessen Blut ist das, wenn du nicht verletzt bist?«

Mira hielt den Blick weiterhin auf die Umgebung gerichtet, während sie antwortete: »Lykajas ... und ich glaube, ein bisschen Kuh ist auch dabei.«

Ion hob die Brauen. »Eine Kuh?«

Mira nickte nur abwesend, ohne diesen Umstand näher zu erklären.

»Bei Nin, Pheros! Bist du so blind?!«, brüllte Evaria und kam mit gezücktem Schwert auf sie zu.

Die Schattenklinge stellte sich ihr den Weg. Wortlos zog er seine Waffen.

Asea begab sich an seine Seite und deutete dabei auf eine Stelle hinter Evaria. »Ich glaube, dort hinten ruft jemand nach dir. Geh besser. Jetzt.«

Mira ignorierte die keifende, sich entfernende, Evaria. Das konnte nur bedeuten, dass etwas viel Schlimmeres hier war und sich ihr gesamtes Denken allein darauf fokussierte.

Pheros wollte fragen, doch dann drehte Mira sich in seinem Arm um, so dass sie hinter ihn starrte. Ihre Finger krallten sich in die Schulterriemen seiner Rüstung. Der Sturm trat sichtbar in ihre Augen und er fühlte, wie ihr Körper zu zittern begann. Pheros zog sie mit einem Arm enger an sich und mit der freien Hand sein Schwert aus der Scheide. Die restlichen sieben folgten seinem Beispiel und zückten ihre Waffen. Immer wieder sondierten auch sie die Umgebung, sahen fragend zu Mira und einander an.

Die Sturmfürstin wirkte neben sich stehend. Pheros neigte den Kopf zu ihrem. »Was siehst du?«

Ihre Atmung beschleunigte sich. Etwas machte ihr Angst. Dort, wo sonst das vertraute Blaugrün ihrer Augen zu sehen war, verdichtete sich jetzt Silber. Es verdrängte das Farbschema darunter und schloss sich wie ein Schild über ihre Iris. Selbst die Pupille wurde partiell davon verdeckt.

Pheros spürte, wie sein eigener Blick sich veränderte und den Drachen zum Vorschein brachte. Nicht nur bei ihm. Es erging all seinen Geschwistern so. Eine Gefahr manifestierte sich greifbar in ihrer Nähe und der Instinkt des Drachen erwachte unter ihrer aller Haut.

Langsam schlossen seine Geschwister einen Kreis um Mira und ihn. Etwas lauerte in den Schatten und schlich um sie herum. Eine beunruhigende Stille trat ein, während der Wind sich fast gänzlich legte. Regentropfen klopften auf das Leder ihrer Rüstungen.

Pheros bemerkte einen weiteren Herzschlag ... ganz in ihrer Nähe. Beseelt von einem Rhythmus, den er absolut nicht zuordnen konnte. Wie mehrere Herzen, die in unterschiedlichen Tönen schlugen, aber aus einer Brust kamen. Höchst eigenartig. So etwas hatte er noch nie gehört. Es reizte den

Drachen in Pheros, was stets für einen hohen Bedrohungsgrad sprach.

Ein plötzlicher Windstoß blies die Fackeln aus, die Titana und Asea eben noch entfacht hatten.

»Nicht angreifen!«, sagte Mira.

Ion warf ihr einen Blick über die Schulter zu. »Warum nicht?«

Es war Asea, die für Mira antwortete und zeitgleich deren Blick einfing. »Weil wir es nicht töten können ... aber du kannst es aufhalten, stimmts?«

Mira nickte langsam und wandte sich dann an Pheros. »Vertraust du mir?«

Er brauchte keinen weiteren Atemzug, um ihre Frage zu beantworten. »Nehmt die Waffen runter.«

Seine Geschwister folgten seiner Anweisung. Selbst wenn sie Mira nicht vertrauten, so vertrauten sie doch ihm. Dann geschah alles viel zu schnell. Eine Kreatur erhob sich aus den Schatten.

»Schließt die Augen!«, wies Mira sie an. Einen Wimpernschlag später erhellte grelles Licht die gesamte Umgebung. So hell, als stünden sie plötzlich in gleißendem Sonnenlicht. Obwohl seine Lider geschlossen waren, zog er instinktiv auch den Arm vor die Augen. Einen Atemzug später war es vorbei. So schnell, wie es gekommen war, dieser Schatten und auch das Licht, genauso schnell wurden beide wieder von der Nacht verschluckt.

26

MIRA

Sie träumte von blutigen Schlachtfeldern und grausamen, schwarzen Augen, die freundliches Blau verdrängten. Kälte kroch ihr über die Haut. Schon wieder. So viel Wasser ...

Schaudernd rollte sie sich zur Seite und zog die Knie an. Bevor sie sich auch die Decke über den Kopf ziehen konnte, berührte jemand ihre Schulter. Es fühlte sich an, als wäre sie an dieser Stelle von Flammen geküsst. Hitze breitete sich von dieser einen sanften Berührung aus und verdrängte das Eis. Mira fürchtete dieses Feuer nicht. Sie kannte es, verstand es, liebte es, brauchte es und verging nur zu gern darin ...

»Pheros«, flüsterte sie leise. Langsam öffnete sie die Lider und traf dabei auf vertraute, dunkle Augen.

»Was ist passiert?«, fragte sie. Mira durchforstete ihr Gedächtnis nach Details. Das letzte, woran sie sich erinnern konnte, war der Kampf im Garten. Zusammen mit Lykaja. Nur mit einiger Anstrengung und vielen zerbrochenen Dingen war ihnen gelungen, diese Namenlose Kreatur zu überwältigen, die sich Lykaons Körper übergestreift hatte wie eine zweite Haut. Ekel und eisige Kälte überkamen sie von neuem.

Pheros strich ihr sanft eine Haarsträhne von der Wange und rieb mit der anderen Hand über ihren Arm. »Ich hatte gehofft, du könntest mir das sagen.«

Seine Stimme lockte ihren Blick in seinen zurück. Da war es wieder. Das Wissen, welches sie ungewollt erlangt hatte und einen kleinen Jungen betraf, der zur Ersten Waffe Lykaons geformt worden war. Jetzt saß er neben ihr auf der Bettkante.

Pheros ... Ein Spross des Hauses Vydar.

Samons Sohn ... Samas Bruder!

Miras Herz zog sich schmerzlich zusammen und sie musste schlucken.

Ihr Schweigen schien Pheros dazu zu motivieren, ihre Erinnerung anzuregen. »Du hast einen Schockzauber gewirkt. Vermutlich hat dir das den Rest gegeben. Du bist in Ohnmacht gefallen. Und ... da war etwas im Garten ...« Er hielt inne und wartet ab, ob sie dem etwas hinzuzufügen hatte. »... Bei Morgengrauen verschwand der Sturm und was auch immer im Garten sein Unwesen getrieben hat. Kein Werk der Namenlosen, laut Lya. Der Imperator habe sich etwas zu sehr *verausgabt* an diesem Tag und die Kontrolle über den Sturm verloren. Du hättest ihm dabei geholfen, sein Problem wieder in den Griff zu bekommen.«

Faszinierend, wie viel Unwahrheit und Wahrheit zu gleich in dieser Erklärung steckte. Der Schöne Tod schien nicht die einzige Waffe Lykaons zu sein, die geübt darin war, die Wahrheit in kleine Schachteln zu packen. Aus seinen Worten schloss sie, dass es Lykaja einigermaßen gut gehen musste. Da er keine Trauermiene zog, vermutete sie, dass auch Tyra gefunden wurde und wohlauf sein musste. Im Augenblick beschäftigten sie aber auch ganz andere Wahrheiten.

So fand ihre Hand an seine Wange. Seine Haut fühlte sich warm an und die kurzen Barstoppel kitzelten ihren Fingerspitzen. Noch immer drang keine Silbe über ihre Lippen.

Wann hätte sie irgendetwas davon verarbeiten können? Im Augenblick wollte sie sich am liebsten in seinen Armen vergraben, aber er trug seine Rüstung und lag nicht zusammen mit ihr im Bett. Das konnte nur bedeuten, dass er gleich wieder aufbrechen musste.

»Sprich mit mir, *min Bree.*« Er legte seine Hand über ihre, die noch immer auf seiner Wange ruhte. *Sein Sturm.* Der Schock aller Dinge, die sie erst kürzlich erlebt hatte, saß noch zu tief. Wie ein Knebel, der sie am Sprechen hinderte, blockierte alles in ihr.

Er bohrte nicht weiter, wofür sie im Augenblick auch dankbar war. Stattdessen zog er ihre Hand an seine Lippen. Sanft strich ihr Daumen dabei über seine Haut. Sie betrachtete sein schönes Gesicht, die kantigen Gesichtszüge, die dennoch genug Weichheit aufboten, um in Miras Augen als perfekt durchzugehen. Doch nun, da sie wusste, *was sie wusste*, suchte sie unwillkürlich nach Ähnlichkeiten.

Jetzt erkannte sie die Form seiner Augen, das Kinn und die Stirn wie auch das dunkelbraune Haar, dass er mit Samon gemeinsam hatte. Und mit Shim.

Die Ähnlichkeiten endeten nicht mit dem Aussehen. Das kriegerische Geschick und sogar das Schnitzen zeichnete sich deutlich als Erbe des Vaters ab.

Als sich ihre Blicke das nächste mal kreuzten, klang Pheros Stimme belegt. »Als ich dich dort liegen sah ...« Er brachte den Satz nicht zu Ende. Mira konnte nichts sagen, ohne ungewollt ein Gespräch in Gang zu setzen, daher setzte sie sich auf und schlang ihre Arme um seinen Hals. Fest drückte er sie an sich, das Gesicht an ihrem Hals vergrabend. Sie spürte seinen warmen Atem auf ihrer Haut und Mira wollte ihn am liebsten mit sich unter die Decke ziehen, damit sie die nächsten Stunden nur damit verbrachten, einander festzuhalten. Vielleicht konnte das helfen, dieses grauenhafte Gefühl los zu werden, das die Begegnung mit dem Dämon in ihr hinterlassen hatte. Fühlte es sich so an, wenn man mit Dämonen zu tun hatte? Falls ja, dann war sie dankbar dafür, den letzten Weltenbrand nicht miterlebt zu haben. Sie erschauderte und verdrängte dieses widerliche Gefühl rasch wieder. Dafür sog sie tief seinen Geruch ein, küsste die Stelle unterhalb seines Ohrs und drehte sich dann sacht aus seiner Umarmung.

Es gab mehr Dinge, die ihm auf dem Herzen lagen, das sah sie ihm an. Auch in ihr schwelte der Wunsch zu sprechen, doch nicht jetzt. Noch nicht.

Mira wusste seine Rücksichtnahme zu schätzen. Sehr sogar. Vielleicht sollte sie besser keinen Spiegel suchen, um einen Blick auf das Abbild des Elends zu werfen, welches sie gerade abgeben musste.

»Ich bin heute Abend zurück«, verkündete er schließlich. »Wir müssen uns ansehen, was von der Stadt noch übrig ist. Nicht, dass die Namenlosen diesen Notstand ausnutzen. Wir sprechen, wenn ich zurück bin, in Ordnung?«

Sie nickte. Sanft und süß schmeckte der Kuss, den er ihr auf die Lippen setzte, bevor er ging.

Lange saß sie noch da und starrte ins Leere. Sie fühlte sich seltsam aufgelöst und aufgekratzt zugleich. Ihr nächster, greifbarer Gedanke galt Samas. In Momenten wie diesem vermisste sie ihn besonders. Es gab so vieles, über das sie sprechen wollte, um nicht verrückt zu werden, aber wie viel davon konnte sie mit Pheros teilen? Ging sie doch fest davon aus, dass er wusste, wer sein leiblicher Vater war. Die Erinnerung, die ihr der Dämon gezeigt hatte, ließ keinen Zweifel daran. Drakestai waren obendrein immun gegen Manipulationen des Geistes, also hätte ihm auch niemand diese Erinnerung nehmen können.

Miras Gedanken überschlugen sich, bis ihr der Kopf schwirrte. So viel Dunkelheit lag auf dem Weg, den Lykaon hinter sich hatte. So viel Schmerz. So viel Blut und daran war Samon nicht unschuldig. Oder Denea und viel zu viele anderen Personen. In Schutz nehmen wollte sie den Imperator dennoch nicht, denn ihm war stets eine Wahl geblieben. So wie Samon auch.

In dieser Geschichte gab es keine Helden und keine Schurken. Dafür aber jede Menge Monster. Echte Monster. Nicht die, die Barden für ihre Lieder erfanden.

Mira seufzte.

Sam … du fehlst mir …

27

Kaukon

SAMAS

Sam.

Unwillkürlich wirbelte er herum, doch da war nur eine Brise, die ihm wohl einen Streich spielte. Für einen kurzen Moment war es ihm vorgekommen, als riefe Mira nach ihm.

Wunschdenken. Wie sollte das auch möglich sein? Sie befand sich am anderen Ende des Kontinents. Selbst den versiertesten Magiern gelang es nicht, über eine solche Distanz eine mentale Verbindung aufzubauen. Dennoch ließ ihn dieser Moment nicht los.

Und wenn sie es doch versucht hatte?

Einen Moment länger noch blickte er der See entgegen, die längst auf ihn wartete. Schließlich wandte er sich ab. Am Ende des Stegs bestieg Shim gerade seinen Rappen. Er winkte Samas nochmal zum Abschied zu. Alea und Yaris flankierten ihn.

Bestimmt würden sie sich wieder im Ratssaal versammeln und ihren nächsten Angriff planen oder ganz neue Pläne schmieden. Immerhin hatte es einen erneuten Anschlag auf Samon gegeben. Der wievielte war es inzwischen? Der dritte? Vierte? Fraglich, ob und wie lange Shim hierbleiben konnte, wenn sich das weiter zuspitzte mit den Namenlosen.

Samas sah ihnen nach, bis das Trio zwischen den Gebäuden außer Sichtweite geriet.

Falls sie doch einen erneuten Vorstoß in Richtung Lykosura wagten, blieb nur zu hoffen, dass der gegenwärtige Erfolg anhielt. Erneut stieg Unmut in ihm auf, wenn er an diese umfassende Vernichtung der letzten Schlacht dachte. Es fiel ihm wirklich schwer, kein vernichtendes Urteil darüber zu fällen, wie weit es mit ihnen gekommen war, dass sie zu derlei Methoden griffen. Die Grenze zwischen Moral und Notwendigkeit begann zu verschwimmen und das bereitete ihm Kopfschmerzen. Und obwohl Samas absolutes Vertrauen in seinen Bruder hatte, so blickten sie alle dennoch einer ungewissen Zukunft entgegen. Wo und wann würden die Namenlosen als nächstes zuschlagen? Wie viele Anschläge konnte der alte Drache überleben, bis es ihn doch erwischte? Ging es Lykaon auch so? Würde Lykosura zum Gegenschlag ausholen?

»Prinz.«

Dieses mal war es keine Brise, die Samas aus seinen Überlegungen riss. Als er sich umdrehte, stand der dunkle Gardist neben ihm auf dem Pier. Er hielt Samas einen Brief mit Siegel hin.

»Die Fürstin bittet dich, Großinquisitor Alaric, ihren Cousin, dieses Schriftstück auszuhändigen. Es handelt sich um eine private Korrespondenz.«

Beiläufig nahm er das Papier entgegen. »Du bist also ein Wolf.«

Lucan verschränkte die Arme hinter dem Rücken.

»Ich dachte, euer Reich wäre zerfallen und mit diesem auch alle Wölfe.«

»Widerlegt die Existenz eines schwarzen Wolfes nicht diese These?«

»Wohl wahr,« murrte Samas.

»Als die schwarze Flut auf dem südlichen Kontinent landete, war das Königreich der Wölfe das erste, das zerstört wurde.«

»Du scheinst das nicht sehr persönlich zu nehmen,« merkte Samas an. Lucan schien jedoch nicht gewillt zu sein, mehr preiszugeben als ohnehin schon. Seine Hand fand an die Schulter des Magiers, um diese freundschaftlich zu drücken. »Wie geht es deinem Bein?«

Samas brauchte einen Moment, um die Frage zu verstehen. Doch dann erinnerte er sich an seine Verwundung. »Cailins Heilmagier sind erstklassig.«

Lucan nickte zufrieden. »Viel Glück, Prinz und eine gute Reise. Mögen die Winde dir und deinem Vorhaben gewogen sein.«

Samas erwiderte die freundschaftliche Geste trotz der Enttäuschung.

Die Winterwinde tobten so weit im Südwesten Ereas nicht halb so schlimm wie auf dem Sturmmeer. Samas erwartete eine Ankunft binnen einer Woche.

Der Dunkle blieb am Pier stehen, bis der Prinz das Schiff bestieg und dieses ablegte. Eine schnittige, kleine Fregatte, aus der Flotte der Fürstin Kaukons. Cailin ließ ihn komfortabel reisen. Wenn er genauer darüber nachdachte, dann tat er das selten so fürstlich und noch seltener königlich. Mira und er hatten es einfach bevorzugt, im Sattel zu sitzen und zwischen den Städten das Abenteuer zu suchen.

Den Kopf über sich selbst schüttelnd befreite er sich von dieser Erinnerung. Es brachte ja nichts, sich ständig in der Vergangenheit zu verlieren. Das Künftige, darauf musste er sich konzentrieren.

Während die fürstliche Fregatte aus dem Hafen auslief und die Stadt immer kleiner wurde, dachte Samas über diese nächsten Schritte nach.

Einen Former besorgen.

Sets Spion kümmerte sich um die Formel.

So weit so gut.

Der weniger leichte Part galt der Beschaffung einer Karte aller unterirdischen Netzwerke Ereas. Auch dafür gab es einen Plan, doch der würde Samas erst auf hoher See offenbart werden. Aus Gründen der Sicherheit, wie Set meinte. Man würde ihn ansprechen und alles Weitere sollte sich aus diesem Gespräch ergeben.

»Hunger?«

Samas wandte sich um und sah sich einer überraschend jungen Frau gegenüberstehen, die ihm ein Stück Trockenfisch hinhielt. Sie trug ihre langen schwarzen Haare in einem kunstvollen Knoten am Hinterkopf. Braune Augen mit grünen Punkten. Irgendwie erinnerte sie ihn an Set. Vielleicht lag es an den scharfkantigen Linien ihres Gesichts, die an einen Schakal erinnerten. Womöglich lag es aber auch an der sonnengeküssten Haut und ihrem fremdländischen Akzent.

»Danke«, sagte er und nahm das dargebotene Stück Fisch entgegen. Beide lehnten sie sich gegen die Reling, den Blick auf das Wasser gerichtet, als wären sie alte Vertraute und nicht völlig Fremde, die das Schicksal gerade zusammenführte.

»Wie geht es weiter, wenn Schritt eins vollbracht ist?«, erkundigte sich Samas, der überzeugt davon war, dass sie seine Kontaktperson sein musste. Er beschloss, sich umzudrehen, damit einer von ihnen auch das Deck im Blick behielt. Beiläufig wirkte er mit den Fingerspitzen einen Schleier, der ihre Stimmen, durch den Wind getragen, verzerren würde.

»Wir beschaffen die Karte für das Netzwerk«, erklärte sie.

»Und wie?«

Als sie ihn direkt ansah, erhaschte Samas einen Schatten, der über ihr hübsches Gesicht huschte. Schlechte Schauspielerin. Spione sollten ihre Gefühle besser im Griff haben.

»In Maru.«

Samas lachte ungläubig auf. »Das besetzte Maru? In Lykosura?«

Sie nickte und er wollte schon eine Rede darüber absondern, wie absurd das war, doch dann dachte er daran, dass dies Sets Plan war.

Samas unterdrückte ein Seufzen. »Wie kommt er darauf, dass wir dort fündig werden?«

»Wenn man von Maru spricht, werden alle Bewohner Ereas an den wohl heißesten Ort der Welt denken. An die Zwillingswüste und die endlos weite Küste des Sonnenmeers, die diesem Reich angehören«, sprach sie, obwohl er sie nicht um eine Geschichtsstunde gebeten hatte.

»Vor allem aber denkt man an die Goldene Stadt«, setzte sie wieder an. »Angeblich wurde sie auf den Gebeinen des letzten goldenen Drachen errichtet. Daher auch der Name.«

Ja, das war Samas bekannt.

»*Utu Maru* bedeutet, geliebte Heimat«, sprach sie weiter. Aussprache und Klang perfekt, so dass Samas absolut keinen Zweifel mehr daran hatte, dass diese Frau eine Maru sein musste. Auch wenn die meisten Leute in Desheret aus Maru stammten, so war ihnen der Akzent im Laufe der Jahrhunderte, in denen Set sein Fürstentum in Makhai gegründet hatte, gänzlich abhandengekommen.

»Die Hauptstadt thront an jener Stelle, wo der Drache seinen letzten Atemzug tat. An der südlichsten Spitze der

Küste. *Utu Vaku.* Die große Pyramide ist seine letzte Ruhestätte. Ein Tempel für einfache Gläubige und voller verborgener Geheimtüren. Eine davon führt zu den darunter liegenden Katakomben. Ein tödliches Labyrinth für alle, die den Weg nicht kennen. Irgendwo in der Dunkelheit muss sich noch die alte Bibliothek befinden.«

Also galt es, einen Weg nach Maru und in diese Katakomben zu finden. In der Regel hielt man sich von solchen Orten eher fern.

»Set würde nicht riskieren, den Spross des Königshauses da runter zu schicken, mitten in besetztes Gebiet, wenn er nicht absolut sicher wäre, dass sich der Einsatz lohnt«, versichert sie ihm und Samas war geneigt, ihr auch das zu glauben.

»Ich nehme an, wir haben einen Fremdenführer für die Katakomben?«, erkundigte er sich.

»Ja. Die Prinzessin.«

Samas hob die Brauen. »Ist sie denn noch am Leben? Es gibt wie immer einige Gerüchte, aber nichts offizielles.«

»Sie lebt, Prinz. Das versichere ich dir.«

»Na schön. Khepri va Ankh lebt. Wo ist sie dann? Warum hat sie nie Schutz in Makhai gesucht? Die Krone hätte sie mit offenen Armen empfangen und Set erst! Sie ist doch seine letzte, lebende Verwandte oder haben weitere die Eroberung überlebt?«

Sie schüttelte den Kopf. »Nicht, dass ich wüsste. Set konnte in jener Nacht nicht alle retten ... nur sie.«

Interessiert lehnte sich Samas zurück. »Und wer bist du eigentlich, dass du das alles weißt?« Da wurde ihm klar, wie unhöflich er sich verhielt. Wie gereizt er wirken musste.

»Verzeih. Ich bin sonst kein solcher Kotzbrocken«, entschuldigte er sich, den Kopf über sich selbst schüttelnd.

Doch sie lachte nur über seine Worte. Es war ein wohlwollendes, nicht nachtragendes Lachen.

Dann hielt er der schönen Fremden die Hand hin. »Lass es mich nachholen ... Hallo. Ich bin Samas.«

Sie schenkte ihm ein freundliches Lächeln und ergriff seine Hand. »Freut mich Samas. Ich bin Khepri.«

28

Lykosura, Hauptstadt

MIRA

Ihr knurrender Magen nötigte sie, schließlich das Bett zu verlassen. Auch die vielen offenen Fragen, die ihr keine Ruhe ließen. Also begab sie sich auf die Suche nach Tyra, Lykaja oder besser noch, dem Imperator selbst. Vorher wollte sie aber einen Umweg über die Küche nehmen.

Der gesamte Palast wirkte auf Mira heute größer und stiller denn je. Vielleicht sogar etwas zu ruhig, wenn man bedachte, wie viele Reparaturen eigentlich anstanden. Womöglich konzentrierte man sich zunächst darauf, die Schäden in der Stadt zu beheben, bevor der Prunk des blauen Palastes wieder hergestellt wurde. Eigentlich eine noble Sache, wenn man bedachte, dass die Waffen nur zur Aufgabe hatten, das Reich zu beschützen und seine Feinde zu zerschlagen. Dass sie mit anpackten und sich die Hände schmutzig machten, sprach von ihrer Hingabe für das Land und die Leute, die ein Teil davon waren. Immer, wenn sie so etwas miterlebte, empfand sie Ärger darüber, wie anders so vieles in Makhai dargestellt wurde.

Der Teil des Palastes, in dem sich die Küche befand, lag in vollkommener Stille da. Ungewöhnlich. Sie ballte bereits ihre Hand zur Faust und ließ zuckende Blitze darum tanzen, während sie sich langsam in Richtung Küche bewegte. Doch als sie erkannte, was der Grund dafür war, löste sie die Faust wieder und die Blitze verblassten.

Niemand Geringeres als der Imperator persönlich saß darin und speiste.

Allein.

Keine Wache, um den obersten Würdenträger Lykosuras zu bewachen. Das war leichtsinnig. Wenigstens Tyra oder eine der Waffen sollte bei ihm sein. Andererseits vermochte keiner von ihnen, den Dämon zu bezwingen, sollte der erneut von Lykaon Besitz ergreifen.

Der Imperator winkte sie heran und Mira ließ sich nicht zweimal bitten, denn das, was auf dem langen Tisch ausgebreitet lag, sah unfassbar appetitlich aus. Körbe und Schalen voll Obst, Gebäck, Fleisch und Käse breiteten sich vor ihr aus. Ihr Blick huschte in den angrenzenden Raum, wo üblicherweise über einer großen Feuerstelle gekocht wurde. Eigentlich ging es dort immer sehr laut zu, aber jetzt war es still. Na ja, fast. Eine Suppe köchelte sehr appetitlich duftend über der Feuerstelle.

Lykaon musste ihren fragenden Blick bemerkt haben.

»Ich habe ihnen frei gegeben. Alles benötigte Personal einschließlich der Wachen und meiner Waffen ist in der Stadt beschäftigt. Die Kinder wurden an einen sicheren Ort gebracht.«

Mira schob sich einen Hocker heran und setzte sich dem Imperator gegenüber an den Tisch. »Ich habe mich schon gefragt, wo all die kleinen Drachen hin sind.«

Kurz nur sah der Imperator auf von seinem reich gedeckten Teller. »Sie sind hier nicht mehr sicher.«

Mira schnappte sich zwei tiefe Schalen. Mit diesen trat sie an die köchelnde Feuerstelle heran. Zunächst steckte sie schnuppernd ihre Nase über den Kessel. Kartoffelsuppe mit Gemüse. Das gefiel ihr! Sie füllte beide Schalen und kehrte dann zu Lykaon zurück. Eine der beiden Schüsseln stellte sie ihm vor die Nase.

»Ihr seht schrecklich aus«, stolpert es ihr über die Lippen, noch bevor sie es hatte aufhalten können. Dafür erntete sie eine gehobene Augenbraue. »Gleichfalls.«

Mira musste unwillkürlich lächeln. Erneut auf dem Hocker zur Rechten des Imperators Platz nehmend interessierte sie eine ganz andere Sache.

»Wie konnte das nur passieren? Der Sturm und ... das *andere.*«

»Nachdem wir im Kopf des jeweils anderen waren ... wollen wir nicht auf unnötige Höflichkeiten verzichten?«, stellte er eine Gegenfrage.

»Wie *du* wünscht.«

Nach diesem Ereignis fühlte es sich ohnehin seltsam an, einen völlig Fremden in ihm zu sehen. Wenn man so tief im Kopf des jeweils anderen hineingeblickt hatte, wuchs unweigerlich das Gefühl von Vertrautheit. Und genau das konnte sie dazu verleiten, Vertrauen in diesen Mann zu fassen. Ihr Instinkt riet ihr jedoch davon ab und so nahm sich Mira vor, achtsam zu bleiben. Die Tiefen, die in diesem Mann wohnten, waren vielschichtig und umfangreich. Ein Leben reichte nicht aus, um sämtliche Facetten aufzudecken.

»Ich bin geschwächt. Der Anschlag der Namenlosen und dann die lange Arbeit im Labor. Ich hätte besser aufpassen sollen.«

Der Angriff der Namenlosen hatte auch sie erschüttert, doch im Vergleich zu Lykaon war sie nicht ernsthaft verletzt worden. Eigentlich fast schon ein Wunder, dass sie nach dem letzten Kampf nur ein paar Schrammen und blaue Flecken davongetragen hatte. Das Training mit Pheros schien sich auszuzahlen.

Nachdenklich betrachtete Mira den Imperator, während sie ein paar Löffel Suppe zu sich nahm. Wie ironisch, dass unter allen Künsten und Disziplinen, die dieser Sturmfürst in beinahe sieben Jahrhunderten hatte anhäufen können, Regenerations-Heilung keine davon war. Was sie auch schon zu der Frage führte, wie es möglich sein konnte, dass er überhaupt verletzt wurde. Mira hatte da so einen Verdacht, aber ob der stimmte, konnte nur er ihr verraten. »Vor allem, da Tyras Magie schwächer ist während ihrer Schwangerschaft.«

Das ließ den Imperator beim Kauen innehalten. Langsam hob er den Blick in ihren. Beiläufig schob er ihr den Korb mit Brot rüber.

»Gut beobachtet«, kommentierte er, bevor er sich seinem Essen wieder zuwandte. So leicht ließ sie ihn nur nicht davonkommen. Bis zur Mittagsstunde hatte Mira Zeit gehabt, über einiges nachzudenken.

»Neulich auf dem Marktplatz, als die Namenlosen dich angegriffen haben ... du hast Tyra und das Baby beschützt. Der Schutz ist mir erst aufgefallen, als du ihn hast fallen lassen.« Und auch erst nachdem Mira die Namenlosen zu Asche verarbeitet hatte. »Darum war es ihnen möglich, dich zu verletzen. Die Namenlosen haben Tyra anvisiert, um dich abzulenken. Sie wissen, was die Heilerin dir bedeutet und haben nicht gezögert, das gegen dich auszuspielen.«

»Liebe tötet«, sagte er leichthin und bestätigte damit nur ihre These.

Dieselben Worte, die der Dämon ausgesprochen hatte. Mira fröstelte es allein bei der Erinnerung an diese kalte Grausamkeit, die von dieser Kreatur ausgegangen war.

»Und manchmal rettet sie auch«, dementierte Mira.

Immerhin war es ihrem Mitgefühl zu verdanken, dass sie seine Feinde zur Strecke gebracht und ihn damit gerettet hatte.

Schlagartig veränderte sich der Blick des Imperators, wirkte weicher und zugänglicher. Doch er schien dem nichts weiter hinzufügen zu wollen, also fuhr sie fort: »Ich habe Fragen, Lykaon.«

Er kaute in aller Seelenruhe auf seinem Brot herum. »Sprich sie aus.«

Mira griff ihrerseits nach einer Scheibe Brot, während sie überlegte, womit sie beginnen wollte. »Lykaja ... sie ist kein Drache.«

»Das war keine Frage.«

»Gut. *Was* ist sie?«

»Eine Waffe Lykaons.«

Mira unterdrückte ein Augenrollen. Es war offensichtlich, dass er auswich, aber so einfach gab sie nicht auf. »Wie kann sie Nereas Tochter sein? Du bist ein Magier. Deine Eltern waren Sumrung und Magierin. Nerea war eine Eiselfe ...«

»War sie das?«

Stirnrunzelnd zupfte Mira am Brot.

»Nereas Vater war ein Drakestai. Ihre Mutter eine Glacilvari.«

Also ein Mischblut. So wie Lykaon. Der Umfang von Lykajas genetischem Erbe war nahezu einmalig. In ihr ruhten Fragmente von Mensch, Elf, Drakestai, Magier und Sumrung.

»Das macht sie so besonders. Eine Gabe wie ihre gibt es nur einmal unter hunderttausenden.«

»Nerea verfügte über dieselbe Gabe.«

Also war das ein Geschenk der mütterlichen Linie.

»Was wurde aus Nerea?«, fragte Mira.

Lykaon ließ sie lange auf eine Antwort warten. Offensichtlich haderte er mit sich, ob er dieses Wissen mit ihr teilen sollte. »Sie war dagegen, Lykaja in die Schmiede zu geben und ihre Vaterschaft geheim zu halten, missfiel ihr ebenfalls.«

Mira fiel das Brot aus der Hand. »Was hast du getan?«

Da entzog er sich ihrem Blick. Weil er sich schämte? Und bedauerte? Mira ahnte Schlimmes. Lykaon schob ihr schweigend einen Korb mit Gebäck zu und widmete sich dann wieder seiner Suppe.

Mira beschloss, nicht weiter nachzufragen. Eigentlich hatte sie auch erstmal genug von seinem Familiendrama mitansehen müssen. Was seine Beweggründe anging, Lykaja der Schmiede zu überlassen, so glaubte sie zu verstehen, warum. Er wollte, dass sie stark war. So wie er das von allen Draken erwartete, die er als seine Kinder betrachtete. Eine sehr verdrehte Art von Liebe, aber es schien zu ihm zu passen.

»Und was erwartest du jetzt von mir?«, fragte sie, um das Gespräch auf ein anderes Thema zu lenken. »Warum hat mir der Dämon all das gezeigt? Was steckt dahinter?«

»Seelenfänger.«

»Was?«

»Das ist der Name des Dämons. *Seelenfänger* und er ist nicht irgendein Dämon, sondern einer der neun Höllenfürsten.«

Mira verschluckte sich fast an ihrer Suppe. »Ich dachte, die Höllenfürsten seien nur eine Gruselgeschichte für Kinder.«

Jetzt hob er fast schon spöttisch die Brauen. »Ebenso wie die Kinder des Namenlosen, Orks und Schattenwanderer?«

»Guter Punkt.« Sie seufzte.

»Der Weltensang wird in verschiedenen Teilen Ereas unterschiedlich gedeutet«, fuhr er unbeirrt fort. »Ich habe vergessen, was man einst in Makhai lehrte. Kannst du meine Erinnerung auffrischen?«

Der Weltensang war eine Sammlung von Liedern, die zusammengefasst in einem Buch die Entstehung der Götter und der Welt beschrieb. Natürlich erinnerte sie sich an die Lehren. Es wirkte dennoch seltsam befremdlich auf Mira, wenn Lykaon so über Makhai sprach. Dabei war er dort aufgewachsen, durch den Palast gestreift, hatte dort gelebt, geliebt und in Helix studiert.

Wie sie ...

»Den Anfang machten die Acht Guten Götter«, begann sie wiederzugeben, woran sie sich noch erinnerte. Lykaon ließ die Hände auf den Tisch sinken und sah sie aufmerksam an.

»Nin, der erste aller Götter, entstieg dem Urgewässer. Zusammen mit seiner Gemahlin Aru. Gemeinsam erschufen sie Erea. Die Essenz aller Dinge findet seinen Ursprung in ihrer Verbindung. Er, der Gott des Todes, allen Wissens und des Kampfes, wurde Erschaffer und Gottvater der Drachen. Aru verkörpert hingegen das Leben, ist die personifizierte Sonne und steht für Fruchtbarkeit, Kunst und den heiligen Bund zwischen zwei Seelen. Erschafferin und Muttergöttin aller Menschen.«

Sie hielt kurz inne, um sich auch die anderen Gottheiten in Erinnerung zu rufen.

»Aus den Urgewässern folgten ihnen weitere Götter. Die Zwillinge Neya, Göttin der Sterne und des Lichts. Veyn der Gott der Nacht und der Schatten. Ereas Monde wurden nach ihnen benannt. Gemeinsam brachten sie die Elfen in die Welt, wobei die Lichtelfen Neya als ihre Muttergöttin betrachten und die Dunklen Veyn. Bar und Enki. Zwillingsbrüder. Götter der Erde und des Feuers. Sie sind die

Gottväter der Zwerge. Micea und Tima, ihre Gegenstücke und Zwillingsschwestern. Micea, Göttin der Lüfte und des Himmels. Muttergöttin der Vicar.« Den Geflügelten Mischwesen aus Mensch und Vogel, wenn Mira sich richtig erinnerte. »Ihre Zwillingsschwester Tima verkörpert hingegen das Wasser selbst, alle Meere und Ozeane. Sie gilt als Muttergöttin der Atara.« Ebenfalls Mischwesen. Zum Teil Fisch und Mensch. In manchen Kreisen galten sie auch als Erschaffer der Sumrung, doch darüber stritten sich die Geister. Auch die vielen Sumrung-Stämme schienen sich uneins darüber zu sein.

»Nach dem letzten Weltenbrand wurden weder die Vicar noch die Atara jemals wieder gesehen. Man geht davon aus, dass ihre Reiche während dieses dunklen Zeitalters untergingen und mit ihnen ihre gesamte Gattung.«

Diese Information bewegte etwas in Lykaon. Sie sah es in seinen Augen aufblitzen, doch als er ihrem Blick begegnete, bedeutete er ihr nur fortzufahren.

»Laut Weltensang zogen sich alle acht ins Jenseits dieser Welt zurück. Die Ebene, die hinter der Anderswelt liegen soll. Sie wandten sich von der eigenen Schöpfung ab, die durch den letzten Gott verdorben wurde, der dem Urgewässer entstieg. Er brach mit der Regel der Zwei und kam allein in diese Welt. Ohne seinen Zwilling. In Makhai sagt man, dass er diesen tötete, um sich seine oder ihre Macht anzueignen. Somit entstieg er bereits als Verdorbener dem Urgewässer. Diese unverzeihliche Bluttat brachte das Urgewässer zum Versiegen, so dass keine weiteren Götter folgten.«

Der letzte Gott, dessen wahrer Name niemals genannt werden dürfte und nur noch dem Orakel bekannt war, der Pythia selbst.

»Die Guten Acht lehnten es ab, mit ihm zu verkehren wegen des Mordes, den er durch seine Tat in die Welt brachte. Alles Schlechte wird ihm zugeschrieben. Er verdarb die Schöpfung und brachte Krieg über das Reich, das damals aus einem einzigen Kontinent bestand. Weil er von ihnen abgelehnt und zurückgelassen wurde, erschuf er die Neun Höllen. Regiert von Höllenfürsten. Angeblich allesamt Sturmfürsten, die sich dem Namenlosen unterwarfen und dadurch zu Dämonen wurden.«

Lykaon stieß ein freudloses Lachen aus. »Wenn du mich fragst, wird der Begriff *Dämon* in der heutigen Zeit zu oft verwendet.«

Sie zuckte mit den Schultern. »Das hat sich eben eingeprägt ... Aber was bedeutet das genau? Was genau sind die Höllenfürsten dann, wenn nicht Dämonen irgendeiner Gattung.«

Der Imperator hob eine Hand, um eine Karaffe Wein zu sich schweben zu lassen. »Sie waren in der Tat einmal Sturmfürsten, die sich dem Namenlosen verschrieben haben. Du erinnerst dich an den Part aus dem Weltensang, der davon spricht, dass ein elfischer Sturmfürst die Welt in zwei riss?«

Sie nickte. »Auf Geheiß des Namenlosen. Damit löste er den ersten Weltenbrand aus. Er verglühte durch diese Tat.«

»Und wurde zum Ersten Höllenfürsten der Ersten Hölle. Er wird *der Zerreißende* genannt«, ergänzte Lykaon. Beiläufig goss er ihr und sich Wein in einen Becher ein. »Sehr bildhaft, ich weiß.«

»Der Seelenfänger ...«, murmelte sie. Lykaon begegnete ihrem Blick eindringlich und nickte langsam. »Der Seelenfänger hat eine direkte Verbindung zu mir, wie du ja weißt ... Es ist keine Besessenheit. Die meiste Zeit kann er lediglich durch mich beobachten und nur dann handeln, wenn ich es gestatte oder zu schwach bin, ihn abzuwehren. Angeblich erschufen die Guten Acht Götter mehrere Barrieren, um zu verhindern, dass der Namenlose und seine Diener die gesamte Schöpfung verdarben. Darum kann er nur durch den Pakt, Einfluss auf unsere Welt nehmen.«

Auch daran erinnerte sich Mira. »Die Anderswelt.«

Wieder nickte Lykaon. »Sie ist die Zwischenwelt, die unsere vom Jenseits trennt, aber auch von den Neun Höllen. Körperlich können sie die Welt der Lebenden nicht betreten, weshalb sie ein Gefäß brauchen. Sie suchen uns in unseren Träumen heim oder man beschwört sie herauf. Sie wünschen zu vollenden, was der Namenlose begonnen hat. Darum auch der Kult und all seine fanatischen Anhänger. Es sind allerdings nicht mehr neun. Während des ersten Weltenbrandes starben zwei. Istara und ihren Sharur gelang die Vernichtung drei weiterer. Es sind also noch vier übrig. Der Zerreißende. Der Seelenfänger. Die Verschlingerin und der Verborgene.«

»Man kann sie töten?«, entkam es ihr überrascht.

»Wenn sie das Gefäß vollständig übernehmen, werden sie ebenso verwundbar wie das Gefäß selbst und dann kann man sie töten.«

Darüber dachte sie lange nach. »Also ...« langsam kehrten ihre Augen zurück zu ihm. »... wie? Wie kann es sein, dass du nicht längst von innen heraus verglüht bist? Nach Canum und Drachensend. Wie kann er dich übernehmen und doch auch nicht? Und wenn du für einen Diener des Namenlosen arbeitest, warum greifen dich dann die Namenlosen an?«

Lykaon nahm einen tiefen Schluck Wein, bevor er darauf

antwortete. »Die Magie des Paktes lässt mich nicht verbrennen. Es handelt sich dabei aber nur um einen Aufschub. Ich sterbe längst, Mira. Meine Kraft schwindet und mit ihr auch mein Leben.«

»Und damit auch des Seelenfängers Gefäß?«

Er nickte. »Der Pakt bindet uns aneinander. Wenn ich sterbe, ist er frei. Wenn ich ihm weitere Seelen liefere, gewährt er mir einige Jahre mehr Aufschub vor dem Tod. Überlasse ich ihm meinen Körper, verschwindet meine Seele und er wird als Kaiser den nächsten Weltenbrand auslösen.« Bitterkeit und tiefe Traurigkeit lauerte hinter blauen Augen, die einstmals so voller Wärme und Freundlichkeit gestrahlt hatten.

Es schmerzte, wenn sie sich all diese Knotenpunkte seines Lebens in Erinnerung rief.

Was wäre, wenn Samon ihn nicht betrogen hätte? Was, wenn die anderen Sturmfürsten ihm geholfen hätten, den Weg aus der Finsternis heraus zu finden anstatt ihn zu strafen und noch tiefer hineinzutreiben? Was, wenn die Piraten Nerea niemals entführt hätten?

»Ich weiß, was ich bin, Mira. Ich weiß, was ich tat und wo hin mich meine Entscheidungen geführt haben.« Er sah sie nicht an, sondern blickte starr auf die Flammen der Feuerstelle im angrenzenden Zimmer. »Die meiste Zeit meines Lebens verbrachte ich erkaltet, allein und verloren in der Dunkelheit. Alles, was ich liebte, wurde mir entrissen oder wandte sich von mir ab ...« Jetzt erst lenkte er die Augen zurück zu ihr. Sehr viel klarer und gefasster. »Ich weiß, wer ich bin und was ich tat«, wiederholte er. »Und ich weiß, dass ich am Ende dieser Reise den Preis dafür bezahlen werde. Die guten Acht werden jemanden wie mich wohl kaum in ihren Gefilden willkommen heißen.«

Nicht, wenn man dem Glauben schenken dürfte, was die Priester predigten. Mira zog es vor, nichts dazu zu sagen. Schließlich waren es seine Entscheidung gewesen. Jede einzelne davon. Da war auch Mitgefühl in ihrem Herzen, doch entband ihn das nicht von all der Schuld, die er auf sich geladen hatte. Wie viele Seelen hatte er dem Dämon geopfert auf dem Weg an die Spitze seines Imperiums?

»Der Grund für meine Zurückhaltung im Krieg und in der Politik begründet sich darin, ihm nicht mehr Seelen opfern zu wollen. Um Drachensend zu überleben, versprach ich ihm jede Seele, die durch mein direktes Wirken oder durch meine Hand stirbt.«

»Und du bist nicht länger bereit, ihn zu füttern?«

»Mitnichten«, antwortete er knapp.

»Die letzten vier Höllenfürsten befinden sich im Krieg miteinander.«

»Wegen der Höllen, die keinen Fürsten mehr haben?«

»Unter anderem. Es ist der Zerreißende, der die Dominanz über die meisten Höllen inne hat und gegen den Seelenfänger Krieg führt. Dieser sucht seit Jahrtausenden nach einem Weg, die Barrieren zwischen den Welten zum Einsturz zu bringen, während die Verschlingerin die Namenlosen ins Leben rief und bis heute anführt. Einzig der Verborgene und seine Ambitionen bleiben unklar. Er verbirgt sich und seine Hölle sehr effektiv vor den anderen.«

»Woher weißt du das alles?«

»Weil ich mit der Zeit gelernt habe, auch in die andere Richtung zu blicken.«

»Also eigentlich kam ich hier her, um Antworten zu bekommen, und jetzt habe ich Kopfschmerzen.« Aus Frust stopfte sie sich ein Zitronentörtchen in den Mund.

Lykaon schmunzelte sanft. Fast schon väterlich, sagte aber nichts und schob ihr nur stumm weitere Törtchen zu. Lange saßen sie so da, teilten ihre Mahlzeit miteinander und schwiegen.

»Ändert das etwas an deiner Zuneigung für ihn?«, fragte der Imperator unvermittelt in die anhaltende Stille hinein. Mira wusste sofort, dass er auf Pheros anspielte.

»Nein. Wenn du damit das Verheimlichen seiner wahren Abstammung meinst.«

»Es hat ihm sehr zugesetzt, dass Samon sich für seine Krone entschied und damit gegen ihn.«

Etwas Scharfkantiges erwachte in ihrem Inneren zum Leben, als er so offen über Pheros Schmerz sprach. Ein Schmerz, für den nicht nur Samon, sondern vor allem Lykaon verantwortlich war.

»So wie Samons Verrat dir zusetzt. Du hast Denea geliebt, aber dein Leben wäre auch ohne sie weitergegangen. Das, was dich gebrochen hat, war der Verrat deines besten Freundes. Deines Bruders, den du geliebt und dem du bedingungslos vertraut hast. Du hast das nie überwunden. Auch heute nicht. Darum konnte der Seelenfänger dich für sein Puppenkabinett der Hölle aufstellen und zu seiner Lieblingsspielfigur ernennen.«

Nun war es der Imperator, der einmal tief durchatmete.

Ihre Augen weiteten sich ebenso wie seine. Lange starrten sie einander an.

Lykaon, Imperator, ältester, mächtigster Sturmfürst Ereas und Träger des dämonischen Seelenfängers, griff nach einem Törtchen und stopfe es sich in die Wangen. Kauend wie ein unflätiger Bursche starrte er sie weiterhin an und sie starrte zurück.

Mira blinzelte ein paarmal. Sie konnte einfach nicht an sich halten und brach in schallendes Gelächter aus. Zu ihrer grenzenlosen Überraschung stimmte der Imperator mit ein.

29

PHEROS

Die Zwillinge standen hoch am Himmel, als Pheros und Ion die obersten Stufen des Palastes erreichten. Hinter ihnen stiegen aus dem Stadtzentrum vereinzelte Laternen in den Nachthimmel auf. Trauergesang begleitete ihren Weg zu den Sternen. Pheros und Ion sahen den Laternen eine Zeit lang dabei zu, wie sie aufstiegen, bevor sie zwei Finger auf ihr Herz legten und schließlich die offene Handfläche gen Himmel hoben. Ein stiller Gruß der Lebenden, an die reisenden Seelen gerichtet, die jetzt ihren Weg zur Anderswelt antraten. Dann wandten sie sich ab und begaben sich in das Innere des Palastes. Mit einem Klopfen auf die Schulter verabschiedeten sich beide Waffenbrüder zur Nachtruhe voneinander. Noch bevor Pheros einen Fuß in seine Räume setzen konnte, wusste er, dass Mira sich darin befand. Er konnte ihren Herzschlag hören und der zarte Hauch von Wildblumen hing in der Luft.

Er fand sie auf dem Divan sitzend. Sie trug ein leichtes ärmelloses Kleid in ihrer Lieblingsfarbe Blau. Die Zehenspitzen blitzten unter dem Saum hervor, da sie auf den Fersen saß. Ihr Blick war auf den Balkon gerichtet und sie schien derart tief in Gedanken versunken zu sein, dass sie seine Ankunft nicht bemerkte. Pheros erlaubte sich einen Moment länger, an der Tür stehen zu bleiben. Einfach, um sie zu betrachten. Das lange, dunkelblonde Haar fiel ihr in großen Wellen über die Schulter. Wehmut erfasste sein Herz, doch er verdrängte diese Regung rasch wieder. Diese Gefühle gestattete er sich nicht. Nicht solange sie noch hier war und er die Zeit mit ihr auskosten wollte.

Auf dem Weg zu ihr löste er seinen Waffengurt und die Schulterplatte. Beides ließ er auf dem Tisch liegen, bevor er sich zu ihr setzte und eine Hand über ihre schob.

Erschrocken fuhr sie herum, entspannte sich aber sofort wieder, als sie ihn erkannte. Kein Wort des Grußes kam über ihre Lippen. Keine Fragen, aber ihre Augen huschten prüfend über seine Gestalt. Dann entspannten sich ihre Schultern langsam.

»Was beschäftigt dich?«, fragte er mit sanfter Stimme.

»Tyra ist schwanger«, sagte sie beinahe zeitgleich mit ihm.

Die Wucht dieser Information traf Pheros überraschend hart. Eine Mischung aus Freude und Sorge wallte in ihm auf. Er freute sich für seinen Bruder. Gleichsam wusste er, was diesem Kind blühte, sollte es als Drake zur Welt kommen. Lykaon würde es in die Schmiede zwingen. So wie er es mit allen Draken tat, die seit dreißig Wintern das Licht der Welt erblickten.

»Ich werde ihn zurückkommen lassen.« Darüber nachdenkend löste er sich von Mira und stand auf. Überraschenderweise hielt sie ihn am Handgelenk fest, so dass er wieder zu ihr herumfuhr. Ihre Gesichtszüge wirkten neutral, als sie sich ebenfalls erhob und die Finger unter seinen Brustpanzer schob, um an die darunter liegenden Verschlüsse zu gelangen.

Pheros fasste nach ihrer Hand. Wie erwartet, hob sie die Augen in seine.

»Sprich mit mir«, bat er sie.

»In der vergangenen Nacht wurde Lykaon von einem Höllenfürsten übernommen,« erklärte sie schließlich. Fest schlossen sich seine Hände um ihre Oberarme. »Mira ...«

»Schon gut«, unterbrach sie ihn. »Hör zu ...« Mit geübten Handgriffen befreite sie ihn nach und nach von seiner Rüstung, während sie ihm alles erzählte. Von dem Erlebten in Lykaons Kopf bis zum Kampf an Lykajas Seite und dem Gespräch in der Küche. Vom Königreich der Wölfe bis hin zu den Höllenfürsten von heute und ihrer Verbindung zu den Namenlosen. Pheros unterbrach sie kein einziges Mal. Die Flut all dieser Informationen erschlug ihn regelrecht.

»Er weiß, dass einer der Höllenfürsten die Namenlosen anführt? Und er hat uns nichts gesagt?«

»Er hat es geahnt, aber sicher weiß er es erst seit letzter Nacht. Offenbar funktioniert die Sache mit dem Beobachten in beide Richtungen. Es ist auch keine Besessenheit. Viel mehr ein ... Überrumpeln, wenn Lykaons mentaler Schutzschild bröckelt ... Pheros, seine Kraft schwindet. Nicht mehr lange und er verglüht von innen heraus. Es sei denn, er sammelt wieder ein paar Seelen für den Dämon. Dann erkauft er sich mehr Zeit.«

Pheros rieb sich den Nacken. »Aber er lehnt das ab, richtig?«

»Ja.«

»Wie lange hat er noch deiner Einschätzung nach?«

»Ohne Seelennachschub? Vielleicht ein Jahr.«

Nun ergaben manche Situationen auch einen völlig neuen Sinn. Und es warf ein ganz anderes Licht auf Miras Anwesenheit wie auch auf das Wohlwollen des Imperators.

»Als wir erfuhren, dass du in Kaukon bist, beschlossen wir, dich zu fangen, um dich als Druckmittel gegen Cailin einzusetzen«, sprach er laut seine nächste Überlegung aus. »Als Gen und Lya uns folgten, erhielten sie den Befehl, dich lebend nach Lykosura zu bringen.«

Sie wirkte nicht überrascht.

»Er braucht meine Hilfe oder vielmehr die Hilfe eines anderen Sturmfürsten.«

Pheros sah ihr nach, während sie seine Weste zu den anderen Rüstungsteilen legte.

»Weil?«

»Weil nur ein Sturmfürst es mit einem anderen aufnehmen kann, sollte der Seelenfänger ihn erneut übernehmen.« Sie sagte das mit einer Selbstverständlichkeit, die er nur selten an ihr erlebte. Eine Ahnung überkam ihn und die gefiel Pheros ganz und gar nicht.

»Mira, was hast du ...«, begann er, doch jedes weitere Wort blieb ihm im Hals stecken. Weil er es in ihren Augen lauern sah. Diese eine Wahrheit, die er so viele Jahrzehnte lang gehütet hatte. Selbst vor seinen Geschwistern.

»Du weißt es«, entkam es ihm.

Mit vor der Brust verschränkten Armen, stand sie nur da und sah ihn an.

»Das du der wahre Thronerbe Makhais bist? Ja ... Das weiß ich inzwischen. Nur leider nicht von dir.«

Pheros sank gegen die Kante des nächsten Tisches. Eine wüste Aneinanderreihung von Flüchen schoss ihm durch den Kopf.

»Hast du jemals vorgehabt, es mir zu sagen?«

Er zog in Erwägung zu lügen, denn die Wahrheit würde einen weiteren Sturm entfachen. Langsam kehrte sein Blick in ihren zurück und jede Erwägung dieser Art verwarf er wieder.

»Nein«, antwortete er.

Die Wahrheit traf sie hart und Pheros wusste, mit den folgenden Worten würde er es nicht besser machen, aber sie waren wenigsten ehrlich. »Ich wäre lieber gestorben, als dich an diesem Geheimnis teilhaben zu lassen.«

»Warum? Dachtest du, ich würde verbreiten, dass du der Erbe des Drachenthrons bist? Oder hast du befürchtet, dass ich dieses Wissen gegen dich verwende? Willst du mir jetzt den Unterschied zwischen Lügen und Verschweigen erklären?« Ihre Stimme wurde mit jedem Schritt, den sie sich ihm näherte, immer belegter vor Kummer. Pheros verstand sogar, warum sie sich betrogen fühlte. Erneut.

»Ich wollte nicht, dass es deinen Blick für mich verändert«, erklärte er sich.

Überraschung zeichnete ihre Züge, wenn auch nur für einen kurzen Moment. Schneller, als ihm lieb war, tanzten wieder Blitze in ihren Augen. »Und *wie* hat es meinen Blick verändern?«

»Du tust es gerade. Zuvor konnte ich mir sicher sein, dass du mich siehst. Nicht die Maske und auch nicht die Krone.«

Sie schüttelte den Kopf. »Erkennst du wirklich nicht, was das bedeutet? Oder willst du es einfach nicht sehen?«

»Was soll ich sehen?«, entfuhr es ihm freudlos lachend. »Soll ich zum Heilbringer aufsteigen und beide Reiche in ein friedliches Zeitalter führen? Sind wir wieder bei deinem naiven Idealismus angelangt?« Kaum ausgesprochen, bereute er die Worte auch schon, denn er sah, wie sehr es sie verletzte. Er machte einen Schritt auf sie zu. »Mira ich wollte nicht ...«

»Nein!« Sie wich vor ihm zurück und hob abweisend die Hand. »Nein!« Sie holte einmal tief Luft und er sah ihr an, wie sehr sie mit sich rang. »Diesen Krieg gibt es schon seit

Jahrhunderten!« Es gelang ihr, ihre Stimme ruhig zu halten. Der verletzte Unterton entging ihm dennoch nicht und Pheros wusste, dass er zu weit gegangen war.

»Du bist der Thronerbe Makhais und du bist auch die Erste Waffe Lykaons!« Sie hob beide Hände, die Handflächen zur Decke zeigend. »Du könntest die Brücke sein zwischen beiden Reichen, um diesen verdammten Krieg endlich zu beenden! Damit kein Vater mehr in die Schlacht ziehen muss, wo doch ein kleiner Junge und eine liebende Frau auf ihn angewiesen sind!« Sie spielte sicher absichtlich auf Keenan an und appellierte damit an seiner Zuneigung für seinen Freund. »Damit ein ungeborenes Kind nicht ohne Vater aufwachsen muss.« Und hier brachte sie Genetor ins Spiel. Jetzt ging sie zu weit.

Pheros wandte sich ab und steuerte geradewegs den Tisch mit seinem Weinvorrat an. Ihr Idealismus zerrte an seinem Ehrgefühl. Und weil das nicht reichte, winkte sie mit diesem hoffnungsvollen Blick in seine Richtung, der von einem Ausweg sprach. Von einer Chance, zusammen sein zu. Eine unmögliche Hoffnung. Er wollte keinen Frieden mit Makhai.

Nein. Es war einfach unmöglich!

»Hör mir gut zu.« Er sah ihr dabei eindringlich in die Augen. »In dem Augenblick, als der König seinen Sohn aufgab, verlor Makhai jeden Anspruch auf *diesen* Thronerben. Ich werde niemals wieder ein Teil Makhais sein und erst recht keine Brücken schaffen. Eher brenne ich alles nieder, als das ich auf dem Drachenthron Platz nehme!«

30

MIRA

Auch diese Worte verfehlten ihr Ziel nicht. Es tat weh, es so deutlich von ihm zu hören. »Ich wusste nicht, dass so viel Hass in dir ist.«

»Jetzt weißt du es!«

Ja ... jetzt wusste sie es. Pheros leerte seinen Becher in einem Zug und starrte dann in die Flammen des Kamins. Das war seine Art, ihr zu vermitteln, dass dieses Gespräch beendet war.

Mira betrachtete sein Profil. Die Stille zwischen ihnen dehnte sich aus und wurde mit jedem weiteren Atemzug immer schmerzhafter. Da fühlte sie es. Wie sich ein erneuter Riss durch das Band zog, dass sie zu knüpfen begonnen hatten. Der Thron war ihr egal. Alles, was sie von ihm gewollt hatte, war ein Wink, ein kleiner Hoffnungsschimmer, der ihr bewiesen hätte, dass er genauso sehr auf eine Zukunft mit ihr hoffte, wie sie es tat. Dass er bereit war, Entbehrungen auf sich zu nehmen, damit sie bei ihm blieb. Doch er wählte den Hass, nicht Liebe und damit konnte sie nicht leben.

Mira schüttelte kaum merklich den Kopf und wandte sich ab. Tatsächlich war sie auch schon im Begriff zu gehen, als unerwartet Wut in ihr aufstieg. Dem Impuls nachgebend, wirbelte sie nochmal zu ihm herum. Dabei entging ihr nicht, dass er im Begriff war, ihr zu folgen.

»Du bist ein Idiot!«, schleuderte sie ihm entgegen.

Er blieb stehen und begegnete ihrem Blick.

»Warum glaubst du, bin ich noch hier? Weil ich mir Lykosuras hübsche Brunnenlandschaft ansehen möchte? Oder weil ich es scharf finde, mich mit Namenlosen und Ifrits anzulegen? Weil ich gerne ein Verräter bin und mich aus Langeweile auf einen Plausch mit dem Seelenfänger einlasse?« Sie hob die Hand, um ihm zu signalisieren, dort stehen zu bleiben, wo er war. Der Wind, der über den Balkon Blütenblätter aus dem Garten in sein Zimmer fegte, sprach bereits dafür, dass ihr Element sich verselbstständigte. Dass sie die Kontrolle verlor.

»Ich bin noch hier, weil ich dich liebe!«

Er erstarrte.

»Ich liebe dich um *deinetwillen*! Nicht die Waffe und vor allem nicht die Krone, die du unter deiner Maske verbirgst!«

Er setzte sich wieder in Bewegung.

»Ich bin noch hier, obwohl *du* mich gegen meinen Willen herbrachtest.«

Nur noch drei Schritte und er wäre bei ihr.

»Ich bin noch hier, weil ich nach jedem Strohhalm greife, der uns eine gemeinsame Zukunft ermöglicht.«

Noch zwei Schritte.

»Ich bin noch hier, weil ich nicht weiß, ob ich dich verlassen kann, wenn das Mondfest vorbei ist, und weil das so ist, bereitet es mir eine Höllenangst!«

Noch ein Schritt.

»Vor allem bin ich also hier, weil ich ein *naiver Idealist* bin.«

Seine Augen schwammen vor Emotion. Er öffnete die Lippen, um etwas zu sagen, schloss sie aber doch wieder. Schnaufend wandte sie sich ab, aber er gestattet ihr keinen

Rückzug. Stattdessen zog er sie in seine Arme und das mit einer Intensität, die sie in eine bodenlose Tiefe stürzen ließ. Sein Mund fand ihren und sie ließ es zu. Alles glühte und brannte und ihre Magie surrte tobend durch ihre Adern. Gefühle und Gedanken verknoteten sich zu einem einzigen Wirrwar, während sie einander küssten, als ginge jeden Moment die Welt unter. Vage drang das leise Prasseln von Regentropfen an ihr Gehör. Ein Sturm zupfte an ihren Sinnen.

»Pheros ...«, presste sie kaum hörbar hervor. »... lass mich los.«

Eine wilde Mischung aus Schmerz und Verlangen raste durch ihr innerstes. Sie wusste, wie das hier ausging, wenn sie nicht augenblicklich auf Abstand ging. Nur, wollte sie das auch? Wollte sie das wirklich? Anstatt sie los zu lassen, zog er sie nur noch fester an sich. Besitzergreifend und verzweifelt zugleich. Als könnte er allein damit verhindern, dass sie ihm entglitt. Irrwitzigerweise besänftigte seine Nähe ihr Element. Es war, als würde dieser Teil von ihr instinktiv auf ihn reagieren.

»Ich kann nicht«, raunte er an ihren Lippen. Sein warmer Atem kitzelte ihre Haut und ließ sie erschaudern. »Ich kann dich nicht los lassen.«

Sie fühlte, wie ihr Herz nachgab. So, wie es das immer tat und immer tun würde, wenn es um ihn ging. Endlich lockerte er seinen Griff und ließ zu, dass sie einander wieder ansahen. Dass sie Tränen vergoss, bemerkte sie erst, als sein Daumen das Nass auffing. Dieser Berührung folgten Lippen, die mit einer herzzerreißenden Zärtlichkeit zu ihren zurück fanden.

»Du hast es ihm gesagt.«

Mira fuhr zusammen und starrte Lykaon an. »Was meinst du?«

Behutsam legte er die nächste Glaskugel in die Kiste. Seit Anbruch des Tages arbeiteten sie wieder an den Rauchbomben für Versio. Sie hatten einander gegrüßt und waren dann schweigend in der Arbeit versunken. Erst als die Kugel sicher platziert war, hob der Imperator den Kopf erneut in ihre Richtung. »Dass du von seiner wahren Abstammung weißt.«

Sie nickte langsam. Immer wieder kehrten ihre Gedanken zur letzten Nacht zurück. Zu allem, was sie gesagt und getan hatten. Worin sie miteinander versunken waren. Pheros mochte Miras Worte nicht erwidert haben und es war auch längst nicht alles gut zwischen ihnen, aber was er mit ihr gemacht hatte, bedürfte keinerlei Worte. Mit jedem zitternden Atemzug und in jeder Berührung hatte sie es gespürt ...

»Mira?«

Sie räusperte sich und verdrängte die Erinnerung rasch wieder.

»Du solltest dich ausruhen.«

Lykaon winkte ab. »Es geht mir gut. Und du? Nach dem gestrigen Streit hätte ich dich heute nicht in der Schmiede erwartet.«

Sie fuhr herum und sah ihn mit großen Augen an. »Was?« Woher wusste er von dem Streit?

Er lächelte amüsiert. »Es hat gestürmt letzte Nacht.«

Verdammt!

»Nicht verheerend«, beruhigte er sie. »Ich glaube jeder Magier hat diesen Sturm als natürlich empfunden. Der Himmel wütet mit dir, wenn du zornig bist, und er weint, wenn du traurig bist. Das ist typisch für die Himmelskinder aus dem Hause Cornovier.«

Mira seufzt und ließ sich gegen die Tischkante sinken. »Es ist sehr lange her, als so etwas das letzte Mal passiert ist.«

»Was hat sich verändert?«

Mira sah ihm wieder in die Augen. Wenn ihr jemand helfen konnte, das alles besser zu verstehen, dann der Mann, der so viel Wissen angehäuft hatte, dass es ganze Bibliotheken füllen konnte.

»Letzte Nacht ... da ...« Sie suchte nach den richtigen Worten. »Da habe ich das Gefühl gehabt ... dass meine Magie auf ihn reagiert. Nicht der Sturm oder ein Zauber. Es ging tiefer.« Sie legte sich die Hand aufs Herz. »Ich weiß immer, wenn er in der Nähe ist. Wie ein Kompass, der in mir drin ist und immer dann ausschlägt. Als ich die Chance hatte, die Hauptstadt der Dunklen zu verlassen ohne ihn, da trieb es mich zurück zu ihm. Ich habe mir eingeredet, dass es eine Schuld sei, die ich zu begleichen hätte, aber in Wahrheit konnte ich ihn einfach nicht zurücklassen. Und als wir uns das erste Mal näherkamen, löste das mein Feuer aus. Jedenfalls glaube ich inzwischen, dass es von mir ausgegangen ist. Es ... verselbstständigt sich manchmal.« Sie rieb sich betreten den Unterarm. »Ich klinge wie eine Bardin, die ein neues Liebeslied komponiert.«

Der Imperator schüttelte mit ernstem Gesicht den Kopf. »Das tust du nicht.« Eine längere Pause entstand, während er darüber nachzudenken schien. »Die Götter entstiegen dem Sturm als zwei. Zwei Monde erhellen unseren Nachthimmel. Der Bund wird ausschließlich zwischen zwei Seelen geschlossen. Selbst die Welt, auf der wir wandeln, war früher einmal eins, bevor sie in zwei gerissen wurde. Erkennst du das Muster?«

Mira runzelte die Stirn. »Ja, aber worauf willst du hinaus?«

»Darauf, dass die Glacilvari und auch die Sumrung an das

Konzept der Seelenverbindung glauben. Du bist eine Magierin. Mehr als das, bist du eine Gelehrte. Du weißt aus erster Hand, dass viele der Dinge, die als Aberglaube abgetan werden, einen wahren Ursprung haben.«

»Seelenverbindung.« Mira ließ sich das Wort auf der Zunge zergehen. Silbe für Silbe. »Und du glaubst, das Pheros und ich eine solche Verbindung haben?«

»Du beschreibst alle Merkmale. Es gibt viele Begriffe für dieses Phänomen. Das gilt auch für ihre Ausprägung und Auslegung. *Aradis* dürfte hier aber der wohl wichtigste sein.«

Bei diesen Worten regte sich etwas tief in Miras Brust. Gleichzeitig versperrte sie sich aber auch davor. Nicht nur, weil es kitschig und nach einem Bardenlied klang, sondern weil es sie zur Hölle auf Erea verdammte! Es gab so viele Hindernisse, die zwischen ihnen standen, und dann sollten sie füreinander geschaffen worden sein?

»Es heißt, dass die Seelenschmiede der Götter stets zwei aus einem Guss erschaffen. Jene, die ihre Magie in sich tragen, sind in der Lage, diese Verbindung zu erkennen. Seelen mit einer solchen Verbindung finden einander. Immer.«

Hätte Lykaon Pheros nicht entführen lassen, wären sie sogar zusammen aufgewachsen. Allerdings gab es auch einen unschönen Beigeschmack. »Wenn damit eine Art Bestimmung einhergeht ... was ist dann mit dem freien Willen? Haben wir dann jemals eine Wahl?«

Lykaon ging wieder dazu über, die Substanz zu mischen. »Haben wir die jemals, wenn wir lieben? Liegt es denn nicht bei dir, ob du diese Liebe zulässt? Auch eine Seelenverbindung kann abgelehnt werden. Ich erkenne keine Gefährdung für den freien Willen. Nur eine Tendenz und die Notwendigkeit einer Entscheidung.«

Sie seufzte. Auch wieder wahr.

Er nahm ihr die fertige Glaskugel ab, die als Träger der giftigen Substanz diente.

»Hast du Literatur dazu?«

Er nickte und bedeutete ihr, beiseite zu treten.

Da bemerkte sie erst ihre zitternden Finger und sah ein, dass sie das Abfüllen der Substanz besser ruhigeren Händen überlassen sollte. So ließ sie zu, dass Lykaon ihr alles aus den Händen nahm, und trat dann ein paar Schritte weg vom Kessel.

»Du kannst dir jedes Buch aus meinem Arbeitszimmer nehmen, das dein Interesse weckt. Nachdem du mir zweimal beigestanden hast, ist das das Mindeste, was ich für dich tun kann. Mein Wissen soll deines sein.«

»Danke.«

Während sie ihn seiner Arbeit überließ, schweifte ihr Blick über die vielen Objekte in seiner Schmiede. Eine ganze Reihe davon erregte ihre Aufmerksamkeit. Mehrere lange Stäbe, die an Schlagstöcke mit hübsch verziertem Griff erinnerten, hingen an einem Ständer.

Unwillkürlich streckte sie die Fingerspitzen nach einem dieser Dinger aus. Sie fühlten sich eiskalt an und erzeugten ein abscheuliches Gefühl der Leere in ihr.

»Was ist das?«, fragte sie und zog die Hand rasch wieder zurück. »Solche Waffen tragen doch eure Templer.«

»Nur die drei Paladine«, korrigierte er sie. »Das sind Sturmbrecher oder vielmehr erste Versuche. Ich habe lange gebraucht, um die richtige Formel zu erstellen. Gereicht haben die Materialien aber nur für drei Waffen. Eine Peitsche, ein Schwert und ein Dolch.«

»Du hast sie erschaffen?«

Der Imperator legte die Kelle bei Seite. »Die Ritter des Nin benötigten ein Instrument der Kontrolle. Ich habe eines geschaffen.«

»Wirkt sich das auch auf den Sturm aus?«

»Du hast doch in meiner Erinnerung gesehen, was es braucht, damit der Zugang zum Sturm dauerhaft unterbrochen wird.«

Mehrere Sturmfürsten und einer von ihnen wäre dabei fast ausgebrannt. Hier hingen also die Folterwerkzeuge für den Ritterorden. Obsidian-Waffen aller Art. Jetzt auch noch eine Art *Sturmbrecher*?

»Was bewirkt es bei Sturmfürsten?«, fragte sie nach.

»Schmerzen und eine vorübergehende Taubheit für jede Form der Magie.«

Ihre Miene verfinsterte sich. »Du weißt, wie es ist, in Ketten zu leben, und doch erlaubst du in deinem Reich Sklaverei. Den Magiern wird von Geburt an diktiert, wo und wie sie ihr Leben zu führen haben. Du ...« Sie hielt abrupt inne, da sich im angrenzenden Raum Stimmen erhoben. Kurze Zeit später betraten Tyra und Lykaja die Schmiede, dicht gefolgt von Ion und Pheros.

Die Hand des Imperators fand an ihre Schulter. »Darüber sprechen wir später.«

Sie nickte knapp und trat dann einige Schritte tiefer in den Raum hinein. Weg von den anderen, die sie zwar mit einem Nicken begrüßte, sich dann aber abwandte. Viel zu aufgewühlt war ihr eigener Verstand. Zu voll von allem. Ihre Stimmen drangen nur gedämpft zu ihr vor.

»Mira.«

Seine Stimme legte sich wie ein kühlender Windhauch über das Inferno ihrer Gefühle. Langsam drehte sie sich um und da stand er. Der Mann, an den sie ihr Herz verloren hatte und mit dem sie womöglich eine Art Seelenverbindung teilte. Seine volle Kampfmontur verriet ihr, dass die Erste Waffe bereit war für den Ritt nach Versio.

Behandschuhte Finger berührten ihr Kinn und zogen ihr Gesicht nahe an seines. Sanft glitt diese Hand in ihren Nacken. Bedauern lag in dunklen Augen. Seine Stirn lehnte an ihre und eine ganze Weile lang taten sie nichts anderes, als zu atmen und zu fühlen.

Aradis, schoss es ihr unwillkürlich durch den Kopf. Sie würde sich mit diesem Thema beschäftigen, während seiner Abwesenheit und dann entschieden, ob sie sich darauf einlassen konnte.

Pheros stieß einen langen Atemzug aus, bevor er leise sagte: »Wenn ich zurück bin, reden wir.«

Sie nickte kaum merklich. Dann küsste er sie und machte sich auf den Weg, um Dämonen zu töten.

Drei volle Tage verstrichen ohne ein Lebenszeichen von ihm. Jedes Mal, wenn Trommeln erklangen, horchte Mira auf, und nicht immer war jemand bei ihr, der die Botschaft übersetzen konnte. Mehr als der Streit mit Pheros belastete sie die Ungewissheit.

War der Plan aufgegangen? Gab es Probleme?

Die Tage verbrachte sie häufig mit Lykaon oder Tyra, da Keenan und Ion mit Pheros geritten waren. Dabei erfuhr sie mehr über die Objekte in seiner Schmiede. Vieles davon sprach von einem Geist, der Kunst und Musik liebte.

Manchmal fragte Mira sich, was wohl aus ihm geworden wäre, wenn sein Leben einen völlig anderen Verlauf genommen hätte. Eine Welle des Bedauerns überkam sie, für den Mann, der er hätte sein können.

Liebe tötet.

Genau das lehrte der Imperator seine Waffen und auf diese Weise erzog er jeden von ihnen zu einem distanzierten, sich vor der Liebe fürchtenden Wesen. Sie verstanden sich auf das Körperliche und sogar auf Zuneigung, doch wenn beides zusammenfand, waren sie heillos überfordert.

Verrückterweise verstand Mira Lykaons Sichtweite. Sie teilte seine Ansicht nicht, aber sie konnte seine Haltung nachvollziehen und erkennen, wie sie entstanden war. Sie kam auch nicht umhin, sich zu fragen, was wäre, wenn sie sich nie in Pheros verliebt hätte. Wo befände sie sich heute? Noch immer mit Samas durch die Fürstentümer Makhais streifend? Wahrscheinlich stünden sich die Erste Waffe und beide Sturmfürsten Kaukons längst als Feinde gegenüber. Eine Vorstellung, die in ferner Zukunft real werden könnte, wenn sie nach Makhai zurückkehrte.

Eine Anhörung gab es sicherlich. Der Gedanke an eine Inhaftierung wegen Verrates erschien ihr mit einem Mal sehr viel erträglicher als die Vorstellung, gegen Pheros kämpfen zu müssen. Bevor sie gesehen hatte, wie oft Lykaon mit seinen Anträgen im Rat gescheitert war, hatte sie noch Hoffnung gehegt. Aber jetzt? War sie womöglich doch so naiv, wie Pheros es ihr vorgeworfen hatte? Zu Idealistisch im Kampf für Frieden? Nein! So zynisch konnte sie nicht sein. Noch nicht. Hoffentlich niemals. Das Gift dieses Krieges wirkte schon viel zu lange und zwar auf beiden Seiten. Mira musste es einfach versuchen.

Eine Bewegung in den Gärten zog ihren Blick an. Faszinierend, wie schnell ein Garten wieder hübsch gemacht werden konnte, wenn kundige Magier ihre Finger im Spiel hatten. Jetzt zeugte dort nichts mehr von dem Kampf, den sie gegen einen Dämon geführt hatte. Genetor und Tyra gingen dort spazieren. Mira saß oben in der Galerie von Lykaons Arbeitszimmer.

»Störe ich?«

Mira fuhr herum, als Lykaja sich zu ihr setzte. Dabei betrachtete sie die Bogenschützin etwas eingehender. Es gab wahrscheinlich niemanden in ganz Erea, der diese silbernen Augen noch einmal besaß. So weich und freundlich ihre Gesichtszüge auch wirkten, so anmutig und erlesen ihre Schönheit auch war, diese Augen verliehen ihr etwas Scharfkantiges. Ein Flüstern von Gefahr und Kälte. Das lange, braune Haar fiel ihr in sanften Wellen über die Schulter und reichte bis etwa zur Mitte ihres Rückens. Das Deckhaar war stets mehrfach geflochten, um ihr das Haar aus dem Gesicht zu halten. Die Frisur einer Kriegerin. Praktisch, aber auch hübsch anzusehen.

»Ich wollte mich bedanken,« erklärte die Bogenschützin. »Das wollte ich schon vor ein paar Tagen, aber Tyra wäre an die Decke gegangen, hätte ich das Bett verlassen.«

Mira lächelte schmal. Sie konnte sich gut vorstellen, wie Tyra das tat.

»Ich weiß, wir haben dir sehr viel aufgehalst, aber du bist zum Glück mutiger, als man es einer Makhai zutraut.«

Moment mal! Hatte Mira sich gerade verhört, oder wurde sie doch tatsächlich von der Bogenschützin geneckt? »Du neckst andere? *Du*!«

»Manchmal.«

»Verstößt das nicht gegen irgendein dämonisches Gesetz? Solltest du nicht auf Wolken herumspringen und mit Pfeilen auf uns erbärmliche Sterbliche schießen?«

Lykajas Lachen klang frei und offen. Ansteckend, weshalb auch Mira lächelte.

»Ich meine es ernst, Mira. Sich für eine andere Wahrheit zu öffnen, ist nicht immer leicht. Du bist sehr mutig und das bewundere ich an dir.«

Mira stieß ein freudloses Lachen aus. »Ausgerechnet du sprichst von Mut? Du weißt schon, dass du eine Legende bist? Du und deine Geschwister.«

Sie lächelte, aber es erreichte diesmal nicht ihre Augen. »Andere zu töten ist nicht mutig. Es ist uns anerzogen worden wie anderen das Lesen und Rechnen. Genauso wie die Furchtlosigkeit angesichts einer Schlacht oder des sicheren Todes. Sich der Wahrheit zu stellen, egal wie diese aussieht ... das erfordert wahren Mut.«

Mira lächelte verhalten, berührt von den freundlichen Worten. Dabei empfand sie sich selbst nicht als sonderlich mutig. Die meiste Zeit folgte sie einfach nur dem Wind, angetrieben von ihrem Herzschlag. Ihre Anwesenheit in Lykosura konnte auch nicht als unangenehm bezeichnet werden. Selbst der Imperator wirkte angesichts seiner letzten Monate eher wie ein Lamm als ein Löwe. Seine Schreckenstage lagen weit in der Vergangenheit.

Würdest du alles über jeden wissen wollen, hatte Pheros sie mal gefragt im Zusammenhang mit Lykajas Gabe.

Nachdem Mira sie hautnah zu spüren bekommen hatte, war sie dankbar für das Geschenk des Himmels in ihren Adern. Das, was Lykaja in sich trug, konnte nur als Fluch bezeichnet werden. In allem lesen zu können, selbst wenn man das gar nicht wollte, erschien ihr nicht sehr erstrebenswert.

»Du liebst Lykaon, obwohl er dich in die Schmiede steckte.« Mira musste das einfach fragen. Sie konnte nicht anders. »Warum?«

»Er ist mein Vater«, antwortete sie, als läge darin die einzige Wahrheit, die von Bedeutung war. »Du hast einen Bruchteil seines Weges gesehen, Mira. Ich studiere ihn schon mein ganzes Leben und ich lerne dennoch immer neue Seiten an ihm kennen. Du imponierst ihm. Uns allen … Sag, wie geht es dir denn mit dem, was du erfahren hast?«, erkundigte sich Lykaja im Gegenzug mit erstaunlich sanfter Stimme, die Mira eine Ahnung davon vermittelte, welch Art Freundin sie sein könnte.

»Ich bin traurig ... und bestürzt, überfordert, schockiert und ... entschlossen.«

»Ganz schön viel.«

»Ich will Frieden. Mehr denn je ... nun, da ich weiß, was die Namenlosen für Erea bedeuten.« Sie schlang die Arme um sich selbst und zog die Beine an, während sie Lykaja weiterhin offenen Blickes begegnete. »Höllenfürsten und ein drohender Weltuntergang, während die größten beiden Menschenreiche im Krieg miteinander versinken … das muss enden.«

Lykaja nickte langsam. »Ich stimme dir zu und ich denke auch schon sehr lange darüber nach.«

Anfänglicher Überraschung machte Neugier Platz. »Und zu welchem Ergebnis bist du gekommen?«

Sie zuckte mit den Schultern. »Ich verrate es dir, wenn ich es weiß … wir Waffen sind nicht sonderlich bewandert im Friedenstiften.«

Unwillkürlich musste Mira lächeln. »Ich habe mir sagen lassen, dass der Anbau von Kartoffeln sehr erfüllend sein soll.«

Das brachte die Drakestai zum Lachen. »Ich fürchte, für einen Berufswechsel ist es zu spät, aber ich weiß den Gedanken zu schätzen.« Mit diesen Worten erhob sie sich. Lykajas Lächeln schwand, während ihr Blick merklich ernstere Züge annahm. »Auch in Pheros wohnen Dämonen, Mira ... Nicht von der Art wie bei Vater, aber sie sind da und sie quälen ihn.«

Überrascht von diesem Themenwechsel betrachtete sie Lykaja fragend.

»Ich hoffe, du kannst sie bezwingen«, fügt diese hinzu.

»Ich weiß nicht, ob ich das will.«

Gewissheit lauerte hinter silbernen Augen. »Wir wissen beide, dass du das willst.«

Mit einem Zwinkern verabschiedete sie sich und verließ den Raum. Lange kreisten Miras Gedanken um das Gesagte, während sie abwesend der Abenddämmerung entgegenblickte.

... Mira.

Die Sturmfürstin riss die Augen auf. Sich einmal umsehend erkannte sie, dass sie eingeschlafen sein musste. Blinzelnd sah sie sich um. Sie war allein.

Komm zu mir ...

Bis jetzt. Mira drücke den Rücken durch. Wieder diese Stimme, von der sie inzwischen sicher wusste, dass sie nicht zu Lykaon gehörte. Nicht diesmal.

Komm, wir haben nicht viel Zeit ...

Mira zog in Betracht, Genetor oder Asea anzusprechen, doch dann erinnerte sie sich an all die vorangegangenen Situationen, in denen die Stimme zu ihr gesprochen hatte. Jedes Mal, wenn jemand anderes hinzugekommen war, war sie verstummt. Wenn sie der Sache also auf den Grund gehen wollte, musste sie das wohl oder übel auf eigene Faust tun.

Wer bist du?, flüsterte sie in den anderen Geist.

... du musst es sehen.

Was sehen? Mira erhob sich und schritt dabei den Flur entlang.

... um es zu erkennen, musst du es sehen.

Vielleicht handelte es sich um einen ruhelosen Geist, der in der Schmiede sein Leben verloren hatte und nun nach Erlösung suchte. Immerhin führte die Stimme sie zum verbrannten Hort der Kinder, aber dabei blieb es nicht.

... Weiter ...

Hinter das zerfallene Gebäude, über eine Wiese, die den Blick auf die Mauer freigab. Jene Mauer, die die gesamte Stadt umsäumte und hier auch Teile des Palastes schützte. Efeu wucherte ungezwungen den gesamten Stein entlang.

Folge der Mauer ...

Miras Blick hob sich zur Feuerschale, die im Wachturm der Mauer den Blick auf zwei Soldaten preisgab.

Warte ...

Mira blieb stehen und verbarg sich im Schatten des Gebäudes. Es sollten einige Augenblicke vergehen, bis der Wachwechsel begann. Rasch durchquerte sie die Strecke bis zur Mauer und hielt sich dann dicht am Efeu.

Geh weiter ...

Sie folgte.

Halt! Lege deine Hand auf den Stein ...

Miras Hände ertasteten eine Erhebung auf der rauen Oberfläche. Einen Hebel. Sie zog daran. Leise schabend öffnete sich ein Spalt in der Wand. Noch immer verdeckt von den Pflanzen offenbarte sich dahinter ein Geheimgang. Sie trat hindurch und sofort schob sich die steinerne Tür wieder in die Fassung. Stockfinster und von eisiger Kälte empfangen, fragte sie sich, was sie hier eigentlich tat. Es roch nach schlammiger Erde und kaltem Stein. Irgendwo tropfte es. Wenigstens der Wind zupfte freundlich an ihren Haaren, als würde ihr Element sie grüßen.

Weiter ...

Kalt und feucht. Die meisten Seuchen nahmen an solchen Orten ihren Anfang. So ließ sie eine Flamme in ihrer Handfläche entstehen. Eine schmale Treppe führte sie tiefer, die Klippen entlang. Auf der linken Seite taten sich immer wieder Risse im Gestein auf, die den Blick auf das Meer frei gaben. Der Geruch von Salzwasser stieg ihr in die Nase.

Die letzte Stufe erreicht, fand sie sich in einer Art Höhle wieder. Eine Fluthöhle. Bei Ebbe passierbar, aber wenn die Flut einsetzte, musste hier alles unter Wasser liegen.

Weiter Mira, wir haben nicht viel Zeit ...

Die Höhle einmal durchquert, erreichte sie schließlich den Strand. Weicher Sand und das Tosen der Wellen umgaben sie. Sie wandte sich um und spähte hinauf, wo die runden Dächer des Blauen Palastes über weißen Klippen thronte und sich einem klaren Sternenhimmel entgegenreckte.

Rechts ... folge dem Strand ...

Gut verborgen zwischen all den Klippen und einem Waldrand, entdecke sie bald darauf eine kleine Holzhütte mit schrägem Dach. Eine Fischerhütte womöglich. Von außen wirkte die Bude verlassen und verwittert oder vielmehr: zurückgelassen. Die Tür stand einen Spalt weit offen. Ihre magischen Sinne ertasteten kein Leben in unmittelbarer Nähe. Jedenfalls keines, das größer war als ein Vogel. Sollte sie das hier finden?

Geh hinein ...

Warum? Was werde ich dort finden?

Viele Herzschläge lang wartete Mira auf eine Reaktion. Nichts.

Das morsche Holz der Tür zerfiel beinahe unter ihrer Hand, als sie es aufdrückte. Vorsichtig spähte sie in das Innere. Alles wirkte genauso verlassen wie das Äußere. Die Holzdielen des Fußbodens knarzten protestierend, als ihr Gewicht darauf fiel. Eine verwaiste Pritsche fand sich im Hauptraum wieder. Darauf lag eine schmutzige, löchrige Decke, die am Saum angenagt wirkte. Eine offenstehende Truhe stand direkt daneben. Im Inneren fand sich viel Gestrüpp. Direkt darüber tropfte es aus einem Loch im Dach. Ein Vogelnest zwischen Balken und Dach und jede Menge Spinnenweben. Dazu ein von Blattwerk überwucherter Kamin. Jede Menge Fischerausrüstung, die Staub ansetzte oder vor sich hin rostete. Salz und Moder hingen in der Luft. Feuchtigkeit drang durch sämtliche Spalten.

Das konnte niemals alles sein. Etwas verbarg sich hier. Der Geist führte sie doch nicht grundlos in diese Ruine eines einstigen Zuhauses.

Das Summen in ihren Adern erwachte zum Leben. Ein sicheres Anzeichen dafür, dass sich irgendwo in der Nähe eine magische Quelle befinden musste.

Wachsam ließ sie den Blick erneut über den Raum wandern. Da bemerkte sie Fußspuren, die durch Schmutz und Staub in eine Richtung führten. Mehrere Fußspuren. Schwere Absätze. Festes Schuhwerk. Mira folgte der Spur zum angrenzenden Raum. Eine Kochstube, die nicht weniger rustikalen Charme ausstrahlte als die restliche Einrichtung. Hinter einem zerfallenen Küchenschrank entdeckte sie eine Abstellkammer. Die Regale waren begraben unter mehreren Schichten Staub. Ein paar leere oder aufgebrochene Einmachgläser gesellten sich dazu. Sie tat einen Schritt hinein und spürte sofort die Erhebung am Boden. Einen Schritt zurück machend, fegte sie mit einer Handbewegung den Teppich bei Seite. Eine Falltür offenbarte sich. Mit einer weiteren Handbewegung hob sie den Deckel an. Eine bodenlose Schwärze starrte ihr entgegen. Unwillkürlich überkam sie eine Gänsehaut. Kleine Lichtfunken sandte sie der Dunkelheit entgegen. Eine Leiter lag umgeworfen am Boden. Der Abgrund mutete nicht sehr tief an. Vielleicht zwei oder drei Meter. Da ihr Licht den Bereich dort unten erhellte, erkannte sie auch ein paar Kisten, die sich an den Wänden stapelten. Die sahen nicht mal im Ansatz so verwaist aus wie der Rest der Hütte.

Einige Momente lang lauschte sie auf Bewegungen oder Anzeichen von Leben. Sie tastete auch nach magischen Fallen, die zu entdecken sie ausgebildet war, aber nichts. Also sprang sie hinab, abermals den Wind nutzend, um den Aufprall abzufedern.

Erneut ließ sie eine Flamme in ihrer Hand erwachen. Da fand sie sich direkt vor einer mit Ornamenten verzierten Steinwand wieder, die ihr verdammt vertraut vorkam.

Lykosura besaß also eine der alten Zufluchten.

Der Talan im Stein fehlte, aber die Spuren waren eindeutig. Womöglich sollte sie Asea und Tegeates über ihren Fund informieren. Die suchten doch nach Anzeichen der

Namenlosen in ihrer Stadt. Da waren sie. Die Fanatiker logierten im Keller der Hauptstadt. Direkt unter ihren Nasen. Mira war sich ziemlich sicher, dass Pheros diese Möglichkeit in Betracht gezogen hatte. Immerhin hatten sie das schon in Oblyvar erlebt. Der Beweis hatte gefehlt und jetzt hatten sie einen.

Sämtliche Überlegungen kamen zum Erliegen, als sie Schritte vernahm. Eilig, auf leisen Sohlen und sich selbst verschleiernd, kehrte sie zurück ins obere Stockwerk, nur um in das Gesicht einer Frau zu blicken, die sie am aller wenigsten erwartet hätte.

»Vala?«

Nicht weniger überrascht starrte die junge Frau Mira an. »Mira? Was tust du hier?«

»Dasselbe wollte ich dich gerade fragen!«

Vala zögerte, doch dann fasst sie die Magierin bei den Handgelenken. »Zwingen sie dich auch dazu?«

Stirnrunzelnd schüttelte Mira den Kopf. Sie vergaß die Frage, die sie hatte stellen wollen, da Stimmen laut wurden. Als sie durch das zerfallene Fenster hinausspähte, erkannte sie Templer, die sich zielstrebig der Hütte nährten.

»Hast du sie gerufen?«, fragte Vala, die ihre Panik gar nicht erst zu verbergen versuchte.

Mira schüttelte den Kopf, begriff aber, dass hier kein Zufall am Werk sein konnte. Valas Beteiligung an diesem Spiel würde die Sturmfürstin später untersuchen, aber jetzt musste sie Keenans Frau vor dem Nin-Orden beschützen. Kurzerhand packte sie die junge Mutter bei den Oberarmen und schob sie in die Ecke des Nebenraums. Dann legte sie einen Verschleierungszauber über diesen Teil der Hütte und sagte: »Sobald sie abgelenkt sind, fliehst du durch das

Fenster. Hast du verstanden? Du gehst und schaust nicht zurück.«

»Aber sie werden denken, dass du ...«

»Hast du mich verstanden!?«

Vala presste die Lippen fest aufeinander, während die Tür im Hauptraum aufgetreten wurde. Sie nickte heftig und Mira gab sie frei, um sich den Templern zu stellen.

Natürlich war niemand geringeres als Evaria dabei. Sie und zwei ihrer Ritter mit Fackeln. Beide Männer zogen ihre Obsidianschwerter, als sie Mira aus dem Nebenraum kommen sahen.

»Ziemlich spät für einen Strandspaziergang«, begrüßte Mira das Trio.

»Dasselbe könnte man von dir behaupten, Magierin«, konterte Evaria. Wachsame, blaue Augen wanderten prüfend umher.

»Durchsucht die Hütte!«, bellte sie.

Die Männer schwärmten aus. Sie fanden, was auch Mira gefunden hatte. Die Zuflucht unterhalb dieser Hütte. Selbstverständlich schlussfolgerten sie das Offensichtliche anstelle des Richtigen und so fand sich Mira schneller am Boden wieder, als ihr lieb war. Runtergedrückt von zwei starken Händen und direkt vor Evaria im Dreck kniend.

Die Sturmfürstin sagte nichts, um diesen falschen Eindruck zu korrigieren, denn sie wollte die volle Aufmerksamkeit der drei für sich haben. Nur so konnte Vala ungesehen entkommen. Evaria starrte mit einer triumphalen Genugtuung auf sie herab, während sie mit den Fingern über ihre Peitsche strich, die an ihrem Waffengurt hing.

»Du, eine Makhai. Alleine hier in dieser Hütte, die ein Geheimnis verbirgt.« Evaria schnalzte abfällig mit der Zunge.

Mira unterdrückte gerade so ein genervtes Augenrollen. Die verschmähte Geliebte erhielt endlich die Chance, der neuen Herzensdame eins auszuwischen. Dass Frauen wie Evaria aber auch immer auf die üblichen, schäbigen Spiele bestehen mussten. Dann würde die Fürstentochter mitspielen und sehen, wie viel ihrer Aufmerksamkeit sie auf sich laden konnte, bevor die Peitsche zum Einsatz kam.

»Was wird Pheros nur dazu sagen, wenn ich ihm davon erzähle?«, fuhr die Paladin fort und wedelte dabei mit dem Finger, als wäre Mira ein unartiges Kind. Die Sturmfürstin keuchte unter dem Druck der Obsidian-Stöcke, die beide Männer ihr nun in den Nacken drückten. Es fühlte sich an, als zwänge man sie in eine Box, die sich permanent verkleinerte. Der Sturm regte sich in ihr, brüllte und tobte, doch Mira erlaubte ihm nicht auszubrechen. Dafür stieß sie ein provokantes Lachen aus, um sich auf Evarias Spiel einzustimmen. »Weiß nicht, vielleicht etwas wie ... Ich will dich trotzdem nicht in meinem Bett, Evaria!«

Das sorgte für unterdrückte Belustigung bei ihren Begleitern und löste sichtbaren Zorn bei Evaria aus.

»Außerdem bevorzuge ich blond!«, setzte Mira noch eins drauf, als vom Nebenraum aus ein verräterisches Knacken erklang.

Leise Vala! Leise!

Evaria packte ihr Kinn schmerzhaft fest zwischen Daumen und Zeigefinger, während sie sich zu ihr hinab beugte. »Keine Sorge Magierin ...«, zischte sie leise und bedrohlich. »... Ich werde dir für diese Frechheit nicht die Magie rauben ... Obwohl du es verdient hättest zu erfahren, wie es sich anfühlt, wenn dir genommen wird, was dir gehört.«

Ein weiteres knacken im Nebenraum. *Verdammt Vala!*

»Steht ein Ritter nackt im Wald! Was ruft er?« Erwartungsvoll sah sie zu den Männern auf. Einen Herzschlag lang starrte die nur zurück, bevor einer von ihnen fragte: »Weiß nicht. Was ruft er?«

»Lian!«, bellte Evaria, aber der Ritter hob nur die Schultern.

»Ich bin entrüstet!«

Nicht-Lian lachte lauthals los, während Lian die Lippen fest zusammenpresste, was nur zur Folge hatte, dass er kurz darauf prustend seine Erheiterung ausstieß. In Evarias Augen blitzte es gefährlich auf. Ihre Hand schnellte vor und packte Mira am Haar.

»Jede andere Magierin wäre allein für den Verdacht, den du hier erweckst, bestraft worden. Leider darf ich dich nicht ohne Erlaubnis des Imperators *trennen* ...« Langsam, fast schon genießerisch wickelte sie sich Miras langen Zopf um die Faust. »... aber ich kann dafür sorgen, dass Pheros dich nicht mehr ganz so hübsch finden wird, wenn ich fertig mit dir bin.« Mit der freien Hand zog sie ihre Obsidian-Peitsche vom Gürtel. Ein Zischen und Knacken begleiteten die Bewegung.

31

Versio

PHEROS

Im Lager außerhalb der Stadt saß die Erste Waffe Lykaons auf einem umgedrehten Wassereimer. Er tat nichts anderes, als zu atmen. Ion und Titana ebenso, wobei sie sich einen großen Trinkbeutel teilten.

Stunde um Stunde, Gasse um Gasse hatten sie sich erst in die eine und dann in die andere Richtung durchgeschlagen, um die Bomben möglichst weit gefächert zu platzieren. Dabei waren sie immer wieder gegen Dämonen gebrandet, die sich vor lauter Hunger schon gegenseitig zu zerstückeln begonnen hatten.

Mehrere kleinere Erschütterungen zeugten nun von der Detonation der Bomben. Das lenkte Pheros' Blick zum Kraftfeld, welches die gesamte Stadt umspannte. Erschaffen von den Priestern, damit keine Kreatur entkam oder der giftige Rauch sich ausbreiten konnte. Die kuppelartige Barriere wirkte durchscheinend wie ein Vorhang. Sie trübte den Blick auf das Innere, offenbarte aber genug, um erkennen zu lassen, dass Rauch darin aufstieg. Giftgrüner Rauch.

»Wie lange sollen die Magier die Barriere halten?«, fragte Ion.

»Noch weitere drei Tage«, antwortete Titana.

Ion verzog das Gesicht. »So lange müssen wir aber nicht bleiben, oder?«

Pheros spürte, wie sich die Blicke beider auf ihn richteten, während er noch immer auf das Kraftfeld starrte. »Nein«, lautete sein Entschluss dazu. Als er sich ihnen zuwandte, sah er sie aber nicht erleichtert ausatmen, sondern besorgte Mienen ziehen. »Was ist?«

»Lustig«, sagte Ion auf Arkad. »Dasselbe wollten wir dich auch schon fragen.«

Pheros wusste, was jetzt kam, und seufzte gedehnt.

Titana räusperte sich und fuhr mit verstellter, dunkler Stimme fort: »Du warst nachlässig! Deine linke Flanke ...«

»Ja, schon gut!«, unterbrach er sie, bevor sie dazu übergehen konnte, die gesamte Litanei herunter zu rattern, die er schon mehrfach über sie ergossen hatte. Auf die Retourkutsche konnte er heute gut und gerne verzichten.

»Ich weiß«, versicherte er ihnen. Dann nahm er einen tiefen Schluck aus dem Beutel, der leider nur Wasser beinhaltete.

Titana kreuzte die Arme vor der Brust. »Es ist wegen Mira. Du hast keinen Erfolg mit deinem Vorhaben, hm?«

Ion kratzte sich das bärtige Kinn. »Welches Vorhaben?«

»Mira davon zu überzeugen hier zu bleiben«, erklärte Titana und boxte ihm dabei gegen die Schulter. »Das weißt du doch.«

»Ah«, stöhnte Ion und rieb sich die Schulter. »Hat dir schon mal einer gesagt, was für ein spitzes kleines Fäustchen du hast?«

Titana stieß ein amüsiertes Schnauben aus, lenkte den Blick aber wieder zu Pheros. Auch Ion sah ihn jetzt wieder an.

»Sie liebt mich.« Er rieb sich unwillkürlich mit der Faust über die Brust, da wieder dieses Brennen einsetzte. Immer dann, wenn er sich erlaubte, daran zu denken. Es stach. Es brannte. Es raubte ihm den Atem. Der Wunsch, zu ihr zurückzukehren, wuchs in Unermessliche.

Ion stieß ein schnaubendes Lachen aus. »Erzähl uns was Neues.«

Titanas Augen weiteten sich jedoch, als sie den tatsächlichen Sinn dahinter erspürte. »Sie hat es ausgesprochen! Habe ich recht?«

Pheros nickte.

Ion und Titana tauschten bedeutungsvolle Blicke, bevor sie laut scheppernd mit ihren umgedrehten Eimern näher an ihn heranrückten.

»Erzähl uns mehr!«, forderte der Schöne Tod.

Pheros wandte ihnen das Gesicht zu. »Eigentlich haben wir gestritten. Sie nannte mich einen Vollidioten und dann ... sagte sie es.«

»Bist du sicher, dass sie nicht sich selbst meinte, mit dem Vollidioten?«

Für diesen Kommentar kassierte Ion noch ein Boxen von Titana. Ion fluchte, aber sie ignorierte das und wandte sich stattdessen Pheros zu. »Was noch?«

»Was wollt ihr hören?« Was bei allen Höllen konnte wichtiger sein als das, was er offenbart hatte? Mira liebte ihn. *Ihn!* Ihm war nicht klar gewesen, wie viel Macht diesen drei kleinen Worte innewohnte, bis sie sie ausgesprochen hatte. Aus dem Mund der Frau, die längst alles besaß, was er zu geben hatte, erhielten diese paar Silben eine völlig neue Bedeutung. Er wollte ihr die verdammten Sterne vom verdammten Firmament pflücken. Nur, um ihr zu gefallen. Welche Hölle würde er nicht für sie durchwandern? Welche Abgründe nicht für sie erklimmen und welche Königreiche nicht in Schutt und Asche legen? Das ängstige ihn gleichermaßen, wie es ihn beflügelte.

Ion kratzte sich das bärtige Kinn mit dem Zeigefinger. »Na ja, fangen wir mal damit an, ob du es erwidert hast?«

Pheros neigte den Kopf und Ions riss die Augen auf. Titana schlug sich mit der flachen Hand gegen die Stirn. Er hatte es ihr gezeigt, aber es auszusprechen, fiel ihm schwer. Wie das Öffnen einer Truhe, deren Inhalt besser verschlossen blieb. Jedes Mal, wenn er den Deckel dafür angehoben hatte, war kurz darauf etwas Schreckliches passiert. Wie ein Fluch, der ihn sein Leben lang begleitete. Seine Eltern, seine kleinen Brüder, Avina ... einfach alle.

»Du willst mich doch auf den Arm nehmen!«, schimpfte seine Schwester. »Du bläst Trübsal!« Sie betonte jedes Wort, als wäre er begriffsstutzig. »Obwohl sie dir ihre Liebe gestanden hat? Ja, fein, ihr habt gestritten, aber wenn du mir weismachen möchtest, ihre Gefühle nicht zu erwidern, fresse ich Ions Bart!«

»Hey, lass meinen Bart aus dem Spiel!«, knurrte er.

»Erst, wenn du aufhörst, dein Gesicht dahinter zu verstecken!«, blaffte sie zurück, sah dann aber sofort wieder zu Pheros. »Und du wolltest, dass ich mich nicht einmische und helfe! Sieh an, was du angerichtet hast!«

Pheros seufzte und Ion stand auf.

»Wo gehst du hin?«, rief Titana Ion nach.

»Alkohol suchen! Anders erträgt das doch keiner!«

Pheros wünschte ihm viel Erfolg dabei. Im gesamten Lager würde er keinen Tropfen finden. Disziplin und Schlagkraft standen für die Schwarze Flut und noch war die Gefahr nicht gebannt. Tatsächlich ahnte Pheros, dass Ion weniger wegen Titanas Provokation das Weite suchte. Auch sein Unvermögen, die Sache mit Mira zum Guten zu wenden, dürfte ihn bei weitem nicht so aufregen, wie er es darstellte. Viel mehr musste sich das Schwert Lykosuras an seine eigene Liebesgeschichte erinnert fühlen. Themen wie diese ertrug er nur mit Alkohol und Pheros begann zu verstehen, warum.

»Tia«, setzte er betont langsam sprechend an. »Du wirst dich nicht einmischen.«

Sie presste die Lippen aufeinander, lehnte sich zurück und verschränkte demonstrativ die Arme vor der Brust. Wie ihr gelang die Beine übereinander zu schlagen und dabei das Gleichgewicht zu halten, war ihm schleierhaft, aber die Botschaft kam an.

»Sprich es aus, bevor dir der Kopf platzt.«

Sie lächelte triumphierend, doch erreichte dieses Strahlen nicht ihre Augen. Sie öffnete bereits den Mund, als Keenan unvermittelt herantrat, einen Iris-Vogel auf dem Unterarm sitzend. Der Soldat musste nichts sagen, als er Pheros das Stück Papier aushändigte.

Sich von seinem Eimer erhebend, rollte er das Papier auf. Die Augen flogen über die wenigen Zeilen, die Tyra aufgesetzt hatte, und sein Herz setzte einen Schlag aus. Wut und Angst kroch in jede Faser seines Seins.

»Was ist?«, fragte Titana, aber Pheros drückte ihr nur das Papier in die Hand. »Ion hat das Kommando. Ich kehre zurück nach Lykosura.«

Noch bevor sein Hengst zum Stillstand kam, sprang Pheros von diesem herab. Er marschierte ungebremst weiter in Richtung Palast. Mit glühenden Drachenaugen, ungewaschen und wütend schritt er auf den Eingang zu. Tyra erwartete ihn bereits an der Schwelle und hob beschwichtigend die Hände. »Pheros, warte.«

Er ging an ihr vorbei. »Wo ist sie?«

»In meinem Zimmer. Ich habe sie versorgt, aber hör mal …«

»Evaria!«, brüllte er.

Die Flügeltüren zu einer der Salons öffnete sich. Evaria trat ihm hoch erhobenen Hauptes entgegen.

Noch bevor ihn jemand davon abhalten konnte, packte Pheros sie bei der Kehle. Ohne Halt zu machen, schob er sie zurück in den Salon, um sie gegen die nächste Wand zu drücken.

»Du legst nicht Hand an jene, die unter *meinem Schutz* stehen!«, stellte er beton ruhig klar. Ein eiskaltes Versprechen in jeder Silbe. Er sah die Angst in ihren Augen aufflackern und erkannte den Versuch zu sprechen, doch kein Laut drang über ihre Lippen.

»Pheros, bei allen guten Geistern, so beruhige dich doch!«, sagte Tyra energisch, fast schon beschwörend, aber er war noch nicht fertig mit Evaria.

»Gen, tu doch was!« Der große Drache schnaufte nur abfällig und lehnte sich entspannt zurück. »Auf keinen Fall. Das hat sie sich selbst zuzuschreiben.«

Auch Asea schloss sich der Runde an, unternahm aber nichts, um Evaria zu retten. Die Ritter, die sich im Salon befanden, wirken unschlüssig, ob und wie sie reagieren sollten. Der Druck unter seinen Fingern nahm zu, während er sich vorstellte, was sie in ihrer kindischen Eifersucht Mira angetan hatte. Welch Schmerzen sie ihr zugefügt hatte.

»Pheros.«

Schlagartig wurde es still im Raum und auch in ihm kam alles zum Stillstand.

Mira.

»Lass sie los.«

Pheros gehorchte, auch wenn er so wütend war, dass er Evaria am liebsten das Genick gebrochen hätte. Eine letzte Warnung stieß er dennoch an sie aus. »Wenn du ihr noch einmal zu nahekommst, wird es keine Gnade mehr geben.«

Keuchend und hustend sank die Paladin zu Boden, wobei sie gleich von zwei Templern hochgezogen und hinausgeführt wurde. Pheros sah ihnen nach, bis sie aus der Tür waren.

Wieder erklang Miras Stimme. »Bitte lasst uns allein.«

Sie klang so brüchig, so schwach ... Alles in ihm verkrampfte sich. Während der Raum sich leerte, kämpfte er noch mit der Wut in seinem Inneren. Er wollte Mira nicht mit den Augen des Drachen begegnen.

Genetor klopfte ihm auf die Schulter und verließ als Letzter den Raum. Beide Flügeltüren zog er hinter sich zu. Erst als diese geschlossen waren, wagte er, Mira anzusehen, und das, was seine Augen erblickten, versetzte ihm einen Stich, der mitten durch sein Herz fuhr.

Da stand nur noch ein Schatten ihrer Selbst. Blass, so blass, mit roten Augenringen und kürzerem Haar, sichtbar auf Schulterhöhe abgeschnitten. Eine rote Linie zog sich unterhalb ihres Ohres tiefer, doch da sie eingehüllt in einer Decke dastand, konnte er die Ausmaße dieser Verwundung nicht genau einschätzen.

Hatte er ihr nicht versprochen, dass ihr niemand ein Leid antun würde? Und was stand nun leibhaftig vor ihm? Die einzige Seele auf der Welt, die er vor jeder anderen so unbedingt beschützen wollte, und hier stand sein Scheitern vor ihm. Seine Schuld.

Langsam trat er auf sie zu, wobei er sich die Maske vom Gesicht zog. Er suchte nach Worten und fand keine. Da sie nicht vor ihm zurückwich, sondern offen seinem Blick begegnete, wagte er die Hand zu heben, um ihre Wange zu berühren. Das vertraute Blaugrün wirkte matt. Der silberne Ring nur eine dünne Linie am Rand ihrer Iris.

»Du hättest mir erlauben sollen, sie umzubringen.«

Sie schüttelte nur vage den Kopf. »Keine Morde in meinen Namen.«

»Gut, dann in meinem.«

Ihre eiskalten Finger schlossen sich um seine Hand, um ihn daran zu hindern, sich die Narbe genauer anzusehen.

»Nein«, wiederholte sie. »Ich habe sie provoziert und mich auch nicht verteidigt.«

Die Augenbrauen zogen sich tiefer in der Stirn zusammen. »Warum?«

Ehe er sich versah, sprach sie einen Schallzauber aus, der wie ein zarter Vorhang über ihnen niederfiel. Dabei war ihr deutlich anzusehen, wie viel Kraft sie das kostete.

»Mira, hör auf...« flehte er fast schon, doch sie legte ihm eine Hand auf die Brust und unterbrach ihn dadurch.

»Du musst zu Keenan nach Hause gehen. Sofort und ohne Begleitung.«

Was hatte sein Hauptmann mit dieser Sache zu tun? Pheros kam nicht dazu, die Fragen auszusprechen, denn nur einen Wimpernschlag später brachen Zauber und Magierin zusammen. Vor seinen Augen verlor sie das Bewusstsein, aber dank seiner schnellen Reflexe fing er sie auf.

»Tyra!«, rief er in den Gang hinein, kaum als er mit Mira auf dem Arm durch die Tür trat. Genetor und die Heilerin kamen ihm entgegen.

»Was ist bloß los mit dir!«, schimpfte sie. Sie legte Mira eine Hand auf die Stirn und starrte Pheros vorwurfsvoll an. »Sie braucht Ruhe!«

Pheros nickte nur knapp. »In meinen Räumen.«

»Was?«, quiekte Tyra. »Hältst du das wirklich für eine gute Idee?«

»Niemand betritt ohne Erlaubnis die Räume der Ersten Waffe«, stimmte Genetor ihm zu.

Tyra seufzte. »Na, ihr beiden seid euch ja wieder einig. Ich gehe und hole meine Tasche.«

»Brauchst du Hilfe?«, erkundigte sich Genetor.

»Nein«, antwortete sie ohne Umschweife. »Sorg lieber dafür, dass die Erste Waffe auf dem Weg in sein Quartier niemandem das Genick bricht!«

Kurze Zeit später lag Mira in seinem Bett und Pheros saß wachend an ihrer Seite. Sanft strich er ihr eine verirrte Haarsträhne aus dem Gesicht. Warum war ihr Haar kürzer? Hatte Evaria etwas damit zu tun? Und was hatte Mira damit gemeint, er solle Keenans Haus aufsuchen? Und der Vorfall in dieser Hütte? Das alles konnte kein Zufall sein. Jemand zog im Hintergrund die Fäden und sie tanzten artig nach seiner oder ihrer Vorstellung.

Erst als Tyra durch die Vorhänge trat, die den hinteren Bereich mit dem Bett vom Rest des Raumes trennte, erhob sich Pheros.

»Hat sie jemandem erzählt, wie sie auf die Hütte gestoßen ist?«, erkundigte er sich bei Genetor und Asea. Genetor machte sich beiläufig an Pheros Weinvorrat zu schaffen.

»Eine Stimme«, erklärt der große Drache, wobei er ihm einen Becher Wein hinhielt.

»Eine Stimme?«, wiederholte Pheros.

»Das waren ihre Worte«, sagte Genetor.

Asea schnappte sich den Becher, den Pheros in der Hand hielt. »Ich bin ihr gefolgt. Du weißt ja, wir haben immer ein Auge auf Mira, wenn du nicht da bist. Sie wirkte, als würde *etwas* sie anleiten. Wie bei Magiern eben, die mental miteinander kommunizieren. Es muss so gewesen sein, weil sie sonst niemals den Geheimgang zum Strand gefunden hätte. Der Hebel im Efeu?« Sie schütte den Kopf. »Niemals.«

Das war ein Geheimnis, den selbst den wenigsten Waffen bekannt war. Titana wählte diesen Pfad, wenn sie und Tegeates die Unterwelt Lykosuras aufsuchten. Gerade deshalb hielten sie ihn geheim.

Beiläufig drückte Genetor ihm einen neuen Becher in die Hand. »Aber wer außer uns weiß noch davon?«

»Nur wir Sieben, Tyra und jetzt auch Mira«, erklärte Asea. »Keiner von uns kann mental kommunizieren und Tyra war mit Genetor zusammen, als ich Mira folgte.«

»Danke für das Vertrauen!«, rief Tyra vom hinteren Teil des Vorhangs aus.

»Nichts für ungut!«, gab Asea amüsiert zurück.

Genetor rieb sich mit Zeigefinger und Daumen über das kantige Kinn. »Das Häuschen liegt in einer Nische zwischen Felsen und Wald. Ziemlich heruntergekommen und es stank nach ...« Er stockte und räusperte sich, weil Asea ihn tadelnd ansah. »Asea holte mich, weil sie Mira im Geheimgang verschwinden sah. Wir sind ihrer Spur gefolgt, aber da hatte Evaria schon zwei Hiebe mit der Peitsche ausgeteilt. Am liebsten hätte ich sie mit dem Ding verprügelt.«

Eine Welle heiß lodernder Wut stieg in Pheros auf. Nur mit einiger Anstrengung gelang es ihm, seine Emotionen im

Griff zu behalten. Jetzt gab es dafür keinen Raum. Er musste sich auf die Begebenheiten fokussieren, um all die losen Enden zusammenzusetzen.

»In der Höhle darunter liegt ein Portal?«, fragte er, woraufhin beide Geschwister nickten.

»Lya und Teg suchen die Umgebung ab. Sie haben ein paar Soldaten dabei«, berichtete Asea.

»Kein Talan?«

»Kein Talan, aber Vater hat ein paar davon in seinem Labor herumliegen.«

»In Avium haben die Namenlosen unterhalb der Stadt eines dieser alten Zufluchten als Hauptquartier genutzt«, sagte Pheros nachdenklich.

»Den Bau der Ratten haben wir also gefunden«, schlussfolgerte Genetor.

Asea legte die Stirn in Falten. »Und wie hängt das alles mit Mira zusammen? Ich glaube nicht, dass sie mit den Namenlosen paktiert.«

Pheros kniff sich mit zwei Fingern den Nasenrücken. »Auf der Überfahrt nach Lykosura wurden wir von einem Sturm heimgesucht. Mira ist überzeugt davon, dass die Angriffe persönlich orientiert sind.« Pheros legte die Rüstung ab, um sie gegen eine frische, leichtere Variante auszutauschen. »Auf Grund des Singsangs am Ende gingen wir bisher davon aus, dass ich gemeint sein muss. Inzwischen bin ich mir aber nicht mehr so sicher.«

»Lya hat einen ähnlichen Verdacht geäußert«, sagte Asea.

Genetor stieß ein ungeduldiges Brummen aus. »Was tun wir jetzt?«

Pheros hob den Blick zurück in die Runde. »Erstmal nichts weiter. Ich muss mir etwas ansehen, bevor wir weitere

Schritte planen.« Bevor er etwas in dieser Richtung unternahm, musste er Miras Hinweis folgen.

Asea musterte ihn aufmerksam. »Du hast einen Plan?«

Pheros nickte. »Später.«

»Und Evaria? Sie wird noch ein echtes Problem werden, Pheros.«

»Ich stimme Asea zu«, bekannte Tyra, die sich nun ebenfalls zur Gruppe gesellte. »Pheros' Angriff hat es nicht besser gemacht.«

Pheros unterdrückte gerade so ein aufsteigendes Knurren. Seine Augen flogen zu den Vorhängen und der sich schwach abzeichnenden Silhouette dahinter. »Evaria kann froh sein noch zu atmen. Ist Mira ...« Er brachte den Satz nicht zu Ende, da sein scharfes Gehör ein Stolpern ihres Herzens wahrnahm.

Tyra trat bewusst in sein Blickfeld. »Sie wird wieder gesund, Pheros. Jetzt wird sie erstmal sehr lange schlafen und du solltest das auch tun.«

Pheros winkte ab und wandte sich dann an Asea. »Kannst du ...?«, setzte er an, doch Asea fiel ihm bereits ins Wort. »Niemand kommt in Miras Nähe, solange ich Wache halte.«

»Pheros!«, begrüßte ihn Keenan überrascht. Frisch gebadet und in sauberer Kleidung trat er einen Schritt zur Seite, damit sein General eintreten konnte. Pheros signalisierte seinem Freund zu schweigen, indem er sich einen Finger auf die Lippen legte. Auch Vala, die gerade hinzutrat, blieb stumm. Mit einem Stück Zeichenkohle brachte Pheros eine Rune auf die Innenseite der Haustür an. Dann legte er die flache Hand darauf und flüsterte leise einen kurzen Vers. Das brachte die schwarzen Linien der Rune kurzzeitig zum Glühen.

»Was ist das?«, fragte Keenan.

Pheros wandte sich ihm zu und nahm dabei die Maske ab. »Eine Schallrune. Sie verhindert, dass irgendein Geräusch nach außen dringt. Mira hat es mir beigebracht und wie du weißt, sind Drakestai geringfügig zu Magie fähig. Die Rune hält daher nicht sehr lange.«

»Wie geht es Mira?«, fragte Vala, wobei sie einen Schritt näher auf beide Männer zu trat. Pheros bemerkte, dass ihre Hände das Küchentuch etwas fest umklammerten.

»Ich bin auf Miras Wunsch hin hier«, erklärte er. Vala erblasste unter seinem durchdringenden Blick. Ihr schwarz gelocktes Haar wirkte heute ungepflegt und zerzaust. Als hätte sie die Nacht über kein Auge zugetan. Die Augen von tiefen Augenringen umrandet.

»Vala? Was ist los?«, fragte Keenan.

Sie schob sich das Haar nervös hinter die Ohren. »Keen...« Unruhig huschten ihre Augen zwischen ihm und ihrem Mann hin und her.

»Vala«, ermahnte Pheros sie. »Sprich!«

»Arran war für einen vollen Tag verschwunden«, brach es aus ihr heraus.

»Unser Sohn war für einen vollen Tag verschwunden und du hast das nicht gemeldet?«, stieß Keenan fassungslos aus.

Pheros ahnte es längst. »Die Namenlosen erpressen dich und nutzen euren Sohn als Druckmittel.«

Vala nickte und wischte sich mit dem Handrücken die Tränen aus den Augenwinkeln.

»Was haben sie von dir verlangt?«

»Sie wollten, dass ich ein paar dieser Steine aus dem Arbeitszimmer des Imperators stehle.«

»Ein Talan?«

»Ja, genau. So haben sie es genannt.«

Nachdenklich begann Pheros auf und ab zu laufen, wobei er sich immer wieder über das stoppelige Kinn rieb. Dann gingen ihnen die Kristalle aus, um das Netzwerk ungehindert zu nutzen. Das war gut und auch wieder schlecht. »Wie viele Talane hast du ihnen gebracht?«

Sie schluckte. »Einen. Ich schwöre, es war nur ein ganz kleiner! Was hätte ich denn tun sollen? Sie haben doch Arran bedroht!«

Keenan schlug die Hände über den Kopf und sank auf dem nächstbesten Stuhl.

»Ich hatte doch keine Wahl! Ich habe Arran zu einer Freundin gebracht und bin dann zum vereinbarten Treffpunkt gegangen. Diese Hütte am Strand. Bevor ich das Talandings platzieren konnte, ist Mira aufgetaucht und Templer kamen dazu. Mira hat sie abgelenkt, damit ich fliehen konnte.«

Darum hatte Mira sich also nicht verteidigt und Evaria sogar noch provoziert.

Jetzt ergab das Sinn.

»Pheros, bitte glaube mir! Ich habe das nicht gewollt! Was soll ich denn jetzt nur machen?«

Was, wenn irgendwer Vala beim Diebstahl beobachtet hatte? Ein gefundenes Fressen für jemanden wie Evaria, die ihr geschundenes Ego nur zu gern aufpolieren wollte, indem sie ihrerseits Pheros vorführte.

Pheros' Blick bohrte sich in den Valas. »Wer gab dir die Anweisung, zur Hütte zu gehen und einen Talan zu stehlen? Wie haben sie dich kontaktiert?«

»Ein Brief, der durch den Türspalt geschoben wurde in der Nacht. Als ich ihn am nächsten Morgen fand und las, verbrannte er kurz darauf in meinen Händen.«

Keenan seufzte. »Wäre ja auch zu einfach gewesen, wenn wir wenigstens ein Gesicht hätten.« Er suchte Pheros Blick. Ihm musste die volle Tragweite dieses Problems bewusst sein.

»Ihr beiden geht eurem Tagwerk nach. Ich werde Teg und Asea bitten, euch aus den Schatten heraus zu beobachten. Irgendwann muss sich jemand zeigen oder erneut versuchen, Arrans habhaft zu werden.«

Das Paar sah einander lange an. Vala sank neben ihrem Mann auf den Stuhl und griff nach dessen Hand. Keenan drückte sie fest. «Wir tun was du verlangst, Pheros.«

Es war Nacht, als er zum Palast zurückkehrte. Seine Gedanken kreisten um die Pläne, die am heutigen Tag geschmiedet worden waren. Nachdem Besuch bei Keenan und Vala hatte er Rücksprache mit seinen Geschwistern gehalten. Separat voneinander und zu diversen Treffpunkten gerufen, um möglichen Beobachtern keinen Hinweis zu liefern, dass sie etwas planten. Alles war bereit. Die Falle war gestellt. Jetzt mussten sie nur noch abwarten, bis sie zuschnappte.

Endlich betrat er leise seine Räume. Lautlos schloss er die Tür hinter sich.

»... noch niemals so wütend gesehen habe«, hörte er Tyra sagen. »Genervt? Oft. Ungeduldig? Kam auch schon vor, aber so wütend wie heute Morgen? So habe ich ihn noch nie erlebt. Wärst du nicht hinzugekommen, hätte er sie vermutlich getötet ...«

Sie stockte mitten im Satz, als Pheros seine Schritte bewusst etwas lauter setzte, um sich bemerkbar zu machen. Einmal um eine Säule herumgetreten, erblickte er auch schon beide Frauen. Mira saß auf dem Divan, den Kopf in Richtung Balkon gerichtet, während Tyra ihren verletzten Rücken mit einer Salbe behandelte.

Wie erstarrt blieb er stehen und starte auf die roten Striemen, die Miras Rücken zeichneten. Augenblicklich regten sich wieder Wut und Frustration in ihm. Der Drache tanzte flackernd in seinen Augen.

Das erregte offenbar das Missfallen der Heilerin. Der Blick, mit dem sie ihn nun bedachte, war bestenfalls als streng zu bezeichnen. »Ich bin hier gleich fertig. Im Badehaus ist frisches Wasser eingelassen worden.«

Pheros stand zwar nicht der Sinn nach Streit, doch warum er plötzlich kein Bad in seinen eigenen Räumen nehmen dürfte, erschloss sich ihm nicht wirklich. Er wollte schon fragen, doch dann wandte Mira ihm das Gesicht zu und jedes Wort, das er hatte formulieren wollen, erstarb auf seinen Lippen.

Blass war sie noch immer. Die roten Ringe unter ihren Augen aber wenigstens nur noch vage Schatten auf der Haut. Sie begegnete nur seinem Blick, ohne eine nennenswerte Regung zu zeigen. Der letzte Streit hing noch zwischen ihnen. Es gab vieles, das ausgesprochen werden musste, doch nicht so und vor allem nicht im Beisein Tyras. Daher lenkte Pheros nickend ein und verließ seine Räume wieder. Rasch wusch er sich den Dreck der letzten Tage vom Leib und kehrte dann zurück in seine Räume.

Mira lehnte noch immer über der Lehne des Divans und sah gedankenverloren zum Nachthimmel auf. Eingehüllt in eine Decke. Tyra war fort.

»Ich nehme an, dass alles geklärt ist?«, durchbrach ihre Stimme die anhaltende Stille zwischen ihnen. Sie wandte ihm lediglich das Gesicht zu. »Du kannst offen sprechen. Meine Schallrunen wirken noch.«

Pheros schenkte Wein in zwei Becher, bevor er zu ihr kam. Dabei fiel sein Blick wieder auf den Brandfleck an der Wand hinter dem Weintisch.

»Vala hat mir alles erzählt. Wir haben einen Plan«, beantwortete er schließlich Miras Frage. Er nahm neben ihr auf dem Divan Platz. Sie richtete sich auf, um den Becher entgegenzunehmen. Dabei verschob sie die Decke. Mit den Augen wanderte er über ihren Rücken, der nun zur Hälfte wieder frei lag.

Ohne darüber nachzudenken, fuhr er mit den Fingerspitzen über ihre Haut. Sorgsam darauf bedacht, die roten Linien nicht zu streifen. Die Salbe, mit der Tyra sie behandelt hatte, zog bereits ein.

»Meinst du, ich könnte denselben Heilzauber anwenden wie du damals in Oblyvar?«, erkundigte er sich. Dabei fiel ihm auf, dass sie ihn beobachtete. »Für Heilmagie reichen meine Fähigkeiten vielleicht aus?«

Sie bedeutete ihm, zwei Finger hoch zu halten, und führte diese dann an seine Lippen.

»Fühl die Worte. Sieh das Ergebnis vor dir und sprich aus was getan werden soll. Sag: Heile.«

Er gehorchte und empfand ein ungewohntes Ziehen auf der Haut. Als wären da tatsächlich unsichtbare Fäden, die sich um seine Hand wickelten. Anders als bei ihr wurden die

Fäden jedoch erst sichtbar, als seine Fingerspitzen auf ihre Haut trafen. Sie waren auch nicht silberfarben, sondern golden.

»Die Farbe ist kein Indiz für Erfolg oder Scheitern. Es spiegelt lediglich den Anwender und sein Wesen wider. Ich bin der Sturm. Darum wird meine Magie, wenn sie sichtbar hervortritt, hellfarbig, silbrig oder blau. Du bist ein feuergeborener Drache. Darum der goldrote Farbton.«

Sachte legte er die Fingerkuppen über jene Verletzung, die von ihrem Hals abwärts führte.

»Gilt das auch für Gerüche?«, erkundigte er sich beiläufig. Die Fäden legten sich über das Rot, umspannten es und zogen die Ränder zusammen. Sie verspannte sich, bedeutete ihm aber fortzufahren.

»Wie meinst du das mit dem Geruch?«

»Wenn du deine Magie wirkst, nehme ich einen Geruch wahr.«

»Interessant ...«, murmelte sie. »... Wonach riecht meine Magie denn? Wenn du jetzt Rosen sagst, muss ich mich leider übergeben.«

Das brachte ihn zum Schmunzeln. »Du magst keine Rosen?«

»Die haben Dornen.«

»Also nein.« Er musste unwillkürlich lächeln. »Wie ein Sommersturm. So riecht deine Magie für mich ... und nach Wildblumen, aber das ist dein Eigenduft, der mir das suggeriert.«

Hinter ihrer Stirn arbeitete es wieder, weshalb sie erneut ins Schweigen verfiel. Als er sie doch ansah, erkannte er einen Ausdruck auf ihrem Gesicht, den er nicht erwartet hatte. Angenommen hatte er ein Grübeln, das der Gelehrten in ihr Schuldigkeit trug. Was er sah, spiegelte jedoch die Erinnerung an ganz andere Dinge wider. Die Ahnung eines Lächelns auf ihren Lippen verriet sie und die Art, wie sie ihn dabei betrachtete. Das führte unweigerlich dazu, dass ihm die Konzentration entglitt.

Er fluchte leise, als die Fäden seines Zaubers einfach verschwanden. Sie fing seine Hand erneut mit ihrer ein, bevor er den Zauber wiederholen konnte.

»Es liegt am Obsidian.«

Vor Pheros Augen wurde die eben geschlossene Linie wieder rot. Der Zauber war nicht nur verpufft, die Wirkung ging gänzlich verloren. Darum arbeitete Tyra also mit Salben anstelle von Zaubern. Das Obsidian blockierte die Magie.

Leicht neigte Mira den Kopf, während sie ihn weiterhin betrachtete. »Hättest du sie getötet? Evaria, meine ich. Wenn ich nicht dazwischen gegangen wäre?«

»Sehr wahrscheinlich. Ich war schon sehr lange nicht mehr so wütend, aber um ehrlich zu sein, ... bin ich in erster Linie wütend auf mich selbst.«

»Auf dich selbst?«

»Du bist wegen mir hier. Ich gab dir ein Versprechen und doch wurdest du verletzt.«

»Ich bin hier, weil ich hier sein will«, korrigierte sie ihn mit einer Vehemenz, die ihn überraschte. Vor allem, da offenkundiger Ärger darin mitschwang. Die Stimmung zwischen ihnen kippte und Pheros wünschte sich, er hätte einfach den Mund gehalten.

»Du hast mich nicht gezwungen hier zu blieben. Ich tat es aus freien Stücken und auch, wenn der Weg an die Grenze alles andere als leicht geworden wäre, hätte ich ihn doch auf mich nehmen können. Du hast mich auch nicht dazu gebracht, die Klippen hinabzusteigen und ohne Rückendeckung in diese Hütte zu gehen. Das war mein Fehler, aber ich bereue es nicht. Sonst wäre Vala jetzt tot. Wir beide wissen, dass Evaria nicht gezögert hätte. Wann wirst du endlich aufhören, die Verantwortung für die Handlungen anderer zu übernehmen?«

»Nicht anderer ... nur ... weniger.«

Ihr Blick wurde immer eindringlicher. »Ich bin ein großes Mädchen, Pheros«, fuhr sie deutlich sanfter fort. »Ich kann die Verantwortung für mein Handeln selbst übernehmen und ich möchte nicht, dass du dich damit belastest.«

Er konnte sich ein Schnaufen nicht verkneifen. »Gut. Dann sieh, wohin dich *deine* Entscheidungen geführt haben, *großes Mädchen.* Sieh mir in die Augen und sag mir, dass es dir gut geht damit, denn mir geht es nämlich sehr viel schlechter.«

Sie hob die Augenbrauen und deutet auf ihren Rücken. »Damit habe ich kein Problem. Das verheilt wieder. Schlechter geht es mir mit der Lüge, die von Anfang an zwischen uns stand.« Sie hob die Hand, bevor er widersprechen konnte. »Du bist mein zukünftiger König und du hattest nicht vor, es mir zu sagen. Dabei solltest du wissen, wie viel mir dieses Wissen bedeutet. Wegen des Vertrauens. Ich habe mich dir gegenüber vollständig geöffnet ... du nicht.«

So viel Bitterkeit, die ihre Liebe für ihn vergiften würde, wenn er nicht zum Heilmittel griff. Seufzend ließ er seinen Becher auf dem Boden stehen, bevor er sich erhob, um einige Schritte in Richtung Balkon zu gehen. Solche Gespräche lagen ihm einfach nicht.

»Du vertraust mir nicht und ich will nicht, dass du dich zwingen musst.« Sie versuchte, den verletzten Ausdruck vor ihm zu verbergen, indem sie sich zur Seite drehte und die Beine über die Kante schwang.

»Mira, das ist es nicht. Ich vertraue dir. Es ist ...« Er unterbrach sich und fuhr sich mit gespreizten Fingern durch das Haar. Auf der Suche nach Worten wollte ihm einfach kein Anfang gelingen. Also schwieg er, während sein Geist in die Vergangenheit driftete, wo er Bilder emporholte, die er eigentlich tief in sich vergraben hatte. Dabei wurde ihm eine völlig andere Sache klar. Selbst wenn er nicht die richtigen Worte fand, würde Mira sie verstehen.

»Ich war fünf Jahre alt, als Lykaons Schatten mich holten«, sprach er frei heraus, ohne einem Ziel zu folgen. Sein Blick galt dem nächtlichen Himmel und doch sah er keine Sterne und auch nicht die Monde darin scheinen. »Ich erinnere mich noch an die große Statue Istaras, die im Zentrum des Marktplatzes von Machon stand. An den Geruch des Haares meiner Mutter. Ich erinnere mich an die Kirschbäume, die sie so liebte und ... manchmal frage ich mich, ob sie auch heute noch stehen.«

Erst als Miras Hand seine berührte, bemerkte er, wie nahe sie ihm gekommen war.

»Es gibt sie noch«, sagte sie und schob dabei ihre Finger zwischen seine. Sachte sank sie gegen ihn.

Viele Herzschläge lang versank er dabei in diesem endlosen Himmel aus Blau und Grüntonen. Jetzt dachte er nichts mehr. Er fühlte nur noch und sprach aus, was ihm als nächstes auf der Zunge lag.

»Ich habe den Verlust meiner Familie kaum ertragen, Mira. Ich kann ihnen nicht vergeben. Ich verstehe, warum sie sich Lykaons Forderungen nicht beugen konnten, und doch verurteile ich sie dafür, mich im Stich gelassen zu haben. In jeder nur erdenklichen Weise tue ich das, denn ich weiß ... ich hätte meinen Sohn gewählt. Man braucht keine Armee oder ein

Abkommen, um jemanden aus der Gewalt eines anderen zu befreien. Und sie haben nichts getan, um mich zurückzubekommen. Nichts.«

Ein Meer aus Gefühlen schimmerte in ihren Augen.

»Als die Schmiede härter wurde und ich Freund um Freund darin verlor, erreichte ich einen Punkt, an dem ich aufgab.« Er senkte den Blick zu seiner Hand, die mit Miras verbunden war und hob diese hoch. »Es war Lyas Hand, die meine ergriff, als ich am Boden lag und nur noch verbluten wollte. Es waren die Worte einer kleinen Fremden, gesprochen durch ihre Gabe in meinen Geist, die mich dazu animierte wieder aufzustehen.« Seine Mundwinkel zuckten unwillkürlich. »Sie sagte, mein Gegner würde stinken und ich müsse ihm unbedingt die Fresse polieren.« Darum liebte er seine Schwester so sehr. Lykaja und die ganze Bande, die ihm seinen Wein und den letzten Nerv raubte. Sie waren seine Familie. Ihnen verdankte er, niemals erkaltet zu sein.

»Ich habe mir meinen Platz an Lykaons Seite mühsam erkämpft. Nur so konnte ich sie retten. Ich wusste, ich musste Einfluss erlangen, um die Bedingungen innerhalb der Schmiede zu verbessern. Ich bin heute der, der ich bin ... Wegen ihnen.« Sacht drückte er Miras Hand. »Und sie werden niemals einen Platz in Makhai haben. Wir beide wissen das.«

Lange dachte sie über seine Worte nach.

»Ich habe mich geirrt«, sagte sie endlich. »Es ist nicht Hass, der dich antreibt, sondern Liebe.«

Eine zentnerschwere Last wich von seiner Brust. Sacht zog sie sein Gesicht an ihres, um ihn mit dem folgenden Kuss vergessen zu lassen, wie viel Schmerz er gerade für sie hochgeholt hatte.

32

MIRA

Stirn an Stirn lehnend verlor sich Mira in seiner Umarmung. Sanft wanderten ihre Finger über seine Wange, in das dunkle Haar hinein und über den Nacken. Mira verstand Pheros' Gefühle und teilte sogar seine Ablehnung gegenüber Samons Entscheidung, denn auch in ihrem Herzen gab es keinen Platz für eine Krone, die bereit dazu wäre, das eigene Kind zu opfern. Nichts konnte das mildern und es untermauerte Pheros Haltung gegenüber Makhai. Zu viel Kummer lag dort begraben und so standen sie erneut vor einer Sackgasse, wenn es um die Frage ging, wie sie eine gemeinsame Zukunft schaffen konnten.

»Ich kann nicht nach Makhai und du kannst nicht hierbleiben«, sprach er das Unvermeidliche aus. »Ich kann dich nicht gehen lassen und auch nicht festhalten. Also sag mir ... Was können wir tun? Was soll ich tun?«

Sie löste den Blickkontakt und schmiegte sich tiefer in seine Arme. Die Nasenspitze barg sie an seinem Hals. »Frieden ist der einzige Weg, wie wir zusammen sein können.«

Er reagierte nicht sofort darauf, was ihr zu denken gab. Also spielte Hass doch noch eine Rolle? Er mochte aus Liebe zu seinen Geschwistern den Weg nach Makhai ausschließen und gleichsam wollte er den Krieg nicht aufgeben. War es das?

»Du willst Samon die Krone entreißen. Du *willst* Rache«, sprach sie es offen aus. Pheros schwieg, was sie als Eingeständnis wertete. Mira löste sich langsam aus seiner Umarmung, um ihn direkt ansehe zu können.

»Hör mir gut zu, Pheros. Auf diesem blutigen Feldzug gibt es nur einen Weg, der dich an Samon heranbringt, und das ist der Tod *meiner* Schwester. Wenn sie als Grenzwächter fällt, rücke ich nach und wenn du auch mich getötet hast, dann erst schaffst du es nach Machon. Irgendwann wirst du dich entscheiden müssen, was dir wichtiger ist. Deine Rache oder die Chance auf eine Zukunft mit mir. Beides kannst du nicht haben.«

»Du weißt, dass ich dich niemals verletzten könnte«, sagte er, aber Mira spürte, dass er von diesem Vorhaben nicht so einfach ablassen konnte. Dafür waren dieser Krieg und sein ganz persönlicher Grund dafür, schon zu lange Teil seines Lebens.

»Und du würdest hier mit mir leben? Wenn es Frieden gäbe?«

»Ich würde mit dem Mann, den ich liebe, überall leben«, antwortete sie. Doch Liebe allein reichte nicht aus, damit zwei Leben miteinander verbunden werden konnten. Das musste ihm ebenso klar sein. Ohne Entbehrungen und Kompromisse gab es keine gemeinsame Zukunft.

Mira ließ zu, dass er sie wieder an sich zog. Raue Fingerspitzen wanderten in ihren Nacken und sie verstand, wonach er sich jetzt sehnte. Einhalt gebietend legte sie ihm jedoch zwei Finger auf die Lippen. Eindringlich und unnachgiebig suchte sie seinen Blick. »So lang der Mann, den ich liebe, weder meine Freunde noch meine Familie abschlachtet. Ich hoffe, das versteht sich von selbst.«

Das entlockte ihm ein Auflachen, bevor er sich den Kuss stahl. Auch Mira schmunzelte noch, nachdem er sie wieder frei gegeben hatte. Sacht zupfte er an ihren Haarspitzen. »Was ist damit passiert?«

»Ach!« Sie winkte ab und zog ihn mit sich in Richtung Bett.

»Mira?«

»Evaria wollte mich für dich unattraktiver machen.«

Abrupt blieb er stehen. »Also war sie es!«

Erneut winkte Mira ab. »Es sind Haare, Pheros. Die wachsen nach und wenn es mir zu lange dauert kann ich das mit einem kosmetischen Zauber beschleunigen.«

Pheros wollte das nicht auf sich beruhen lassen. »Mira, sie hat ...«

»Ich sagte ihr, dass du blond bevorzugst und habe Witze über Ritter gerissen«, schnitt sie ihm vehement das Wort ab.

»Aber nicht den mit dem nackten Ritter im Wald, oder? Den hast du von Tengel!«

Sie grinste. »Ich finde es witzig! Und jetzt lass es gut sein. Ich will schlafen!«

Erst als sie im Bett lagen und Mira bereits am wegdämmern war, sagte er leise: »Entrüstet! Noch flacher geht es ja kaum!«

Mit einem breiten Schmunzeln auf den Lippen und seinem Herzschlag an ihrem Ohr glitt ihr Bewusstsein in erholsamen Schlaf.

33

PHEROS

Pheros, Ion und viele der jüngeren Waffen beteiligten sich an den Reparaturen in der Stadt. Genetor, Titana und Lykaja blieben dauerhaft im Palast zurück, um Berichte zu lesen, die aus allen Landesteilen zu ihnen strömten. Die Flut der Probleme, die Lykosura heimsuchten, wurde immer unübersichtlicher. Wenn nicht die Namenlosen irgendwo Ärger machten, drängte Makhai gegen die Grenze. Nicht nur das, es saß auch noch ein sterbender Imperator auf dem Thron, der unter den Einflüsterungen eines Dämons litt und um dessen Nachfolge man sich ebenfalls kümmern musste. Pheros wusste nicht, wo ihm der Kopf stand. Wäre da nicht Mira, die ihn jeden Abend erwartete, würde er vermutlich den Verstand verlieren. Am heutigen Tag kam er früher als sonst zurück in den Palast. Anlass war eine einberufene Besprechung durch den Imperator. Lykaja empfing ihn bereits am Eingang. Sie trat zwischen den Säulen hervor, als Pheros die oberen Stufen erreichte. Auf dem Weg zu ihrem Ziel unterrichtete sie ihn – wie immer – über den aktuellen Stand der Dinge.

Kurze Zeit später betraten sie gemeinsam den Arbeitsraum des Imperators. Alle bis auf Asea waren anwesend. Der kleine Schatten behielt Vala und Keenan im Auge. Auch Mira war anwesend. Wenn es um die Namenlosen ging und deren

Bekämpfung, erlaubte Lykaon ihre Anwesenheit bei den Besprechungen. Ihr Wissen erwies sich dabei nicht selten als nützlich. Dafür war ihr gestattet, alles, was sie hier in Erfahrung brachte, auch nach Makhai tragen zu dürfen., Im gemeinsamen Bestreben den Namenlosen ein Ende zu setzen.

Ion, Genetor und Titana saßen verteilt im Raum auf Stühlen oder lehnten gegen Tische. Bedeutsames Schweigen hing in der Luft.

Pheros' Blick verfinsterte sich. »Was ist los?«

»Jemand hat meine Formel zur Herstellung eines Talan gestohlen,« antwortete der Imperator.

Die Sieben allein wussten von dem Diebstahl des Talan durch Vala. Dass nun auch noch die Formel fehlte, war beunruhigend. Es konnte nur bedeuten, dass Vala log oder die Namenlosen einen anderen für ihre Zwecke gefunden hatten.

»Mira möchte die Zuflucht unterhalb der Stadt betreten«, sagte Tyra und in ihrer Stimme schwang ein deutlicher Appel an ihn mit, sie davon abzuhalten.

Pheros' Augen zuckten zu Mira, die sich jetzt anschickte, zu ihm zu treten.

»Nein! Du bist für einen möglichen Kampf nicht bereit«, stellte er klar, noch bevor sie ihre Gegenargumente vorbringen konnte.

Direkt vor ihm blieb sie stehen. »Wir haben keine Wahl. Der Imperator kann nicht dorthin. Darin sind wir uns gewiss alle einig und von euren Magiern ist niemand kampferprobt. Für eine magisch betriebene Zuflucht wird aber ein Magier benötigt.«

Pheros hob die Brauen. »Hast du mir nicht zugehört? Wenn es zu einem Kampf kommt, wärst du nicht stark genug.«

Jetzt hatte er sie gereizt und Mira verschränkte die Arme vor der Brust. »Ich denke, das kann ich ganz gut selbst einschätzen.«

»Wenn es überhaupt zu einem Kampf kommt«, wandte Lykaja ein.

»Gut möglich, dass sie abgehauen sind, nachdem das Versteck aufgeflogen ist«, gab Titana zu bedenken.

Ion schnaufte. »Woher willst du das wissen? Wir wissen doch nur, dass seit der Entdeckung keiner mehr aus der Vordertür kam. Was, wenn alle noch drinsitzen und nur auf uns warten?«

»Was, wenn das eine Falle ist?« fragte Tegeates in den Raum.

Genetor nickte zustimmend. »Lockt alle Waffen da runter und erledigt sie auf einen Streich.«

Titana verschränkte die Arme vor der Brust. »Darum brauchen wir eine kampferprobte Magierin.«

»Vielleicht sollten wir die Magierin selbst entscheiden lassen, wozu sie sich im Stande fühlt und wozu nicht«, erklärte Lykaja.

Mira nickte bekräftigend, doch alles in Pheros wehrte sich gegen diesen Plan. »Nein«, wiederholte er. Auch er verschränkte die Arme vor der Brust. »Du hast eben erst einen Sturm bezwungen und eine Obsidianvergiftung überlebt.«

»Dann komm doch mit mir«, schlug Mira vor. Sie legte dabei beide Hände besänftigend auf seine Unterarme.

»Vier gegen Drei. Sieh es ein, Bruder. Du hast verloren.« Ion schenkte Mira ein Zwinkern. »Ich glaube nämlich ... Fünkchen packt das schon. Allemal besser, als hier ewig herumzustehen und darüber zu schwatzen, dass etwas getan werden muss.«

Pheros biss die Zähne zusammen. Sein Blick streifte jeden der Anwesenden. »Also gut!«

Tyra warf die Arme in die Luft. »Wahnsinnige! Ich bin von lebensmüden Irren umgeben!«

»Niemand will sterben, Tyra«, versicherte Mira ihr.

»Das sagst du jetzt! Komm nicht blutend und um Heilung flehend zu mir, wenn euer Plan schief geht!« Mit diesen Worten stampfte die Heilerin davon. Heute war sie besonders übellaunig. Genetor schickte sich an, ihr zu folge, wandte sich aber noch ein letztes Mal um. »Gebt Bescheid, wenn jemand getötet werden muss. Bis dahin ...«

Pheros hob die Hand, um ihn zu unterbrechen. »Du musst dich nicht erklären. Geh zu deiner Gefährtin.«

Genetor trat einen Schritt näher an Pheros heran. »Pass du besser auf *deine* auf, Bruder. Sie hat eine verflucht nervige Angewohnheit, in Schwierigkeiten zu geraten.«

»Wem sagst du das.«

»Hey!«, protestierte Mira. Sie holte bereits Luft, um sich zu verteidigen, schien dann aber nochmal darüber nachzudenken, wobei sich ihre Schultern wieder senkten. »Ja ... vielleicht ein bisschen.«

Pheros legte Daumen und Zeigefinger an ihr Kinn, um ihr Gesicht in seines zu lenken. »Du weichst mir nicht von der Seite.«

»In Ordnung.«

Ion klatschte in die Hände und stieß sich dabei von der Tischkante ab. »Ich bin auch dabei.«

»Ich ziehe mich zurück«, verkündete der Imperator. »Du kümmerst dich um die Angelegenheit?«

»Natürlich,« antwortete Pheros.

Lykaja schloss sich Lykaon an, wobei sie Mira einen fast schon verschwörerischen Blick zuwarf, den Pheros nicht zuordnen konnte.

»Ich komme auch mit«, sagte Titana.

Ion bewegte sich bereits in Richtung Tür. »Ich treffe euch dann in einer Stunde bei der Hütte.«

Pheros wandte sich als nächstes Tegeates zu. »Du musst Asea finden. Findet heraus, ob Vala gelogen hat oder ob die Namenlosen jemand anderen auf die Formel angesetzt haben.«

Die Schattenklinge nickte knapp.

34

MIRA

Sprich schon aus, was du sagen willst,« forderte Mira den Schönen Tod auf, während diese an ihr herumhantierte, als wäre sie eine Stoffpuppe. Diesmal waren es keine hübschen Abendkleider, sondern Hosen, Lederstiefel und gehärtete Mieder für den Kampf.

»Du bist zu dünn«, beschwerte sich Titana. Dabei zupfte sie an einem der Mieder herum.

Mira stopfte sich gerade das Hemd in die Hose und trat einige Schritt weg von dem blonden Drachen, um probeweise Energie in ihren Handflächen zu erschaffen.

»Nicht jeder hat das Glück, mit solchen Kurven gesegnet zu sein wie du, Schöner Tod.«

Ein Knistern erfüllte den Raum, während tödliche Energie sich in Miras Handflächen sammelte und sich wieder auflöste. Es strengte Mira an, mehr als sonst, doch sie schätzte ihre Kräfte als stabil genug ein, um sich im Zweifel verteidigen zu können.

»Das hat eher etwas mit Magie zu tun und weniger mit einem glücklichen Segen.«

Mira hielt augenblicklich inne. Von diesem Eingeständnis fühlte sie sich vollkommen überrumpelt. Zum allerersten Mal erschien ihr der blonde Drache nicht mehr wie dieses perfekte Überwesen, das von sämtlichen Makeln befreit schien. Im Gegenteil. Wehte ihr womöglich sogar ein Hauch Verletzlichkeit entgegen? Das wahre Gesicht hinter den vielen Masken?

»Für Transformationsmagie bezahlt man einen hohen Preis und das ein Leben lang«, sagte Mira. »Wie viel von dir hat er entfernt und wie stark sind deine Schmerzen auch heute noch?«

Titana zuckte mit den Schultern, als wäre es keine große Sache. »Der Prozess begann schon im Kindesalter. Jeder von uns hat eine Aufgabe und für meine musste ich schön sein. Ich schätze, die richtige Grundlage musste da gewesen sein, doch zur Perfektion hat es nicht gereicht, weshalb die Priester nachhalfen.«

Mira wurde schlecht und die Abscheu für Lykaon kehrte schlagartig zurück. Doch dann erinnerte sie sich an seine Geschichte und wie viel Schmerz dort begraben lag. Wie viel Schuld und Leid. Nicht nur für sich, sondern vor allem auch für andere, die das Pech hatten, seinen Weg zu kreuzen. So fest verankert war dieser Mahlstrom des Leidens, dass er auch heute noch so viele mit sich riss. Selbst jene, von denen Mira inzwischen sagen konnte, das Lykaon sie aufrichtig liebte.

»Vielleicht ist doch mehr dran an den Bardenliedern, als wir wahrhaben möchten«, fuhr Titana fort, während sie ein Mieder gegen Miras Brust hielt und den Kopf dabei leicht neigte. »Das sollte dir passen. Ich habe die Riemen enger eingestellt.«

Mira fasste nach Titanas Händen, bevor die sich wieder abwenden konnte. »Nach allem, was ich inzwischen über euch Sieben weiß, müsste vor mir eine leere Hülle stehen, die weder Liebe noch Loyalität oder Güte kennt. Dabei weiß ich aus erster Hand, dass es nicht so ist.«

Ein warmes, fast schon trauriges Lächeln zierte Titanas Lippen. »Wir hatten einander. Das war unsere Rettung.«

Begriffe wie Familie und Kampfgefährten kamen Mira in den Sinn. Und Wahrheit. Gleichsam wurde ihr das Herz schwer bei der bloßen Vorstellung, was diese Sieben schon alles durchgestanden haben mussten.

Pheros' Schritte hallten schwer durch den Raum. In den Armen hielt er einige Rüstungsteile, die er auf den Tisch legte. »Wenn wir das machen, dann richtig. Du gehst gerüstet da runter.«

Mira hob die Augenbraue. »Willst du mich wie eine Waffe anziehen?«

»Etwas in der Art.«

Titana bewegte sich bereits in Richtung Tür. »Schätze, das ist mein Stichwort. Bis gleich dann!«

Mira sah ihr nach und dachte wieder an das, was sie ihr mal eben in einem Nebensatz offenbart hatte. Dadurch bemerkte die Magierin Pheros' Herannahen erst, als er direkt neben ihr stand. »Wie fühlt sich dein Rücken an?«

»Es zwickt noch etwas, aber Tyras Heiltränke und Salben sind brillant.«

Er stieß einen gedehnten Atemzug aus.

»Pheros ...« sie fasste mit beiden Händen nach seinem Gesicht. »... der Ort, an dem ich mich am sichersten fühle, ist an deiner Seite. Ich habe keine Angst, wenn du bei mir bist, also schüttele das ab, in Ordnung?« Sie wollte ihre Hände wieder sinken lassen, doch Pheros fing sie ein und legte sie sich auf die Brust.

»Du wurdest von einem Nachtgeist verletzt, als ich bei dir war. Du hast gegen einen Höllenfürsten gekämpft, gegen Namenlose ...«

»In den Schwarzlanden wäre ich in einen Abgrund gefallen, hättest du mich nicht gepackt. In der Arena hast du jeden niedergemäht, der sich mir näherte, weil ich mich lange weigerte, sie zu töten.«

Sie hakte ihre Finger in seinen Kragen und zog ihn zu sich herab für einen langen, alles sagenden Kuss, der ihn und all seine Zweifel zum Schweigen bringen sollte. Es gelang.

Er half ihr, Teile der mitgebrachten Rüstung anzulegen, und wirkte dabei wesentlich entspannter. Im Gegenzug demonstrierte sie ihm die Funktionsweise ihres Myr.

»Beeindruckend«, kommentierte er die Formbarkeit ihrer Magierwaffe. »Für diesen Einsatz solltest du dein Myr vielleicht als Schulterplatte tragen.« Sachte zog er sie mit dem Rücken an seine Brust, wodurch er sie direkt vor den Spiegel drehte, der hinter dem Paravent lehnte. Mira befahl ihrer Waffe, sich zu formen und eine Schulterplatte zu bilden. Die vielen kleinen Plättchen gehorchten ihrem Willen und zogen sich zu einem Schulterschutz zusammen, der die Form eines Flügels annahm.

Pheros' Mundwinkel zuckten. »Wie Drachenschuppen.«

»Beinahe«, stimmte sie zu.

Pheros' Hand wanderte über ihren Arm, der in schwarzem Stoff steckte, hinab zu den Unterarmschienen aus Leder. Er umfasste ihr Handgelenk und führte eine Bewegung aus, die sie an das Ziehen eines Schwertes erinnerte.

»So gelangt das Myr rascher von deiner Schulter, hinab zu deiner Hand, um ein Schwert zu formen, solltest du dich verteidigen müssen.«

Mira wandte ihm das Gesicht zu und legte die Lippen auf seinen Hals. »Das Schwert ist doch nicht meine Waffe, dachte ich.«

Er schmunzelte. Mit dem Arm, der ohnehin schon um ihre Mitte lag, zog er sie noch dichter an sich heran. Als sie den Kopf hob, küsste er sie auf den Mundwinkel. »Bring mich nicht auf dumme Gedanken.«

Sie lächelte und gewährte ihm den Rückzug, als er zurücktrat, um das nächste Rüstungsteil zu holen. »Ein Streich reicht aus, um sich zu verteidigen. Fließend aus der Armbewegung heraus. Ohne Wissen des Gegners sollte dir das zum Vorteil gereichen.«

Sie nickte, während er am Leder hantierte, was Mira dazu brachte, sich etwas genauer im Spiegel zu betrachten. Ihre Füße steckten in weichem, aber robustem Leder, das ihr bis zu den Knien reichte und an der Front mit Schnüren gebunden wurde. Im rechten Stiefel steckte ein kleiner Dolch, verborgen in einer Scheide. Die schwarze Stoffhose, geborgt von Titana, lag eng und bequem an. Das Hemd war weiß und ihr eigenes, das sie auf Raquias Märkten erworben hatte. Das Mieder erinnerte mehr an eine zweiteilige Corsage, die mit vier Riemen in Form gebracht wurde. Das schwarze Leder war gehärtet, aber immer noch biegsam genug, um sich gut darin bewegen zu können. Über ihrer rechten Schulter thronte Myr.

Als Pheros wieder an sie herantrat, platzierte er einen Gürtel um ihre Hüfte.

»Wissen es deine Geschwister? Ich meine, wissen sie von deiner wahren Abstammung? Und Lykajas?«

Er sah nur kurz auf, um ihm Spiegel ihrem Blick zu begegnen. »Nein. Lykaja und ich haben nie mit den anderen darüber gesprochen.«

»Warum?«

»Ich wollte nicht mal, dass du es erfährst.«

Sie seufzte. »Denkst du, sie würden dich mit anderen Augen sehen, wenn sie es wüssten? Dich weniger lieben und respektieren?«

»Vielleicht.« Er löste sich von ihr, um in seinem Waffenarsenal zu kramen. Dolche, Schwerter, Armbrust und die dazu gehörigen Bolzen. Das irritierte sie kurz, hatte sie diesen Schrank zuvor noch für einen Kleiderschrank gehalten. Ihr Blick galt sofort wieder Pheros, dem sie eine Hand auf den Unterarm legte, damit er ihr in die Augen sah. »Tue ich es?«

Etwas Sanftes trat in seinen Blick.

»Ich liebe dich, Pheros.« Mira fürchtete nicht länger, was das für ihr Leben oder ihr Herz bedeutete. Sie liebte ihn und war bei ihm, obwohl so vieles zwischen ihnen stand. Sie würde ihn auch dann noch lieben, wenn sie seine Beweggründe nicht kannte. Bis zu ihrem letzten Herzschlag würde sie darum kämpfen, eine Zukunft mit ihm zu haben. Auch wenn es bedeutete, ihn in absehbarer Zeit verlassen zu müssen, um diesen Kampf auf eine neue Ebene zu tragen.

Er wandte sich ihr zu und zog sie in seine Arme, als sie fortfuhr: »Diese Art Geheimnis schadet dem Vertrauen und kann gefährlich werden für die Einheit, die ihr Sieben seid. Sag es ihnen. Nimm diesem Dolch die Schärfe, indem du es bist, der den Schnitt setzt. Jede Wahrheit kommt irgendwann ans Licht. Wir beide wissen das doch am besten.«

Lange betrachtete er sie und Mira wusste, er würde darüber nachdenken. Mehr wollte sie damit auch nicht bezwecken. Wenn sie ging, dann wollte sie ihn nicht allein und auf verlorenem Posten zurücklassen. Er brauchte seine Geschwister und sie brauchten ihn.

35

PHEROS

Diese Zuflucht besaß eine völlig andere Architektur als die in Oblyvar. Während bei den Dunklen alles abgerundet sein musste, gab es hier Ecken und Kanten. Keine kunstvollen Verzierungen an den Wänden oder auf den Bodenplatten. Alles mutete kahl an. Keine Stühle, keine Regale oder irgendwelche Spuren von Leben. Die Hauptkammer war leer.

»Typisch letzte Drachendynastie«, sprach Mira es aus, noch bevor Pheros einen Begriff dafür finden konnte.

»Was meinst du damit?«, erkundigte sich Titana. Zu viert standen sie in der Hauptkammer, einem großen gewölbeartigen Saal. Mehrere runde Feuerschalen ragten aus den Wänden empor, als wären sie mitten hineingeschlagen worden. Mira entfachte mit einem Zauber sämtliche Schalen. Überraschend viel Grün und Kleintierleben wurde dadurch sichtbar. Vor Schreck rannten ein paar Ratten zwischen Titanas Füßen zur anderen Wandseite.

»Igitt!«, quietschte sie und scharrte mit den Fußspitzen. »Sind Ratten und Spinnen hier unten normal?«

Mira schüttelte den Kopf. »Nein. Die kommen von draußen rein. Ohne einen Magier, der den Sternengarten pflegt, kann hier kein Leben existieren. Die Kammer dürfte mehrere Jahrhunderte lang versiegelt gewesen sein.«

Höllen, dachte Pheros. »Also nutzen die Namenlosen diese Zuflucht schon eine Weile.«

»Sieht ganz so aus«, stimmte Ion ihm zu.

Mira schritt voran und ließ dabei den Blick schweifen. »Ich dachte, ihr Waffen mögt Ratte am Spieß.«

Ion lachte auf. »Du hast ihr das erzählt?«

Pheros ignorierte ihn und kniff Mira dafür in die Kehrseite. »Das geht dir einfach nicht runter, hm?«

Sie machte einen kleinen Satz nach vorn, grinste ihn aber unverblümt über die Schulter hinweg an. Ihre Lippen formte dabei das Wort *Niemals*.

»Erinnert mich nicht dran! Abgesehen davon habe ich Schlange bevorzugt. Schmeckt fast wie Hühnchen,« stellte Titana richtig.

»Ratten sind immer noch besser als Frösche«, warf das Schwert Lykosuras ein.

Auch Pheros konnte sich des amüsierten Geplänkels nicht erwehren und schmunzelte breit. »Genug gewitzelt. Lasst uns bei der Sache bleiben.«

Die anderen stimmten schweigend, aber nickend zu. Mira sah sich einen Moment länger um, bevor sie auf Titanas eigentliche Frage zu sprechen kam.

»Während der Drachenkriege büßten sie viel ihrer einstigen Pracht ein. Es wurde wichtiger, Mordinstrumente und Kriegsmaschinen zu erschaffen, als Kunst und Kultur zu fördern. Sie bekämpfen einander bis fast zur Auslöschung.«

Einige Momente verstrichen schweigend, bevor Ion fragte: »Wonach suchen wir also?«

»Nach einer Hexenküche,« antwortete Pheros.

»Alchemie Labor!«, korrigierte Mira leicht säuerlich.

Pheros nickte einlenkend. »Ein Alchemie Labor.«

»Wo liegt der Unterschied?«, erkundigte sich Titana.

Pheros zuckte mit den Schultern. »In beiden Varianten stehen Herzen in Gläsern herum. Hühnerbeine, die von Decken hängen. Große Kessel über einer Feuerstelle. Bücher und Truhen.«

Ion und Titana sahen einander an. »Hexenküche,« sprachen sie wie aus einem Munde.

Mira rollte mit den Augen und gab es scheinbar auf, sie belehren zu wollen. Kopfschüttelnd deutete sie auf eine Tür aus Stein, die in der Wand eingelassen war und halb offenstand.

»Die gibt es mehrfach. Auf beiden Wandseiten. Wir sollten untersuchen, was sich dahinter verbirgt.«

Ion setzte sich bereits in Bewegung und steuerte die erste Tür zu seiner Linken an. »Irgendwelche Fallen oder Stolpersteine zu beachten?«

»Ja,« antwortet Pheros, der Mira rückwärtsgehend in die andere Richtung folgte.

»Was davon?«, rief Titana, die sich Ion anschloss.

»Alles. Achtet auf Erhebungen im Boden, Glyphen und Runen. Auch an der Decke. Begegnet einfach allem mit Misstrauen. In einer Stunde treffen wir uns wieder in der Hauptkammer. Wie besprochen sollten dann auch Asea und Teg mit den Soldaten eintreffen.«

»Verstanden.«

Pheros schob die Steintür zur Seite, die Mira auserkoren hatte. »Kannst du schon etwas wahrnehmen?«

Sie schüttelte den Kopf. »Nichts Auffälliges. Kein Leben außer uns vieren. Keine Störungen im Fluss der Magie.«

An seine Seite tretend starrten sie gemeinsam der Dunkelheit entgegen, die sich hinter der Tür verbarg. Sogar seine geschärften Sehkräfte erfassten nur die Ahnung einer Treppe, die in die Tiefe führte. Mira entfachte Funken, die sie voraneilen ließ, um ihnen zu leuchten. Die Stufen waren schmal und an manchen Stellen zerfallen oder sogar ganz weggebrochen. Pheros legte Miras Hand auf die Schulter, bevor er voranging.

»Du weißt schon, dass ich die Stufen mit einem einfachen Zauber wieder reparieren kann?«

»Spar dir deine Kraft. Wir haben erst begonnen zu suchen und wissen nicht, was uns noch erwartet.«

Unten angekommen, entfachte sie erneut die Feuerschalen an den Wänden. Hätte der Gestank es nicht bereits angekündigt, so brachte das Licht nun absolute Gewissheit.

Mira stieß ein Seufzen aus. Langsam schritt sie tiefer in den Raum. »Schätze, wir haben die Folterkammer gefunden.« Ihre düstere Miene strafte ihren gelassenen Tonfall Lüge.

Eine Vielzahl an Käfigen befand sich auf beiden Wandseiten. Dazwischen einige Tische und Regale. Mehrere metallische Folterinstrumente lagen überall herum oder hing von der Decke. An vielen hing der Geruch von Blut und anderen Substanzen.

Nur wenige Käfige standen leer. In den meisten verrotteten Überresten von Lebewesen. Knochen, Haut und Fleisch. Bei näherer Betrachtung erkannte er auch Überreste von Menschen. Wut und Abscheu stieg in ihm auf.

Anders als bei den Waffen Lykaons, die von ihrer düsteren Propaganda profitierten, stimmte alles, was man sich über die Kinder des Namenlosen sagte. Sie gingen über Leichen und kannten keine Grenzen. Dass sie im Keller seiner Stadt ihr Unwesen trieben, machte ihn nur noch wütender. Frustration mischte sich zur Wut. Das Bild, welches sich ihm hier bot, verhöhnte all das, wofür er stand. Er, die Erste Waffe Lykaons und oberster Beschützer des Reichs.

»Pheros«, sagte Mira und zerstreute damit seine Gedanken. Sie kniete vor einem der Käfige weiter hinten im Raum. Er ging neben ihr in die Hocke. Den Blick lenkte er auf das Geschöpf in der Zelle. Es erinnerte ihn stark an die Dämonen Versios.

»Vermutlich ein erster Hybrid. Ich schätze, jetzt wisst ihr mit Sicherheit, dass die Probleme in Versio von den Namenlosen verursacht wurden.«

Pheros starrte weiterhin auf die Kreatur. »Es gab Vermisste in der Hauptstadt.«

Wenn er richtig tippte und die Verschwundenen hier dabei waren, würde man sie gewiss anhand ihrer Habseligkeiten identifizieren können. Überall in diesem blutigen Chaos befanden sich allerhand persönlicher Gegenstände. Schmuck, Taschen, Schuhe und Bekleidung.

Als hätte Mira seine Gedanken gelesen, hielt sie ihm eine Kette vor die Nase. Es trug das Emblem der Nin-Tempel. Eine Schlange, die sich um einen Stab wand. »Sind auch Novizen verschwunden?«

Pheros' Stirn legte sich in Falten, während er die Kette eingehend betrachtete. »Nicht, dass ich wüsste, aber Lya könnte darin lesen und uns sagen, was mit dem Besitzer geschehen ist.«

Mira erhob sich. »Das kann ich dir jetzt schon beantworten.«

Pheros folgte ihrem Blick, der zu einer Art Folterbank führte. Ein Körper lag darauf. Der kahl geschorene Kopf der Frau und das Symbol der Tempel waren eindeutige Merkmale. Eine der Novizen Lykosuras lag hier.

»Sind sie denn dazu verpflichtet, euch verschwundene Magier zu melden? Ich dachte, die Ritter agieren unabhängig von den Waffen.«

»Ja. Tun sie. Wir waren allerdings übereingekommen, einander zu informieren.«

»Diese Frau wurde nicht gefoltert, Pheros. Siehst du die Glyphen auf ihren Händen und Armen?«

Er nickte.

»Sie hat sich geopfert, um Ifrits zu beschwören. Schau ...« Sie deutete auf die Knöchel und Handgelenke. »Da sind keine Fesselspuren. Sie hat sich aus freien Stücken auf den Tisch gelegt.«

Pheros erinnerte sich an den Angriff dieser Wesenheiten, die sich aus dunklen Rauchschwaden mit glühenden Augen auf alles Lebende gestürzt hatten. Der Verwesungsgrad der Leiche passte auch zum Zeitpunkt des Angriffs.

»Denkst du, die Namenlosen haben die Tempel infiltriert?«

Mira sah ihm fest in die Augen und nickte ernst. »Wer außer den Namenlosen würde so weit gehen und sich selbst opfern, um das Übel der Anderswelt nach Erea zu bringen? Das sind Taten verzweifelter Seelen und blinder Fanatiker.« Sie verschränkte die Arme vor der Brust. »Meinst du, alle Magier in Lykosura beugen sich dem Dekret der Tempel aus freien Stücken? Es gibt sicherlich einige, die lieber die Wahl hätten und nie in den Tempeldienst eintreten würden. Manche ergeben sich ihrem Schicksal. Andere werden wütend und nur die wenigsten wünschen sich ein solches Dasein.« Sie nickte in Richtung der Leiche. »Ein gefundenes Fressen für die Namenlosen, die ihnen eine bessere und freie Welt versprechen, wenn sie ihnen folgen.«

Sie hatte recht. Mit allem.

»Höllen,« murmelte er. Die Wurzel allen Übels musste sehr viel tiefere Ranken geschlagen haben als ohnehin schon befürchtet. Die Tempel und Ritter infiltriert? Waren es nur wenige Abtrünnige oder schon ein ganzes Netzwerk?

»Pheros.«

Er sah sie an.

»Da ist noch mehr.« Sie trat an ihn heran und legte eine kleine Holzfigur in seine Handfläche. Eine Eule mit ausgebreiteten Flügeln, von dem nur noch einer intakt war. Altes Holz.

»Das habe ich geschnitzt.«

»Das dachte ich mir schon. Weißt du noch, für wen du das gemacht hast?«

»Avina.« Lange starrte er auf das kleine Spielzeug in seiner Hand. »Woher hast du das?«

»Es stand heute Morgen auf dem Balkon.«

Er schüttele den Kopf, als könnte er den damit verbunden Schmerz verdrängen. »Ich sah sie sterben. Avina ertrank vor meinen Augen.«

»Ich weiß«, sagte sie sanft. »Ich habe keine Erklärung dafür. Ich weiß nur, dass es da stand.« Sie zögerte abermals, doch sein Blick ermunterte sie weiterzusprechen. »Was wenn jemand anderes aus der ersten Generation die Schmiede überlebt hat? Wenn es nicht Avina ist, wer könnte sonst noch von diesem geheimen Weg zum Strand wissen? Und woher kommt die Eule? Ich glaube, das sind Hinweise von jemandem, der dich sehr gut kennt. Die Identität dieses Geistes, der zu mir spricht, ist noch immer ungeklärt.«

»Wenn Avina noch lebt, warum hat sie dann nicht versucht, mich zu kontaktieren? Warum spricht sie als Geist mit dir? Das ergibt keinen Sinn.«

Mira wollte darauf antworten, doch eilige, sich nähernde Schritte lenkten den Blick beider zurück zur Treppe. Asea stürzte in den Raum, Völlig außer Atem. »Probleme!«

Soldaten, Templer, Waffen Lykaons, Novizen und Priester bewegten sich in den Fluren des Palastes. Noch mehr von ihnen fanden sich im Thronsaal ein. Die Menge der Schaulustigen teilte sich, als die Erste Waffe Lykaons und seine Begleiter sich ihren Weg zum Thron bahnten. Vier Waffen Lykaons und eine Sturmfürstin Makhais. Reichlich Stoff für Gerüchte, die auch schon murmelnd die Runde machten. Der Imperator saß auf seinem Thron, der aus demselben schwarzen Marmor bestand wie der Boden des gesamten Thronsaals. Nahtlos ragte der Sitz des Kaisers aus dem obersten Absatz von sieben Stufen empor. Eine Stufe für jedes seiner sieben Schicksalskinder. Die Rückenlehne des Throns war geformt wie eine Sonne, deren Strahlen je von einem Schwert symbolisiert wurde. Eine Waffe für jedes Jahrhundert seiner Existenz.

Dass Lykaon seine Krone trug und im kaiserlichen Gewand auftrat, ließ Pheros Schlimmes ahnen. Das ließ nur einen Schluss zu. Der Archon setzte ihn unter Druck. Marius, dem die Waffen mit all ihren Befugnissen ohnehin schon ein Dorn im Auge waren.

Zu Füßen des Kaisers von Lykosura kniete das Ehepaar Keenan und Vala. Ihre Hände waren am Rücken gefesselt und je ein Templer stand hinter ihnen. Sie knieten sich gegenüber und seitlich zum Thron.

Nur kurz streifte Pheros den Blick seines Freundes, bevor er die Augen zum Imperator lenkte. Genetor, Tegeates und Lykaja flankierten ihn, so wie es üblich war, wenn es Versammlungen dieser Art gab. Titana, Ion und Asea gesellten sich zu ihnen, so wie man es von ihnen erwartete. Nur Pheros blieb, wo er war, denn hier kniete sein Hauptmann.

Im Augenwinkel bemerkte er Mira, die neben ihm stehen blieb. Auch ihren Blick streifte er nur kurz, doch es reichte aus, damit sie ihn auf die Gruppe zwischen den Säulen aufmerksam machen konnte. Sein Trupp versammelte sich dort. Allen voran Daria, die ihm kaum merklich zunickte. Ein Wink, der ihn verstehen ließ, dass sie bereit waren einzugreifen. Zum jetzigen Zeitpunkt würde ein Einschreiten jedoch nur zu mehr Problemen führen. Daher bedeutete Pheros ihnen abzuwarten.

Kurz darauf wurde sein Blick auch schon von Evaria angelockt, die zwischen dem Ehepaar auf und ab schritt. In der einen Hand den Sturmbrecher und in der anderen ihr Schwert aus Obsidian.

»Was geht hier vor?«, forderte Pheros zu erfahren. Als seine Stimme durch den Saal hallte, verstummte dieser schlagartig. Evaria kam direkt zur Sache.

»Die Frau deines Hauptmanns wurde dabei erwischt, wie sie einen toten Briefkasten mit gestohlenen Gegenständen bestückte. Gegenstände aus dem Palast.«

Auf ihr Zeichen hin trat einer der Templer vor und entleerte eine Tasche. Bestimmt ein Dutzend Talane und zwei Schriftrollen verteilten sich auf dem Boden. Schock und Überraschung zeichneten die Gesichtszüge Keenans, als mehrere dieser Gegenstände direkt vor ihn rollten. Rasch fing er sich jedoch wieder und setzte eine Miene des

Gleichmuts auf. Vala hingegen verhielt sich untypisch still. Fast schon teilnahmslos starrte sie zu Boden und regte sich kaum. Ein ungutes Gefühl beschlich Pheros.

»Asea«, sprach der Imperator, woraufhin der flinke Schatten vortrat, um die Schriftrollen entgegenzunehmen, die der Templer wieder einsammelte. Sie rollte eine nach der anderen auf und wandte sich dann an Pheros. »Die Talan-Formel ist dabei.«

Ein Raunen ging durch die Menge und Mira, die noch immer an seiner Seite weilte, versteifte sich merklich. Irgendetwas musste schiefgelaufen sein.

Während Pheros nachdachte, trat Evaria erneut vor. »Geständnisse wirken sich womöglich mildernd auf das Urteil aus.«

»Ein Urteil, das du nicht zu fällen hast,« stellte Pheros klar und trat dabei ebenfalls vor, um sich Evaria gegenüber zu positionieren. »Keenan ist mein Hauptmann. Wenn jemand ein Urteil spricht, dann bin ich das.«

Evaria hob das Kinn und hielt seinen Blick fest. »Und ich bin sicher, dass die Erste Waffe Lykaons einzig und allein im Sinne des Reiches entscheiden wird.« Ihr Blick wanderte dabei zu Mira, was eine offensichtliche Provokation darstellte. Seine Beziehung zu ihr diente längst allen Zweifeln als Nahrung.

Hier ging es nur zweitrangig um einen Diebstahl, der bestraft werden musste. Man versuchte, Pheros' Stellung zu schwächen, indem man seine Autorität untergrub. Ein diebischer Erster Hauptmann und eine Liebesbeziehung zu einer Makhai kamen da nur gelegen. Bröckelte die Glaubwürdigkeit der Ersten Waffe, schadete das wiederrum dem Thron und somit dem Mann, der darauf saß, denn Pheros war sein oberster Berater.

Fast schon beleidigend, mit welch simplen Tricks man hier versuchte, die Führung des Reiches zu untergraben. Jeder, der etwas von Politik verstand, durchschaute dieses Spiel. Die Sieben taten es. Und sie wussten um die Wirkung von Symbolik und Geste. So antworteten sie auf ihre Weise auf dieses Possenspiel. Genetor setzte sich auf die unterste Stufe des Throns, die geliebte Axt zwischen den Knien aufgestellt. Allein der Anblick dieses Drachens erinnerte jeden daran, sich besser nicht mit ihm anzulegen. Vor allem aber sprach seine Handlung eines ganz deutlich aus: Wer sich mit der Ersten Waffe anlegte, der bekam es auch mit dem Zorn zu tun.

Die restlichen Sieben folgten seinem Beispiel, um auch ihre Haltung zu verdeutlichen, indem jeder eine Stufe tiefer trat. Mit gestraffter Haltung und erhobenen Köpfen, um ihre Solidarität zu verdeutlichen.

Das entging weder Evaria noch ihren Rittern oder Marius, der sich schleichend dem Schauplatz des Geschehens näherte.

»Dann lasst uns doch damit beginnen, warum die Erste Waffe Lykaons einen der Paladine angreift!«, sprach der Archon klar und deutlich in den Saal hinein.

»Evaria folterte einen meiner Schutzbefohlenen und sie tat es im vollen Bewusstsein dieser Tat. Dass die Konsequenz ihrer Handlung nicht den Tod durch meine Hand zur Folge hatte, ist allein besagter Schutzbefohlenen zu verdanken«, erwiderte Pheros ruhig. Dabei wanderte sein strenger Blick von Evaria zurück zu Marius.

Titana warf sich das lange Haar über die Schulter. »Die Erste Waffe Lykaons ist keinem außer dem Imperator selbst Rechenschaft schuldig.«

»Ganz genau«, kommentierte Ion mit provokanter Miene. Genetor fand noch direktere Worte. »Also bläht euch nicht so auf. Evaria wusste, was sie tat, als sie es tat.«

Marius sonst so bleiches Gesicht lief rot an. »So weit ist es also gekommen mit unserem Reich? Sie ist eine Makhai und ...«

»Genug!«, sagte Lykaon. Er musste nicht laut werden, um sich Gehör zu verschaffen. Ein einziger Blick reichte aus, um alle Anwesenden daran zu erinnern, dass er die oberste Autorität und einzig wahre Macht im Reich war. »Wir sind nicht hier, um diesen Vorfall zu diskutieren. Die Autorität meiner Waffen wird nicht in Frage gestellt. Abgesehen davon steht Mira aus dem Hause Cornovier ebenfalls unter dem Schutz des Kaisers. Die Gründe hierfür gehen euch nichts an.«

Pheros unterdrückte eine überraschte Miene, denn eigentlich hatte er von Seitens Lykaon keine Fürsprache erwartet.

Marius schien jedoch nicht locker lassen zu wollen. »Warum war sie in der Hütte, als die Templer das Versteck der Namenlosen aufdeckten? Erst mit ihrer Ankunft hier in Lykosura begannen sich die Angriffe der Namenlosen zu häufen!«

Leises Flüstern erhob sich im Hintergrund. Auch Pheros überraschte die angriffslustige Haltung, die Marius dem Imperator gegenüber an den Tag legte. Pheros' Augen wanderten zu den Templern im Raum. Vielleicht waren sie zu nachsichtig gewesen und hatten den Tempeln zu viele Freiheiten gewährt.

Er war so beschäftigt damit gewesen, Fanatikern nachzujagen und Krieg zu führen, dass er übersehen hatte, wie es im Herzen des Reiches zu brodeln begonnen hatte. Nicht nur den Waffen war in den letzten Jahrzehnten Lykaons wachsendes Dessinteresse am Reich aufgefallen. Das wussten gewisse Kreise für sich zu nutzen.

Marius galt als ambitioniert, doch würde er wirklich so weit gehen, sich offen mit Lykaon zu überwerfen? Und was noch viel wichtiger war, wusste der Archon von dem Problem in seinen eigenen Reihen? Hatte er Kenntnis davon, dass diese womöglich unterwandert waren? Oder war es gar so schlimm, dass man auch ihm eine Verbindung zu den Namenlosen nachsagen konnte?

»Sie hat gegen die Namenlosen gekämpft. Ich war dabei«, verteidigte Ion Mira.

Dass Mira Lykaon sogar das Leben gerettet hatte, dürfte nicht ausgesprochen werden, denn es würde den Kaiser schwach da stehen lassen.

»Wir führen Krieg gegen Makhai!«, hielt Marius dagegen.

Mit weit ausgebreiteten Armen trat der Archon in die Mitte des Saals, damit auch jeder ihn sehen und hören konnte. Er war offensichtlich bereit, aufs Ganze zu gehen. »Seit Jahrzehnten stehen wir nun schon vor den Toren Makhais und kommen nicht am Grenzwächter vorbei. Nun haben wir ihre Schwester in unserer Gewalt und alles, was wir tun ist was? Mit ihr an einem Tisch sitzen, Trank und Speise mit ihr teilen, als wäre sie eine von uns!«

Das Flüstern im Raum stieg zu einem Raunen an. Immer mehr Personen traten durch die offenen Tore hinzu, angelockt durch die laute Stimme des Archon. Mit Sicherheit kein Zufall. Er wollte Zeugen um sich scharen.

»Vater?«, fragte Tegeates. Pheros sah zwei Wurfdolche in seiner Faust aufblitzen.

»Nein«, antwortete der Kaiser. Weder wirkte er verärgert noch bedroht von den Worten des Archon. Pheros hätte schwören können, dass es ihn sogar langweilte. Marius war in einer Zeit des Wohlstandes zum Archon aufgestiegen. Nie hatte er erlebt, wie kaltblütig Lykaon jene beseitigte, die ihm ein Dorn im Auge waren.

»Sie ist obendrein eine Magierin und nicht den Auflagen unseres Reichs unterworfen. Wie kann das sein, frage ich euch! Sie sollte *meiner* Obhut überstellt werden!«

Pheros sah zu Mira. Sie stand noch immer im Zentrum des Geschehens und verzog keine Miene. Er wollte sie mit einem Blick an seine Seite rufen, doch ihre Aufmerksamkeit galt allein dem Archon. Nur hin und wieder begegnete sie auch dem Blick Lykaons. Sprachen sie womöglich wieder miteinander?

»Wie kann es sein, dass sie hier frei herumstreift?« Marius' anklagende Miene richtete sich auf Mira und dann ging er sogar noch einen Schritt weiter. »Und die Nächte in den Räumen der Ersten Waffe verbringt.«

»Vorsicht, Marius«, warnte Pheros ihn ruhigen Tons, der jedoch schärfer war als die Waffe, die er an der Hüfte trug. »Wählt eure nächsten Worte besser mit Bedacht.«

»Warum? Habt ihr etwas zu verbergen?«

»Weil es eure letzten sein könnten«, sprach Genetor es für ihn aus, während er sich in den Stand erhob und die Axt lässig schulterte.

Der Archon wich einige Schritte vor dem großen Drachen zurück. »Wollt ihr ...«

»Beim goldenen Drachen! Hört schon auf mit diesem lächerlichen Drama! Ich gestehe!«

Valas Worte durchschnitten die wachsame Anspannung im Saal. Sie hob den Kopf und ließ den Blick über sämtliche Anwesenden schweifen, bevor sie laut und deutlich wiederholte. »Ich gestehe!«

Keenan wurde kreidebleich. »Vala ...«

Sie ignorierte ihn. »Ich gestehe, alles an diesem Ort zu verachten! Jeden Tag, an dem ich in dieser verfluchten Stadt erwache, möchte ich kotzen, bis ich blau im Gesicht bin! Armselige Ratten, die von einer sicheren Welt träumen und doch nur von Monstern regiert werden!«

Ein erneutes Raunen ging durch die Menge, begleitet von empörten und schockierten Ausrufen. Doch Vala war noch nicht fertig. Nun galt ihr hasserfüllter Blick der Paladin.

»Und nein, du hochnäsige Schlampe!« Sie spuckte ihr vor die Stiefel. »Ich gehöre nicht zu den Namenlosen, du blinde Kuh! Riskier doch mal einen genaueren Blick auf die Leichen, die in *deinem* Keller liegen! Sie sind längst am Verwesen!«

Pheros konnte nicht anders, als Vala anzustarren. Von der sanften kleinen Person, die er seit Jahren kannte, der liebenden Mutter und freundlichen Hausfrau, fehlte jede Spur. Es war, als platzte all das, was sie so viele Jahre lang hinter einer Maske verborgen gehalten hatte, in einem einzigen Schwall Hass und Galle aus ihr heraus. Selbst die sonst so weichen, unschuldig wirkenden Gesichtszüge verzerrten sich zu einer Fratze, die von Abscheu zerfressen war.

»Genug!«, befahl Evaria.

Vala ignorierte das. »Für immer und ewig gehöre ich zur freien Welt unter dem Lichte Arus! Lang lebe Maru und ewig lebe der Goldene Drache!«

Die Dunkelhaarige öffnete den Mund und war im Begriff, einen Zauber zu aktivieren, der ihr buchstäblich auf der Zunge geschrieben stand. Das Symbol identifizierte Pheros als Sprengfalle. Adrenalin schoss durch seine Adern und dann war es, als verlangsamte sich die Zeit für ihn.

Pheros sah Vala drei Worte sprechen und die Linien des Symbols glühten golden schimmernd auf. Er wusste, wenn sie jetzt den Mund wieder schloss, würde das die todbringende Wirkung des Zaubers entfesseln.

Nur einen Herzschlag verging, bis er Mira erreichte, um sie mit seinem Körper abzuschirmen. Gegen seine Arme, die sich unerbittlich um ihren Körper schlossen, wehrte sie sich nicht. Der Geruch ihrer Magie stieg ihm in die Nase. Reine, helle Energie erwachte in ihren Handflächen zum Leben. Das erzeugte ein Kribbeln in seinem Nacken und er wusste, sie formte jetzt einen Schild, den sie gegen Vala sandte. Einen Blick über die Schulter werfend, erkannte er, dass auch Lykaon einen solchen Schild erschuf. Gerade noch rechtzeitig trafen beide Mächte zusammen, um die Explosion darin einzusperren.

Die Detonation schlug tiefe Risse in den Marmor und ließ eine Druckwelle durch den Saal rasen, die die meisten Anwesenden von den Füßen riss.

Ein hauchdünner rosa Schleier legte sich über die Stelle, an der Vala zuvor gekniet hatte. Ein atemloser Moment des Entsetzens folgte, dann erwachte die Panik. Schreiend drängten einige gegeneinander und zu den Flügeltüren des Saals. Waffen und Wachen versuchten, der Lage Herr zu werden, aber Pheros konnte dem keine Beachtung schenken. Er musste sich darauf verlassen, dass die jüngeren Waffen alles unter Kontrolle brachten.

Sein prüfender Blick galt Mira, die er noch immer an sich drückte. Sie begegnete seinem Blick und nickte knapp, um ihm zu versichern, dass sie in Ordnung war.

Keenans verzweifelter Schrei ging ihm durch Mark und Bein. So viel Schmerz lag in diesem einen Ausruf, so eine tiefe Verwundbarkeit, wie er es noch nie von irgendjemandem vernommen hatte. Pheros' Augen hafteten an seinem

Freund, der noch immer kniend auf die Stelle starrte, wo zuvor seine Frau gewesen war. Lebendig. Die Mutter seines Sohnes. Wie oft hatte Pheros beide beobachtet und sich im Stillen gefragt, wie es sich wohl anfühlen musste, jemand anderen so sehr zu lieben und so gut zu kennen, dass man sich ein Leben ohne diesen nicht mehr vorstellen konnte.

Vor Mira hatte er nicht gewusst, wie tief das Gefühl eines solchen Verlustes schneiden konnte. Es hatte ihn beinahe zerrissen, als sie ihn angezweifelt und alles verleugnet hatte, dass zwischen ihnen gewachsen war. Wenn das allein schon schlimm gewesen war, was musste dann sein Freund jetzt fühlen? Wie tief fraß sich ein solcher Schmerz in das Herz? In die Seele? Unwillkürlich verstärkte sich Pheros' Griff um Miras Körper.

»Verdammte Spione!«, rief Evaria. Mit gezogenem Schwert trat sie entschlossene auf Keenan zu. Pheros tat einen Schritt auf sie zu, um sie von ihrem Vorhaben abzuhalten, doch Mira kam ihm zuvor. Ein wütender Sturm aus Wind und Blitzen brach aus ihr heraus. Knisternd und zischend erfasste es ihren gesamten Körper. Pure Energie prickelte auf seiner Haut und dann, nur einen Wimpernschlag später, stand sie schützend vor Keenan. Myr ausgefahren zu einer Klinge, den Sturm in den Augen tragend.

Die silberweißen Augen der Sturmfürstin richteten sich mit tödlicher Absicht auf Evaria. »Ruf dein Biest zurück, Imperator, oder ich garantiere für nichts!«

Ein herausforderndes Funkeln tanzte in den Augen der Paladin. Gegen eine solche Gewalt gab es kein Ankämpfen und vielleicht hätte Pheros zugelassen, dass Mira Evaria zerfetzte. Es kam ihm nur so unglaublich trivial vor im Vergleich zu dem Kummer, der Keenan jetzt am gesamten Leib zittern ließ. Er starrte beinahe schon katatonisch auf die letzten

Spuren seiner Frau und nahm keinerlei Notiz von seiner Umgebung. Daria und sein Trupp, die noch immer im Schatten standen, kamen in Bewegung und flankierten jetzt mit einigen Schritten Abstand ihren Hauptmann. Pheros bedeutete ihnen, sich zurückzuhalten. Ohne Sorge, dass Miras Blitze ihn verletzten könnten, näherte er sich ihr. Sie ließ Evaria nicht aus den Augen, aber ihre Magie machte ihm Platz. An den Stellen, wo er im zersplitterten Marmor seine Schritte setzte, wich die Energie zurück. Pheros spürte den tödlichen Biss ihrer Ladung auch dann nicht, als sich seine Hand um ihren Oberarm schloss und er sich zu ihrem Ohr hinab beugte, um zu flüstern: »Beruhige dich, *min Bree.* Sie wird ihm nichts tun.«

»Für heute wurde genug Marmor zerbrochen«, verkündete der Imperator. Er erhob sich von seinem Thron und ließ streng den Blick schweifen. »Die Befragung des Hauptmannes wird durch die Erste Waffe Lykaons vorgenommen. Er wird entscheiden, wie weiter zu verfahren ist.«

Evaria steckte widerwillig ihre Waffen zurück an den Gurt. Als sie ging, nahm sie alle Templer mit sich. Erst dann löste sich Miras Magie auf und sie atmete einmal tief durch, bevor sie sich zu Keenan in die Knie begab. Sanft strich ihre Hand über seine Stirn. Daria kniete sich ebenfalls zu ihnen, wagte aber nicht, ihren Freund zu berühren. Mira redete leise auf ihn ein, während er an seinem Schmerz zu ersticken drohte. Langsam sank seine Stirn gegen ihre Schulter.

Pheros konnte sich ihm nicht zuwenden. Noch nicht. Marius befand sich noch immer im Saal. Der Blick von sieben Waffen lastete schwer auf ihm.

Mit einer fast schon spöttisch anmutenden Verneigung, verabschiedete sich der Archon aus dem Saal.

36

MIRA

Sie war eine Spionin Desherets«, hörte Mira Titana sagen.

»Wie konnten wir das nicht bemerken?«, fragte Asea.

Genetor schnaufte. »Wie konnten namenlose Ratten unbemerkt in unseren Keller ziehen?«

»Oder wie sich im Tempel ausbreiten«, fügte Ion hinzu.

»Wir haben uns viel zu lange der Sicherheit unserer Mauern ergeben«, fuhr Titana fort.

Die Sieben standen versammelt unten im Arbeitszimmer des Imperators. Mira befand sich mit Keenan, Arran und Lykaja oben auf der Galerie. Keenan saß tief in sich gesunken im Sessel vor dem Kamin, Das Gesicht in den Händen bergend. Mira direkt zu seiner Rechten auf einem der anderen Sessel. Sie warf immer wieder einen Blick zum kleinen Arran, der auf dem Divan am Fenster friedlich schlief. Auch ihn hatte man in den Palast geschleift, doch wenigstens aus dem Thronsaal ferngehalten. Dank Tyras Schlummertrunk war ihm die Tragödie dieser Nacht völlig entgangen.

Miras Blick traf den der Bogenschützin. Lykaja wurde die undankbare Aufgabe zuteil, in Keenan zu lesen, um ganz sicher ausschließen zu können, dass er ein Spion war. Keiner der hier Anwesenden glaubte an seine Schuld, aber wenn es um Spionage ging, mussten sie auf Nummer sicher gehen.

Es gab auch Schläfer, die nichts von ihrem Auftrag wussten, bis ein bestimmter Moment etwas auslöste und die Person plötzlich zu jemand völlig anderem wurde.

Die Magierin spürte das sachte Klopfen eines fremden Geistes, als Lykaja ihre Hand auf ihren Unterarm legte. Sie wollte mit ihr sprechen. Mira gewährte ihr Einlass, doch noch bevor die Bogenschützin mental das Wort an sie richten konnte, erklang Keenans Stimme verschwindend leise und rau. Gebrochen. »Die Frau, die dort gestorben ist, war nicht meine Vala ... sondern eine Fremde. Oder war ich der Blinde? War irgendetwas davon echt gewesen? Von unserem gemeinsamen Leben ...«

Mira war sich nicht sicher, ob er mit sich selbst sprach oder die Frage ihnen galt. Es schnürte ihr die Kehle zu, ihn so zu sehen. Diesen freundlichen, klugen, großherzigen und loyalen Mann, dessen Herz jetzt in Scherben lag. Sie wollte ihm so gerne Trost spenden und etwas sagen, das ihm Kraft gab, aber egal, wie oft sie die Worte in ihrem Kopf auch drehte, sie kamen ihr falsch vor.

»Es war echt,« erklang die Stimme der Ersten Waffe. Pheros stand am Geländer der Galerie.

»Sie hat euch geliebt, Keenan. Dich und Arran. Ich habe euch oft genug zusammen erlebt. So etwas kann man nicht vortäuschen. Selbst der beste Spion nicht. Ihre wahre Loyalität galt vielleicht dem Fürsten von Desheret, aber das, was sie für euch war, wird dadurch nicht weniger bedeutsam. Manchmal geschieht es, dass Pflicht und Herz in Konflikt geraten ...«

Keenans gesamte Aufmerksamkeit galt Pheros, so dass er nicht bemerkte, wie sich Lykajas Hand sanft und *lesend* über seine legte. Auch Mira registriert das nur am Rande, denn der

Ausdruck auf Pheros' Gesicht erzeugte ein klammes Gefühl in ihrer Brust, und doch sprachen seine Worte, sein Ton und seine gesamte Haltung eine Wahrheit aus, die er selbst in seinem Herzen fühlen musste. Es kam ihr ganz so vor, als würde er diese Worte nicht nur an seinen Freund richten, sondern auch an sich selbst.

»Manchmal ist Liebe einfach nicht genug«, vollendete Lykaja, was Pheros begonnen hatte.

Eine erdrückende Stille legte sich über den gesamten Raum. Selbst die Diskussion unterhalb der Galerie war verstummt.

Liebe, die nicht genug ist …

Liebe, die tötet …

Jedes Wort in diesen Sätzen fühlte sich so unglaublich falsch an in Miras Ohren und doch ließ sie die Wahrheit darin nicht ganz verleugnen. Die Sturmfürstin betrachtete Lykaja, die jetzt langsam ihre Hand von der Keenans löste. Ob sie dabei an Ion dachte? Mira musste Ion nicht sehen, um zu ahnen, wie tief ihn Lykajas Worte schneiden mussten. Auch an ihrem Herzen zupften es. Abermals suchte sie Pheros Blick, aber er starrte nachdenklich in die Flammen des Kamins. Ein Muskel zuckte in seiner Wange und sie sah, wie seine Hand sich immer wieder zur Faust ballte. Ein untrügliches Zeichen dafür, dass er mit sich selbst rang. Der Drang, zu ihm zu gehen, wuchs mit jedem Herzschlag, aber sie blieb sitzen.

»Was passiert jetzt mit mir?«, fragte Keenan in die nachfolgende Stille. »Und Arran?«

Bevor Pheros Keenan ansah, sah er zu Lykaja. Die nickte kaum merklich. Die Bestätigung seiner Unschuld war damit gegeben, das Problem jedoch blieb.

»Du weißt was jetzt passiert, mein Freund.«

»Ich habe Zari kontaktiert«, informierte Titana die Runde. Auf leisen Sohlen war auch sie hinzugetreten. Keenan und Arran waren zur Zielscheibe eines viel größeren Spiels geworden. Verbannung kam als einziges in Frage, um das Leben seines Freundes zu bewahren. Mira hatte lange genug am Hof Machons verbracht, um derlei Spiele zu erkennen.

All die Blicke, das leise Flüstern und die Gesten, die verborgen hinter Masken des Gleichmuts zu sehen waren, sprachen für sich. Lykaon mochte auf dem Thron sitzen und aus der Asche des alten Drachenreichs ein neues erbaut haben, doch die Loyalität derer, die all das zusammenhielten, galt den Sieben.

Er liebt dich, sprach Lykajas Stimme unvermittelt in Miras Geist. Das brachte die Magierin völlig aus dem Konzept. Erst jetzt bemerkte sie, dass die Hand der Bogenschützin noch immer auf ihrem Unterarm ruhte.

Ich weiß, antwortet sie mit der Gelassenheit eines wissenden Herzens. Mira brauchte diese drei Worte nicht. Sie würde niemals darauf bestehen, dass er sie aussprach. Sie erkannte es jedes Mal in seinem Blick, wenn sie nur zu zweit waren und die Welt nur für sie stillstand. Es steckte in jeder seiner Berührungen. Die offensichtlichen und auch in jenen, die kaum einer bemerkte. Er überwand die Schatten seiner Vergangenheit, um eine Brücke zwischen ihnen zu schaffen.

Ja. Mira wusste, dass Pheros sie liebte, und darum brauchte sie diese drei Worte nicht.

Wie zur Bekräftigung ihrer Gedanken schenkte Lykaja ihr die Bilder, die sie mit ihren eigenen Augen gesammelt hatte. Eine Welle an Bildern flutete Miras Gedanken. So viele Situationen, in denen sie ihren Bruder heimlich beobachtet hatte. So viele verstohlene Blicke und Regungen, die ihn und seine

Gefühle verrieten. Und dann war da ein Bach, an dem sie Rast machten, während im Hintergrund Templer und Soldaten im hohen Gras saßen. Mira sah Pheros durch Lykajas Augen. Zerknirscht und nachdenklich. Ein höchst seltenes Bild, des sonst so souveränen Anführers der Waffen.

»Kannst du dir vorstellen, ein Leben jemals wieder ohne sie zu führen?«, fragte Lykaja. Er zögerte nicht mit seiner Antwort. »Nein.«

Das Bild verschwand vor Miras geistigem Auge und in ihrem Herzen brannte es, während sie Lykaja betrachtete. *Warum zeigst du mir das?*

Weil du verdient hast, es zu wissen. Weil wir manchmal andere brauchen, um die Dinge zu sagen, zu denen wir selbst nicht fähig sind. Jedes Mal, wenn Pheros diese Worte aussprach, wurden ihm jene entrissen, denen sie galten. Nur darum scheut er es. Es hat sich tief in seine Seele gefressen.

Ein bitterer Geschmack machte sich auf ihrer Zunge breit. Es verstärkte das Gefühl der Unruhe in ihrem Herzen. Einen Herzschlag später gerieten alle um sie herum in Bewegung. Scheinbar hatte Pheros ein paar Befehle ausgesprochen, weshalb sich alle dazu anschickten, den Raum zu verlassen.

Lykaja löste die Verbindung, indem sie ihre Hand zurücknahm. Keenan setzte sich zu seinem Sohn und fuhr ihm sanft durch das braune, lockige Haar.

Miras Aufmerksamkeit wurde von Ion und Pheros angezogen.

Verwirrt trat sie an beide heran. »Was passiert jetzt?«

Ion behielt den bohrenden Blick weiterhin auf Pheros gerichtet, während die Erste Waffe sich Mira zuwandte. Undurchdringlich war seine Miene, aber Mira könnte schwören, Trauer und Bedauern zu erkennen.

»Ich möchte, dass du bei Keenan und Arran bleibst, Mira. Wir haben eine Freundin, die uns helfen wird, beide sicher nach Imerugal zu bringen. Der Großinquisitor ist dein Vetter ...«

»Ich werde eine Botschaft aufsetzen. Alaric wird ihnen Asyl gewähren und sie beschützen, wenn ich ihn darum bitte.« Und mehr, wenn Keenan dazu bereit war. Die Sharur bildeten womöglich die einzige, neutrale Gewalt in ganz Erea. Sie nahmen Schutzsuchende auf und gliederten sie ein, wenn diese bereit waren, dem Kodex zu folgen.

Ion trat von einem Bein auf das andere. Er wirkte gereizt, als sein Blick sich erneut in den der Ersten Waffe bohrte. »Pheros!«

»Es ist entschieden, Ion. Tu, was ich sage.«

Ion stieß einen leisen Fluch aus und seine Schultern sanken ein. Mit einem knappen Blick in ihre Richtung verschwand er die Treppen hinunter. Mira sah ihm einen Moment lang nach. Die Unruhe in ihr begann zu brodeln und sich in ihrem Blut festzusetzen.

»Lykaja wird euch abholen, wenn es so weit ist.« Mit diesen Worten wandte sich auch Pheros ab zum Gehen.

Stirnrunzelnd sah sie ihm nach. Manchmal kam es ihr so vor, als verschwamm die Grenze zwischen Freund und Feind. Wie damals, als aus der verbündeten Ersten Waffe Lykaons so viel mehr wurde. Tief in ihrem Herzen fühlte Mira erneut diese wachsende Zuneigung. Nur galt diese diesmal anderen Personen. Seinen Geschwistern. Keenan, Arran und auch Tyra und Daria.

Rasch blendete sie all das aus und trat an den kleinen Sekretär, der an der anderen Wandseite stand. Sie klappte das Schreibfach auf, zog sich Papier, ein kleines Tintenfass und eine Feder heraus, um ihren Teil dieses Plans umzusetzen. Sie bat für Keenan und Arran um Aufnahme bei den Sharur. Ein Mann mit Keenans Fähigkeiten fand dort immer eine Aufgabe. Wenn er wollte natürlich. Mit dem unterschriebenen Schriftstück kehrte sie zu Keenan zurück. Sie reichte es ihm und nahm Platz auf dem Sessel daneben.

»Ich habe es nicht versiegelt, falls die anderen einen Blick drauf werfen wollen«, erklärte sie ihm leise.

Lange blickte Keenan auf das Stück Papier, das er an sich genommen hatte.

»Alaric ist mein Vetter. Wir kennen uns sehr gut. Er ist ein guter Mann. Ich habe keine Zweifel, dass ihr einander mögen werdet.«

Langsam hob Keenan den Blick. Was sie darin fand, füllte ihr Herz von neuem mit Kummer. Er wollte nicht gehen. Das war ihm deutlich anzusehen. Für ihn war Lykosura Heimat. Der Ort, an dem er geboren und in die Rolle des Hauptmanns gewachsen war. Wo sein Sohn das Licht der Welt erblickt hatte. Wo er die Liebe seines Lebens gefunden und wieder verloren hatte.

Sanft legte sie ihre Hand über seine. »Es tut mir so leid.«

Er senkte den Blick hinab auf ihrer beide Hände. Noch immer schweigend. Sie war schon im Begriff, ihre Hand wieder zurückzuziehen, als sein Daumen sich über ihren Handrücken schob.

»Um uns mache ich mir keine Gedanken. Wer deckt *seine* Flanken, wenn ich weg bin und ... wenn du weg bist?«

Es versetze auch ihrem Herzen einen Stich. Die Sieben mochten eine Einheit sein und einander haben, doch jeder von ihnen trug auch eine Zielscheibe auf dem Rücken. Sie befanden sich in permanenter Gefahr. Dunkle Geheimnisse lauerten in jeder Nische und sie machten selbst vor den angsteinflößenden Sieben nicht halt.

»Ich glaube, er kann gut auf seine Flanken achten«, antwortete sie, aber jede Silbe davon fühlte sich an wie eine Lüge, die sie sich selbst erzählen musste, um sich nicht von ihrem eigenen Plan abzuwenden. Jemand musste seine Stimme erheben und vor den Rat treten.

Bitterkeit umspielte die Lippen des Soldaten, als er ein schwaches, aber verständnisvolles Lächeln zeigte. Er glaubte ihren Worten genauso wenig, wie sie es tat.

Mira schluckte und dann kam jemand die Treppen hinaus.

Lykaja.

Über der Schulter hingen zwei große Taschen und die mitgebrachten Mäntel reichte sie an jeden von ihnen weiter. Sie selbst trug ebenfalls einen. Lang und in dunklen Farben gehalten, mit einer großen Kapuze, die das Gesicht bestens verdeckte.

»Kommt«, drängte Lykaja. Mira schulterte eine der beiden Taschen, während Lykaja die andere trug. Arran, der in einer warmen Decke gehüllt war, fand in die Arme seines Vaters.

Die Bogenschützin führte sie nicht zur Tür hinaus, sondern über den Garten und durch schmale Pfade, die gepflastert waren mit kleinen, weißen Steinen. Die Hecke, die den Weg säumte, war so hoch, dass sie darin verschwanden. Lediglich der nächtlich klare Sternenhimmel ragte über ihnen auf. Es war still und Mira begriff, dass sie in einem der Irrgärten waren. Sie nahmen den Geheimweg zum Strand. Doch anders als erwartet, traten sie nicht durch die Geheimtür, die Mira bekannt war. Die Bogenschützin führte sie in die entgegengesetzte Richtung. Entlang der Mauer und damit näher in Richtung Stadt. Als Wachposten sichtbar wurden, bedeutete sie ihnen stehen zu bleiben. Lange sah sie in die Richtung der Wachen, die an der oberen Mauer ihre übliche Patrouille abliefen. Da erkannte Mira eine Bewegung in den Schatten der großen Feuerschalen.

Asea und Tegeates, schoss es ihr durch den Kopf. Sie waren die Schatten in der Nacht. Mira sah nur das Licht der Feuerschalen flackern und die Wachen nahmen eine andere Richtung als die, die sie zunächst angestrebt hatten. Das verschaffte den vier Seelen am Boden die Chance, unbemerkt vorbei zu schleichen. Lykajas Hände tasteten sich die Mauer entlang, bis sie einen Hebel zu fassen bekam, der unter dem wuchernden Efeu versteckt lag. Ein Spalt öffnete sich in der Mauer. Eine weitere Geheimtür.

Die Waffe bedeutete ihnen, hindurchzuschlüpfen. Keenan und Arran traten als erste hindurch, doch als Mira ihnen folgen wollte, hielt Lykaja sie am Arm zurück. Keine Worte der Erklärung folgten, als sie eine kleine Schachtel in Miras Manteltasche gleiten ließ.

Später formten die Lippen der Bogenschützin.

»Folgt dem Pfad«, flüsterte sie, jetzt an Keenan und Mira gewandt. Dann übergab sie der Sturmfürstin die zweite Tasche und bedeutete ihnen, rasch weiterzugehen. Dunkelheit umhüllte sie. Kälte kroch Mira in die Knochen und die Erinnerung von aufblitzenden Drachenaugen aus seinem Alptraum ließen sie ungewollt zusammenzucken.

Konzentrier dich. Funken erwachten in ihrer Hand zum Leben und tauchten die kahlen Wände des Gangs in ein warmgelbes Licht. Schweigend folgten sie dem dunklen Tunnel. Genetor erwartet sie an dessen Ende und führte sie durch ein Labyrinth aus Gängen und Treppen. Rechts von ihnen floss Wasser durch ein schmales Rinnsal im Boden. Keiner sagte etwas. Die anhaltende Stille fühlte sich erdrückend an. Belastet von den Ereignissen im Thronsaal und dem, was noch in den Schatten einer ungewissen Zukunft lauerte. Manchmal kamen sie an eine Art Kreuzung. Wie weitläufig mochten wohl diese Tunnel sein?

Letztlich erreichten sie einen langen Tunnel, an dessen Ende das Meer auf sie wartete. Als sie ins Freie traten, befanden sie sich direkt auf einem Bootssteg. Vor ihnen erstreckte sich funkelnd vom reflektierenden Sternenlicht das Sturmmeer. Im Rücken ragten die Klippen Lykosuras auf, scharfkantig und bedrohlich, wie ein Bett aus messerscharfen Dolchen. Also befanden sie sich auf der Ostseite der Küste.

Genetor blieb stehen, während Keenan voranschritt. Mira erkannte Ion und Pheros am Ende des Stegs. Sie unterhielten sich leise mit zwei weiteren in langen Mänteln verhüllten Gestalten. Ein vertäutes Beiboot bewegte sich im sanften Wellengang.

Als Ion sie erblickte, setzte er sich in Bewegung. Auch Mira schickte sich dazu an, ihnen entgegenzukommen, doch Genetor hielt sie am Arm fest. Abschied und Bedauern blickten ihr entgegen.

Ein sanfter Druck seiner schwieligen, großen Finger und dann gab er sie frei. Mira erstarrte. Das beklommene Gefühl in ihrer Brust wuchs und breitete sich bis in jede Zelle ihres Körpers aus. Erst als sie Ions Hand auf ihrer Schulter spürte, befreite sie das aus der Starre. Ihr Blick floh in seinen. Auch dort fand sie Bedauern und Abschied. Er versuchte sich an einem Lächeln, das kläglich misslang.

»Leb wohl, Fünkchen.«

»Vergiss uns nicht«, fügte Genetor hinzu.

Unwillkürlich wanderte Miras Hand in die Manteltasche und damit zur kleinen Schachtel, die Lykaja dort hinterlassen hatte. Bevor sie fragen konnte, was das alles zu bedeuten hatte, zeigte Genetor, auf etwas hinter ihr. Mira wusste, wem dieser Wink galt, noch bevor sie sich umdrehte und sie einander ansahen. Der Farbton dieser geliebten, dunklen Augen ließ ihr Herz in einem Funkenregen aus Schmerz bersten. Das Brennen in ihrer Brust vertrieb die wachsende Kälte und machte dafür einer bodenlosen Leere Platz, die sie zu verschlingen drohte.

»Bis zum Mondfest hatten wir gesagt«, sprach sie leise, nicht sicher, wem diese Worte galten. Aru, sie war noch nicht bereit, sich zu verabschieden. Nicht bereit, sich *von ihm* zu trennen.

Pheros zog ihre Hände in seine und drückte sanft die Lippen auf ihre Fingerrücken.

»Zari ist eine Freundin von uns. Sie wird nach Imerugal segeln«, erklärte er mit gefasster, aber rauer Stimme, während er ihren Handrücken betrachtete und immer wieder mit dem Daumen sanft darüber strich. Pheros rang mit sich, behielt aber die Kontrolle. Sie sah es ihm deutlich an. Langsam hob er den Blick in ihren zurück. In diesem geliebten Dunkelblau lag so viel Gefühl, dass es Mira die Sprache verschlug. Bitterkeit. Abschied. Verlust und Schmerz fand sie dort und all das stand im Gleichklang zu ihren eigenen Gefühlen.

»Ich kann dich nicht nach Makhai schicken im Wissen, was dich dort erwartet, und ich kann dich nicht hierbehalten, wo zu viele Gefahren auf dich lauern. Also schicke ich dich zu deinem Vetter, in der Hoffnung, dass er dich beschützen wird ... weil ich es nicht kann.«

Leiser Zorn regte sich in ihr. Wieder dieser Starrsinn, jede Last schultern zu müssen und jede Verantwortung tragen zu wollen. Mira wollte ihn anschreien. Dieser zornige Funke wurde sofort wieder im Keim erstickt, als seine Hand an ihre Wange fand. Mit der anderen zog er sie sanft an sich. Tief atmete sie seinen Geruch ein und ließ ihren Körper gegen seinen sinken. Die Stirn an seine gelehnt. Wenn das ihre letzten gemeinsamen Augenblicke waren, wollte sie diese nicht mit Zorn füllen.

»Ich liebe dich, Mira. Bevor du in mein Leben getreten bist, habe ich nicht gewusst, was das bedeutet.«

Ihr stockte der Atem und auch das Herz setzte einen Schlag aus. Auf einmal war ihr Kopf wie leergefegt, denn das hatte sie noch weniger erwartet als den vorgezogenen Abschied. Er hatte es ausgesprochen. Er hatte es wirklich und wahrhaftig ausgesprochen!

Lykajas Worte kamen ihr wieder in den Sinn.

... Jedes Mal, wenn Pheros diese Worte aussprach, wurden ihm jene entrissen, denen sie galten ...

Sagte er es also nur deshalb? Weil er wusste, dass er auch sie verlor? Glaubte er wirklich daran, dass sie sich nie wiedersehen würden? Mira wusste nicht, was mehr schmerzte. Diese tiefe Hoffnungslosigkeit, die darin verborgen lag, oder das Gefühl, ihn im Stich zu lassen wie so viele andere, die er geliebt und verloren hatte.

»Pheros ...«

»Nein, bitte lass mich das sagen, bevor mich der Mut verlässt.«

Sie nickte kaum merklich, während sie sein geliebtes Gesicht eingehend betrachtete, um sich alles davon einzuprägen.

»Ich liebe dich und weil das so ist ... entbinde ich dich von deinem Versprechen und ... gebe dich frei.«

Mira schluckte und unterdrückte gerade so ein Schluchzen. Nicht nur Arran und Keenan konnten als Klinge gegen die Erste Waffe gewendet werden. Auch sie zählte zu der Schwachstelle in seinem Panzer. Eine viel größere noch als jeder andere, da sie nicht einmal Teil des Reichs war. Ihre bloße Anwesenheit sägte an seiner Autorität. Im Thronsaal war es bereits geschehen und es würde sich wiederholen ...

»Ich werde für Frieden kämpfen. Ich weiß, dass Alaric mich dabei unterstützen wird ... und dann komme ich zurück zu dir.« Jedes Wort davon fühlte sich an, als spräche sie jemand anderes aus. Es fühlte sich an wie Verrat an ihrem eigenen Herzen.

Zärtlich strich sein Daumen über ihre Wange, um die Tränen aufzufangen. Auch sein Blick war glasig. »Ich weiß«, sagte er mit leiser Stimme. Sanft fanden seine Lippen auf ihre. Sein Kuss schmeckte bittersüß, intensiv und endlos. Ein letztes Mal seine Arme spüren, die sich fest um ihren Körper schlossen. Geborgen. Beschützt. Geliebt…

Abrupt löste er seine Lippen von ihren. »Leb wohl, *mein Sturm.*«

Und dann gab er sie frei. Ihr wurde schwindelig, während sie ihm nachsah, bis die Dunkelheit des Tunnels seine Gestalt verschlang. Ihr war, als stünde sie jetzt wieder allein auf dieser weiten, leeren Ebene. Knöcheltief in eiskaltem Wasser versunken, unaufhörlich steigend, bis sie komplett darin versank und ertrank.

37

PHEROS

Er zwang seine Beine, in Bewegung zu bleiben, während sie die Tunnel entlang schritten. Über ihnen tanzten noch Funken von Miras Zauber, die Licht spendeten und den Duft ihrer Magie verbreiteten. Im Vergleich zu dem sanften Schein dieser Lichter hoben sich die Flammen von Genetors Fackel ab wie ein Ungeheuer, das hungrig aus der Tiefe kroch.

Erinnerungen keimten in ihm auf und drohten ihn erneut ins Schwanken zu bringen. Jeder Schritt wurde von einer bleiernen Schwere begleitet, die ihm höhnisch vor Augen führte, was für ein Heuchler er doch war. Er hatte ihr gesagt, nicht länger egoistisch sein zu können, dabei drängte alles in ihm danach, genau das sein zu wollen. Es kostete ihn seine gesamte Willenskraft, nicht die Beine in die Hand zu nehmen, den Weg zurück zu rennen, um ins Wasser zu hechten, das Beiboot einzuholen und sie wieder in seine Arme zu ziehen.

Es war das Richtige. Es war das *einzig* Richtige!

»Das war die dümmste Entscheidung, die du jemals getroffen hast!«, donnerte Genetors Stimme laut durch den Tunnel.

Pheros warf seinen beiden Brüdern einen knappen Schulterblick zu. »Es war die einzig richtige Entscheidung«, beharrte er und glaubte es selbst nicht mal, während er es sagte.

»Sieht sie das auch so?«, fragte Ion. »Hast du sie gefragt? Wollte sie gehen?«

Er schwieg und das war ihnen Antwort genug. Ion war so klug zu erkennen, das Pheros längst unter der Last seiner Entscheidung einzubrechen drohte. Allein die Vorstellung, in sein Zimmer zurückzukehren, ließ ihn beinahe alle guten Absichten vergessen.

Genetor ließ jedoch nicht locker. »Ich verstehe, warum Keenan sich in Sicherheit bringen muss. Aber Mira? Wir sind umzingelt von Feinden, haben keine Verbündeten und ...«

Pheros fuhr zu ihnen herum. »Sie wäre eine Zielscheibe!« Sämtliche Geduld und Beherrschung entglitten ihm. Zornig starrte er beide an. Was auch immer sonst noch in seinem Gesicht zu erkennen war, es ließ seine Brüder geschockt die Augen weiten. »Keine Verbündete. Mira ist nie von ihrem Vorhaben abgewichen, nach Makhai zurückzukehren. Ich habe lediglich den Zeitpunkt auf *früher* verlegt.« Er schnaufte und fuhr sich mit der Hand durch das Haar. »Denkt ihr, ich wollte das? Denkt ihr, es fiel mir leicht, sie gehen zu lassen?!«

Der stets beherrschte Pheros verschwand, wenn es um Mira ging. Als sowohl Ion als auch Genetor nichts mehr sagten, glaubte Pheros, sie zum Schweigen gebracht zu haben. Er war schon im Begriff, sich umzudrehen, als Ion doch noch vortrat. »Ich habe dich immer für den klügsten Mann der Welt gehalten ... bis jetzt.« Der Blick, mit dem er ihn bedachte, war schwer zu lesen. Zu viele widerstreitende Gefühle rangen dort um die Vorherrschaft. Strenge, Wut, Unglauben und ein alter Schmerz, den Pheros seit neun Jahren nicht mehr in Ions Augen gesehen hatte.

»Sie ist eine Sturmfürstin«, betonte Ion jede Silbe in die Länge ziehend. »Sie hat die Kinder im Hort gerettet. Ich sah mit eigenen Augen, wie sie Namenlose niederstreckte, als wären sie nicht mehr als lästige Fliegen. Wie eine Rachegöttin, die der Anderswelt entstiegen ist.«

Genetor nahm den Faden auf. »Sie hat Oblyva und Avium in Schutt und Asche gelegt.«

Ion nickte. »Und du stehst hier und sagst uns allen Ernstes, das sie beschützt werden muss?«

Da begriff er es. Seine Geschwister hatten Mira nicht nur um seinetwillen akzeptiert. Wenigstens diese beiden hatten sie auch ins Herz geschlossen.

Neun Höllen ... Pheros hatte die Liebe seines Lebens in ein Boot gesetzt, das sie weit fort von ihm trug, aber darüber hinaus hatte er seinen Brüdern auch eine liebgewonnene Freundin genommen.

»Sie haben recht«, drang eine fremde Frauenstimme an ihre Ohren. Mit gezückten Schwertern wirbelten die drei Männer herum. Eine Frau, eingehüllt in einem langen dunklen Mantel, stand dort. Sie hob beschwichtigen beide Hände, um ihnen zu zeigen, dass sie unbewaffnet war.

»Du hättest Mira nicht gehen lassen dürfen«, sagte sie.

Pheros war irritiert so wie seine beiden Brüder auch, denn die Frau war nicht mit den Sinnen zu greifen. Selbst im Streitgespräch hätte der Drache unter seiner Haut keinen Alarm geschlagen. Man roch sie nicht. Nicht einmal ein Herzschlag war zu hören, wenn er sich darauf konzentrierte. Es war, als wäre sie ein ...

»Nein, ich bin kein Geist«, versicherte sie ihm. Als hätte sie seine Gedanken gelesen.

»Wer bist du?!«, forderte Ion zu erfahren.

»Und woher weißt du von diesen Tunneln?«, fügte Genetor hinzu.

Unter ihrer großen Kapuze lugten Spitzen blondweißen Haares hervor. Als sie den Kopf hob, tauchte das Licht der Fackel ihr Gesicht in Helligkeit und offenbarte silberfarbene Augen. Das verschlug ihnen die Sprache und sorgte für noch mehr Verwirrung.

»Was ist das für ein Trick?!«, knurrte Genetor.

»Du bist Miras Geist«, sprach Pheros aus, was ihm die Eingebung zuflüsterte. Pheros spürte die Blicke seiner Brüder auf sich ruhen und ignorierte das für den Moment.

Miras Geist nickte langsam. Also lag er richtig.

Begleitet von einem kaum merklichen Lächeln auf den Lippen, sagte sie: »Ich habe versucht zu helfen, ... aber das ist jetzt nicht mehr wichtig. Ihr müsst gehen. Die Namenlosen bereiten einen Angriff vor. Mit Ifrits wird es beginnen und sie werden sich vom Gesang nicht vertreiben lassen. Der Angriff auf den Hort war nur ein Testlauf für das Endspiel, das heute Nacht erfolgt.«

»Woher willst du das wissen?«, bellte Genetor, der merklich mit dieser alten Angst zu kämpfen hatte. Geister waren ein echtes Problem für den großen Drachen, auch wenn er sich zu beherrschen wusste. Das Lächeln der weißen Frau wirkte sanft. »Errichtet Sicherheitszonen im Tempel und im Palast. Rettet so viele ihr könnt und zögert nicht. Wenn ihr hadert, wenn das Misstrauen in euren Herzen noch immer stärker ist als Vertrauen und Hoffnung, wird die Stadt mit dem Erscheinen der Morgensonne nur noch Asche sein.«

Wie auf Befehl, erklangen die Trommeln der Stadt. Doch der Code offenbarte nur den Wachwechsel. Als sie zurück zur Frau blickten, stand da niemand mehr. Auch der Tunnel dahinter war leer. Ion stürzte in den dunklen Gang mit gezücktem Schwert, während Genetor sich lautlos hinter

Pheros schob.

Nur noch Asche ...

Misstrauen und Hoffnung ...

Eine indirekte Aufforderung, hinter die Maske zu sehen ... Wie Mira es getan hätte. In seiner Brust brannte es erneut auf, doch Ion kehrte mit gehetztem Blick zurück zu ihnen.

»Sie ist weg!«

»Scheiße!«, fluchte Genetor. »Konntet ihr sie spüren?«

»Nein«, sagte Pheros.

Ion schüttelte den Kopf, sah dann aber Pheros an. »Miras Geist?«

»Ich erkläre es euch auf dem Weg in den Palast«, erwiderte Pheros. Er war gewillt, den Worten des Geistes zu glauben.

Kaum unterdrücke Wut trieb ihm das Erbe der Drachen in die Augen. Wieder die Namenlosen. Wieder zuschlagend, ohne Vorwarnung, ohne dass sie es bemerkten. Das musste ein Ende finden. Das würde enden und zwar heute Nacht!

Diese elenden Fanatiker hätten den Zeitpunkt nicht besser wählen können, um zu sterben, denn alles in Pheros dürstete nach Blut und Verderben. Nun, da sein Licht fort war und der Sturm nichts mehr als Stille hinterließ, gab es auch keinen Grund mehr, den Drachen im Zaum zu halten.

38

MIRA

Ihr Körper gehorchte als sie ihm befahl sich ins Beiboot zu setzen. Und er gehorchte, als sie die Leiter hinauf zum Schiff erklomm, das sie fortbringen würde. Fort von ihm ...

Jemand sprach mit ihr. Jemand nahm ihr etwas ab und reichte ihr dafür etwas anderes. Eine Zwergin mit dem Namen Zari stellte sich vor. Sie warteten und dann kam Keenans Mutter ebenfalls ins Schiff geklettert. Zusammen mit einer Handvoll anderer Leute, die sich auf ähnlich illegale Weise eine Passage zur Insel der Götter erworben hatten. Wieder Gespräche und noch mehr Worte, mit neuen Gesichtern. So viele Worte. Mira hatte Mühe, ihnen zu folgen. Dennoch zwang sie sich ein ums andere Mal. Sie gab Antworten, drückte Hände und nickte und nickte und nickte und nickte ...

Irgendwann blähten sich die Segel und das große, schwimmende Gefährt kam schwerfällig in Bewegung. Seile und Rufe flogen durch die Luft. Matrosen sprangen zwischen Netzen und Kisten umher. Irgendwann stand die Sturmfürstin allein an der Reling, die Augen auf die Klippen gewandt. Das versteckte Peer wurde immer kleiner, während das Schiff langsam, aber sicher an Fahrt gewann. Ein Frösteln durchfuhr ihren Körper, als sandte ihr jemand einen eisigen Gruß. Unwillkürlich schob Mira die Hände in die weiten

Manteltaschen. Dabei stieß sie wieder auf die Schachtel, die Lykaja ihr zugesteckt hatte. *Aru!* Sie hatten sich von ihr verabschieden wollen und was hatte Mira getan? Nichts! Wie angewurzelt stand sie da und hatte kein Wort herausgebracht.

Sanft strich sie mit den Fingerspitzen über die kleine Schachtel und schob dann den Deckel auf. Tränen schossen ihr in die Augen, als sie das kleine geschnitzte Holzpferd darin entdeckte, das für gewöhnlich auf Pheros' Arbeitstisch stand. Ein Symbol seines Schmerzes, aber auch seiner Liebe, für all jene, die er in diesem Reich zu beschützen geschworen hatte.

Leise flüsternd sprach Magie zu ihr. Sie tastete mit ihren magischen Sinnen danach. Jemand hatte einen Zauber auf das kleine Stück Holz gelegt. Mira schloss die Augen und ließ sich darauf ein. Es war, als stünde sie vor einer Tür, die einen Spalt weit offenstand. Es lockte sie hindurchzugehen. Kein Zögern, kein Ausharren. Sie griff nach der Türklinke und trat ein.

Eine Flut an Bildern stürmte ihren Geist, ihre Seele und ihr Herz. Es war, als ließe Lykaja sie erneut durch ihre Gabe sehen. Jetzt teilte sie mit ihr zahlreiche Momente. Kostbare Augenblicke mit ihren Geschwistern. Lachen. Weinen. Necken. Die Stadt. Das Künstlerviertel. Der Hafen. Das Licht, das dort wohnte, aber auch die Schatten, die dort lauerten. Sie sah Lykaon. Eine gebrochene Seele, die so sehr danach strebte, für seine Lieben alles zum Besseren zu wenden. Der Blaue Palast und ... Pheros. An dieser Stelle unterbrach Mira die Verbindung abrupt. Sie schlug die Tür zu, da der Schmerz sie sonst zu übermannen drohte.

Vergiss uns nicht, hatte Genetor gesagt.

Mira schluckte den Kloß in ihrem Hals hinunter, denn nun wurde ihr klar, dass sie nicht nur ihr Herz in dieser Stadt zurückließ. Erneut richtete sie die Augen auf das kleine Holzpferd in ihren Händen. Dieses kostbare Stück Erinnerung. Wie war Lykaja das nur gelungen? Wer hatte den Zauber gewoben? Die Adaptation von Lykajas Gabe war unmöglich. Ihr Myr, welches sie unter dem Mantel trug, war der Beweis dafür, dass das Unmögliche möglich war. Lykaon konnte solche Dinge vollbringen. Da fiel es ihr wie Schuppen von den Augen und Mira verstand. Der Kaiser hatte vom Plan gewusst, nicht nur Keenan und Arran fortzuschaffen, sondern auch sie. Er musste Lykaja geholfen haben, all diese Erinnerung in diese Figur zu bannen. Für sie. Um sie daran zu erinnern, wie es hier wirklich war. Welches Gesicht das wahre Lykosura trug.

Erst als jemand wiederholt ihren Namen aussprach, riss sie das aus ihren Gedanken. Mira blickte geradewegs in das besorgte Gesicht ihres Freundes.

»Keenan?«

Sanft legte er eine Hand auf ihre Schulter.

»Ich weiß, dass es das Richtige ist, Keenan«, sprach sie aus, was ihr Verstand ihr diktierte. Während sie ihm in die Augen sah, spürte sie wieder diese erdrückende Enge in ihrer Brust, die ihr auch den Hals zu schnürte. »Also sag mir ... warum ich kaum atmen kann?«

Warum zerriss es sie so sehr, hier zu stehen und nicht länger dort zu sein?

»Weil du ihn liebst,« antwortete Keenan schlicht. Sie liebte Pheros und das so sehr, dass die Trennung von ihm ihr Herz in Stücke riss. Es spielte keine Rolle, was die Logik oder die Vernunft vorgaben. Verstand und Herz beschritten gegensätzliche Wege und das seit dem Tag, an dem sie ihn zum ersten Mal geküsst hatte. Vielleicht sogar früher noch. Niemandem konnte sie die Schuld für ihren Kummer geben. Mira suchte nach dem Gefühl von Reue und fand nur einen Grund dafür, nämlich gegangen zu sein.

Ein Blick in Keenans glasige Augen reichte aus, um zu wissen, dass sie einen Leidensgenossen gefunden hatte.

Bei Aru! Mira kam sich vor wie die schlechteste Freundin auf der Welt und eine Egoistin, die nur ihren Kummer sah. Dabei hatte er selbst vor wenigen Stunden einen Verlust erlitten, dessen Grausamkeit ihr persönliches Schicksal bei weitem übertraf.

Mira konnte sich nicht mal im Ansatz vorstellen, wie es ihm damit gehen musste.

»Keen ... es tut mir so leid. So unglaublich leid.«

Er nickte nur verstehend und legte die Arme um ihre Schultern, als sie seine Mitte umfing. Er bettete sein Kinn auf ihren Scheitel und versuchte nicht zu zittern. Sie spürte die Nässe auf ihren Wangen und wusste, dass es nicht nur ihre Tränen waren. Also umschlang sie ihn fester.

So standen sie einfach nur da und blickten auf die Klippen. Gleich würde der Strand kommen mit der verborgenen Hütte. Nur noch wenige Herzschläge und sie würden darüber den Palast erblicken. Der brennende Schmerz in ihrem Inneren verstummte schlagartig, als ein Inferno anstelle des Palastes sichtbar wurde. Die Stadt brannte lichterloh. Nicht nur der Palast. Jetzt erst sah sie auch den dichten schwarzen Rauch gen Himmel steigen. Der Wind trug Schreie und Panik bis zu ihnen hinaus aufs Meer.

»Beim Namenlosen!«, rief einer der Matrosen aus. Tumult entstand an Deck, doch Mira beachtete sie nicht. Ihre

Gedanken rasten. Ihr Herz schlug ihr bis zum Hals. Wie sehr sie sich wünschte, jetzt eine mentale Verbindung zu Pheros aufbauen zu können.

Als hätte Keenan ihre Gedanken gelesen, packte er sie fest bei den Schultern und schob sie auf Armeslänge von sich weg. »Hilf ihnen!«

Mira schluckte. »Aber du und Arran ...«

»Wir sind bereits in Sicherheit«, unterbrach er sie. Der Griff seiner Hände wurde fester, fast schmerzhaft. Sein Blick um ein Vielfaches intensiver. »Sieh mir in die Augen und sag mir, dass dich ihr Schicksal nicht interessiert!«

Mira wischte sich entschlossen die Tränen aus den Augenwinkeln. »Niemand wird dir glauben, dass ich freiwillig zurückging. Hol Zari. Sie wird das bezeugen müssen.«

Keenan verschwand unter Deck, während Mira sich den Mantel auszog und ihre Ausrüstung überprüfte. Bis auf ihr Myr brauchte sie nicht viel. Dadurch, dass nach dem Abstieg zur Zuflucht alles so schnell gegangen war, trug sie noch immer Teile der Rüstung und die Hüfttasche.

Rasch wirkte sie einen Zauber, der den Inhalt der Tasche vor Nässe schützte. Dann befahl sie Myr, sich um ihren Unterarm zu legen. Dabei fiel ihr Blick auf das Armband und sie hielt inne.

Cailin. Samas. Alaric. Makhai ...

Mira unterdrückte ein Seufzen. Sanft strich sie über den Stein, der das Lebenslicht ihrer Schwester darstellte und schloss die Augen. Für den folgenden Zauber brauchte sie Konzentration und sie hatte wenig Zeit.

Als Keenan und Zari neben ihr auftauchten, legte sie ihm das Armband in die Handfläche. »Gib das Alaric. Er wird wissen, was das bedeutet.«

»Mädchen bist du verrückt?!«, krächzte die kleine Zari mit dem feuerroten Zopf. »Wir sind schon zu weit weg! Willst du ans Ufer schwimmen, denn ich drehe *Scheißenochmal* nicht bei, während dort die Hölle tobt!«

Mira winkte ab. »Ich komme schon zurecht.«

Kommentarlos half Keenan ihr, auf die Reling zu steigen. Oben angekommen, ging sie in die Hocke.

»Mira.«

Ihre Hand fand an seine Wange. Sanft und tröstend. Begleitet von einem liebevollen Lächeln. »Wir werden uns wiedersehen, mein Freund. Das verspreche ich dir und bis dahin ... beschütze ich sie für dich.«

Er nickte, denn sie hatte endlich verstanden, was er ihr schon so oft zu vermitteln versucht hatte. Ein gequältes Lächeln trat auf seinen Lippen. Es war durchtränkt von der Trauer, die ihn noch lange Zeit begleiten würde, aber jetzt war da auch wieder ein Funke Zuversicht.

Diese Sieben mochten vielleicht die gefährlichsten, tödlichsten Krieger Ereas sein. Ihre Körper und ihre Stellung musste niemand beschützen. Sehr wohl aber das zerbrechliche Licht, das in jedem von ihnen wohnte. Weil sie stets am Abgrund balancierten und darum jemanden brauchten, der ihnen leuchtete, wenn sie zu lange in der Dunkelheit verweilten.

Endlich sah sie klar und erkannte auch den wahren Wert, den Keenan für die Sieben dargestellt hatte. Er war der Funke Licht, der sie an Menschlichkeit erinnerte. Hier und jetzt war er auch zu ihrem Licht geworden, denn nun erkannte sie ihren Weg. Entschlossenen wandte sich Mira dem Ufer zu. Sie atmete einmal tief durch, rief den Sturm zu sich und sprang.

39

PHEROS

Miras Geist behielt recht. Der Angriff wurde von den Namenlosen initiiert. Wieder hatten sie es nicht kommen sehen und diesmal war der Angriff an Brutalität kaum zu überbieten. Teile des Palastes, des Tempels, des größten Marktplatzes und der Hafen standen in Flammen. Ifrits mit ihren schwarzen Rauchschwaden und dem unheiligen Feuer traten nahezu überall auf. Hinzukamen Schadmagier, die wie Pilze aus dem Boden schossen und von allerhand Bestien begleitet wurden. Wilde Kreuzungen aus den Schattenlanden und der Anderswelt.

Jede Seele, die sie retten konnten, wurde zum Palast oder Tempel geleitet, wo man sie mit vereinten Kräften verteidigte. Dennoch mussten sich die Sieben aufteilen. Titana und Genetor hielten die Stellung im Palast, während die restlichen Sieben in der Stadt kämpften. Ion bemühte sich um den Hafen. Lykaja sprang über Dächer und war überall und nirgendwo. Genau wie die beiden flinken Schatten, die zwischen den Gebäuden und in den Gassen blutigen Tribut einforderten. Pheros ließ sie nach eigenem Ermessen kämpfen.

Die ihm vertrauten Kultisten in Grau trieben sich überall herum. Nicht nur ihre Schadmagier, sondern auch Krieger. Pheros befand sich auf dem Weg zum Marktplatz, als Rauchschwaden ihn umkreisten und die Hälfte seiner Soldaten zu

Asche verdammte. Es gelang ihm gerade so, Daria am Kragen zu packen und sie unsanft aus dem Ring zu werfen, der sich jetzt um ihn schloss. Tödlich schwarze Rauchschwaden, die glühende, flüsternde Augen beherbergten.

»Verschwinde! Zum Palast!«, brüllte er ihr und den anderen zu, die noch am Leben waren. »LOS!«

Schwarzer Rausch verdichtete sich vor seinen Augen und raubte ihm den Blick auf seine Soldaten. Ihm war, als riefe Daria etwas, doch die Ifrits erhoben ihre Stimmen zu einem Chor. Ein eigenartiger Singsang, deren Worte er nicht verstand. An diesen Ifrits war etwas anders. Sie gehorchten der Gesangmagie nicht und so stand er da, das Schwert in der einen Hand und den Dolch in der anderen, umzingelt von Schatten aus Rauch und Flamme. Er mochte ein Feuergeborener sein, doch dieses unheilige Feuer verbrannte auch ihn.

Einzig der Dolch, den Mira für ihn in Oblyvar verzaubert hatte und der in der Lage war, einen unsichtbaren Schild zu erzeugen, wurde zu seinem wirksamsten Instrument gegen diese Biester. Die Ifrits prallten an diesem unsichtbaren Schild ab. Zischend wichen sie davor zurück, als hätten sie sich an etwas verbrannt. Diese Ausgeburten der Anderswelt wichen sogar weiter vor ihm zurück. Sie brüllten schrill auf und krümmten sich, als zöge jemand an ihren unsichtbaren Leinen.

Und dann, irgendwo zwischen all dem Gekreische und dem schwarzen Rauch, trat eine Gestalt näher. Die Silhouette einer Frau wurde sichtbar. Unbescholten trat sie durch das Schwarz und geradewegs auf ihn zu. Sie hätte schön sein können, selbst mit der entstellten Gesichtshälfte, wäre da nicht dieser leere, kalte Ausdruck in ihren Augen. Das eine blau und das andere weiß. Keine Iris und auch keine Pupille waren in diesem Weiß zu finden. Vom oberen Ansatz ihrer Haare bis hinab zu ihrem Mundwinkel, der linken Gesichtshälfte, zogen sich drei rote Striemen. Narben. Wachsam verfolgten seine Augen jeden ihrer Schritte. Irgendetwas an dieser Frau kam ihm seltsam vertraut vor.

Das schwarze, lange Haar war zu einer Krone auf ihrem Haupt geflochten. Vereinzelte, lose Strähnen hingen aus diesem Kranz. Sie wischte sich eine davon aus der Stirn, während sie ihn mit Blicken taxierte. »Du erkennst mich nicht.«

Pheros neigte das Haupt leicht zur Seite und betrachtete sie genauer, wobei er seine Achtsamkeit beibehielt.

Jetzt lächelte sie. »Hallo ... *min Vek.*« *Mein Freund.*

Seine Augen weiteten sich im puren Unglauben. Miras Worte kamen ihm wieder in den Sinn.

Was, wenn jemand die Schmiede doch überlebt hat?

Er wagte es kaum auszusprechen, doch nun sah er es. Er erkannte die Ähnlichkeit zwischen dem jungen Mädchen von einst und der Frau, die heute vor ihm stand.

»Avina.«

40

MIRA

Mira spürte jede gnadenlos flackernde Bewegung der Flammen, die den Hafen zu verzehren drohte. So greifbar, als wäre sie ein Teil dieser zerstörerischen Kraft. Ihr Geist eilte ihrem Körper voraus und erreichte den Ort, an dem das Chaos regierte. Sie tastete sich dort durch jedes noch so geringe Abbild des Lebens. Da waren Soldaten, die verzweifelt das Leben der einfachen Leute verteidigten. Eine schwarze Fäulnis griff nach ihnen. Sie gehörten nicht in diese Welt.

Schadmagier. Ifrits. Monster …

Ihnen stemmten sich nicht nur Soldaten entgegen, sondern auch zwei Schatten, die zwischen den Gebäuden umherhuschten und todbringendes Metall niederprasseln ließen. Über ihnen die Bogenschützin, deren Lebenslicht silbern schimmerte in der Finsternis

Wie nicht von dieser Welt …

Sie sprang von Dach zu Dach, um dem Feuergeborenen am Boden den Rücken zu decken. Ihre Seelen brannten so hell. Verbunden durch das fünfte Element fügte der Sturm jedes Fragment jeden Elements zusammen. Das Knistern des Feuers. Das Säuseln des Wassers. Das Flüstern des Windes und das Singen der Erde. Alle kamen sie zu ihr, als sie nach ihnen rief, um sich in einer einzigen Symphonie zu vereinen. Ohne jede Scheu vertraute sie auf die Stärke, die in ihr wohnte. Mit jedem rasenden Herzschlag wuchs die Macht, schwoll an und führte zusammen, was zusammengehörte, um *ganz* zu werden.

Zum ersten Mal in ihrem Leben lud Mira diese brachiale, rohe Magie ein, eins mit ihr zu werden.

Unmöglich ist die schwache Ausrede kleiner Geister ohne Visionen, hatte Lykaon gesagt.

In einem einzigen, wütenden Aufbäumen ihrer Macht erhob sich direkt vor dem Hafen turmhoch das Wasser. Drohend säuselnd, bevor es niederfuhr und in jede noch so kleine Ritze kroch, um das giftige Feuer der Ifrits zu ersticken. Es schlängelte sich um jede Gestalt, der diese schwarze Fäulnis anhaftete. Noch bevor sie verstanden, was geschah, gefror das Wasser an ihren Leibern zu Eis und jagte scharfe Splitter in ihr Fleisch. Nur einen Wimpernschlag später gingen sie gurgelnd zu Boden.

Wind erhob sich und riss einen Schadmagier nach dem anderen in die Höhe, wo Blitze sie in tödlicher Umarmung empfingen. Helle Flammen traten gegen schwarzes Feuer an. Ranken schossen zwischen Stein und Holz empor, um den Feind in erbarmungsloser Umarmung unter die Erde zu ziehen.

Ein einziger wütender Sturm aus allen Elementen fegte über den Hafen und verschonte nur jene, die nicht zur Schwärze gehörten. Und dort, irgendwo im Zentrum dieser Gewalt, wurde nach und nach die Sturmfürstin sichtbar.

Sanft beschwörend hielt Mira die Elemente dazu an, sich zu beruhigen, damit sie ihr zuhörten. Nur das leise Flüstern ihrer Seele, herangetragen an jene Elemente, die ihre Welt zu einer verbanden. In anmutiger Geste hob sie die Hände. Das Wasser kroch zurück ins Meer, die Ranken zogen sich ins Erdreich zurück, Flammen verbanden sich mit dem Wind und vergingen gemeinsam zu einem leisen Flüstern.

Der Sturm tanzte noch in ihrem Blick, als sich die Fürstin den drei Drachen zuwandte, die sich ihr ohne jede Scheu näherten.

»Du solltest doch ...«, stammelte Ion und starrte sie dabei an, als wäre sie eine Erscheinung. Asea und Tegeates kamen hinter ihm zum Vorschein und bedachten sie mit demselben, beinahe schon ehrfurchtgebietenden Blick.

Nur Lykaja, die direkt neben Mira landete, grinste über beide Ohren. »Hast dir ganz schön Zeit gelassen, Makhai.«

Unwillkürlich zuckten auch Miras Mundwinkel. In ihr war das Bedürfnis, jeden von ihnen zu umarmen.

»Wo ist *min Sawel*?«, fragte Mira.

Lykaja lächelte noch immer. »Min Sawel, hm?« Natürlich musste ihr klar sein, wen Mira damit meinte. *Min Sawel* bedeutete *mein Leuchtfeuer* in der Sprache der alten Drachen.

Ion hob die Brauen. »Du sprichst Arkad?«

Mehr als ein geheimnisvolles Lächeln bekam er nicht von ihr.

Er lachte. »Du ...«

Der Rest seiner Worte wurde vom Wind verschluckt, da Mira längst wieder darin reiste. Näher zu ihm. Dem Kompass in ihrem Inneren folgend. Binnen eines Wimpernschlags befand sie sich in jener Gasse, die sie schon so oft mit Keenan oder Ion durchschritten hatte. Eine Abkürzung zum Hafen. Sie verstand nicht, warum der Wind sie nicht direkt zu Pheros brachte, obwohl sie so deutlich fühlte, wohin sie wollte. Stattdessen gelangen ihr nur kleinere Sprünge.

Etwas stimmte nur nicht. Etwas fühlte sich falsch an. Es drängte sie mehr denn je, zu ihm zu gelangen. Jetzt nicht mehr aus Gründen der Sehnsucht und ihrer unverbrüchlichen Verbindung zueinander. Er war in Gefahr, dass wusste sie so sicher, wie sie ihren donnernden Herzschlag spüren konnte.

Pheros, rief sie ihm über das fünfte Element zu. Es war, als prallten ihre Worte gegen eine Wand, die unverrückbar seinen Geist umhüllte.

Angst breitete sich in Mira aus und die Fähigkeit, den Wind auf diese Weise zu nutzen, erstarb schlagartig. Sie strauchelte und stolperte eine Hauswand entlang. Mit der Hand versuchte sie, sich abzustützen, doch der Widerstand gab plötzlich nach und sie stürzte geradewegs in das Innere eines Wohnhauses.

Erschrocken zuckten die Menschen darin zusammen, als Mira ihnen vor die Füße rollte. Wüst fluchend, sich dabei Hintern und Kopf reibend, sprang sie sofort wieder auf die Beine. »Verzeihung!«, rief sie und stolperte direkt wieder hinaus.

Vielleicht war Furcht das Gift, das diese Art Magie lähmte? Das Aufflackern von zornig, glühenden Drachenaugen tauchte vor ihrem geistigen Auge auf und diese verhasste Kälte umfing abermals ihr Herz.

»Scheiße!«, fluchte sie wieder und nahm die Beine in die Hand.

Pheros! Wo bist du?

Etwas umgab ihn. Etwas Altes ... und Mächtiges. Nicht die Ifrits. Diese fühlten sich im Vergleich zu dieser anderen Entität an wie kleine Funken, die im Wind tanzten. Wieder sandte Mira ihren Geist voraus und erfasste so das Monstrum, das die hellste Flamme diesen Ortes zu umkreisen begann. Sie schnappte unwillkürlich nach Luft, als ihr klar wurde, dass sie einem solchen Wesen schon einmal gegenüber gestanden war.

Dämon! Nein. Höllenfürst!

Gleichsam vernahm sie Lykaons Stimme in ihrem Geist. *Mira?*

Ich bin hier, antwortete sie ihm, ohne im Lauf innezuhalten.

Alles in Ordnung?

Ja, Tyra und ich haben uns zusammen mit einigen Bewohnern und Soldaten im Palast verschanzt.

Sie sandte ihm ein Nicken.

Pheros ...

Wieder sandte sie ihm ein Nicken. *Ich spüre es auch.*

Ein weiterer Höllenfürst und sein Gefäß befand sich gegenwärtig in Lykosura.

Ich komme zu euch, sagte er.

Nein! Kein Dämonentreffen jetzt!

Sie hörte sein Auflachen in ihren Geist widerhallen, schien ihre Einwände aber ernst zu nehmen. *Du bist der Sturm*, erinnerte er sie. *Verbanne jede Furcht aus deinem Herzen. Du bist nicht allein und du bist stark!*

Das scharfe Zischen einer Peitsche zwang Mira abrupt zum Halten. Schliddernd kam sie zum Stehen und blickte geradewegs in vor Zorn geweitete blaue Augen.

»Evaria«, keuchte Mira vollkommen außer Atem. Reflexartig erschuf sie Blitze, die bedrohlich in ihren Handflächen knisterten.

»Du hast vielleicht Nerven!« zischte die Kriegerin. Vergnügen und Verachtung standen ihr deutlich ins Gesicht geschrieben. Sie sah erbärmlich mitgenommen aus. Dennoch stand sie aufrecht.

Mira schüttelte den Kopf. »Dafür ist jetzt keine Zeit! Pheros ist in Gefahr!« Sie sprach mit der verzweifelten Ehrlichkeit eines liebenden Herzens. Hier und jetzt gab es keinen Stolz, keine Rache und keinen anderen Gedanken als den, zu Pheros zu gelangen.

»Und das willst du wissen we...«

»Er wird sterben, Evaria!« Eine leise, grausame Stimme aus ihrem Inneren flüsterte ihr zu, Evaria doch einfach in der Luft zu zerreißen und dann ihren Weg fortzusetzen. Es brauchte nicht viel dazu. Nur etwas Konzentration und das Element ihrer Wahl. Zuvor jedoch musste sie eine vollkommen andere Wahl treffen. Gab sie dem Leben oder dem Tod den Vorzug? Mira brauchte keine zwei Herzschläge, um sich zu entscheiden.

41

PHEROS

Wie kann das sein?«, flüsterte er. Mit den Augen suchte er nach Anzeichen von Täuschung. Ein magischer Trick, um ihn mit seiner Vergangenheit zu quälen? Fast wünschte er, dem wäre so, doch er sah nicht die üblichen Anzeichen einer solchen Maskerade. Es zerrte jenen alten Schmerz wieder zutage, den er tief in sich vergraben und nie ganz überwunden hatte.

»Du bist gestorben. Ich sah wie du ertrunken bist ...«

Sie neigte leicht den Kopf und hob dann die Brauen. »Und doch hast du nichts getan, als ich flehend um Hilfe rief.«

Pheros schluckte. Ihm war plötzlich, als wäre er wieder dort. Am Strand, als die Meister sie in die Wellen warfen und er zusammen mit den anderen von den Klippen aus hatte zusehen müssen, wie sie ertrank. Es schnürte ihm die Kehle zu, denn ihre Schreie verfolgten ihn auch heute noch in seinen Träumen.

»Wie?«

»Wie ich überlebt habe?«

Er nickte, ohne sie aus den Augen zu lassen. Sie tat nachdenklich und begann, ihn zu umkreisen wie ein Geier seine Beute. Jeder Instinkt, der ihm antrainiert worden war, und jeder Funke Drache, der in ihm steckte, waren nun gänzlich verstummt. Es war, als zöge ihre bloße Anwesenheit seinen

Geist in die Vergangenheit zurück, wo er wieder zu dem Jungen wurde, der zugelassen hatte, dass seine Freundin starb. Die Erinnerung an ihre Freundschaft erwachte ebenso zum Leben wie die Schuld, die ihn schon so lange begleitete. Pheros musste an die vielen Nächte denken, in denen sie sich als Kinder hinausgestohlen hatten, um auf der Mauer sitzend dem Rauschen der Brandung zu lauschen. Er erinnerte sich an ihre Güte und Freundlichkeit, die ihm geholfen hatte, den Verrat seiner Eltern zu überwinden. Tagelang hatte er in der Ecke gekauert, geweint und niemanden an sich herangelassen. Niemanden bis auf das kleine Mädchen mit den Zöpfen und den blauen Augen.

»Nun, das habe ich nicht, um ehrlich zu sein«, sprach sie und das in jenem sanften Tonfall, der ihn damals dazu verleitet hatte, ihre Hand zu ergreifen und die Ecke zu verlassen.

»Weißt du, wie es ist, wenn man ertrinkt, Pheros? Wie es sich anfühlt, wenn du nach Atem ringst und Wasser deine Lungen füllt? Wenn dein Körper immer tiefer sinkt, dem kalten, nassen Grab entgegen ...« Ihre Stimme wurde immer leiser, während sie ihre Kreise enger um ihn zog. Pheros brachte kein Wort heraus. Seine Kehle war wie zugeschnürt und sein Herz verkrampfte sich schmerzhaft.

Sie trat dich an ihn heran. Die Kälte in seinen Gliedern umklammerte ihn mit brachialer Gewalt und brachte jeden Funken Widerstand, der sich vielleicht erhoben hätte, zum Erstarren.

Da war ein Zupfen, irgendwo am Rande seines Bewusstseins, wie von weichen Fingerspitzen, die über seine Haut strichen. *Mira*, dachte er mit einem bittersüßen Gefühl im Herzen. Rief sie nach ihm? Nein. Das war nicht möglich. Außerdem war sie längst weit, weit fort.

»... ich lag dort unten und blickte hinauf zum Licht, dass sich durch die Wellen brach ...«

Seine gesamte Aufmerksamkeit galt wieder Avina. Er wusste, dass es ein Fehler war, seine Deckung aufzugeben. Wusste, dass etwas Schlimmes passieren würde, wenn er nicht endlich aus dieser Starre erwachte, und doch blieb er untätig.

Direkt vor ihm blieb sie stehen und sah ihm dabei fest in die Augen.

»Ich flehte und wurde erhört, Pheros ...«, flüsterte sie und legte nun eine Hand auf seine Brust, während ihre Lippen sich zu seinem Ohr bewegten. »... nur nicht von dir.«

Ein scharfer Schmerz fuhr durch seinen Körper, als das spitze Metall sich einen Weg durch seine Rippen bahnte und nur knapp vor seinem Herzen innehielt.

Die Ifrits wimmerten vor Tatenlosigkeit. Sie reckten die Hände nach ihm aus, doch Avina erlaubte es ihnen nicht. Mit einer simplen Handbewegung brachte sie diese Wesen dazu, sich erneut zurückzuziehen.

Pheros Beine gaben nach, als sie das Metall aus ihm herauszog. Er sank in die Knie. Seine linke Seite wurde warm, als Blut aus der Wunde quoll und den Boden tränkte.

Obsidian, schoss es ihm durch den Kopf. Da war Gift in seinem Körper. Langsam hob er den Kopf. Tote, leere Augen blickten auf ihn herab.

Dann das Aufblitzen von Metall. Nein. Nicht Metall. Da war Licht. Seine Sinne mussten ihm einen Streich spielen, denn ihm war, als risse eine Wand aus Blitzen und Wind Avina fort. Wie durch einen dichten roten Nebel glaubte er, Miras Stimme zu hören. Sie rief seinen Namen. Die Welt drehte sich und nur einen Herzschlag später tauchte ihr geliebtes, wunderschönes Gesicht vor ihm auf. Ihre Lippen bewegten sich, aber er hörte ihre Worte nicht.

»Mira«, flüsterte er leise. Sein Herz sang ihren Namen, bevor endlose Schwärze ihn mit ausgebreiteten Armen empfing.

42

MIRA

Mit zittrigen Fingern fühlte Mira seinen Puls. Schwach, aber vorhanden. Sofort warf sie einen Heilzauber über seine Wunde. Zärtlich strich sie mit der freien Hand durch sein dunkles Haar. »Alles wird gut!«, versprach sie ihm leise. Er würde das überleben. Nur eine weitere Narbe. Nur eine weitere Narbe!

Ihr Herz raste, doch sie zwang sich zur Ruhe.

»Bemüh dich nicht«, sprach die schwarzhaarige Dämonenträgerin. Mira ignorierte sie und kramte in ihrer Erinnerung nach einem passenden Zauber, um die Vergiftung aufzuhalten. Noch war es nicht zu spät. Noch konnte sie ihn retten!

»Ich muss das Gift aus seinem Körper ziehen, bevor es sein Herz erreicht«, sprach sie laut aus und gleichsam auf mentaler Ebene an Lykaon gerichtet.

Mit heilendem Feuer neutralisieren versierte Heiler jede Art der Vergiftung, antwortete der Imperator.

Erkläre es mir, bat sie ihn und er tat es. Mit knappen, klaren Anweisungen und mit zur Hilfenahme von Bildern.

»Er wird sterben, Mira. Egal was du tust.«

»Wird er nicht. Erst heile ich ihn und dann prügele ich dir die Scheiße aus dem Dämonenleib!«

Die andere lachte. »Und wie gedenkst du, mich zu besiegen? Du bist völlig allein.«

Miras Blick galt allein Pheros, dessen Kopf in ihrer Armbeuge ruhte. Die freie Hand schwebte über seiner Wunde, wo das Geflecht aus silbernen Fäden ein Verbluten verhinderte. »Wer sagt, dass ich allein bin?«

Knisternd erwachte hinter der Namenlosen der Sturmbrecher des Paladin zum Leben.

»Hast du mich gehört?«, fragte Mira an eben diese gerichtet.

Evaria nickte. »Gift rausholen. Der Schlampe die Scheiße aus dem Leib prügeln. Verstanden.«

Als die Schwarzhaarige sich Evaria zuwandte, sog diese scharf die Luft ein. »Autsch! War das ein Bär?«

Das Lächeln auf dem Gesicht der anderen war kalt und grausam. »Bären? Ich trage einen *Gott* in mir und du sprichst von Ungeziefer. Erbärmliche Sterbliche!«

Evaria schnalzte abfällig mit der Zunge. »Hast du beim Verkaufen deiner Seele keine besseren Konditionen aushandeln können oder steht dein *Gott* ...« Sie sprach es aus wie ein Schimpfwort. »... auf zerkratzte Schlampen ohne Auge?«

Ihr Spott verschaffte Mira Zeit.

Mach weiter, flüsterte sie in die Gedanken der Paladin. Evaria strich provozierend langsam, fast schon liebevoll mit den Fingerspitzen über die Oberfläche ihrer Peitsche. »Ob Dämonenbräute schreien können?«

»Nicht halb so schön wie du, wenn ich dir die Haut abziehe«, konterte die andere.

Mira schloss die Augen, blendete alles aus und tastete nach dem Feuer in Pheros Adern. Es war ein Teil von ihm, so wie der Sturm ein Teil von ihr war. Mira befahl dem Element, nach der Schwärze zu suchen, die seinen Körper infiltriert hatte, und sie auszubrennen. Gnadenlos lenkend, in jede Faser seines Körpers, bis nur noch reines Feuer und Blut in ihm waren. Unter ihrer Hand fühlte sie, wie sein Brustkorb sich merklich hob und senkte. Etwas löste sich, das seinen Körper eben noch hatte starr werden lassen. Diese Kälte, die auch immer wieder in ihre Knochen kroch, wenn Dämonen in der Nähe waren, musste etwas bedeuten. Das schwarzfarbige Gift sammelte sich außerhalb von Pheros Verletzung. Mira öffnete das Netz aus silbernen Fäden und ließ es abfließen. Dann setzte sie die Fäden wieder ein, um die Wundränder zusammenzuführen. Das Gewebe gehorchte, doch leider nur mit mäßigem Erfolg. Das konnte nur bedeuten, dass noch immer Rückstände des Gifts in seinem Körper waren. Sie war nicht präzise genug gewesen, aber unter den gegebenen Umständen das Beste, was sie hatte herausholen können.

Der Tod war abgewandt und die natürliche Heilungskraft der Drakestai würde den Rest erledigen. Erleichtert atmete sie tief ein.

»Was meinst du?«, hörte sie Evaria höhnen. Nur, dass diese Worte jetzt Mira galten. »Holen wir uns auch das andere Auge?«

Silber bedeckte das Türkis ihrer Augen, als sie die Schwarzhaarige mit einem kalten Blick bedachte, der sie wissen ließ, dass ihre Zeit gekommen war. »Mit Vergnügen.«

Links und rechts tauchten die zwei Schatten auf, die sie vorhin am Hafen zurückgelassen hatte.

»Braucht jemand einen Dolch?«, fragte Tegeates. Helles Metall blitzte auf, tanzte flink von einer Hand zur anderen, während er in seiner typisch eleganten Ruhe vor sie trat. Nur kurz warf er Mira einen Blick über die Schulter zu und zwinkerte.

Asea bleckte die Zähne. »Wir hätten da ein paar im Angebot.«

»Lasst uns ein Stückchen übrig«, sprach der Schöne Tod, ihre Doppeldolche in geschmeidiger Drehung aus der Scheide ziehend. Dicht gefolgt vom Zorn mit seiner Axt, der Bogenschützin und dem Schwert Lykosuras.

»Niemand fasst unseren Bruder an«, sprach Genetor mit der Gelassenheit eines Mannes, der wusste, dass sie diese Schlacht längst gewonnen hatten.

Der Kreis der Ifrits war durch Miras Wand aus Energie und Wind zerschlagen worden, doch nun krochen sie wieder aus den Ritzen der Pflastersteine empor.

Ohne jeden Zweifel, weil die Dämonenträgerin sie rief. Eben die senkte ihren kalten, leeren Blick jetzt auf Mira und der Sturmfürstin war, als könnte sie durch diese Augen direkt in die Hölle blicken.

Verschlingerin, flüsterte die Kreatur, direkt in ihren Kopf. Mira hörte genau hin und wandte den Blick nicht ab. Die Verschlingerin wohnte also in dieser Frau.

Ich komme dich holen, flüsterte es von der anderen Seite direkt in Miras Gedanken.

Nein danke, erwiderte sie.

Die Ifrits griffen an, wurden aber von den Waffen und Evaria abgewehrt. In einer beeindruckenden Abfolge von Bewegung und Zuspiel sprangen die sechs vor, rollten sich ab, wirbelten herum und umeinander, deckten die Flanke des anderen und schlugen zu wie einer.

Die Ifrits hatten keine Chance. Die Schwarzhaarige tauchte in den schwarzen Rauch ein.

Oh nein! »Runter!«, rief Mira. Sie entfachte eine Welle gleißend hellen Lichts, gespickt mit todbringenden Blitzen, die die verbliebenen Ifrits auslöschte und hoffentlich auch die Dämonenträgerin erwischte.

Stille folgte dem zornigen Aufblitzen ihrer Macht und als der Staub sich legte, war die Magierin verschwunden.

43

PHEROS

Pheros erwachte aus einem traumlosen Schlaf, empfangen von dröhnenden Kopfschmerzen. Seine Glieder strahlten einen dumpfen Schmerz aus. Er fühlte sich, als wäre er unter die Räder eines Streitwagens geraten. Der Nachgeschmack von Honig auf seiner Zunge belegte den Konsum von Tyras Heiltrank. Das konnte nur bedeuten, dass es ihn heftig erwischt haben musste. Träge kroch die Erinnerung an das Geschehen zurück in seinen Geist. Sie hatten gekämpft. Stunden lang. Die Namenlosen. Überall waren Flammen ausgebrochen und die Sieben hatten sich aufteilen müssen.

Avina.

Unwillkürlich hielt er den Atem an. Ein Teil von ihm wollte sich dieser Wahrheit entziehen und alles daran verdrängen. Doch er zwang sich hinzusehen, es zu fühlen und zu denken.

Avina.

Sie hatte überlebt, irgendwie, und war Teil der Namenlosen.

Pheros rieb sich mit geschlossenen Augen über die Lider und dann über die Brust, als ein ganz anderer Name sein Herz zum brennen brachte.

Mira.

Er öffnete die Augen und tastete aus Gewohnheit neben sich. Die Stelle, an der sich sonst ihr wundervoller, warmer

Körper an seinen schmiegte, war jetzt kalt und leer. Nur die Ahnung ihres Duftes hing noch an den Laken. Das sorgte dafür, dass ein ganz anderer Schmerz in ihm erwachte. Begleitet von der Erinnerung an ihr Lächeln. Der Einfall warmen Lichts auf nackter Haut. Das Knistern der Holzscheite im Kamin. Das Gefühl weicher Lippen auf seinen und helle Augen, die auf ganz besondere Weise strahlten, nur für ihn, wenn er ...

»Willst du ewig schlafen oder endlich mal deinen Arsch aus dem Bett wuchten?«, rief Ion laut aus, was Pheros augenblicklich aus dieser Spirale holte, in die er sich hatte fallen lassen. Ihm lag eine ähnlich liebevolle Bemerkung auf der Zunge, doch als er sich mühevoll aus dem Bett kämpfte, sparte er sich seine Kräfte besser für den Weg hinter die Vorhänge. Mehrere Flüche begleiteten seinen Weg bis in den vorderen Teil seiner Räume. Ion stand dort vor dem Schreibtisch. Alle seine Geschwister waren da. Zum Großteil selbst noch schlafend, saßen oder lagen sie verteilt im Raum.

»Brüll doch nicht so!«, donnerte Genetors Stimme durch den Raum. Er rieb sich verschlafen die Augen und tastete sofort nach einem Becher Wein. Jetzt reckten und streckten sich die anderen.

»Brüll *du* nicht so!«, schimpfte Titana, die hinter ihm auf dem Divan geruht hatte. Sie verpasste ihm dafür einen Klaps gegen den Hinterkopf. »Manchmal frage ich mich, wie Tyra es mit dir aushält!«

Zur Antwort grinste Genetor nur anzüglich, erwiderte aber nichts darauf. Das quittierte der schöne Tod mit einem Augenrollen. Mit einer Anmut, die einer Königin würdig war, schwang sie ihre Beine über die Kante des Divans und lächelte Pheros zu.

»Ich habe Hunger!«, murrte Asea. Der kleine Schatten schälte sich aus dem Sessel an der Wand. Tegeates gähnte herzhaft und kratzte sich den Bauch, während er sich streckte und reckte. Sein etwas längeres, schwarzes Haar stand wirr in alle Richtungen ab. »Glaube nicht, dass wir im Palast etwas zu Essen auftreiben können.«

Asea knurrte leise. »Schwarzmaler!«

Tegeates schnappte gespielt empört nach Luft. »Bitte? Hast du mal den Flügel gesehen, in dem die Küche stand? Glaube nicht, dass man dort irgendwas zu essen findet, es sei denn, du stehst auf Kultist am Spieß!«

Ion grunzte amüsiert. »Immer noch besser als Ratte am Spieß!«

Wie ein Mann verdrehten alle sechs die Augen. Dann ging ein schimpfender Regen über Ion nieder. Sie neckten einander, zankten und überboten sich in ihrer Scharfzüngigkeit. Pheros war, als wäre dies einer dieser Nachmittage, in denen sie sich ohne nennenswerten Grund bei ihm versammelten, um seinen Wein leer zu trinken. Nur Lykaja betrachtete ihn schweigend. Sie zeigte ein schmales Lächeln und er wusste, dass sie dasselbe dachte.

Das hier war ihre Familie. Ein zankender, bissiger Haufen Drachen, die füreinander einstanden. Sie waren hier und hatten über ihn gewacht. Wer brauchte Worte, wenn solch Taten so viel mehr Wert waren?

Es linderte das Brennen in Pheros Brust, der von Miras Verlust herrührte. Kein Ausgleich, aber eine Linderung. Dafür war sie schon zu tief in sein Herz vorgedrungen. Zu stark war der Wunsch in ihm gewachsen, sie Teil seines Lebens werden zu lassen. Dass er sich letzten Endes zu Gunsten ihres Wohls und gegen seine Wünsche entschieden hatte, sprach nur dafür, wie sehr er sie auch jetzt noch liebte. Wieder fühlt er dieses Brennen in seiner Brust. Ohne es zu registrieren, rieb er mit der Faust oberhalb seines Herzens.

Genetors lautes Lachen riss ihn jedoch zurück in die Gegenwart. Der große Drache war schon wieder dabei, fleißig Wein auszuschenken. Als er mit einem randvollen Becher der roten Flüssigkeit auch zu ihm kam, bedachte Pheros ihn mit einer gehobenen Augenbraue.

Genetor zuckte nur mit den Schultern. »Was? Irgendwo in Erea ist bestimmt schon Abend!«

Pheros schmunzelte und zuckte mit den Schultern. Ob Wasser oder Wein seine Kehle benetzte, sollte ihm gleich sein. Er roch daran und die Bilder der letzten Schlacht flirrten nur so durch seinen Geist. So viele Fragen lagen ihm auf der Zunge, doch er beschloss, diesen kostbaren Moment der Heiterkeit nicht zu verderben.

Lykaja trat in die Mitte des Raumes und erhob ihren Becher in Pheros Richtung. Die restlichen der Sieben taten es ihr gleich, auch Pheros.

»Ungebrochen!«, rief sie aus.

»Standhaft!«, antwortete der Rest wie aus einem Munde.

Sie prosteten einander zu und kippten den Inhalt in einem Zug hinunter.

Tegeates legte einen Arm um Asea. »So, Schwesterchen! Gehen wir uns was zu essen suchen!«

Genetor folgte ihnen dichtauf und Titana hakte sich bei ihm unter. Lykaja schloss sich ihnen ebenfalls an, wobei sie Pheros mit einem langen Blick bedachte, den er nicht lesen konnte. Wie zu erwarten war, blieb nur Ion zurück.

Prüfend bewegte die Erste Waffe seine Glieder, um zu testen, wie schwer seine Verwundung war. Dabei drehte er sich zu seinem Schreibtisch um und ließ den Blick beiläufig über die Karte Ereas schweifen. Mit den Augen blieb er länger als nötig auf der Insel Imerugal, dem Ort, an den er Mira geschickt hatte. Pheros verbot sich jeden weiteren Gedanken an sie. Nicht jetzt. Nicht so.

Pheros' Stirn legte sich in Falten, als er das kleine Holzpferd erblickte, das er doch eigentlich an Lykaja übergeben hatte, damit sie es von Lykaon verzaubern ließ. Sie waren sich einig gewesen, Mira auf diese Weise eine Erinnerung mitzugeben.

»Stimmt etwas nicht?«, erkundigte sich Ion. Der wirkte mit einem Mal amüsiert verhalten.

»Was hast du getan?«, fragte Pheros.

Ion grinste jetzt. »Ist dir eigentlich klar, was für ein verdammter Glückspilz du bist?«

Pheros verschränkte die Arme vor der Brust und der strenge Blick des großen Bruders trat hervor. Ion grinste nur noch breiter, als die Tür zu seinen Räumen sich öffnete. Ein wahres Stimmengewirr erhob sich im Raum, als wäre die ganze Stadt im Palast versammelt, und verstummte dann wieder, als die Tür sich schloss.

Er wollte den Kopf in Richtung Tür drehen, doch Ions Hand legte sich auf seinen Unterarm, so dass er dem Bruder wieder in die Augen sah.

»Halte sie fest und schluck alles andere herunter. Eine dritte Chance bekommst du nicht.«

»Wovon re...« Der Geruch von Wildblumen drang an seine Nase.

»Ion! Warum hast du ihn aufstehen lassen?«

Pheros Kopf fuhr herum und er wollte seinen Augen nicht trauen.

»Mira …«, murmelte er. Unfähig etwas anderes zu tun, als

sie anzustarren. Da war sie. *Sein* Sturm. Wunderschön, lebendig und mit tanzenden Funken in den hellen Augen, die sie in Ions Richtung versprühte.

»Versuch du doch mal, ihn im Bett zu halten, wenn ... oh! Nein! Halt warte!« Ion lachte. »Ich nehme das zurück. Wenn ihn jemand dort halten kann, dann bist *du* das.«

»Ihr hättet ihm wenigstens etwas zu essen auftreiben können!«, schimpfte sie. Ion kam ihr entgegen und warf verstohlen einen Blick in den Korb, den sie unter den Arm geklemmt hielt.

»Sind das Orangen?«, fragte er und wollte auch schon hineingreifen, doch sie schlug ihm auf die Finger. »Verschwinde!«

Lachend machte er einen Satz nach vorne, bevor sie ihn boxen konnte.

»Fünkchen kann ja so grausam sein!«, beschwerte er sich, doch da kam auch schon eine Orange angeflogen, die er flink mit einer Hand auffing. Unverwüstlich grinsend trat er durch die Tür. Pheros wusste, er starrte Mira noch immer an, aber er konnte seinen Blick einfach nicht von ihr abwenden. Noch weniger begreifen, was er da sah und fühlte.

»Bist du wirklich hier?«

Sie gab ein Lachen von sich, was Pheros für den schönsten Klang der Welt hielt. Den Korb stellte sie ab und dann war sie auch schon direkt vor ihm. Er musste nur seine Arme ausstrecken, um sie an sich zu ziehen und ...

Unsanft tippte sie mit zwei Fingern gegen seine Rippen. Zischend stieß er den Atem aus und zuckte zusammen, als ein stechender Schmerz seinen Körper durchfuhr.

»Bin ich real genug?«, fragte sie, wobei ihr Tonfall nichts von ihrer Schärfe verlor.

»Höllen!«, fluchte er. War sie wütend auf ihn? Als ihm der Gedanke kam, hoben sich seine Mundwinkel. Ja, verdammt! Sie war wirklich und wahrhaftig hier und wütend auf ihn!

Pheros fasste mit beiden Händen nach ihrem Gesicht. »Mira.«

Noch immer tanzten Funken in ihren Augen, als sie mit den Fingern seine Handgelenke umfasste. Da sie seine Hände aber nicht wegzog und lediglich seinem Blick standhielt, sprach er weiter. »Warum? Das war deine Chance, nach Hause zu kommen.«

Je länger sie ihn auf die Antwort warten ließ, umso weicher wurde der Schimmer, der ihr in den Augen lag. »Du hast gesagt, du liebst mich.«

»Das tue ich.« Liebevoll folgte sein Daumen der Kontur ihres Wangenknochens. Seine Berührung schien ihren Unmut zu besänftigen. Jedenfalls entspannte sie sich merklich und neigte das Gesicht in seine Handfläche, wo sie einen sanften Kuss hinterließ. Pheros genoss das warme Gefühl ihrer weichen Lippen auf seiner Haut und berauschte sich an ihrem Geruch. Ein Sommersturm und Wildblumen.

Am liebsten wollte er mit beiden Händen durch ihr Haar fahren, sie an sich ziehen, küssen und lieben, bis sie nicht mehr wussten, wie ihre Namen lauteten. Doch dafür hing zu viel Unausgesprochenes zwischen ihnen.

»Nun ...«, sagte sie und seufzte leise. »... und weil das so ist, bleibe ich hier ... unter anderem.«

Wieder brannte es in seinem Herzen und Pheros musste sich daran erinnern zu atmen.

»Du bleibst in Lykosura?« Er wagte nicht zu hoffen, dass sie einen dauerhaften Aufenthalt in Betracht zog. »Und wie bist du überhaupt an Land gekommen?«

»Ja, ich bleibe und ich kam mit dem Wind an Land.«

»Bis zum Mondfest?«

»Nein.«

Nein? Er runzelte die Stirn. Und wie meinte sie das? Mit dem Wind? Pheros sah sie fragend an, aber Mira machte keine Anstalten, sich näher zu erklären.

»Mira, ich verstehe das nicht.«

Sie lachte so frei und hell, wie er sie schon lange nicht mehr hatte lachen hören. Zuneigung und Wärme tanzten in ihren Augen. Eine Antwort erhielt er dennoch nicht. Dafür packte sie ihn am Kragen seines Hemdes und zog sein Gesicht an ihres heran. Ihr Kuss war sanft und süß. Liebe und Zärtlichkeit sprachen daraus so intensiv, dass es fast schon weh tat zuzulassen, es zu fühlen.

»Bald wirst du alles verstehen«, versprach sie leise. »Aber jetzt musst du dich anziehen und an einer Besprechung teilnehmen. Wenn du schon wach bist, solltest du auch dabei sein, wenn sie sich treffen.«

Er brauchte ein paar Momente, bis ihre Worte zu ihm durchdrangen. »Was?«

Sie löste sich abrupt von ihm und verschwand hinter dem Paravent. Pheros konnte hören, wie sie Truhen aufklappte und darin kramte.

»Worum geht es? Wir haben doch gewonnen, oder?«

Sie lachte. »Ja!«

Mit einem weißen Hemd und einer dunkelblauen Tunika kehrte sie zu ihm zurück. Seine Beine gaben nach, so dass er sich wieder gegen die Tischkante lehnen musste, um das Zittern seiner Muskeln zu verbergen. Sein Körper war so schwach, dass es ihm den letzten Nerv raubte. Was war das nur für Gift gewesen? Für gewöhnlich wäre er längst wieder erstarkt.

»Du wurdest mit Obsidian vergiftet«, klärte sie ihn auf und knöpfte dabei sein Hemd auf. Darunter kam ein Verband aus silbernen Fäden zum Vorschein. Ihre Magie. »Und mit einer weiteren Substanz, die wir noch nicht identifizieren konnten. Wir haben dich gerade noch rechtzeitig erreicht, bevor das Zeug Schlimmeres anrichten konnte.«

»Wie meinst du das? Nicht den Teil, wo ich mich habe abstechen lassen wie ein Idiot, der vergessen hat, wie man ein Schwert hält.«

Es blitzte scharf auf in ihren Augen und Pheros erkannte, dass dies der Grund für ihre Wut war. Sie verstand nicht, warum er zugelassen hatte, so schwer verletzt zu werden.

»Es war Avina.«

Ihre Augen ruckten in seine.

Er nickte bestätigen. »Sie ist es ... du hattest recht. Es hat noch jemand aus der ersten Generation überlebt.«

Er sah, wie es in ihr arbeitete. Wie Gedanken und Schlussfolgerungen hin und her gewälzt wurden. Eine bisher unbekannte Grimmigkeit legte sich über ihre Züge. Es ließ die sanften Linien ihres schönen Gesichtes härter erscheinen.

»Sie ist gestorben«, korrigierte sie ihn mit einer Gewissheit, die noch mehr Fragen aufwarf. »In ihr ist die Verschlingerin. *Es* ... muss ihr ein Angebot gemacht haben in der Stunde ihres Todes. So hat sie überlebt und im Schatten der Welt die Namenlosen wieder aufgebaut. Wenn nicht sie, dann war sie aber sicherlich ein Teil davon. Ein wichtiger. Die Ifrits haben ihr gehorcht und sie kamen nicht aus der Anderswelt. Die in jener Nacht waren Ifrits aus einer der Höllen. Sie sind stärker und boshafter.«

Nun war Pheros derjenige, der diese Information verarbeiten musste. Sie gab ihm die Zeit, schwieg und erneuerte den

Zauber, der seine Verletzung heilte.

»Avina besitzt Kenntnisse, die sie gegen Lykosura einsetzen kann ... eingesetzt *hat*. Darum konnten die Namenlosen immer zuschlagen, ohne dass wir etwas dagegen unternehmen konnten. Keinen der Angriffe konnten wir vorhersehen. Weil sie wussten, wo und wann wir angreifbar sein würden.«

Erst als sie ihre Hand sanft über die Stichverletzung legte, die Avina ihm zugefügt hatte, sah er Mira wieder an. Er legte eine Hand über ihre. »Was ist passiert ...?«

»Avina verschwand durch den Wind, als deine Geschwister ihre Ifrits in Stücke schnitten.«

»Durch den Wind?« Seine Geschwister waren da gewesen?

Mira winkte ab und half ihm in das Hemd. »Später. Sie werden dir in der Besprechung alles erzählen.«

Er brummte, beschloss aber nachzugeben und etwaige Fragen später zu erörtern. Als die Tunika angelegt war und sie ihm auch in die Stiefel geholfen hatte, zog er sie an sich.

»Ich liebe dich.«

Sie lächelte überrascht, aber voller Wärme zu ihm auf. »Und ich liebe dich.«

Ihre Finger fuhren in sein Haar, als er sie küsste und ihren Körper noch dichter an seinen zog. Jeder Muskel protestierte, aber das war ihm egal.

»Danke«, flüsterte er rau.

Sie lächelte wieder und küsste seine Wange. Dann nahm sie seinen Arm und legte sich diesen über die Schultern. »Komm. Sie haben sich bestimmt schon versammelt.«

»Du hast mir noch immer nicht gesagt, worum es bei dieser Besprechung geht oder wer zugegen sein wird« Beiläufig nahm er den Apfel entgegen, den sie ihm jetzt hinhielt.

»Lykaon wird ein paar Geheimnisse mit euch teilen.«

»Du machst Witze.«

Sie schüttelte den Kopf. »Nein. Wir hatten ein paar sehr intensive Gespräche, nachdem die Stadt gerettet war. Er sieht ein, dass er das Reich ohne seine Sieben nicht zusammenhalten kann. Er ist bereit, die Wahrheit mit seinen Schicksalskindern zu teilen.«

Seine Miene verfinsterte sich unwillkürlich. Das entging ihr nicht und so beruhigte sie ihn rasch: »Nichts über deine Abstammung. Diese Wahrheit zu offenbaren, obliegt allein dir. Das waren seine Worte.«

Nimm diesem Dolch die scharfe Kante, indem du es bist, der es offenbart, hatte Mira gesagt und Pheros dachte tatsächlich darüber nach. Doch dann traten sie auf den Flur hinaus und die schiere Anzahl der Personen, die sich darin tummelten, erschlug ihn regelrecht.

»Sie werden in Gruppen wieder in die Stadt entlassen«, erklärte Mira, während sie ihn langsam, aber sicher durch die Menge der Leute manövrierte. Pheros erkannte den Schmied und seine Töchter. Die Weberinnen und auch den Gerber mit seiner Familie. Sie wurden von allen mit einem respektvollen oder wenigstens freundlichen Neigen des Kopfes gegrüßt. Auch ein paar Kinder, die Fangen spielten, huschten quietschend an ihnen vorbei.

»Wie konnten wir siegen?«, fragte er und verdrängte das Schuldgefühl, nicht dabei gewesen zu sein.

Ein geheimnisvolles Lächeln umspielte die Lippen seines Sturms. »Ich habe ein bisschen gewütet und den Rest erledigten die Ritter, Soldaten und Waffen.«

Pheros sah auf sie herab. »Hast du den Sturm genutzt?«

Sie nickte. Sofort musterte er sie eingehend. Ihre Haut wies jedoch keine Risse auf und sie wirkte gefasster denn je. Was war geschehen? Pheros wollte alles wissen. Er kam nur nicht dazu, weitere Fragen zu stellen, da ausgerechnet Evaria vor ihnen im Gang erschien. Direkt vor den Türen, die zum Arbeitszimmer des Imperators führten. Als hätte sie auf ihn gewartet. Zu seiner grenzenlosen Überraschung richtete sie ihre Worte an Mira und nicht an ihn. »Er sieht erbärmlich aus.«

»Sei nicht so fies«, schalt Mira sie.

Die Paladin verschränkte die Arme vor der Brust. »Aber wo bleibt dann der Spaß?«

Pheros traute seinen Ohren und Augen nicht. Ungläubig starrte er zwischen beiden Frauen hin und her.

»Bin ich tot?«

Beide lachten, machten aber keinerlei Anstalten, sich zu erklären. Stattdessen löste Mira sachte seinen Arm von ihren Schultern.

»Den Rest schaffst du auch ohne mich.« Sie deutete auf die Tür zum Arbeitszimmer.

»Du bist nicht dabei?«

Sie schüttelte den Kopf. »Wir haben einen anderen Weg vor uns.«

Wir?! Unruhe erfasste ihn, während er zwischen beide Frauen hin und her sah. »Was ist hier los?«

Evaria schmunzelte wieder. »Mira und ich haben Frieden geschlossen.«

Mira nickte knapp in Richtung Evaria. »Sie hat mir geholfen, dich zu retten. Während sie Avina abgelenkt hat, konnte ich dich heilen und auch danach war sie ... relativ nützlich.«

»Pha!«, stieß Evaria aus und setzte schon dazu an, etwas Bissiges zu erwidern, als sie dann doch stockte. »Avina?!« Ihr Blick zuckte zu Pheros. »Bitte sag mir, dass das ein Scherz ist.«

Er schüttelte den Kopf. »Sie war es.«

Plötzlich tauchte Marius in der Menge hinter Mira auf und rief ihren Namen. Sofort spannte sich alles in Pheros an, doch Mira legte ihm besänftigend eine Hand auf den Unterarm. »Ist schon in Ordnung. Er erwartet uns.«

Evaria verzog das Gesicht. »Klopf ihn schon mal weich für mich.«

»Aber sicher«, gab Mira zurück. Sie küsste Pheros auf die Wange und tauchte dann ab in der Menge.

Pheros sah ihr nach und fragte sich erneut, ob er träumte. Fragend wanderte sein Blick zu der Frau an seiner Seite. »Wie lange war ich weggetreten?«

»Drei Tage.«

Höllen!

Die Paladin verschränkte die Hände hinter dem Rücken, ehe sie direkt vor ihn trat. »Es sah schlecht für uns aus, Pheros.« Ihre Miene verriet vollkommenen Ernst. »Und dann kamen gigantische Blitze vom Himmel und vernichteten jede graue Kutte und jeden Ifrit. Ohne Mira stünden unsere Feinde heute an unserer Stelle.«

Pheros unterdrückte, was diese Information mit ihm machte.

Wieder hatte Mira sich für Lykosura eingesetzt und damit einen weiteren Anklagepunkt geschaffen, der sie in Makhai an den Richtblock führen würde.

»Als ich sie mitten in dieser Gasse entdeckte, war sie auf dem Weg zu dir. Ich wollte sie töten.«

Pheros wäre womöglich aus der Haut gefahren, wäre da nicht der Ausdruck auf ihrem Gesicht, der von einer seltenen Weichheit sprach. Hier und jetzt schien Evaria ihm wie jemand völlig anderes. Als hätte der letzte Kampf, was auch immer dort geschehen sein mochte, sie von diesem tiefsitzenden Hass befreit.

»*Hilf mir, ihn zu retten* ... Das waren ihre Worte«, erklärte sie. »Ich glaube, sie sagte sogar *Bitte*.«

Pheros Herz verkrampfte sich. Das passte zu Mira.

»Ich räume ein, mich in ihr getäuscht zu haben. Die Opfer, die sie bringt ...« Sie schüttelte den Kopf. »... Mira imponiert mir.«

Pheros nickte. »Sie ist furchtlos auf eine Weise, die Charakter erfordert. Nicht Waffenstärke.«

»Jeder andere hätte sich seinen Rachegelüsten ergeben. Ich hätte ...« Evaria stockte. Scham trübte ihren Blick, wenn auch nur für den Bruchteil einer Sekunde. »... ich *habe* das, ohne mit der Wimper zu zucken. Sie nicht. Sie sah über ihre persönlichen Befindlichkeiten hinaus. Sie stellte alles zurück, vor allem ihren Stolz, um dich zu retten.« Tief holte sie Luft und lenkte dabei den Blick wieder in seine Augen. »So tief geht ihre Liebe für dich.«

Der Hauch von Bedauern lauerte hinter blauen Augen. Auch in ihm wuchs dieses Gefühl, denn diese Evaria, die jetzt vor ihm stand, erinnerte ihn wieder an die Freundin, die sie gewesen war. Lange bevor der körperliche Aspekt ihre Freundschaft überschattet hatte.

»Ihr Mitgefühl ...«, sprach Evaria weiter. »... wird sie irgendwann in die Arme der Höllen treiben.«

»Nicht, wenn ich das verhindern kann.«

Sie nickte langsam. »Darin sind wir uns einig.«

Die Evaria, die sich ihm jetzt wieder zuwandte, war wieder ganz die Paladin des Ordens und ihre Mimik versprach Geschäftliches. Ihre Haltung straffte sich, während sie die Hände hinter dem Rücken verschränkte. »Wir haben das

Haus der Spionin durchsucht. Alles, was wir darin fanden, untermauert unsere Vermutung, dass sie für den Fürsten von Desheret gearbeitet hat.«

Verdammt.

»Die Befragung ergab die Unschuld deines Hauptmannes?«

Pheros nickte. »Ja. Lykaja hat es überprüft.«

»Zu bedauerlich, dass du ihn aus deinem Dienst entlassen musstest«, betonte sie derart gewählt, dass Pheros keinerlei Zweifel daran hegte, dass Evaria Bescheid wusste. Er zuckte mit den Schultern und setzte eine unwissende Miene auf.

»Einige Sabotageakte aus der Vergangenheit konnten wir direkt auf diese Vala zurückführen. Auch zwei Giftmordanschläge ... und drei geplante, die sie nicht mehr ausführen konnte.«

»Wer waren ihre Ziele?«

»Der Imperator, du und ...« Bevor sie den letzten Namen aussprach, suchte sie wieder den Kontakt seiner Augen. »Mira.«

44

MIRA

Eine Totenstille herrschte im Raum, als Mira das Arbeitszimmer des Imperators betrat. Niemand sah auf, als sie hinzukam. Nur Pheros, dessen Gesichtsausdruck ernst und nachdenklich war. Die restlichen Sieben saßen verteilt auf Stühlen, Stufen und Tischen.

Erst als sie tiefer in den Raum trat, bemerkte man sie. Verwunderte Blicke folgten ihr, als sie direkt vor Lykaon stehen blieb, anstatt sich an Pheros Seite zu begeben.

»Ist es getan?«, erkundigte sich der Imperator.

»Marius hat unterzeichnet«, antwortete sie.

Überraschung und Anerkennung standen dem Imperator ins Gesicht geschrieben. Lykaja, die in einer der Schrankleitern hing, lächelte geheimnisvoll. Mit der freien Hand fing sie die Schriftrolle auf, die Mira ihr zuwarf. Lykaon der am Tisch zu ihrer Rechten lehnte, sah seine Tochter abwartend an.

Jetzt hingen jede Menge unausgesprochene Fragen im Raum. Pheros' Haltung wirkte noch immer steif, was seiner Verwundung zuschreiben war. Obwohl ihm jede Bewegung Schmerzen bereiten musste, kam er langsam auf Mira zu.

»Wie hast du das geschafft?«, fragte Lykaja.

Mira zuckte mit den Schultern. »Ich habe es auf die Lykosura-Art gemacht.«

Der Imperator sah sie mit großen Augen an. Einen Herzschlag später brach er in Gelächter aus. Lykaja stimmte mit ein.

»Will ich wissen, was Fünkchen auf die Lykosura-Art gemacht hat?« erkundigte sich Ion. Doch Mira fand, dass der Inhalt der Schriftrolle alles erklären dürfte, was es dazu zu sagen gab.

»Lies es vor,« bat sie die Bogenschützen. Inzwischen war Pheros bei ihr angekommen. Sie tastete ganz selbstverständlich nach seiner Hand. Fest schlossen sich seine Finger um ihre. Mira verstand seine wortlose Geste. Er drückte ihre Hand, weil er wissen wollte, ob alles in Ordnung war. Sie erwiderte sachte den Druck, um ihm zu versichern, dass es ihr gut ging und er keinen Grund zur Sorge hatte. Lykaja schickte sich dazu an, das Papier aufzurollen, doch Asea schnappte es ihr vor der Nase weg. Leise schimpfend ging sie ein paar Schritte in den Raum hinein.

»Alaric ... Grüße und Bla ... deine Cousine de-de-de ... ich schreibe dir im Auftrag des Imperators. Wie du sicherlich weißt, sind die Namenlosen wieder aktiv ...«

Pheros ließ Miras Hand nicht los, als er die Augen auf Lykaon richtete. »Du bittest die Sharur um Hilfe?«

Der Imperator bedeutete ihm abzuwarten und Asea winkte er mit der Hand zu, um sie zum Weiterlesen aufzufordern. Sie tat, was er verlangte.

»... beiliegend findest du eine detaillierte Auflistung unseres bisherigen Erkenntnisstandes. Unter anderem Formeln, die der Imperator zu deiner freien Verfügung übermitteln lässt. Darüber hinaus bittet er um die Unterstützung der Sharur ...«

Miras Gedanken schweiften ab, während der Schatten weiterlas. Stattdessen blickte sie zur Landkarte Ereas, die ausgebreitet vor ihr auf dem Tisch lag. Zusammen mit einem Stapel Bücher und Pergament. Erst als Asea am Ende des Schriftstücks angelangt war, hörte sie wieder zu.

»... Unterzeichnet, Mira ...« Asea stockte und starrte sie aus großen Augen an. »... Beraterin des Kaisers.«

Es dauerte einige Herzschläge, bis der Sinn dieser Worte auch wirklich jeden erreichte. Mira fühlte vor allem Pheros' Blick auf sich lasten.

»Du schließt dich uns an?«, platzte es aus Ion heraus.

Nur flüchtig streifte Mira seinen Blick und den jedes anderen im Raum, bevor sie bei Pheros Halt machte. »Ja.«

Die Tragweite dieser Entscheidung hallte noch immer in ihr nach, aber da waren keine Zweifel. Nicht mehr. Diese fand sie stattdessen in Pheros. Zweifel und Unverständnis, aber auch eine zerbrechliche Hoffnung. Mira verstand die Skepsis, die damit einherging, doch mehr als Entschlossenheit würde er in ihren Augen nicht finden. Egal, wie lange er darin suchte.

»Warum?«, fragte Titana mit überraschend sanfter Stimme. Langsam sank sie neben Mira auf den nächstbesten Stuhl. Erst jetzt bemerkte die Sturmfürstin, dass alle Sieben einen Kreis um sie gebildet hatten. Nur Lykaja nicht, die von Anfang an eingeweiht gewesen war. Ebenso wie der Imperator selbst.

»Du liebst Makhai und deine Familie ...«, setzte Asea an.

»Und daran hat sich auch nichts geändert. *Mein Weg* ... hingegen schon.«

»Hast du dich uns tatsächlich angeschlossen?«, fragte Tegeates noch immer ungläubig, doch noch bevor Mira darauf antworten konnte, kam Lykaon ihr zuvor.

»Das hat sie.«

Alle Blicke galten ihm, als er einen Ärmel hochkrempelte, zwei Silben auf Lynfach sprach und damit den Zauber offenbarte, der in seine Haut gebrannt war. Mira schob auch ihren Ärmel des rechten Arms hoch. Dieselben Symbole. Nur spiegelverkehrt. In zarten, dünnen Linien war eine Sonne dargestellt, die in zwei übereinander liegenden Halbmonden aufging und an der Spitze mit einem langen Sonnenstrahl gekrönt wurde.

»Ein Blutschwur. Ich habe geschworen, dem Reich zu dienen, es gegen seine Feinde zu verteidigen und für seinen Erhalt einzustehen. Sollte ich dem zuwiderhandeln, löst sich der Schwur auf und Lykaon wird wissen, dass ich euch verraten habe.«

Pheros' Blick verdunkelte sich, als er den Kaiser fixierte. »Du hast sie zu einem Blutschwur gezwungen?!« Unverhohlene Wut loderte in ihm auf, doch Mira legte besänftigend eine Hand auf seinen Arm, während Aseas Stimme die wachsende Anspannung durchbrach.

»Die Symbole spiegeln sich. Das heißt, Vater hat ihr etwas im Gegenzug geschworen, und es drohen euch beiden Konsequenzen im Falle des Bruchs.«

Mira zog den Ärmel wieder hinab. »Sollte er mich jemals zu etwas zwingen wollen, das in meinen Augen ehrlos oder unrecht ist, wäre der Schwur ebenfalls ungültig.«

Ion gab ein leises Raunen von sich, bevor er sich zurücklehnte. »Eine gegenseitige Absicherung, bis echtes Vertrauen herrscht. Klingt gut. Kann ihr schon mal keiner Spionage vorwerfen.«

»Darum geht es«, bestätige Mira. »Die Welt steht vor einem neuerlichen Weltenbrand. Der Krieg muss enden und wir müssen einen Weg finden, die Pläne der Namenlosen zu vereiteln. Ansonsten spielt es keine Rolle, auf welcher Seite des

Krieges das Ende auf mich wartet.« Mira legte beide Hände auf Pheros Schultern, denn er war inzwischen gegen die Tischkante gesunken. »So, wie ich das sehe, habe ich die Wahl, nach Makhai zu gehen in der Hoffnung, dass der Rat mich anhört ...« Sie nickte in Richtung Lykaon. »... und wie gut der Rat zuhört, hat euch Lykaon aus eigener Erfahrung berichtet. Dass heute andere Gesichter auf diesen Stühlen sitzen, ändert leider nichts an der festgefahrenen Denkweise. Abgesehen davon wollte man mich vergiften. Das nehme ich etwas persönlich.« Dass es weitaus mehr Gründe gab, die ihren Glauben an Makhai erschüttert hatten, musste sie jetzt nicht in aller Länge ausbreiten. »Ich bleibe hier und damit an jenem Ort, umgeben von jenen, die bereit sind, gegen den wahren Feind zu kämpfen. Und wir brauchen Alaric. Wir müssen mit den Sharur zusammenarbeiten.«

Ion hob skeptisch die Brauen. »Und warum sollten sie das tun? Sie unterstützen Lykosura nicht.«

Mira nickte. »Weil das Reich sich nicht an das Abkommen der Blutschanze hält. Sie haben keinerlei Befugnisse hier und damit auch keine Möglichkeiten zur Handlung. Das, was sie brauchen, um ihre Arbeit zu verrichten, ist im Abkommen niedergeschrieben. Die Sharur sind keine Heiligen. Sie dienen der Welt der Lebenden, aber dafür benötigen sie gewisse Zusicherungen. Andernfalls sind wir auf uns allein gestellt und zum jetzigen Zeitpunkt ist das mehr als fatal.«

Titana runzelte die Stirn. »Dann müssen wir einige Auflagen erfüllen.«

»Zum Beispiel?«, fragte Ion.

»Die Anerkennung aller souveränen Königreiche, die das Abkommen vor fast 700 Jahren unterzeichnet haben«, nannte Mira.

»Das Ende des Eroberungszuges«, fügte Lykaja hinzu. Das löste ein erneutes Schweigen aus. Begleitet von starren Blicken, die dem Imperator galten. Dieser sah erst jedem seiner Schicksalskinder in die Augen, bevor er sagte: »Wir sind weit gekommen. Jetzt ist es wichtiger, jene zu schützen, die unter unserem Banner leben.«

»Das ist noch nicht alles«, wandte Mira ein. »Eine Tempelreform muss her.«

Jetzt grinste Ion sehr breit und sehr schadenfroh. »Das wird Marius überhaupt nicht gefallen.«

Mira zuckte mit den Schultern. »Er hat keine andere Wahl. Magier in den Tempeldienst zu zwingen, ermöglichte den Namenlosen überhaupt erst, so viele von ihnen zu rekrutieren. Ich möchte nicht wissen, wie viele Schläfer in den Tempeln des Nin sitzen und nur darauf warten zuzuschlagen. Evaria bereitet ein Treffen mit den anderen Paladinen vor, um sich dieses Problems anzunehmen. Marius hat keine andere Wahl. Entweder arbeitet er mit uns zusammen oder wir lehnen uns zurück und schauen dabei zu, wie sich seine Novizen gegen ihn wenden. Wir klatschen dann Beifall, während er brennt.«

Ein leises Lachen machte die Runde.

Asea behielt den amüsierten Zug um die Mundwinkel bei, als sie fragte: »Hast du ihn so dazu gebracht, die angestrebte Tempelreform zu unterzeichnen?«

»Ganz genau.«

Ion stieß ein belustigtes Schnaufen aus. »Wie *unfürstlich* von dir, Fünkchen!«

Sie zwinkerte ihm zu. »Ich lernte von den Besten.« Sie deutete in Richtung Schriftrolle, die Asea noch immer in Händen hielt. »Marius hat die Zusicherung unterzeichnet, eine solche Reform zu unterstützen.«

Jeder hing seinen Überlegungen nach und verarbeitete auf seine Weise das Offenbarte. Schließlich war es der Imperator, der mit seinen Worten die anhaltende Stille durchbrach: »Es gibt viel zu besprechen und noch mehr zu tun, doch nicht mehr heute. Geht, ruht euch aus. Morgen bauen wir unsere Stadt wieder auf.«

Dem stimmten alle nickend zu und als sie sich dazu anschickten, den Raum zu verlassen, rief Pheros sie zurück. »Wartet.«

Sie blieben stehen und wandten sich ihm zu.

»Da ist noch etwas, das ihr wissen müsst.«

45

PHEROS

Pheros fühlte sich erschlagen. Die Flut all der Dinge, die in diesen wenigen Tagen über ihn hereingebrochen war, schien ihn niederdrücken zu wollen. Lykosura stand vor einer enormen Veränderung, die Jahrzehnte brauchen würde, um Realität zu werden. Die angestrebte Tempelreform stand an der Spitze der schwierigen Themen, denn Marius würde niemals freiwillig auf seinen erworbenen Einfluss verzichten. Auch der Krieg mit Makhai, der längst Teil von Lykosuras Kultur geworden war, dürfte nicht so einfach aus den Köpfen aller auszuradieren sein. Dröhnende Kopfschmerzen überdeckten seine Überlegungen und hinterließen in ihm den Wunsch, sich auszuruhen. Die Aussicht darauf, mit Mira in den Armen die Nachtruhe anzutreten, fühlte sich jedoch nicht so gut an, wie er gehofft hatte. Die Last ihrer Entscheidung hing schwer an ihm.

Inzwischen standen sie wieder in seinen Räumen. Der Teil des Palastes, in dem sich Miras Gästezimmer befunden hatte, war nach dem Angriff der Namenlosen nicht mehr bewohnbar. Also hatte er beschlossen, dass seine Räume künftig auch ihre sein sollten. Mira hatte zugestimmt, woraufhin Titana einige Truhen bringen ließ. Miras neue Garderobe und einige andere Dinge, die Frauen brauchen würden, hatte der Schöne Tod erklärt. Aus ihrem eigenen Bestand, was Pheros zu der Frage führte, wie viele Kleidungsstücke seine Schwester eigentlich besaß.

»Pheros.«

Miras Stimme lenkte seinen Blick in ihren. Sie schob eine der Kisten beiseite, um zu ihm zu gelangen. Er selbst stand gegen seinen Schreibtisch gelehnt am anderen Ende des Hauptraums. Erst als sie direkt vor ihm stehen blieb und die Hand an seine Wange legte, erwachte er aus dem Chaos all seiner Gedanken.

»Deine Geschwister haben es gut aufgenommen.«

Die Wahrheit über seine Abstammung. Ja, das hatten sie in der Tat. Natürlich waren sie schockiert gewesen und ein Haufen Fragen war über ihn hereingebrochen, doch am Ende hatten sie nur mit den Schultern gezuckt. Wichtig war ihnen nur, dass er sie nicht verlassen würde. Pheros schalt sich selbst einen Narren, auch nur einen Moment lang daran gezweifelt zu haben.

»In Ordnung. Was ist noch?«, fragte Mira und fuhr zärtlich mit beiden Händen in sein Haar hinein. Höllen, er liebte es wenn sie das tat.

»Evaria. Du hättest sie töten können. Nach allem, was sie dir angetan hat, hätte ich es verstanden. Warum hast du es nicht getan?« Sein Herz kannte die Antwort darauf längst, aber er wollte es dennoch von ihr hören.

»Weil ich die Wahl hatte zwischen Rache und Rettung und ich mich immer für den Weg entscheiden werde, der mich *zu dir* führt.«

Er senkte den Blick auf ihren Unterarm, wo sein Daumen über die Stelle strich, in der ihr Blutschwur verwoben war. Es würde nur dann sichtbar zu Tage treten, wenn sie es sichtbar machte.

»Du sorgst dich wegen des Blutschwurs?«, schloss sie aus seiner Handlung.

Er nickte langsam. »Ich verstehe, warum du es getan hast.«

»Aber?«

»Was passiert, wenn der Schwur gebrochen wird? Ich meine, wenn *er* ihn bricht?«

Jetzt lächelte sie sanft, mit einem Hauch Belustigung in den Augen. »Nichts weiter. Lykaon und ich sind übereingekommen, dass wir keine tödlichen Folgen damit verknüpfen wollen. Ein Blutschwur klingt immer sehr drastisch, aber letztlich ist es stets das, was man daraus macht. Hierbei geht es um Gewissheit. Um Sicherheit.« Sie neigte den Kopf, während sie ihn abwartend musterte.

Er schüttelte den Kopf. »Deine Entscheidung lässt mir keine Ruhe.«

»Weil du glaubst, ich könnte meine Entscheidung bereuen.«

Das war keine Frage. Er legte die Hände an ihre Hüften und zog sie sanft an sich. »Als ich dich hierherbrachte, war es mein erklärtes Ziel, dich dazu zu bringen, Lykosura zu wählen ... *mich* zu wählen. Aber jetzt, da dieses Ziel tatsächlich erreicht ist ... fühlt es sich falsch an.«

Sie schwieg und betrachtete ihn nachdenklich.

»Ich weiß nicht, ob ich dieses Opfer wert bin, Mira. Du trägst das Armband, das dich mit deiner Schwester verbindet, nicht mehr. An seiner Stelle befindet sich jetzt das Symbol eines Blutschwurs ... So sollte das nicht laufen.«

»Ich brauche das Armband nicht, um mich an die Liebe zu erinnern, die meine Schwester und mich verbindet. Ich gab Keenan das Armband, damit Alaric weiß, dass ihm zu trauen ist. Eine Botschaft ist darin versteckt, die nur jemand in seinem Dunstkreis auslesen kann.«

»Eine Botschaft?«

Sie nickte und fasste kurz zusammen, was darin enthalten war, während ihre Fingerspitzen mit dem Haaransatz in seinem Nacken spielten. »... Ich will vermeiden, dass Spekulationen darüber aufkommen, warum ich mich Lykosura angeschlossen habe.«

»Und das wird reichen?«

Sie nickte erneut. »Das muss es.«

Ihre Mimik wurde abwesend und da sah Pheros es. Den Preis für die Chance auf eine gemeinsame Zukunft. Den Schatten aller Entscheidungen, Taten und Abgründe, die diesem nachfolgten.

Diese Dunkelheit jetzt auch in ihr zu erkennen, entfachte von Neuem das Brennen in seiner Brust.

Sie musste es erkannt haben, denn sie stieß ein leises Seufzen aus, griff nach seiner Hand und legte sie sich auf die Stelle oberhalb ihres Herzens.

»Hör zu«, sagte sie und als sich ihre Blicke erneut fanden, war da kein Schatten mehr zu sehen. »Ja, du bist der Hauptgrund für meine Entscheidung und ich denke nicht daran, das zu leugnen. Vermutlich sollten mich edlere Motive antreiben, aber das ist nun mal die Wahrheit. Genauso wie es Wahrheit ist, dass ich bereits in Raquia nicht wusste, wie es ohne dich weitergehen soll. Und ja, ich habe Angst vor der Welle, die ich mit diesem Schritt ausgelöst habe. Ich habe Angst davor, dass meine Lieben mich nicht verstehen werden, aber ich bin vor allem davon überzeugt, dass ich genau da bin, wo ich sein *muss*. Nicht nur, weil ich dich liebe und mir ein Leben ohne dich nicht mehr vorstellen kann ...«

Pheros zog sie noch etwas fester an sich, unterbrach sie jedoch nicht in ihrer Ausführung.

»... Sets Befehl, mich zu vergiften, und dass Samon dich zu Gunsten der Krone aufgegeben hat, haben mir gezeigt, dass ich in Makhai keinen Platz mehr habe. Ich könnte ihm nie wieder dienen, wie ich es tat, bevor ich die Wahrheit kannte.«

Er wollte sprechen und ihr den Gedanken austreiben, dass sein Hass auf Samon auch der ihre sein musste, doch sie legte ihm einen Finger auf die Lippen.

»Ich kann ihn nicht so hassen, wie du es tust, aber ich verurteile ihn dafür und für all die Dinge, die er Lykaon antat, und den verurteile ich auch für all die Gräueltaten, die er so zahlreich beging. Aber ...« Sie machte eine kleine Pause und zog ihren Finger zurück. »... heute sieht er klar. Vielleicht, weil sein baldiger Tod ihm die Augen öffnete. Ich weiß es nicht ... aber er wird die Namenlosen bekämpfen. Darum ist Lykosura der Ort, an dem ich sein muss, damit es eine Zukunft geben kann. Für uns alle.«

Dem hatte er nichts entgegenzusetzen. Also küsste er sie mit all der Liebe und Ehrerbietung, die er für sie empfand. »Dann stellen wir uns also erneut der Dunkelheit.«

Sie lehnte ihre Stirn an seine und eine tiefe Entschlossenheit zeichnete ihre Gesichtszüge. »Gemeinsam.«

EPILOG

Die Nacht legte sich wie eine Decke über das Tal zu seinen Füßen. Hoch oben in den Bergen, wo Schnee das Land bedeckte, soweit das Auge reichte, wurde es nie richtig finster. Zu hell reflektierten die Schneekristalle das Licht der Zwillinge und das ihrer vielen Kinder. Dennoch sollte es nicht lange dauern, bis die Lichter der Bodensenke entfacht wurden und sich wie ein Spiegelbild des Sternenhimmels erhob. Noch nie hatte er das Bedürfnis der Sterblichen verstanden, sich der Finsternis mithilfe von Kerzenlicht, Fackeln oder Feuerschalen zu entziehen. Nach so vielen Jahrtausenden fürchteten sie das Dunkel noch immer. Dabei ruhte so viel Wahrheit und Freiheit darin. Endloses Wissen und noch mehr Weisheit. Vergiftet waren ihre Seelen von den Legenden und dem anhaltenden Aberglauben.

In Momenten wie diesen fühlte er sich an seine eigene Sterblichkeit erinnert. Sie mochte endlose Äonen lang zurück liegen, doch die Erinnerung war noch da. Schwach wie die Flamme einer Kerze, die langsam, aber sicher auf das Ende des Dochtes zusteuerte, um letztlich vollständig zu erlöschen. Bald schon, sehr bald, würde auch er sich nicht mehr erinnern und das, was ihn einst mit den Sterblichen verbunden hatte, für immer erlöschen.

Leise knarzende Schritte im Schnee verrieten ihm, dass sie seinen Ruf vernommen hatte und ihm gefolgt war. Obwohl sie jetzt direkt neben ihm stand, sah er sie nicht an.

»Du hast versagt.«

Dabei war sein Blick so reglos und kalt, wie der Schnee, der sie umgab. »Die Sterblichen haben sich widersetzt.«

Sie wandte ihm ihre entstellte Gesichtshälfte zu und schnalzte abfällig mit der Zunge. »Das tun sie doch immer.«

Lange betrachtete er sie, während er tief in sich hinein lauschte.

Nichts.

»Ich habe über dein Angebot nachgedacht«, sagte sie schließlich. Flocken fielen vom Himmel und bedeckten ihr schwarzes Haar, welches zu einem Kranz geflochten war. Es erinnerte an die Krone, die sie einst so geliebt hatte.

»Und?«, fragte er.

Ein Funke erwachte in ihrem blauen Auge, während das andere reglos blieb. Ein Anflug von echten Gefühlen? Oder doch nur die Ahnung eines Bedürfnisses, dem sie schon so lange frönte?

»Und nun werde ich meinen Hunger stillen und dann werden wir reden.«

Einen Wimpernschlag später war sie fort. Erneut lenkte er den Blick zum Tal. In Gedanken zählte er die Herzschläge dieses Körpers, bis das Grauen erwachte und Schreie die schneidende Winterluft erfüllte. Er blieb dort oben stehen, blickte hinab und sah dabei zu, wie die Lichter nach und nach erloschen, während der Tod Hof hielt.

Doch etwas regte sich in der Dunkelheit seiner Existenz. Etwas zwickte. Etwas zupfte und dann richtete er die Augen in eine weite Ferne. Fort zu jenem Ort, in dessen Zentrum eine Festung in den Himmel ragte wie ein Stern, der in Fels gehauen war.

Dort fand er sie.

Sah er sie.
Fühlte er sie.
Seinen Docht, der die Flamme am Leben erhielt.

CONTENT NOTES

Explizit dargestellt oder erwähnt werden:

Vorurteile, Hass, Folter, Rassismus, derbe Sprache, sexuelle Handlung, Krieg, Tod, Sklaverei, Mord und körperliche Gewalt.

Leser, die sensibel auf derlei Inhalte reagieren, seien hiermit gewarnt.

GLOSSAR

A

Abkommen der Blutschanze
Im Jahre 5999 des Dunklen Zeitalters rief Großinquisitorin Istara alle verbliebenen Herrscher Ereas zusammen. Die Blutschanze wurde zum Sammelplatz zahlreicher Banner. Hier wurde ein Abkommen unterzeichnet, das ein erneutes Dunkles Zeitalter verhindert sollte. Alle Fürstentümer und Königreiche, die sich dem Abkommen anschlossen, sicherten sich fortan die Unterstützung der Sharur. Jene, die es nicht taten, stehen bis heute allein gegen die Dunkelheit.

Alaric
Alaric Callean Brennan vom Blute der Istara ist das Oberhaupt des Sharur-Ordens, Großinquisitor und direkter Nachkomme Istaras. Vetter der Schwestern Cailin und Mira Cornovier.

Aimon
Waffe Lykaons der 6. Generation.

Alea
Soldatin und Teil der Königsgarde Makhais.

Alter
Das Alter einer Person wird in Erea anhand der beiden Hauptjahreszeit festgelegt. So spricht man gerne von "sieben

Wintern" oder "sieben Sommern". Ist man im Frühling geboren, wird man automatisch dem Sommer zugeordnet. Für den Herbst gilt der Winter. Eher selten spricht man von Jahren.

Anderswelt
Das ist die Schwellen-Welt, die zwischen der Ebene der Lebenden und der Toten liegt. Manche nennen sie auch *Wegkreuzung* oder der *Ort der vielen Wege*. Dort hausen allerhand Geister und Dämonen. Gute wie auch böse. Auch die Seelen der Verstorbenen müssen zunächst die Anderswelt passieren.

Ankh
Das Haus Ankh regiert von je her über den Sonnenstaat Maru. Die Farben dieses Hauses sind Rot und Schwarz.

Archon, der
Rang und Titel das Oberhaupts der Glaubensgemeinschaft Lykosuras. Gegenwärtig ist das der Dunkelelf Marius.
Arkad
Die Sprache der Drakestai.

Arica
Stürmfürstin Arica regiert über das Fürstentum Neva in Makhai.

Arran
Sohn von Keenan und Vala.

Aru
Hauptgöttin Makhais und eine der *Guten Acht Götter*. Göttin

der Sonne, der Fruchtbarkeit, der Kunst und der Ehe. Gemahlin des Nin.

Asea
Asea ist eine der Sieben Waffen Lykaons. Auch bekannt als *Lykaons Schatten*. Eine *Schattengeborene* Drakestai.

Atara
Die Atara sind ein untergegangenes Volk von Mischwesen, halb Fisch und Mensch, welches einst im Südmeer zuhause war. Wie es zu ihrem Untergang kam, wurde nie abschließend geklärt. Man vermutet jedoch, dass mehrere Vulkanausbrüche des Drean dafür verantwortlich seien.

Avina
Magierin und ehemals Kind Lykaons.

Avium
Hafenstadt der Dunkelelfen in Oblyvar.

Azugal
Auch bekannt als die *Insel der Götter* gehört Azugal zur Inselgruppe von Gal. Auf Azugal befindet sich der Sitz der Pythia, dem Oberhaupt der Tempelgemeinschaft Ereas, die dem Weltensang folgen.

B

Blutschanze
Die größte Landmasse der Dracheninseln wird Blutschanze

genannt. Angeblich wurde an dieser Stelle während des Ersten Weltenbrands der letzte Hochdrache getötet.

Bruderschaft der Nacht

Die Bruderschaft stellt die größte Assassinengilde der Welt dar. Operierend von mehreren Zellen aus, die weltweit verstreut sind, unterstehen sie alle dem *Rat der Zwei*. Gegenwärtig wird dieser aber nur von einer Drakestai namens Ketra verkörpert.

C

Cailin

Cailin ist Miras ältere Schwester und ebenfalls eine Sturmfürstin. Sie ist der Grenzwächter Makhais und die Fürstin Kaukons. Dieses Amt übernahm sie, nachdem ihr Vater im Kampf gegen die Schwarze Flut fiel. Mit ihren 29 Sommern ist sie die jüngste Fürstin Kaukons der Geschichte.

Charon

Waffe Lykaons der 6. Generation.

Cornovier

Das Adelshaus Cornovier herrscht seit beinahe 1000 Jahren über das Fürstentum Kaukon. Die Farben dieses Hauses sind Weiß und Blau. Sie gelten allesamt als Sturmgeborene Elementarmagier, die dem Element des Himmels zugeneigt sind. Auch brachte dieses Haus fünf Sturmfürsten hervor. Fürstin Istara war die erste. Sie schwor ihrem Titel jedoch ab und gründete den Orden der Sharur. Von ihren sieben

Söhnen überlebten nur ihre ältesten beiden Kinder das letzte Dunkle Zeitalter. Die Zwillinge Jaron und Jarev. Jaron folgte dem Weg seiner Mutter. Er wurde nach ihrem Tod der nächste Großinquisitor. Jarev hingegen übernahm das Erbe des Vaters, das Fürstentum Kaukon. Die Schwestern Cailin und Mira stellen die heutigen Sturmfürsten des Hauses Cornovier.

D

Daria
Soldatin der Schwarzen Flut, Teil des Elitetrupps der Ersten Waffe Lykaons und Stellvertreterin des Hauptmanns Keenan.

Denea va Ankh
Erste Ehefrau Lykaons und Angehörige des Hauses Ankh von Maru.

Desheret
Das Fürstentum befindet sich im Herzen der Gebirgswüste Makhais und wird von Sturmfürsten Set va Ankh beherrscht.

Disziplinen der Magie
Magie verfügt über zahlreiche Facetten. Diese werden *Disziplinen* oder *Ebenen* genannt. Gemeint sind beispielsweise Elementarmagie, Illusionsmagie, Kampfmagie und weitere.

Drachen
Der Weltensang überliefert sie als erste Schöpfung des

Hauptgottes Nin. Sie waren gefährlich, intelligent und mit großen Kräften ausgestattet. Es gab Feuerdrachen, Eisdrachen, Sturmdrachen, Schattendrachen, Wasserdrachen und viele mehr. Angeblich starben sie alle während des letzten großen Drachenkrieges aus.

Drachenmeer und Dracheninseln
Eine große Ansammlung kleinerer Inseln inmitten des Drachenmeers. Die Chronik spricht von einer einzigen großen Landmasse, die Erea einst gewesen sein musste. Durch die Macht eines dunkelelfischen Sturmfürsten entzweigerissen, entstand die Welt, wie man sie heute kennt. Der Legende nach sind die Dracheninseln alles, was vom ersten glorreichen Königreich der Draken übrig geblieben ist.

Drachensend
Das heutige Lykosura wurde einst Drachensend genannt.

Drakestai
Es heißt, als Nin erkannte, dass seine Drachen außer Kontrolle gerieten und drohten, die Schöpfung zu zerstören, wandte er sich an seine Gemahlin Aru. Gemeinsam verbanden sie ihre ersten Erschaffungen zu einem Geschöpf. Eine Mischung aus Drache und Mensch: die Drakestai. Ihnen wurde das Geschenk der Langlebigkeit verliehen. Ebenso gesteigerte Sinneskräfte und körperliche Stärke. Vor allem verliehen sie ihnen die Fähigkeit, den verschiedenen Elementen zu trotzen, damit das Feuer oder das Eis eines Drachen die Drakestai nicht verletzen konnte. Dazu auserkoren, an Stelle der Götter zu walten, beherrschten die Drakestai viele Zeitalter lang die Welt. Heute ist ihre Anzahl

verschwindend gering. Vor Jahrzehnten gelang es Imperator Lykaon, die letzten aufzuspüren und einzusammeln. Er formte aus ihnen die Elite seiner Schwarzen Streitmacht: die Waffen Lykaons.

Drean

Das Königshaus Drean regierte Jahrtausende lang über Drachensend, bevor es durch Imperator Lykaon ausgelöscht wurde. Haus Drean pflegte eine innige Freundschaft mit den Zwergen, die während des letzten dunklen Zeitalters zum südlichen Kontinent flohen. König Arvan, Vater des letzten Drachenkönigs Illeas, verfügte einst, dass *der Berg des Südens* den Zwergen gehören sollte. Aus Dankbarkeit nannten sie ihre Stadt und den Berg Drean.

Dunkles Zeitalter

Als Dunkles Zeitalter werden Epochen in Ereas Geschichte bezeichnet, die erfüllt waren von Krieg, Machtmissbrauch, Hungersnöten, Anarchie und Chaos. Auch zogen allerhand dunkle Kreaturen der Anderswelt über das Land. Ein solch Dunkles Zeitalter sah Erea bereits dreimal. Eine weitere Bezeichnung dafür wäre auch *Weltenbrand*.

Dunkler Kanal

Der Dunkle Kanal ist Schadmagie in Reinform und manifestiert sich in schwarzem Feuer oder dunklen Schwaden, die wie Tinte in Wasser anmuten.

E

Elementarmagie
Diese magische Disziplin beschäftigt sich mit der Manipulation der vier Elemente: Feuer, Wasser, Erde und Luft. Zwischenelemente wie Glut, Schatten, Sturm oder Eis zählen ebenfalls dazu. Es ist nicht selbstverständlich, dass ein Magiebegabter auch automatisch ein Element beherrscht. Zwar wird jeder von ihnen mit einer gewissen Neigung für eines der Elemente geboren, doch wie alle Formen der Magie muss auch diese erlernt werden.

Elfen
Elfen oder auch *Lynev* (in der Sprache der Elfen) genannt, gelten als Kinder der Götter Neya und Veyn. Es heißt, sie seien einst unsterblich gewesen, doch die Götter nahmen ihnen dieses Geschenk, nachdem der mächtigste unter ihnen die Schöpfung entzweite. So können Elfen heute "nur noch" bis zu 2000 Jahre alt werden. Charakteristisch sind ihre spitz zulaufenden Ohren und ihre androgyne Gestalt.

Empathische Träume
Das ist eine mögliche Gabe der Sturmfürsten. Nicht zu vergleichen mit der tatsächlichen Gabe des zweiten Gesichts, dem Hellsehen, aber manche Sturmfürsten entwickeln im Laufe ihres übernatürlich langen Lebens eine Art Sensibilität gegenüber dem Künftigen.

Evaria
Eine Tempelritterin des Nin-Ordens in Lykosura. Sie ist als

Paladin für ihre strenge, aber auch fähige Hand bekannt, mit der sie den Sitz des Ordens in der Hauptstadt leitet.

F

Farben des Adels

Der Adel in Makhai wird immer durch zwei Farben vertreten. Bspw.: Die Farben des Hauses Cornovier sind Weiß und Blau. Diese Kombination ist immer einmalig innerhalb des Königreichs, um Verwechslungen auszuschließen.

Feye

Teil der Königsgarde Makhais. Schwester des Gardisten Veil. Beide sind bekanntermaßen Freunde des Thronerben Makhais.

Former

Als Former werden Magier bezeichnet, die sich auf das Erschaffen und Konstruieren magischer Gegenstände spezialisiert haben. Versierte Schmiede, die sich auch bestens in der Alchemie auskennen.

Fünftes Element

Wenn Magier vom fünften Element sprechen, sind damit *der Geist* und die Seele einer jeder Person oder Sache gemeint. Eine Macht wie der Wind: spürbar, aber nicht sichtbar. Das fünfte Element wird benötigt, um Telekinese, Telepathie und andere geistige Fähigkeiten zu nutzen. Unabdingbar ist der Geist, um *die Verborgenen Künste* anzuwenden.

G

Garm
Garm ist einer der Gildenmeister der Jägergilde. Zwerg und Besitzer der Taverne „Zum Singenden Stern“.

Geisterklinge
Die Geisterklinge, oder auch *Myr* genannt, ist die Waffe eines Kampfmagiers von Makhai.
Während eines magischen Rituals muss das Myr auf den Magier abgestimmt werden, sodass es nur seinem zugedachten Träger gehorcht. Erschaffen wird es nur durch einen *Former*, einen magischen Schmied. Richtig geschmiedet kann es hohen Temperaturen standhalten, sich zu jeder Waffe formen oder partiell als Rüstung dienen. Es wirkt auf die meisten wie Silber oder Gold, abhängig vom genutzten Material, und besteht oft aus mehreren kleinen Platten, die mit bloßem Auge nur schwer zu erkennen sind. In seinem Ruhezustand wird Myr oft als Unterarmschmuck getragen.

Genetor
Einer der *Sieben*, auch bekannt als *Zorn Lykaons.* Genetor ist ein Erdgeborener Drakestai.

Gideon
Barde und Teil des *Tanzenden Sterns*, der berühmten Schauspieltruppe Raquias. Zwillingsbruder von Imicia.

Gilde der Jäger
Diese Gilde kontrolliert die freien Hafenstädte Raquia und

Igbo. Ihre Mitglieder bestehen vor allem aus Zwergen der Oberfläche. Sie nehmen aber auch alle anderen Rassen in ihre Reihen auf. Man hält sie allgemein für Spione des letzten Zwergenreichs, die wachsam die Welt an der Oberfläche beobachten und dem Reich unter Tage regelmäßig Bericht erstatten.

Ghule
Scheue Leichenfresser, die größere Menschenansammlungen meiden. Am gesamten Körper kahl mit grauer Haut. Ihre Handlungen sind instinktgesteuert. Sie verfügen über scharfe Zähne und sehr spitze, stabile Klauen. Primär anzutreffen auf Friedhöfen oder kalten Schlachtfeldern.

Glacilvari
Dies sind Elfen, die sich weder den Dunklen noch den Hellen zugehörig fühlen. Sie sind Waldelfen, Wüstenelfen und Eiselfen. Je nachdem, in welcher Region ihr Stamm sesshaft ist oder umherzieht.

H

Helix
Helix befindet sich auf der *Magierinsel* und beherbergt mehrere schulische Anstalten für Magiebegabte.

Heilmagie
Heilmagier nutzen irdische Medizin in Kombination mit Magie, um zu heilen. Von der Seuchenlehre bis zu Verwundungen wird hier alles abgedeckt, studiert und praktiziert.

Magier, die mit einer natürlichen Neigung für das „Heilen“ zur Welt kommen, sind hierfür besonders geeignet.

Himmelswacht
Die hoch aufragende Festung Himmelswacht ist das Herz der Hafenstadt Kaukon und das Zuhause der Fürsten des Hauses Cornovier.

I

Igbo
Eine der beiden freien Hafenstädte. Sie liegt auf dem nördlichen Kontinent und wird von Zwergenhand kontrolliert.

Ifrit
Ifrits sind Feuer- und Rauchdämonen aus der Anderswelt. Um in Erea zu wandeln, müssen sie von einem Magier herbeibeschworen werden. Sie treten in Form dunklen Nebels oder Rauch auf, in dem schemenhafte Gestalten mit glühende Augen erkennbar sind. Sie erzeugen verzehrende Flammen, die mit herkömmlichen Mitteln nur schwer zu löschen sind. Mit Obsidian oder Eisen sind sie temporär zu vertreiben, doch um sie wirklich zu bannen, muss ein alter Vers gesungen werden. Ein Wiegenlied, dass man seit dem Ersten Zeitalter den Kindern Ereas vorsingt.

Illvar
Die Illvar oder auch Illvari sind die Lichtelfen Ereas. Mal ehrfürchtig oder auch mit Spott behaftet, werden sie auch als *die Hellen* oder *Hochgeborenen* bezeichnet.

Imerugal
Imerugal ist die südlichste der drei Inseln von Gal und dient den Sharur als Heimat.

Imicia
Bardin und Schauspielerin, Teil des *Tanzenden Sterns*, der berühmten Schauspieltruppe Raquias. Zwillingsschwester von Gideon.

Illeas
Letzter König von Drachensend.

Ion
Ion ist einer *der Sieben*. Auch bekannt als *Das Schwert Lykosuras*. Er ist ein Feuergeborener Drakestai und Pheros' Stellvertreter.

Iris-Vögel
Die Iris sind Botenvögel, die einst magisch erschaffen wurden, um mühelos und sehr schnell weite Strecken zurücklegen zu können.

Istara
Geboren während des letzten Dunklen Zeitalters, wurde sie zur Sturmfürstin und später auch Gründerin der Sharur. Sie ist die erste Großinquisitorin dieses Ordens.

J

Jaron und Jarev

Die Zwillingssöhne Istaras. Jaron folgte dem Weg seiner Mutter und erbte ihr Amt als Großinquisitor der Sharur. Jarev hingegen erbte den abgelegten Titel seiner Mutter als Fürstin Kaukons. Seine Blutlinie stellt bis heute die Fürsten Kaukons.

K

Kampfmagier oder Kampfmagie

Kampfmagie wird im Kampf eingesetzt. Sowohl zum Angriff als auch zur Abwehr. Kampfmagier können aus Energie geschaffene Schilde erzeugen und auch jede Art von Waffe formen. Mithilfe von Myr besonders effektiv. Nur in Makhai werden Kampfmagier ausgebildet.

Kaukon und Kromoi

Kromoi ist ein Vasallenstaat Lykosuras und der wichtigste Grenzaußenposten des Reichs. Vom einstigen Kromoi ist nicht mehr viel übrig. Nur noch Ruinen und das Hauptlager der Schwarzen Streitmacht befinden sich hier. Die einfachen Leute haben sich längst in das kriegsfreie Umland zurückgezogen. Kaukon steht Kromoi gegenüber an der Kriegsfront und ist eines von Makhais Fürstentümern. Die gleichnamige berühmtberüchtigte Hafenstadt bildet das Herz des Fürstentums.

Keenan

Soldat und Hauptmann Lykosuras Streitmacht. Er führt den Trupp an, der direkt der *Ersten Waffe* Lykaons unterstellt ist.

Ketra

Zwillingsschwester von Tegeates (einer der *Sieben*) und Anführerin der Bruderschaft der Nacht.

Kinder des Namenlosen

Erea kennt sie als Sekte von Fanatikern, die dem namenlosen Gott huldigen und den Weltenbrand bewirken wollen. Sie schüren Konflikte, entfachen Kriege, experimentieren mit allerhand Geschöpfen (z.B. Orks und Trolle) und kennen keine Moral. Sie glauben fest an eine bessere Welt, wenn die gegenwärtige untergegangen ist. Ihre Anhänger bestehen aus allen Rassen Ereas. Mit Ende des letzten Dunklen Zeitalters hielt man sie für zerschlagen.

Khepri va Ankh

Prinzessin des Sonnenstaates Maru und Erbin des goldenen Throns.

L

Linos

Waffe Lykaons der 6. Generation.

Lucan

Auch bekannt als *Der Dunkle Gardist*. Er ist ein Soldat in der Königsgarde Makhais, der der Sturmfürstin Cailin zur Seite gestellt wurde, als diese das Erbe ihres Vaters antrat.

Lykaon
Imperator. Kaiser. Der Mann, der den Krieg auslöste.

Lykaja
Eine der *Sieben* Waffen Lykaons, bekannt als *Die Bogenschützin*, mit besonderer sensorischer Begabung, in Personen und Gegenständen lesen zu können.

Lykosura
Das neu errichtete Drachenreich des Imperators Lykaon. Auch die Hauptstadt nennt sich Lykosura. Inzwischen beherrschen sie die gesamte untere Hälfte des südlichen Kontinents.

Lynfach
Lynfach ist die Sprache der Elfen. Es gibt abweichende Dialekte, je nach Unterart der Elfen.

M

Makhai
Jahrtausende diente Makhai als Vasall dem alten Drachenreich. Mit dem Ende des Dunklen Zeitalters wurde jedoch seine Unabhängigkeit ausgerufen und durch das Abkommen der Blutschanze besiegelt. Makhai umspannt die Mitte des südlichen Kontinents von Kaukon bis zu den Drachenbergen.

Machon
Hauptstadt Makhais.

Magie und Magier
Magie ist in Erea so natürlich wie der allgemeine Glaube an die Götter selbst. So facettenreich die Magie in ihrer Ausprägung sein kann, so unterschiedlich gehen die Völker Ereas mit ihren Magiern um.

Marit
Marits sind boshafte Wassergeister der Anderswelt. Da das Wasser als stärkstes, verbindendes Element gilt, können sie ganz ohne Beschwörung in Seen, Flüssen oder Meeren erscheinen. An Orten, wo die Barriere zur Anderswelt besonders dünn ist.

Mahem va Ankh
Ehemaliger König des Sonnenstaates Maru und Vater Deneas va Ankh, erster Frau Lykaons.

Marius
Archon des Glaubens in Lykosura. Oberhaupt der Tempelgemeinschaft.

Maru
Jüngst eroberter Vasallenstaat Lykosuras. Auch bekannt als *die goldene Stadt.*

Mira
Mira aus dem Hause Cornovier ist eine Sturmgeborene Kampfmagiern Makhais und die jüngste lebende Sturmfürstin Ereas.

Micea
Eine der *Guten Acht Götter*. Herrin der Lüfte und des Himmels. Zwillingsschwester der Tima und Muttergöttin der Vicar.

Menschen
Die Menschen sind die am meisten verbreitete Gattung Ereas. Die durchschnittliche Lebenserwartung liegt bei ca. 60 Jahren.

Monde
Erea besitzt 3 Monde. *Neya, Veyn* und *der namenlose Rote.*
Die Zwillings-Monde Neya und Veyn sind zu jeder Jahreszeit am Nachthimmel zu sehen. Der dritte Mond erscheint nur zur Zeit des 9. Monats. Dieser Mond ist dem Übel der Nacht zugeschrieben. Dem dunklen namenlosen Gott selbst, der von allen Bewohnern Ereas nie beim Namen genannt wird. Dem Glauben nach geschehen während dieser Zeit die schlimmsten Dinge auf der Welt.

Mondfest
Das Mondfest wird in ganz Erea zelebriert und das stets zur selben Zeit. Eigens dafür werden sogar Kriegshandlungen und sämtliche Arbeiten niedergelegt. Absolut jedem Volk ist dieses Fest heilig, auch wenn es in manchen Winkeln der Welt andere Bezeichnungen dafür gibt. Der Zeitpunkt ist für alle gleich: 8 Tage und Nächte vor Jahreswechsel und damit dem Frühlingsanfang.

Munro
Auch als *Herr der Sterne* bekannt, ist einer der Sturmfürsten Makhais. Das Fürstentum Ahron untersteht ihm.

Myr
Siehe dazu *Geisterklinge.*

N

Namenlose, der
Als der *Namenlose* wird der 9. Gott bezeichnet. Er steht für alles Übel in der Welt.

Nachtgeist
Das sind fliegende Nekrophagen. Leichenfresser. Vom Aussehen her sind sie mit riesigen menschengroßen Fledermäusen zu vergleichen.

Nekrophagen
Ereas Nekrophagen sind nachtaktive Aasfresser, die es in den verschiedensten Variationen gibt. Unter anderem fallen Ghule und Nachtgeister unter diese Kategorie. Primär ernähren sie sich vom Fleisch der Toten. Friedhöfe, kalte Schlachtfelder oder Katakomben sind ihre Heim- und Brutstätte.

Nerea
Zweite Ehefrau Lykaons.

Neva
Auf dem Gipfel des Kyren-Gebirges befindet sich das gut geschützte Fürstentum Makhais unter der Führung der Sturmfürstin Arica.

Neya
Eine der *Acht Guten Götter* des Weltensangs. Sie ist die Göttin der Sterne und des Lichts, wie auch der kleinere der beiden Monde am nächtlichen Himmel Ereas. Ihr Zwillingsbruder ist Veyn. Neya gilt als Erschafferin der Lichtelfen.

Nin
Erster und Oberster Gott Ereas. Hauptgott allen Lebens, der Fruchtbarkeit, aber auch des Kampfes und des Krieges. Sinnbild für den immerwährenden Kreislauf des Lebens. Gemahl der Aru.

O

Oblyva
Hauptstadt der Dunkelelfen.

Oblyvar
Die Oblyvar oder auch Oblivari sind die Dunkelelfen Ereas. Sie werden auch als *die Dunklen* bezeichnet. Typische Merkmale für reinblütige Oblyvari sind ihre spitz zulaufenden Ohren, die graue Haut und dunkles Haar.

Obsidian
Obsidian ist ein natürlich vorkommendes Gesteinsglas, das sich ausschließlich nach einem Vulkanausbruch bildet. In Erea besitzt es die einmalige Wirkung, magische Eigenschaften zu unterdrücken. Das gilt auch für magische Erschaffungen und zur Mutation gebrachte Lebewesen. Für Drakestai bedeutet Obsidian die Unterdrückung ihrer besonderen

Gaben (Heilung, Stärke, gesteigerte Sinne). Bei besonders harten Fällen reicht eine tiefere Verletzung mit Obsidianklingen oder mit Obsidian durchsetzen Peitschen aus, um eine Vergiftung herbeizuführen. Magier und Drachen sterben daran, wenn die Konzentration in ihrem Blut zu hoch und ihre körperliche Verfassung schlecht genug sind. Auch Sumrung ist angeraten, sich von Obsidian fern zu halten.

Orks
Die ersten Orks sind Erschaffungen der "Kinder der Namenlosen". Sie kreuzten Menschen und Elfen mit allerhand Monstern, die aus der Anderswelt kamen. Das Ergebnis ist eine abscheuliche, boshafte und ewig zornige Kreatur. Während des ersten Weltenbrands sollten sie den Kindern der Namenlosen als Soldaten in ihrem Krieg dienen. Die heutigen Orks hausen zurückgezogen in den Schwarzlanden und vermehren sich dort auf herkömmliche Weise. Selten verlassen sie ihren Stamm und die Schwarzlande. Außer, sie fühlen sich in ihrem Territorium bedroht.

P

Paladin
Die Paladine sind die Anführer des Ritterordens des Nin.

Pheros
Der erste der Sieben Waffen Lykaons und wohl auch der gefürchtetste. Bekannt als *Erste Waffe Lykaons*. Wie der Name schon vermuten lässt, ist er der älteste und erste aller tödlichen Krieger Lykosuras. Pheros ist ein Feuergeborener

Drakestai, fähiger Feldherr und Berater des Imperators.

Priester Lykosuras
Allesamt Magier, die im Dienste der Glaubensgemeinschaft Lykosuras ihr Dasein fristen. Ein Magiegeborener hat im Reich keine andere Wahl, als dem Weg des Glaubens und der Tempel zu folgen. Dort wird ihnen beigebracht, ihre Magie zu kontrollieren.

R

Raquia
Unabhängige Hafenstadt des südlichen Kontinents.

Ritterorden des Nin
In Lykosura dienen die Männer und Frauen des Ordens als Instrument der Kontrolle. *Templer* und *Magiejäger* werden sie auch gerne mal genannt, denn das ist ihre Aufgabe. Sie gehören zum Tempel des Nin und beschützen das Volk vor Magiemissbrauch. Traditionell zeigen ihre Rüstungen und Gewandungen die Farben Weiß und Rot.

Rune
Rune aus dem Hause Fhael ist ein Bastard und Mischblut. Von der eigenen Familie abgelehnt, baute er innerhalb der letzten 90 Jahre die Gruppe der Rebellen auf, die er auch anführt.

S

Salva
Erste Ehefrau Samons.

Samas
Prinz Makhais und zweitgeborener Sohn des Königshauses Vydar. Samas ist ausgebildeter Kampfmagier und Miras bester Freund.

Samon
König Makhais.

Set va Ankh
Sturmfürst Desherets. Auch bekannt als *Herr des Feuers*, dem Haus va Ankh entsprungen.

Sharur
Die Sharur oder auch der Sharur-Orden wurden einst von Großinquisitorin Istara ins Leben gerufen. Sie waren maßgeblich daran beteiligt, den letzten Weltenbrand zu beenden. Seitdem genießen sie ereaweit ein hohes Ansehen. Ihre Inquisitoren fungieren nicht nur als Anführer ihrer Kriegerschar, sondern auch als Richter. Sie sind es, die Fürst und Volk rufen, wenn die Geschöpfe der Anderswelt nach ihnen trachten.

Shim
Prinz Makhais, Thronerbe und Feuergeborener Drakestai.

Sturmfürst(en)
Den Überlieferungen nach sind die ersten Sturmfürsten mit Hilfe eines Rituals der Götter entstanden. Einer Prüfung, um genauer zu sein, die jeder Magier bestehen muss, um als Sturmfürst aufsteigen zu können. Einst erstreckte sich das Einflussgebiet der Sturmfürsten über die ganze Welt. Heute begrenzt sich das auf Makhai. Sie zählen zu den mächtigsten Magieanwendern Ereas und herrschen jeweils über ein eigenes Fürstentum. Zusammen bilden sie den Rat der Sturmfürsten, der zusammen mit der Krone die Regierung Makhais formt.

Schwarze Flut/Schwarze Streitmacht
Als Schwarze Flut oder auch Schwarze Streitmacht wird die Armee Lykosuras bezeichnet.

Schwarzlande
Seit Jahrtausenden Wohnort zahlreicher Monster. Untote Schattenwanderer, Orks, Ghule, Trolle und allerhand andere Bestien treiben dort ihr Unwesen, wo einst die Drachenkriege am heftigsten wüteten. Es gibt auf der gesamten Welt etwa ein Dutzend solcher weitläufigen Areale, die unbewohnbar und gefährlich sind für das zivilisierte Volk Ereas.

Schwarzpulver
Ein hochexplosives, alchemistisches Gemisch. Die Dunkelelfen stellen es in Massen her und verkaufen es gewinnbringend in ganz Erea.

Schattenwanderer
Wandelnde Skelette. Einst verflucht und erschaffen von Schadmagiern der Namenlosen.

Schmiede
Als *Schmiede* werden sowohl Ort als auch Ausbildungsmethode der angehenden Waffen Lykaons bezeichnet.

Singender Stern
Taverne in Raquia.

Sohar
Erster König Makhais und Samons Vater. Großvater von Shim und Samas.

Sol
Sturmfürstin Machons und Königin Makhais. Samons Gemahlin. Mutter von Shim und Samas.

Sumrung
Sumrung sind Gestaltwandler, die neben ihrer menschlichen Form auch die eines Tieres annehmen können. Ursprünglich von Sturmfürsten erschaffen, leben sie heute in kleinen Familienverbänden verstreut in ganz Erea.

T

Taine
Das sind magiebegabte Personen, die nie eine magische Schule besucht haben. Der Begriff stammt aus der alten Drachensprache und bedeutet "ungezügelt" oder "wild“. Taine werden von den meisten zivilisierten Reichen als Bedrohung eingestuft.

Talan
Ein Talan ist ein Machtkristall, der bestimmte Mengen magischer Energie speichern kann.

Tanzender Stern
So nennt sich die Schauspielertruppe, die in Raquia ihren Hauptsitz hat, aber ereaweit bekannt ist. Der Zwerg Garm, dem das Theater und die Taverne "Zum singenden Stern" gehört, zählt zu ihren größten Sponsoren.

Tegeates
Tegeates ist einer der Sieben Waffen Lykaons, auch bekannt als *Schattenklinge*. Er ist ein Schattengeborener Drakestai und Assassine.

Titana
Titana ist eine der *Sieben* Waffen Lykaons. Sie wird auch als *Der schöne Tod* bezeichnet und ist eine Glutgeborene Drakestai. Sie ist eine Meisterspionin Lykosuras.

Tima
Eine der *Acht Guten Götter* und Verkörperung des Wassers, aller Meere und Ozeane. Sie gilt als Muttergöttin der Atara und ist die Zwillingsschwester der Micea.

Thyr
Waffe Lykaons der 6. Generation.

Trolle
Trolle sind große Ungeheuer, die in den Schwarzlanden hausen und sich am liebsten von absolut allem ernähren. In der

Regel sind sie scheue Kreaturen, die es vorziehen, in ihren Höhlen zu hausen und nicht gestört zu werden.

Trennung, die
Die Trennung ist ein Zauber, der nur von Sturmfürsten durchgeführt werden kann und dafür sorgt, dass der betroffene Magier den Zugriff zu seiner Magie verliert. Vergleichbar mit einer Blockade. Eine tatsächliche Trennung geht nur mit dem Tod einher.

Trommeln/Trommelturm
Jede größere Stadt, Garnison und jedes Lager verfügt über einen sogenannten „Trommelturm“. Vor allem das Militär nutzt Trommelschläge, um Befehle und auch Warnungen untereinander auszutauschen. Natürlich verfügen jedes Reich und jede militärische Struktur über eigene Kodes.

Tyra
Imperator Lykaons Lieblings-Priesterin, auf Heilmagie spezialisiert und die Gefährtin Genetors.

V

Vala
Ehefrau Keenans und Mutter Arrans. Vala ist im Blauen Palast Küchenangestellte.

Veil
Soldat der Königsgarde Makhais. Er ist der beste Freund des Thronerben Shim und Bruder der Gardistin Feye.

Verborgenen Künste, die
Die verborgenen Künste beschäftigen sich mit alten Schriften und Praktiken der Magie. Sie umfassen die Lehre verloren gegangener/geglaubter Zaubersprüche. Auch die Geschichten der Weltbevölkerung inkl. der kulturellen Entwicklung aller intelligenten Völker Ereas. Hierfür erlernen sie das Handwerk der Archäologie in Kombination mit ihrer Magie. Diese Magier sind es, die auch alle Bibliotheken Ereas füllen. Man trifft sie oft in Universitäten an. Sie sind Lehrer und Gelehrte. Die Magie selbst wird hier darauf ausgerichtet, Verborgenes zu enthüllen mit Zuhilfenahme des fünften Elements. Dafür sensibilisieren sie sich für verborgene Feinheiten in ihrer Umgebung. Auch die Alchemie in ihrem Grundwissen wird benötigt. Sie müssen lernen, mehrere Sprachen zu sprechen. Darunter auch alte Dialekte und die Verzauberung von magischen Hilfsmitteln zählt dazu.

Veyn
Einer der Acht Guten Götter des Weltensangs. Gott der Nacht und des Verborgenen wie auch der größere der beiden Monde am Nachthimmel. Zwillingsbruder der Neya und Erschaffer der Dunkelelfen.

Vicar
Ein längst untergegangenes Volk von geflügelten Mischwesen. Halb Vogel und Mensch. Laut Legende schwebte ihre Wolkenstadt einst über dem Zentrum des alten Drachenthrons. Stille Wächter des Himmels und starke Krieger, die selbst Drachen nicht fürchteten. Ihr Reich zerfiel, als *der Zerreißer* den Kontinent spaltete. Drachenthron und

Wolkenstadt versanken in den Fluten des Sturmmeers. Die wenigen Überlebenden schlossen sich den verbliebenen Drachenkönigen an, doch erlangten sie nie wieder ihre einstige Stärke zurück. Das letzte dunkle Zeitalter ließ sie schließlich restlos vom Angesicht der Welt verschwinden.

Vydar
Das Haus Vydar mit den Farben Gold und Rot bringt seit sieben Jahrhunderten das Königshaus Makhais hervor.

W

Waffen Lykaons
Die Waffen Lykaons sind ereaweit bekannt und gefürchtet. Sie sind Lykosuras tödlichste Krieger und die Generäle seiner Schwarzen Streitmacht.

Waldgeist
Einen Waldgeist trifft man nur in den tiefsten Wäldern der Welt an. Sie halten sich fern von Menschen, zeigen aber ein aggressiv-territoriales Verhalten, wenn man ihren Waldbereich betritt. Waldgeister sind andersweltliche Kreaturen, die nahtlos mit der Umgebung des Waldes verschmelzen. Die wenigen, die je eine Begegnung mit einem Waldgeist überlebten, beschrieben dessen Erscheinung als annähernd humanoides Wesen, dessen Körper aus allen Materialien des Waldes besteht. Holz, Dornen, Ranken, Moos, Blattwerk und Pilzen.

Weltensang
Der Weltensang ist eine Sammlung von Liedern, die zusammengefasst die Entstehung der Götter und der Welt beschreiben.

Windreisen
Als Windreisen bezeichnen Magier die angeborene Fähigkeit, binnen kürzester Zeit von einem Ort zum anderen zu gelangen. Ausschließlich Magier mit den Geburtselementen zwischen Wasser und Luft können diese Gabe entwickeln.

Y

Yaris
Soldat der Königsgarde Makhais. Häufiger Begleiter des Thronerben Shim.

Z

Zahlen
Zahlen und Symbolik haben in Erea eine große Bedeutung. So gilt beispielsweise die Zahl Neun als Unglückszahl. Wegen des 9. namenlosen Gottes. Die Zahl Zwei hat hingegen einen positiven Stellenwert. Die Zwei steht für Zwillinge, Zwillingsseelen und andere Symbole, die für zwei Hälften einer Sache gelten. Der Zwillingskontinent und die Zwillingsmonde wären ein weiteres Beispiel dafür. Mit der Götterlehre und dem Wissen, welchen Einfluss die beiden Monde auf Ereas Leben haben, begann die Symbolik Fuß zu fassen. Dem folgten viele Abbilder, die sich in ganz Erea wiederfinden.

Zeitrechnung

In Erea hat das Jahr 365 Tage, 6 Jahreszeiten und 13 Monate. Jeder Monat hat 28 Tage. Nur der 9. Monat verfügt über 29 Tage.

Das Jahr beginnt stets mit dem Frühling. Dem folgen der Sommer, der Hochsommer, der Herbst, der Winter und der Hochwinter. Die Monate selbst haben keinen Namen. Man spricht immer vom "zweiten Monat des Winters" oder "dem Siebten Monat des Jahres".

Jeder 8. Tag im Monat gilt als Ruhetag, an dem den Göttern gehuldigt und nicht gearbeitet wird. Ob dies eingehalten werden kann, ist natürlich von Reich, Person und Beruf abhängig.

DIE AUTORIN

Arin Wolf

Hinter dem Wappentier des Blauen Kolibris verbergen sich die magischen Welten von Arin Wolf. 1986 geboren, wuchs sie mit einer Leidenschaft für das Phantastische auf. Unwichtig, ob Fantasy, SciFi oder Dystopie – solange sie Liebe jeder Art in ihren Romanen unterbringen kann, fühlt sie sich heimisch. Im realen Leben wohnt sie mit Mann und Kindern in Süddeutschland. Neben ihrer Kaffee- und Colasucht frönt sie auch dem Gamertum mit nicht weniger Herz und Seele – vor allem, wenn die schriftstellerische Muse streikt.

DANKSAGUNG

Diesmal gebührt mein erster Dank dir, lieber Leser, liebe Leserin, der/die du dich dazu entschieden hast, Erea erneut zu betreten. Ich freue mich, dich für ein paar Stunden deiner Zeit in meine Welt entführen zu dürfen. Es mag meine Feder sein, die diese Welten erschafft, aber es sind dein Interesse und deine kostbare Zeit, die mich beflügeln, immer weiter zu machen.
Giusy! Danke, für diesen grandiosen Austausch, den wir so unbefangen miteinander pflegen. Ich staune immer wieder über die Dinge, die du zum Leben erweckst mit deiner schier endlosen Kreativität. Ich wünsche dir und uns allen, die du unter deinem Weltenbaum vereinst, dass deine Leidenschaft für unsere Welten nie versiegt. Danke, dass du dich immer wieder für Erea und für mich entscheidest.
Danke, Michael Kothe, für dein scharfes Adlerauge während des Korrektorats!
Ein ganz besonderer Dank gebührt meinem lieben Pixel (Insider, sorry), Kai C. Moore. Missen möchte ich weder deinen Rat, noch deine humorvolle Art, mich aufzuziehen, während du den ein oder anderen Knotensatz für mich entwirrst. Vor allem aber möchte ich deine Freundschaft nicht missen. Die vielen Lacher, aber auch die kummervollen Momente, die ebenso dazu gehören und eine Freundschaft überhaupt erst echt machen.
Und du, mein lieber Torsten? Wir kennen uns schon soooo lange und du warst (neben Seba) der Erste, der Erea betreten hat. Der meine Welt und die Figuren darin gewogen und gemessen hat. Jeder deiner Kommentare, ob nun humorvoll

oder im vollem Ernst, haben maßgeblich dazu beigetragen, diese Welt für andere betretbar zu machen. Danke dafür, mein lieber Freund.
Auch mein wunderbares Bloggerteam darf an dieser Stelle nicht fehlen!
Kat, Anja, Andrea, Dini, Nadine, Micah, Sabi, Josey, Janine, Jessi, Desi, Cat, Lena, Patricia, Lexy, Nina, Ailien, Angelika, Lea, Dunja, Ramona, Karina, Jenny, Lisa, Stefanie, Sabrina, Kim, Tally, Lynn, Steffi, Henrik, Anna, Steffen, Tamara, Ava, Sonja, Kerstin, Jennifer, Isa, Claudia und Jessica! Danke für all eure genialen Beiträge und die große Liebe für Erea! Danke, danke, danke ihr tollen Menschen!
Last but not least!
Mein endloser Dank gilt dir, lieber Bastian, von Polymorph Audio. Nicht nur, weil der Kontakt mit dir so *bodenlos* unbefangen ist. 😊 Ich kann nur ahnen, welch große Pläne sich in deinem klugen Kopf verbinden, aber ich bin dankbar, dass Erea ein Teil davon sein darf. Schau dir an, welch grandiose Cast du für das Hörbuch rekrutieren konntest! Und damit komme ich auch schon direkt zu Nina-Carissima Schönrock, Matthias Hoff, Sarah Dorsel und Louis Friedemann Thiele! Wisst ihr eigentlich, wie großartig ihr seid??? Bestimmt wisst ihr das! 😊 Ich sage es dennoch: Legenden seid ihr alle zusammen und ich liebe, was ihr tut! Ich kann es kaum erwarten, meine Figuren durch euch sprechen zu hören! Tausend Dank dafür, dass ihr zu Erea *Ja* gesagt habt.
Danke, Christoph Kuhlmann, für diesen epischen Titelsong, der mir ein ums andere mal eine Gänsehaut beschert. Ich. Liebe. Es!